Wolfram Hänel und Ulrike Gerold
Irgendwo woanders

Wolfram Hänel
Ulrike Gerold

Irgendwo woanders

Beltz & Gelberg
edition anrich

Für alle die,
ohne die es dieses Buch nie gegeben hätte

www.beltz.de

© 2002 Beltz Verlag Weinheim und Basel
Programm Beltz & Gelberg Weinheim
edition anrich
Einband: Max Bartholl unter Verwendung eines Fotos
von Monika Paulick
Gesetzt nach der neuen Rechtschreibung
Satz: prima nota, Korbach
Druck und Bindung: Druckhaus Beltz Hemsbach
ISBN 3-89106-420-9

Når vindene hvirvler perler
under de visne blade frem
og nattens beboere samles til dans.
Når luftskibe anløber med fremmede gæster
og byen forvandles til sagn
fra tiden før tiden
fortalt til børnene, som vil komme ...

(Ulrik Skeel)

Wenn der Wind Perlen hervorwirbelt
unter den welken Blättern
und die Bewohner der Nacht
sich zum Tanz versammeln.
Wenn Luftschiffe anlegen
mit fremden Gästen
und die Stadt sich verwandelt
in eine Sagenwelt
aus der Zeit vor der Zeit,
von der den Kindern erzählt wurde,
dass sie kommen wird ...

Inhalt

Vorspiel

Erstes Buch

Zweites Buch

Drittes Buch

Nachspiel

Vorspiel

Von hier noch 40.000 Kilometer
(nach Timm Ulrichs)

Christiania

Er hatte alles anders machen wollen. Die Welt verändern. Liebe und Frieden. Kein Krieg mehr. Keine Waffen. Keine Gewalt. Und er war sich so verdammt sicher gewesen, dass es ihnen gelingen würde. Dass sie nur fest genug daran glauben müssten, der Rest würde sich schon finden ... Alles Quatsch. Gar nichts hatte sich verändert. Außer dass er inzwischen mit seinem Hund redete und die Fliegen an der Fensterscheibe zählte. Sich in seinem verdammten Doppeldeckerbus im Winter den Arsch abfror und sich im Sommer über die Touristen ärgerte, die quer durch seinen Vorgarten latschten und ihm die Tomaten zertrampelten. Poul und Lisa machten das Ganze auch nicht gerade besser. Seit sie in den Wellblechschuppen neben seinem Platz gezogen waren, hingen sie ohne Pause an der Wasserpfeife und dröhnten sich zu. Und fanden sich auch noch gut dabei. Cool. Abgefahren. Voll drauf. Vor allem dieses dümmliche Grinsen war es, das ihm von Tag zu Tag mehr auf die Nerven ging.

Eine Liedzeile von Steppenwolf kam ihm in den Kopf: I smoked a lot of gras, and I took a lot of pills, but I never touched the pin. God damn the pusher ... Gut. Das hatten sie immerhin geschafft. Sie hatten die harten Drogen aus Christiania verdammt. Aber Gras und Shit in großen Mengen sorgten mit der Zeit genauso dafür, dass die Leute ihren Hintern nicht mehr hochkriegten. Er wusste das aus eigener Erfahrung. Schöne Träume, ja, aber mehr auch nicht.

Er nahm die Bratpfanne aus dem Regal und suchte die Eier im Kühlschrank. Bis ihm wieder einfiel, dass er Poul gestern Abend die beiden letzten geliehen hatte. Er stellte die Pfanne zurück und pfiff nach dem Hund. Ging die Treppe runter wie ein alter Mann, der sich mit Mühe vors Haus quält, um im nächsten Supermarkt seine wöchentliche Ration Katzenfutter zu klauen.

Verdammt, was war nur los mit ihm? Natürlich hatten sie etwas verändert! Sie hatten ihre eigene Stadt gegründet! Und sie hatten dafür gekämpft. Für ihre Träume, ihre Vorstellungen von einem anderen Leben. Gegen Politiker und Polizisten. Und nicht zuletzt gegen die Planierraupen, die mehr als einmal mit brüllenden Motoren vor der Einfahrt gestanden hatten. Oft genug waren sie kurz davor gewesen, alles hinzuschmeißen und aufzugeben. Aber sie hatten durchgehalten.

Und er war dabei gewesen, hatte das öffentliche Badehaus mitgebaut, den Kindergarten, das erste Restaurant. Er hatte miterlebt, wie die braven Kopenhagener Bürger sich nach und nach vorsichtig auf das verrufene Gelände wagten und mit dem Kitzel des Verbotenen zwischen Bauwagen und Dopebuden umherschlichen. Immer in der Angst, von irgendeinem Freak hinterrücks überfallen oder – viel schlimmer noch – vielleicht sogar angesprochen zu werden! Denn Freaks waren sie für den Rest des Landes gewesen, langhaarige Penner, arbeitsscheu und rauschgiftsüchtig ...

Und jetzt war die selbstverwaltete Hippiestadt plötzlich akzeptabel geworden. Es war schon irre! Trotz offenem Haschischverkauf und dem absoluten Zutrittsverbot für alles, was eine Polizeiuniform trug. Nein, wahrscheinlich gerade deshalb. Christiania war zur Touristenattraktion von Kopenhagen verkommen. Gleich nach dem Tivoli und noch vor der kleinen Meerjungfrau, dem königlichen Schloss und den Tattooläden im Puffviertel! Er wusste noch genau, wie sie zum ersten Mal darüber geredet hatten. Was sie machen könnten, um wenigstens „ein paar" Touristen anzulocken. Die Überlegung war ganz einfach gewesen. Touristen bedeuteten Sicherheit, je mehr Leute kommen würden, umso geringer wären die Möglichkeiten für irgendwelche ignoranten Politiker, Christiania eines Tages doch noch dem Erdboden gleichzumachen.

Also hatten sie angefangen eine Show zu inszenieren. Hatten ein Bühnenbild aus bunt bemalten Bauwagen und wild wuchernden Blumengärten geschaffen. Mit kreischenden Kindern dazwischen, die hinter kläffenden Mischlingshunden herjagten. Mit ein paar Langhaarigen, die auch bei Nieselregen im Lotussitz auf Erleuchtung warteten. Nackt natürlich. Vor allem aber mit einer Gruppe von freundlichen Vorzeigehippies in bunten Batikhemden, die rund um die Uhr mit dampfenden Haschischpfeifen in den Gassen herumlungerten!

Er hatte das Ganze eigentlich immer eher für einen Witz gehalten. Zu Anfang hatte es ihm einfach nur Spaß gemacht, sich immer neue und zunehmend idiotischere „Attraktionen" einfallen zu lassen. Und es hatte ihn verdammt noch mal auch gereizt auszuprobieren, wie weit sie eigentlich gehen konnten! Aber die Touristen waren tatsächlich gekommen. Und es schien nicht so, als hätte auch nur ein Einziger von ihnen den Verdacht, dass er in Wirklichkeit gewaltig verarscht würde. Im Gegenteil. Die Leute waren begeistert!

13

Natürlich brachten die Touristen auch Geld nach Christiania. Viel Geld sogar! Und natürlich konnten sie dieses Geld gut gebrauchen. Aber andererseits hätte keiner von ihnen auch nur im Traum damit gerechnet, dass sie fast über Nacht zum alternativen Disney-Land von Europa werden würden!

Und genau das war es, weshalb er immer öfter an allem zweifelte. Weshalb er manchmal keine Lust mehr hatte. Nicht mehr dazugehören wollte. Sie spielten lange schon ein Spiel, das nicht mehr ihr Spiel war. Mittlerweile hatten sie sogar ein Straßencafé gebaut, das kaum anders aussah als ein x-beliebiger Biergarten irgendwo in Süddeutschland. Sie verkauften Hamburger und matschige Pommes frites mit Majo, Coca-Cola und Eiswaffeln. Genau wie jeder Fastfood-Schuppen auch. Aber die Touristen zahlten jeden Preis für eine Viertelstunde auf einer der billigen Holzbänke mit einem „echten" Freak neben sich, der an seinem Joint nuckelte. Und zum Abschluss kauften sie sich im Andenkenladen einen Aufkleber mit einem Hanfblatt und dem genialen Spruch: *I survived Christiania!* Blieb nur die Frage, was das eigentlich alles noch mit ihm zu tun hatte?

Er schwankte einen Moment zwischen der Entscheidung für ein Frühstück im Spiseloppen oder ein erstes morgendliches und gut gekühltes Bier bei Georg, dem Althippie und Schlosser aus der Fahrradwerkstatt. Entschied sich dann für einen Milchkaffee. Zeigte einer Gruppe von Franzosen den Weg zum nächsten Klo, ja, er würde hier leben, schon lange, nein, eine Disko gäbe es nicht. Noch nicht, dachte er für sich. Er hielt ein junges Pärchen an, Deutsche, die ihren Hund an der Leine führten. Versuchte ihnen freundlich zu erklären, dass sie besser auf die Leine verzichten sollten, um unnötigen Ärger mit den frei laufenden Christiania-Hunden zu vermeiden. Erntete verständnislose Blicke, bis sein Hund den Angeleint-Wehrlosen knurrend ins Hinterbein zwickte. Wechselte noch schnell ein paar Worte mit Dave, der erst seit einer Woche bei ihnen war und zur „Morgenschicht" gehörte – komplett ausgestattet mit Hendrix-Stirnband, Peace-Zeichen auf dem Hemd und handgeschnitztem Chilum. Schlappte dann endlich rüber ins Woodstock, um sich seinen MilchKaffée zu bestellen. Drehte sich eine Zigarette, blies den Rauch zur Decke und fühlte sich immer noch beschissen.

Er hatte auch keine Lust auf irgendein langatmiges Gespräch mit dem dicken Larsen, der gerade lautstark die Schlagzeilen der Morgenzeitung kommentierte. Stattdessen gab er vor, sich dringendst mit den Plänen für den Bau des neuen Altersheimes beschäftigen zu müssen. Ja, sie würden tatsächlich ihr eigenes Altersheim in Christiania bauen! Und vor noch gar nicht so langer Zeit wäre er auch mit Begeisterung bei der Sache gewesen, aber jetzt? Jetzt kritzelte er Strichmännchen in sein abgegriffenes Notizbuch. Strichmännchen mit Rollstühlen allerdings. Und er war richtiggehend froh, als nach einer Weile Julia zur Tür reinkam und ihn erlöste. Julia mit dem Madonnenscheitel und den Armen voll klimperndem Blechschmuck. Julia, in die er seit Monaten heimlich verliebt war. Seit sie sich beide mal zufällig morgens um vier alleine im Badehaus getroffen hatten. Und … Egal. Julia, die die Post verteilte.

„Ich hab was für dich, warte …" Julia kramte in ihrer Umhängetasche. „Hier!"

Ein flüchtiger Blick genügte. Die Schrift auf dem Umschlag würde er immer und überall erkennen. Er nahm hastig noch einen Schluck Kaffee. Dann riss er mit leicht zittrigen Fingern den Umschlag auf.

15

Erstes Buch

Die einen vergraben sich,
die anderen sind unterwegs
(Bruce Chatwin)

Hildesheim

Sabine hat mal wieder einen neuen Typen über Nacht angeschleppt. Natürlich wieder einen Schauspieler. Einen fetten Klops diesmal, mit ganz kurz geschorenen Haaren, sodass man die Speckfalten in seinem Nacken sehen kann. Zu allem Überfluss heißt er auch noch Dietloff! Irgendwann gegen Morgen, als ich auf dem Weg zum Klo an Sabines Zimmer vorbeigekommen bin, habe ich ihn stöhnen hören. Ungefähr wie ein Walross, das an Herzrhythmusstörungen leidet. Von Sabine habe ich nichts gehört. Und ich möchte auch stark bezweifeln, dass es ihr Spaß gemacht hat!

Aber jetzt bedient sie ihn von vorne bis hinten, dass man glatt glauben könnte, irgendein lang ersehnter Traum wäre gerade für sie in Erfüllung gegangen. Meatloaf, der Märchenprinz! Sie presst sogar frische Apfelsinen für ihn aus! Und der Fettklops ist ganz offensichtlich der Meinung, dass er diese Vorzugsbehandlung zu Recht verdient hätte. Breitbeinig hängt er in meinem Lieblingskorbstuhl und mampft ein Hörnchen nach dem anderen. Dick mit meiner Nutella bestrichen. Und es scheint ihn noch nicht mal zu stören, dass jedes Mal, wenn er sich bewegt, vorne aus dem Bademantel sein Pimmel rausguckt!

Aber mich stört es. Für einen Moment überlege ich, ob ich nicht ganz aus Versehen meinen heißen Kakao drüberkippen sollte. Aber dann sage ich nur: „Man kann übrigens deinen Pimmel sehen!"

Woraufhin Sabine mich sofort ermahnt: „Marei, bitte!"
Als ob ich mich danebenbenehmen würde!

„Morgenstund' hat Gold im Mund." Die Fettbacke grinst schmatzend. Aber seinen Pimmel packt er deshalb noch lange nicht weg.

Und Sabine sagt: „Dietloff, bitte!"

Wirklich, eine klasse Unterhaltung! Ich möchte nur wissen, wo Sabine diese Typen immer wieder aufgabelt. Klar, im Theater. Aber irgendwie muss es da ja auch noch andere geben. Bloß dass sie die ganz offensichtlich nicht erwischt. Was ich einfach nicht verstehe. Ich meine, Sabine ist echt in Ordnung und so, und sie sieht auch richtig gut aus! Aber ihre Männer sind trotzdem eine einzige Katastrophe. Einer wie der andere. Und bei dem Verschleiß, den sie hat, fängt das Ganze langsam wirklich an, mir gefährlich auf die Nerven zu gehen!

Sabine ist eigentlich nur meine Patentante. Aber inzwischen habe ich manchmal schon fast das Gefühl, sie wäre meine Mutter! Jedenfalls seit die sich nur noch alle paar Wochen mal hier blicken lässt. Meine richtige Mutter ist Regisseurin. Früher war sie am gleichen Theater wie Sabine, hier in Hildesheim, und wir haben zu dritt zusammen gewohnt. Wenn meine Mutter im Theater war, hat Sabine auf mich aufgepasst. Und wenn meine Mutter und Sabine im selben Stück waren, haben sie mich zu den Proben mitgeschleppt. Und abends zu den Vorstellungen!

Ich schätze, ich habe in der Zeit mehr Theater gesehen als die meisten anderen Leute in ihrem ganzen Leben! Genützt hat es gar nichts. Eher im Gegenteil. Ich finde Theater eigentlich einfach nur doof. Langweilig und so. Irgendwie immer dasselbe. Aber das Schlimmste ist, dass alle, die am Theater sind, grundsätzlich über nichts anderes reden

20

als eben übers Theater. Wer wann wo mit welchem Regisseur welches Stück gespielt hat. Und warum wer welche Rolle nicht gekriegt hat, obwohl er eigentlich viel besser für die Rolle gewesen wäre als der, der sie gekriegt hat. Ich kann es echt nicht mehr hören!

Mit meiner Mutter ist es leider kein bisschen besser. Also, ich meine, meine Mutter ist inzwischen irgendwie ziemlich berühmt geworden. Jedenfalls steht dauernd was über sie in der Zeitung. Und sie inszeniert auch lange schon nicht mehr in Hildesheim, sondern ständig irgendwo anders. In Berlin oder München. Manchmal auch im Ausland. Im Moment ist sie gerade in London! Und wenn sie dann zwischendurch für ein oder zwei Wochen zu Besuch kommt, ist sie total fertig. Hat schwarze Ringe unter den Augen, kippt literweise Kaffée in sich rein und raucht Kette.

Aber es soll immer alles ganz toll werden, als wollte sie in ein paar Stunden die ganze Zeit nachholen, die wir uns nicht gesehen haben. Sie verspricht mir jedes Mal, dass sie die nächsten Tage nur für mich da wäre und so, aber es klappt natürlich nie. Weil wir spätestens, wenn wir zum vierten Mal durch den Zoo von Hannover gelatscht sind, Streit kriegen. Und dann vertragen wir uns wieder und sitzen in irgendeinem Straßencafé und löffeln einen Eisbecher mit Sahne nach dem anderen. Und ich merke, wie meine Mutter immer nervöser wird. Wie sie mir gar nicht mehr zuhört, egal, was ich erzähle. Weil sie längst schon wieder an ihre nächste Inszenierung denkt.

Am dritten oder vierten Tag legt sie sich dann unter Garantie mit Sabine an. Beide schreien und machen sich gegenseitig irgendwelche Vorwürfe, und danach heulen sie, und zum Schluss sind alle froh, wenn meine Mutter end-

lich wieder abreist. Toll! Eigentlich könnte ich ganz gut
darauf verzichten. Wenn eben nicht ... na ja, wenn meine
Mutter eben nicht meine Mutter wäre. Und wenn ich nicht
manchmal total Sehnsucht nach ihr hätte! Oder wenn ich
wenigstens einen Vater hätte ...

Also, klar, natürlich habe ich einen Vater. Aber er ist eben
nicht hier und ich kenne ihn auch gar nicht! Das heißt, ich
weiß, wo er ist, aber mehr auch nicht. Das letzte Mal, dass
ich ihn gesehen habe, war vor fast zehn Jahren. Als ich gerade vier war! Behauptet jedenfalls meine Mutter. Ich kann
mich an gar nichts erinnern. Ich weiß nur, dass ich jedes
Jahr zu meinem Geburtstag einen Brief von ihm kriege.
Immer mit irgendwelchen Zeichnungen, ein bisschen wie
in einem Comic. Mit lauter verrückten Typen mit langen
Haaren, die in bunt bemalten Holzhäusern wohnen und
gegen den Rest der Welt kämpfen. Fast wie bei Asterix
und Obelix. Nur dass die Römer hier Polizisten sind oder
Rauschgiftdealer. Manchmal auch irgendwelche Typen in
grauen Anzügen. Und die Hunde sind natürlich alle größer als Idefix und müssen sich andauernd kratzen, weil sie
voller Flöhe sind. Die Flöhe sind im Übrigen auch ziemlich groß!

Mein Lieblingshund ist ein schwarzweißer Border Collie,
der „Poodle" heißt und mit seinem Boss zusammen in einem alten Doppeldeckerbus aus London wohnt. Der natürlich auch bunt bemalt ist. Im letzten Brief ging es darum, wie Poodle rausgefunden hat, was er machen muss,
damit sein Boss für ihn arbeitet. Und nicht nur auf dem
Bett liegt und irgendwelche langweiligen Bücher liest.
Poodle schmeißt sich einfach irgendwo in den Matsch und
wälzt sich so lange hin und her, bis er total verdreckt ist.
Und dann versucht er, bei seinem Boss aufs Bett zu sprin-

gen. Woraufhin der einen Wutanfall kriegt und dann stöhnend seine Gummistiefel holt und mit Poodle zu einem See gleich um die Ecke latscht. Und Stöckchen für Poodle ins Wasser wirft, damit er wieder schön sauber wird. Jedenfalls hat Poodle jede Menge Spaß und sein Boss ist abends völlig fertig!

Der Ort, wo Poodle lebt, heißt übrigens Christiania und scheint so was zu sein wie eine Stadt nur für Hunde und Hippies und ist mitten in Kopenhagen. Und Kopenhagen ist die Hauptstadt von Dänemark. Und der Boss von Poodle ist mein Vater!

Die Comicbriefe hängen alle in meinem Zimmer an der Wand, und mit den Postkarten dazwischen, die mir meine Mutter regelmäßig von sonst woher schickt, sieht das Ganze auch wirklich ziemlich irre aus. Aber ehrlich gesagt, würde ich lieber irgendwelche doofen Plakate von irgendeiner doofen Boygroup aufhängen, wenn ich dafür meine Eltern hätte. Beide. Wie in einer ganz normalen Familie!

„Habe gehört, du hast gerade Ferien gekriegt", lässt sich die Fettbacke plötzlich schmatzend vernehmen, „und, fährst du irgendwohin? Pfadfinder oder so was?"

Der meint mich! Und als er gleich darauf auch noch hinzusetzt: „Soll doch schön sein, so'n Pfadfinderlager, würde ich unbedingt mal machen", ahne ich, worauf das Ganze hinauslaufen soll. Der Klops will mich loswerden, völlig klar. Damit er mit Sabine ungestört in Urlaub fahren kann! Aber manchmal ist Sabine echt schnell …

„Marei fährt mit mir nach Italien", sagt sie, „nach Südtirol. Zum Wandern."

Moment mal, was soll das denn? Also erstens haben wir überhaupt noch nicht darüber geredet, was wir in den Ferien machen, und zweitens will ich unter Garantie nicht zum Wandern nach Südtirol!

Ich will gerade den Mund aufmachen, da wirft mir Sabine einen Blick zu. Einen von diesen Blicken, die heißen: Wenn du auch nur ein einziges Wort sagst, nagel ich dich mit ausgestreckten Armen an die Wand! Ich klappe also den Mund wieder zu und entspanne mich. Schon klar, Sabine kann sich eindeutig auch was Besseres vorstellen, als ausgerechnet mit Meatloaf Ferien zu machen!

Aber so schnell gibt der Klops nicht auf.

„Klasse", sagt er, „da komm ich doch glatt mit. Soll ja guten Wein geben in Südtirol. Und schöne breite Bauernbetten haben sie auch."

„Hahaha", macht Sabine nur. Und genau in dem Moment klingelt es.

„Traritrara, die Post ist da", blubbert die Fettbacke vergnügt. Sabine geht in den Flur und macht die Wohnungstür auf. Ich höre Schritte im Treppenhaus. Dann eine Männerstimme, die irgendetwas Unverständliches nuschelt. Dann Sabine, die sagt: „Ach nee ..." Pause. Und dann: „Das ist ja wohl nicht wahr!"

Als Nächstes kommt ein Hund in die Küche gefegt. Dreht mit einem Affentempo eine Runde um den Küchentisch, schnappt sich den Rest von dem Hörnchen, das die Fettbacke nicht mehr rechtzeitig in Sicherheit bringen kann, und hockt sich schwanzwedelnd vor mir auf den Boden. Stupst mich mit der Schnauze an und legt mir die Pfote aufs Knie. In der Hoffnung auf das nächste Hörnchen.

Ein Border Collie! Schwarzweiß gefleckt und ...

„Poodle!", sage ich leise, „mach Platz!"

Der Border Collie legt sich hin. Hält den Kopf ein bisschen schief und wartet.

„Hä?", macht die Fettbacke verblüfft.

„Marei", kommt Sabines Stimme von der Küchentür. „Ich weiß nicht, wie ich's dir sagen soll, aber ..."

„Ich weiß schon", sage ich und blicke hoch. „Mein Vater ist da!"

Unterwegs 1

Es ist komisch, mit meinem Vater im Auto zu sitzen. Nicht nur, weil er mein Vater ist, der so plötzlich wieder aufgetaucht ist, und weil ich mich natürlich erst noch an ihn gewöhnen muss. Nein, vor allem, weil mit ihm alles völlig anders ist, als ich es kenne. Also, ich meine, wenn ich zum Beispiel mit Sabine unterwegs bin, dann reden wir die ganze Zeit. Entweder sie oder ich oder beide gleichzeitig. Mit meiner Mutter ist es genauso. Und wenn dem einen mal für zwei Sekunden nichts einfällt, was er erzählen könnte, dann fragt der andere unter Garantie gleich, ob irgendwas wäre. Schlechte Laune oder so. Aber mein Vater und ich hocken jetzt schon seit mindestens einer halben Stunde nebeneinander, ohne ein einziges Wort gesagt zu haben. Und das ist okay so! Ich habe absolut nicht das Gefühl, dass mir unbedingt irgendwas einfallen müsste, worüber wir reden könnten.

Vielleicht reden wir auch deshalb nicht, weil es viel zu viel zu reden gäbe. Und wir beide nicht wissen, wo wir überhaupt anfangen sollten. Jedenfalls ist es völlig in Ordnung, einfach nur so dazuhocken und gar nichts zu sagen. Während die Scheibenwischer über die Windschutzscheibe quietschen und wir uns im zweiten Gang irgendeine Autobahnsteigung hochquälen. Mit zwanzig, falls der Tacho nicht kaputt ist. Ist er nicht, gerade werden wir nämlich schon wieder von einem Laster überholt! Aber der VW-Bus von meinem Vater schafft auch bergab höchstens hundert. Wenn überhaupt.

Als ich meinen Vater vorhin mal vorsichtig gefragt habe, ob ihn das auf die Dauer nicht nerven würde, hat er bloß gegrinst und mit dem Zeigefinger auf ein Blechschild getippt, das genau in der Mitte vom Armaturenbrett angeschraubt ist: *Nimm dir Zeit und nicht das Leben!*

Überhaupt ist mein Vater ziemlich stolz auf seinen Bus. Manchmal redet er sogar mit ihm. Klopft mit der Hand aufs Lenkrad und sagt so Sachen wie: Gut gemacht, Alter, oder: Na los, Junge, jetzt zeig mal, was du kannst.

Ich muss allerdings zugeben, dass der Bus wirklich ziemlich irre ist. Also nicht nur uralt, sondern wirklich was Besonderes. Außen ist er rotweiß, jedenfalls da, wo keine Rostflecken sind, und die Windschutzscheibe ist in der Mitte geteilt, dafür hat er dann nicht nur ringsum lauter Fenster, sondern auch noch oben, an den Seiten vom Dach. Und innen ist er endgültig absolute Spitze! Wie ein Wohnwagen, nur besser. Richtig mit Tisch und Herd und allem, und wenn man den Tisch nach unten kurbelt und die Sitze umklappt, hat man ein Bett, in dem bequem drei Leute pennen können. Oder zwei Leute und ein Hund.

Am besten ist aber wahrscheinlich sowieso der Plattenspieler, der vorne hinter der Scheibe mit Klebeband festgemacht ist. Ungefähr so groß wie eine große Zigarrenkiste, und mit einem Schlitz drin. Ein bisschen wie ein CD-Player, nur dass natürlich keine CDs reinpassen, sondern nur die verschrammten Singles von meinem Vater. Jede Menge Zeug aus dem letzten Jahrhundert! Zum Glück sind auch ein paar Platten von den Beatles dabei: „I feel fine" und „Day Tripper" und solche Sachen. Wenn mein Vater und ich laut genug mitsingen, hört man nicht mal mehr den Motor. Obwohl ich mir nicht so sicher bin, was für irgendeinen Dritten eigentlich angenehmer ist. Für Poodle, zum Beispiel. Doch, bin ich mir sicher, mein Vater kann nämlich mindestens genauso schlecht singen wie ich! Jedenfalls haben wir vor dem Beifahrersitz einen ganzen Pappkarton voll mit Singles stehen, und mein Job ist es, die Platten zu wechseln. Einer meiner Jobs. Ansonsten muss ich Brötchen schmieren, weil mein Vater beim Fahren immer Hunger kriegt. Und dann braucht er alle paar Minuten frischen Kaffée aus einer seiner Thermoskannen. Oder ich muss die Schokoladenkekse suchen, die angeblich noch irgendwo hinten in einem der Staukästen sein sollen. Was sie natürlich nicht sind. Nicht mehr, würde ich sagen. Poodle leckt sich nämlich gerade zufrieden mit der Zunge über die Schnauze. Sehr zufrieden!

Seit heute Morgen sind wir jetzt unterwegs. Und es ist noch nicht mal eine Woche her, dass ich mit Sabine und dem halb nackten Fettklops beim Frühstück gesessen habe und zusehen musste, wie meine Nutella in beängstigendem Tempo weniger wurde. Und dann war plötzlich mein Vater da. Und Poodle natürlich. Zum Glück. Denn sonst hätte wahrscheinlich erst mal keiner gewusst, was er überhaupt sagen soll.
Sabine hat noch einen Stuhl geholt und wir haben alle in der Küche gesessen und Poodle hat uns unterhalten. Hat Sabine die Füße abgeleckt, die Salami vom Tisch geklaut und Meatloaf Dietloffs Textheft für die neue Produktion in kleine Schnipsel zerlegt. Rumgestottert haben wir dann trotzdem noch genug. Später, nachdem Sabine den Fettklops endlich vor die Tür gesetzt hatte.
„Geschlossene Gesellschaft", hat sie gesagt, „Familienangelegenheit."

Und der Fettklops ist tatsächlich gegangen. Nicht ohne noch ein paar dumme Sprüche abzulassen natürlich. Dass er doch auch schon so gut wie zur Familie gehören würde und so. Aber als er dabei auch noch mit seinen Wurstfingern an Sabines Knie rumgrabbeln wollte, fing Poodle plötzlich an zu knurren. Ganz tief unten in der Kehle. Und keine zwei Minuten später war die Fettbacke verschwunden!

Ich weiß nicht mehr, wie viele Stunden wir dann in der Küche gehockt haben. Irgendwann zwischendurch ist Sabine mal los, um Pizza zu holen. Hunger hatte aber eigentlich sowieso niemand. Und ich am allerwenigsten! Ich habe nur dagesessen und den Typen angestarrt, der angeblich mein Vater sein sollte. Lange, graue Haare, die hinten zu einem Zopf zusammengebunden waren. Ein Bart, in dem nach jedem Schluck Kaffée ein paar Tropfen hängen blieben. Alte, abgeschrappte Clogs an den Füßen, und eine hoffnungslos zerrissene Jeans, ein dicker Wollpullover und darüber noch eine abgegriffene Lederjacke. So eine, wie Motorradfahrer sie manchmal anhaben. Anhatten, meine ich, so vor hundert Jahren ungefähr! Und das mitten im Sommer, während Sabine und ich uns langsam, aber sicher wegschwitzten!

Aber seine Augen haben mir gefallen. Grau, mit ein bisschen Grün drin, und irgendwie total freundlich. Und die Art, wie er geredet hat, fand ich spannend. Na ja, viel geredet hat er eigentlich nicht. Zu Anfang jedenfalls nicht. Nur geraucht wie verrückt. Bis Sabine sich beschwert hat und alle Fenster aufgerissen. Aber trotzdem, irgendwie habe ich ihn gleich gemocht. Obwohl er mir ja total fremd war und ich solche Typen wie ihn bisher höchstens aus dem Fernsehen kannte. Immer wenn meine Mutter gerade mal wieder ihrer Jugend hinterhertrauerte und sich mit Sabine irgendwelche Hippiefilme angesehen hat. „Alice's Restaurant" und „Easy Rider" und solche Sachen. Okay, ein bisschen war ich natürlich durch seine Comics vorbereitet, also ich meine, so in etwa habe ich ja gewusst, was mich erwartete. Ich hatte eben nur nicht gedacht, dass es wirklich passieren würde! Schließlich hatte meine Mutter mir es ja immer wieder lang und breit erklärt. Dass mein Vater auch am Theater gewesen war, als Bühnenbildner, und dass sie ihn auch wirklich geliebt hätte und alles, aber dass sie dann eben beide gemerkt hätten, dass es nicht geht. Dass sie völlig verschieden sind und nie zusammenleben könnten. Und sich deshalb darauf geeinigt hätten, dass ich bei meiner Mutter bleibe und mein Vater für mich mehr oder weniger gar nicht existieren sollte. Eher mehr. Bis ich selber alt genug wäre, um mich vielleicht anders zu entscheiden. Wann immer das sein sollte.

Eine merkwürdige Geschichte. Aber anders kannte ich es nicht und irgendwann muss ich mich wohl auch einfach damit abgefunden haben. Wie ich mich ja auch damit abgefunden hatte, dass ich meine Mutter nur noch alle paar Wochen mal zu Gesicht bekomme. Und dass eben Sabine mich Englischvokabeln abhört und mit mir Klamotten kaufen geht und meine Hand hält, wenn ich mit Fieber im Bett liege. Sabine und nicht meine Mutter. Oder mein Vater …

Ich habe übrigens keine Ahnung, was Sabine gedacht hat, als mein Vater plötzlich in der Tür stand. Ich weiß auch nicht, ob sie jetzt traurig ist, weil ich so Knall auf Fall mit meinem Vater verschwunden bin. Oder ob sie vielleicht sogar ganz froh darüber ist, ich meine, weil sie jetzt endlich mal ihre Ruhe hat und in den Ferien machen kann, was sie will. Und keine Rücksicht auf mich zu nehmen braucht. Ich weiß ja noch nicht mal, wie ich mich eigentlich selber fühle!

Es ging alles so furchtbar schnell. Und natürlich war ich erst mal hin und weg, plötzlich einen Vater zu haben. Und dann auch noch gleich einen, der so total anders ist als alle anderen Väter, die ich kenne. Und der von Anfang an mit mir geredet hat, als wäre ich eine Erwachsene! Vielleicht hat er auch einfach nur keine Erfahrung – mit Kindern oder Jugendlichen, meine ich. Wie sollte er auch? Und natürlich war ich ihm genauso fremd wie er mir. Aber ich glaube, das war es vor allem: dass ich das Gefühl hatte, er nimmt mich ernst, egal, was ich erzählt habe!

Klar, ein bisschen Angst hatte ich auch. Habe ich immer noch. Vor allem, weil ich bis heute absolut nicht kapiere, worum es eigentlich geht. Aber ich fürchte, ich bin nicht die Einzige, die es nicht kapiert. Meinem Vater scheint es zumindest genauso zu gehen. Seit er mir zum ersten Mal den Brief von meiner Mutter gezeigt hat, rätseln wir rum, was eigentlich los ist. Deshalb ist mein Vater ja auch überhaupt nur aufgetaucht. Wegen dem Brief, meine ich. Und deshalb sind wir ja auch zusammen unterwegs. Richtung Bologna, in Italien!

Gerade will ich meinem Vater mitteilen, dass seine Kaffeevorräte endgültig aufgebraucht sind, da kurvt er plötzlich gefährlich schlingernd die nächste Ausfahrt hoch und brummt dabei irgendwas in seinen Bart. Wenn ich mich nicht irre, sollte das wohl so was heißen wie: „Verdammte Scheißautobahn, mir reicht's, wir nehmen die Landstraße!"

Er mag nämlich keine Autobahnen. Hat er mir vorhin gerade erst erklärt. Er hat gesagt, Autobahnen wären nur was für karrieregeile BMW-Fahrer auf dem Weg zum nächsten

Management-Seminar, wo sie lernen, wie man noch mehr Arbeitsplätze wegrationalisiert. Um noch mehr Kohle zu scheffeln. Um sich dann wieder das neueste BMW-Modell leisten zu können. Oder so ähnlich jedenfalls. Mir soll es egal sein. Meinetwegen fahren wir eben über die Landstraße. Ist sowieso gemütlicher.

Ich klettere nach hinten und mache es mir bequem. Streichel Poodle ein bisschen und gucke zu den Dachfenstern raus. Wie die Wolken vorüberziehen. Bis mir fast schwindlig wird und ich nicht mehr weiß, was sich nun eigentlich bewegt. Wir oder die Wolken oder alles zusammen.

Ich krame in meiner Tasche und hole noch mal den Brief von meiner Mutter raus. Den an meinen Vater ...

Lieber Burkhard,
mir reicht's. Ich kann nicht mehr und ich will auch nicht mehr. Marei ist schließlich auch deine Tochter. Also kümmer dich gefälligst auch mal um sie.
Susanne
PS
Ich erwarte euch am 20.6. in Bologna. Dann können wir reden.

Es hilft nichts. Ich kapiere immer noch kein Wort. Ich weiß nur, dass wir morgen den Zwanzigsten haben.

Gammelsdorf

Als ich wieder wach werde, stehen wir. Der Motor ist aus und Poodle und mein Vater sind verschwunden. Nein, sind sie nicht. Sie stehen vor dem Bus und reden mit ein paar Kindern. Das heißt, mein Vater redet mit den Kindern und Poodle leckt einem Jungen das Gesicht ab.

Ich gucke mich um. Wir sind auf irgendeinem Dorfplatz. Aber wo?

„He!", rufe ich zum Fenster raus. „Wo sind wir?"

„In Gammelsdorf", ruft mein Vater zurück, „mitten in Bayern!" Und als er mein Gesicht sieht, setzt er grinsend hinzu: „Doch, das Kaff heißt wirklich so, stimmt schon. Und ich habe einen Cousin hier, dem die Kneipe gehört. Also los, wollen wir mal sehen, was es bei ihm so zum Abendessen gibt!"

Ich ziehe mir schnell ein Sweatshirt von meinem Vater über. Mit einem Hanfblatt vorne drauf! Ich habe zwar einen ganzen Koffer voll Klamotten dabei, aber im Moment ist mir einfach danach, irgendwas von meinem Vater anzuziehen. Ist irgendwie ein gutes Gefühl. Und er sagt auch kein Wort, sondern grinst nur.

Wir marschieren in die Kneipe, die dem Cousin gehören soll. GASTHAUS ZUR EICHE steht über der Tür.

„Na, das kann ja heiter werden", brummt mein Vater.

„Hoffentlich erkennt er mich überhaupt noch ..."

Tut er nicht. Kann er auch nicht. Weil er nämlich gar nicht

da ist. Aber das kriegen wir erst raus, nachdem wir ungefähr eine halbe Stunde an der Theke rumgestanden haben und mindestens zehn verschiedenen Leuten versucht haben zu erklären, wer wir sind. Und dass wir den Chef suchen. Den Cousin von meinem Vater. Aber entweder verstehen sie uns hier tatsächlich nicht oder sie wollen uns nicht verstehen. Jedenfalls kriegen wir anstelle irgendwelcher Antworten grundsätzlich nur ein Schulterzucken. Erst als mein Vater ein Bier und eine Cola bestellt und dazu großspurig erklärt: „Schreib es einfach auf, geht auf Kosten des Hauses", spuckt der Typ am Zapfhahn einen vollständigen Satz aus.

„Nix da, entweder ihr zahlt's sofort oder ihr fliegt's raus!", knurrt er und packt meinen Vater am Ärmel.

„Ist schon okay", mischt sich da endlich eine Frau mit langen silber gefärbten Haaren ein, die schon die ganze Zeit an der Küchentür gelehnt und uns beobachtet hat.

„So, du bist also dieser Hippie aus Finnland", stellt sie dann fest, nachdem sie meinen Vater noch mal von oben bis unten gemustert hat. „Hab schon viel von dir gehört."

„Aus Dänemark", sagt mein Vater. „Christiania ist in Kopenhagen und Kopenhagen ist in Dänemark."

„Mir doch egal", sagt die Silbergefärbte. „Der Chef ist jedenfalls nicht da. Und wahrscheinlich kommt er auch erst nächste Woche wieder."

„Aber wo zum Teufel ist er denn?", fragt mein Vater empört, als wäre es wirklich eine Zumutung, dass sein Cousin nicht da ist, wenn wir mal eben unangemeldet in seine Kneipe geschneit kommen.

„Australien? Südafrika?", meint die Silbergefärbte gelangweilt. „Ich weiß auch nicht genau, irgendwo da."

„Australien", stottert mein Vater verblüfft. „Südafrika …"

„Ja, genau", sagt die Silbergefärbte, „irgendwo da. Zum Tauchen."

„Aha", sagt mein Vater.

Und dann sagt erst mal keiner mehr was. Bis der Silbergefärbten auffällt, dass wir immer noch da sind.

„Wenn ihr wollt, könnt ihr nach hinten gehen", sagt sie, „es gibt gleich einen Film. Heute ist nämlich Kino!"

„Nach hinten ...?", fragt mein Vater.

„In den Tanzsaal", erklärt die Silbergefärbte genervt, „da gibt es gleich einen Film." Wobei sie jedes einzelne Wort betont, als kämen wir frisch vom Mond oder so. Was sie wahrscheinlich auch glaubt.

„Film ist immer gut", sagt mein Vater und schnappt sich unsere Gläser.

„Wollen wir wirklich hier bleiben?", frage ich leise. Aber er latscht schon quer durch den Gastraum. Und da ich nicht besonders scharf darauf bin, mich für den Rest des Abends mit der Silbergefärbten zu unterhalten, bleibt mir kaum was anderes übrig, als hinter ihm herzulatschen.

„Komm", sage ich also zu Poodle, „wir gehen ins Kino ..."

Die Kneipe ist größer als ich gedacht hätte. Es gibt sogar einen Billardtisch. Und zwei oder drei Flipper und einen uralten Krökelautomaten, aus Holz noch! Es sind auch jede Menge Leute da, vor allem Jugendliche. Ein paar hängen wild knutschend neben der Klotür rum, aber die meisten scheinen schon zu betrunken zum Knutschen zu sein. Oder zum Krökeln. Und Poodle löst prompt so was wie eine mittlere Panik aus! Obwohl er wirklich ganz dicht an meiner Seite bleibt und nur einmal kurz knurrt, als sich uns ein Typ in den Weg stellt, der bis unters Kinn tätowiert ist und irgendwas von Freibier labert. Mir ist das Ganze absolut nicht geheuer. Aber mein Vater schiebt den

Typen einfach freundlich zur Seite und tut so, als wäre nichts weiter.

Der Tanzsaal dagegen ist gähnend leer. Am Rand stehen ein paar Tische, sonst nichts. Und weiter vorne ist eine Bühne. Wahrscheinlich für die Band. Oder Blaskapelle oder was sie hier dazu sagen. Aber heute soll ja angeblich „Kino" sein, wie die Silbergefärbte behauptet hat. Und wenn mich nicht alles täuscht, dann soll das Bettlaken hinter der Bühne wahrscheinlich … die Leinwand darstellen!

Stimmt. Genau gegenüber entdecke ich jetzt auch eine Art Gerüst, mit einem Tisch, auf dem ein Filmvorführapparat steht. Und auf dem Stuhl daneben hockt ein Typ mit Cowboyhut (!) und fummelt irgendwas. Das wird dann wohl der Filmvorführer höchstpersönlich sein.

„Ist ja irre", lässt sich mein Vater jetzt vernehmen, „fast genauso sah unser erstes Kino in Christiania auch aus!"

„Kino?", frage ich nur und verdrehe die Augen.

„Es kommt nicht darauf an, wie man sitzt, sondern was man sieht", erklärt mein Vater.

Na wunderbar, denke ich, jetzt fang bloß nicht an, mir hier irgendwelche Vorträge halten zu wollen! Ich pflanze mich wortlos auf den nächstbesten Stuhl und plötzlich habe ich totale Sehnsucht nach Hildesheim! Na ja, eigentlich nur nach den Kinos in Hildesheim. Oder besser noch in Hannover.

Nach einem richtigen Kino, mit richtigen Kinosesseln und mit einer richtigen Leinwand und …

„Gibt's hier wenigstens Popcorn?", maule ich vor mich hin. Aber da ruft der Cowboy auch schon zu uns rüber: „Alles klar? Kann ich loslegen?"

„Alles klar", sagt mein Vater und zieht sich einen zweiten

Stuhl für seine Füße ran. Aber dann muss er doch noch mal aufstehen, um das Saallicht auszumachen.

„Danke, Alter", blökt der Cowboy und dann geht es los. Der Film heißt „Feld der Träume" und zu Anfang finde ich erst mal alles einfach nur doof. Klar, meine Laune ist schließlich auch so ziemlich auf dem Nullpunkt. Und ich frage mich, was wir hier eigentlich verloren haben. Was ich hier eigentlich verloren habe. Und warum ich mir ausgerechnet einen Film ansehen soll, in dem es um irgendeinen blöden Typen geht, der irgendwo in Amerika irgendein blödes Maisfeld hat! Außerdem hängt das Bild auch noch halb an der Decke und ist total unscharf.

Ich nehme an, das ist auch der Grund, weshalb mein Vater gerade aufsteht und zu dem Cowboy rüberlatscht. Aber nachdem das Bild dann tatsächlich irgendwann auf dem Betttuch gelandet ist und wir uns auch noch neue Plätze gesucht haben, möglichst weit weg von dem ratternden Vorführapparat, fängt der Film plötzlich an mich zu interessieren. Also, ich meine, die Geschichte ist nach wie vor ziemlich merkwürdig, aber ...

Der Typ mit dem Maisfeld ist jedenfalls pleite, so viel wird jetzt immerhin klar. Und dann hört er eines Nachts eine Stimme, die ihm sagt, dass er mitten in seinem bescheuerten Maisfeld einen Baseballplatz anlegen soll. Was er auch macht, mit Zuschauertribünen und Flutlicht und allem. Natürlich halten ihn die Leute alle für völlig durchgeknallt, auch seine Frau, aber er macht es trotzdem. In der nächsten Nacht hört er wieder die Stimme. Diesmal soll er das Licht anmachen, draußen auf dem Baseballplatz. Macht er natürlich auch. Man sieht also den leeren Platz in dem gleißenden Licht und plötzlich kommen von allen Seiten irgendwelche Baseballspieler und fangen an zu spielen. Und er geht hin und redet mit ihnen. Wobei sich rausstellt, dass die Spieler alle längst tot sind! Das heißt, es sind alles irgendwelche Baseballspieler, die früher mal berühmt gewesen waren, und sie haben nur darauf gewartet, dass er diesen Platz baut, damit sie wieder spielen können …

So geht das ein paar Nächte lang, er macht das Licht an, die Spieler kommen, spielen ein bisschen und verschwinden wieder. Völlig irre! Und dann kommt der Tag, an dem sie auch bei hellem Sonnenschein auf dem Platz erscheinen! Und der Nachbar kommt angefahren und will unserem Typen ein Angebot machen, für das Haus und den Baseballplatz und das restliche Maisfeld und alles. Aber der sitzt mit seiner Familie auf der Tribüne und hört gar nicht zu. Woraufhin der Nachbar total sauer wird. Er kann nämlich die Spieler immer noch nicht sehen, für ihn ist das Spielfeld total leer! Und als unser Typ ihm das Ganze jetzt zu erklären versucht, zeigt er ihm nur einen Vogel und sagt so was wie: Du tickst doch nicht mehr richtig, du gehörst doch in die Klapsmühle! Aber da dreht sich das kleine Mädchen zu ihm um und sagt: Sag mal, bist du eigentlich so blöd? Du brauchst doch nur hinzugucken, sie sind doch alle da und spielen!

Im nächsten Moment wird die Leinwand plötzlich wieder hell und … Hä? Der Film kann doch unmöglich schon zu Ende sein.

Ich kneife irritiert die Augen zusammen.

„Die Spule muss ausgewechselt werden", sagt mein Vater und nickt mit dem Kopf in Richtung Vorführapparat. „Die alten Spulen sind zu klein, da passt nicht der ganze Film drauf. Deshalb hatten wir in Christiania auch immer zwei Vorführmaschinen, wenn die eine Spule durch war, hat der Vorführer einfach nur die zweite Maschine zu starten brauchen!"

Die Silbergefärbte kommt mit einem Tablett rein. Was zu essen für den Cowboy. Und für meinen Vater und mich! Zwei riesige Scheiben Leberkäse mit einem Berg Bratkartoffeln und Spiegeleiern und Gurken.

„Geht auf Kosten des Hauses", erklärt die Silbergefärbte, und ehe wir überhaupt „danke" sagen können, redet sie auch schon weiter: „Ich habe euch oben ein Zimmer fertig gemacht, ihr könnt einfach durch die Küche durch und die Treppe hoch, die erste Tür links, das Klo ist gleich daneben."

„Äh …", macht mein Vater.

„Äh …", mache ich.

„Ist schon okay", sagt die Silbergefärbte, „oder wollt ihr etwa in eurem komischen Bus da draußen schlafen?"

„Nein", sagt mein Vater, „ja …"

„Ja", sage ich, „nein …"

„Na also", sagt die Silbergefärbte, „dann lasst's euch mal schmecken. Und wenn ihr mich braucht, ich bin an der Theke!"

Und weg ist sie.

Mein Vater und ich gucken uns verblüfft an. Dann grinst er und zuckt mit den Schultern.

„Na los, lassen wir's uns schmecken!"

Eigentlich mag ich gar keinen Leberkäse. Seit ich mal irgendwo gelesen habe, dass Leberkäse so ziemlich nur aus Abfällen besteht. Mit allem Scheiß drin. Also zum Beispiel auch mit allem, was sie zum Schluss so auf dem Boden zusammenfegen.

Aber ich habe Hunger. Und der Leberkäse auf dem Teller vor mir sieht irgendwie total lecker aus. Ich schalte also mein Gehirn ab und fange an zu futtern. Schmeckt auch lecker!

Ich esse, bis ich fast platze. Aber es bleibt trotzdem noch genug für Poodle übrig.

Kaum sind wir fertig, hat es der Cowboy auch geschafft, die Spule zu wechseln, und der Film geht weiter. Aber entweder habe ich einfach zu viel gegessen, oder in den Abfällen, aus denen sie den Leberkäse zusammengeklatscht haben, war jede Menge Schlafmittel drin. Jedenfalls fallen mir fast die Augen zu. Ich kriege gerade noch mit, dass irgendwas nicht stimmt, in dem Film, meine ich. Also offensichtlich fehlt noch ein Spieler, und unser Typ hört wieder die Stimme, die ihm sagt, dass er diesen Spieler suchen soll. Da steigt er in seinen VW-Bus, der ein bisschen so aussieht wie unserer, und macht sich auf den Weg. Und dann weiß ich nicht mehr, was ich im Film gesehen habe oder geträumt habe …

Aber irgendwann liege ich neben meinem Vater in einem riesigen Bett, und Poodle liegt am Fußende, und obwohl meine Bettdecke ungefähr die Ausmaße eines mittleren Gebirges hat, klappern mir vor Kälte die Zähne. Meinem Vater geht es nicht anders. Was auch kein Wunder ist. Die Bettdecken sind nämlich total feucht, und die Matratzen genauso, eiskalt und feucht.

„Wahrscheinlich hat hier schon seit Ewigkeiten keiner mehr drin gelegen", klappert mein Vater vor sich hin.

„Oder das ist eigentlich das Bett von der Silbergefärbten und sie steht auf Kühlschränke", sage ich und muss ein bisschen kichern.

Mein Vater denkt eine Weile nach. „Glaube ich nicht", sagt er dann ganz ernst. Im nächsten Moment lachen wir uns halb kaputt. Und dann schnappen wir uns unser Zeug und schleichen die Treppe runter und durch die Hintertür zu unserem Bus.

Fünf Minuten später stecke ich endlich in meinem Schlafsack und fange ganz langsam an, wieder warm zu werden.

„Was ist eigentlich vorhin in dem Film noch passiert?", frage ich zu meinem Vater rüber.

„Ist gut ausgegangen", sagt mein Vater und dreht sich auf die andere Seite.

Aber so schnell gebe ich nicht auf. „Was heißt das?", will ich wissen.

„Oh Mann", stöhnt mein Vater, „worum ging es denn in dem Film?"

Ich überlege einen Moment. „Ich glaube, um jemanden, der einen Traum hat", sage ich dann leise.

„Genau", sagt er, „und der alles dafür tut, dass dieser Traum Wirklichkeit wird."

„Egal, was die anderen davon denken", mache ich weiter.

„Völlig egal", stimmt mir mein Vater zu.

„Oder wie bescheuert der Traum vielleicht ist", sage ich und muss daran denken, dass es doch wirklich völlig bescheuert ist, sich einen Baseballplatz zu bauen, nur damit ein paar tote Baseballspieler wieder spielen können!

„Ist ihm egal", sagt mein Vater, „er macht es einfach."

„Irgendwie verrückt", flüstere ich, „oder?"

Unterwegs 2

Bis wir oben auf dem Brenner sind, ist es schon längst Nachmittag. Und ich habe keine Ahnung, wie wir es heute noch bis Bologna schaffen wollen. Aber meinen Vater scheint das überhaupt nicht zu stören. Obwohl er auch keine Ahnung hat. Hat er eben selber zugegeben.

„Keine Ahnung", hat er gesagt, als ich ihn gefragt habe. „Vielleicht schaffen wir es, vielleicht auch nicht."

„Aber Susanne hat gesagt, dass wir heute da sein sollen!", habe ich ihn noch mal erinnert. Und mein Vater hat mit den Schultern gezuckt und ist vor mir her in die Cafeteria gelatscht. Hat sich einen Cappuccino bestellt und leckt sich jetzt genüsslich den Schaum vom Bart. Überhaupt scheint er mit sich und der Welt sehr zufrieden zu sein. Aber mir geht er schon den ganzen Tag auf die Nerven …

Angefangen hat es damit, dass wir heute Morgen natürlich verschlafen haben. Und als wir dann eine Runde mit Poodle gedreht hatten, wäre es höchste Zeit gewesen loszufahren. Nur musste sich mein Vater jetzt erst noch unbedingt von der Silbergefärbten verabschieden. Wozu ich absolut keine Lust hatte. Ich bin also schon mal in den Bus geklettert und habe Poodle ein paar alte Beatles-Platten vorgespielt. Bis es uns beiden zu dumm wurde.

Also sind wir los, um meinen Vater zu suchen. Was auch nicht weiter schwierig war. Er saß am Küchentisch, hatte einen Korb mit frischen Brötchen vor sich und hat heißen

Kakao geschlürft. Und uns hatte er ganz offensichtlich glatt vergessen. Aber das dickste Ding war die Silbergefärbte. Die war nämlich inzwischen so um die 80 Jahre alt geworden! Für einen Moment habe ich mich ernsthaft gefragt, ob bei mir noch alles ganz richtig in der Birne ist. Oder ob wir vielleicht wirklich so lange auf meinen Vater gewartet hatten. Aber dann stellte sich zum Glück raus, dass es gar nicht die Silbergefärbte selber war, sondern nur die Mutter von der Silbergefärbten. Was die Sache aber auch nicht besser machte. Ich habe mir zwar wenigstens schnell noch zwei Brötchen sichern können, selbst gemachte, aus einem uralten Herd mit Holzfeuer, aber die Mutter von der Silbergefärbten hat ohne Pause geredet. Und wenn sie nicht geredet hat, hat mein Vater geredet. Überhaupt schienen sich die beiden blendend zu verstehen. Poodle und ich hatten jedenfalls keine Chance.

Geendet hat das Ganze damit, dass wir alle zusammen noch mal quer durchs Dorf gelatscht sind. Um uns irgendein blödes Denkmal anzugucken, von dem die Mutter von der Silbergefärbten erzählt hatte. Von irgendeiner bescheuerten Schlacht gegen Napoleon. Und diese Schlacht hatte angeblich irgendwas mit einer anderen Schlacht zu tun, die bei einem Kaff namens Langensalza stattgefunden hatte. Und aus Langensalza würde meine Großmutter kommen, also seine Mutter, hat mein Vater der Mutter von der Silbergefärbten erklärt.

Sehr interessant, wirklich. Und auch gar nicht weiter kompliziert. Das Denkmal war dann übrigens nichts weiter als ein blöder Stein mitten auf einem blöden Acker, und das Interessanteste war noch, dass Poodle viermal (!) dagegengepinkelt hat.

„Ich glaube, das haben wir gut gemacht", hat mein Vater

zufrieden gemeint, als wir endlich wieder auf der Landstraße waren.

„Hä?", habe ich gefragt.

„Mann, überleg doch mal", hat er gesagt, „die hat doch
sonst niemand mehr, mit dem sie groß reden kann. Was
meinst du, wie die sich gefreut hat. Hast du ja gemerkt.
Und die Brötchen waren absolut Spitze, das musst du zugeben!"

„Kam deine Mutter wirklich aus Langensalza?", habe ich
nach einer Weile gefragt.

„Quatsch, natürlich nicht ..."

In München hätten wir dann fast noch richtig Streit gekriegt. Was heißt hätten, haben wir! Als mein Vater nämlich wieder von der Autobahn runter ist und behauptet
hat, dass es viel schneller gehen würde, wenn man quer
durch die Stadt fährt. Und dann hat sich rausgestellt, dass
er in Wirklichkeit „nur mal eben bei einem alten Kumpel
vorbeigucken" wollte, der in München wohnt.

„Du hast doch eine Macke", habe ich gesagt und ihm einen
Vogel gezeigt, woraufhin er total beleidigt war. Aber wenigstens hat er erst mal an einer Telefonzelle angehalten,
um seinen Kumpel anzurufen. Und als er wieder zum Bus
zurückkam, hat er irgendwas geknurrt wie: „Dann eben
nicht." Mit anderen Worten: Der Kumpel war gar nicht zu
Hause!

Ohne ein Wort sind wir wieder aus München raus, und ich
habe nur gedacht, sieh mal einer an, so schnell geht das.

Wir sind noch keine zwei Tage unterwegs und schon ist
alles wieder vorbei mit dem tollen Typen, der mein Vater
sein soll. Das Einzige, was übrig bleibt, ist ein Spinner
mit zu langen Haaren und absolut mieser Laune. Und ein

Mädchen, das diesen Spinner am liebsten gar nicht erst kennen gelernt hätte. Was soll das Ganze eigentlich, habe ich gedacht, bisher bin ich ja auch ganz gut klargekommen, auch ohne Vater! Und dann ist mir der Brief von meiner Mutter wieder eingefallen und weshalb wir überhaupt unterwegs waren, und im nächsten Moment hätte ich am liebsten geheult! Weil irgendwie alles das totale Chaos war. Warum konnte ich nicht einfach ganz normale Eltern haben, so wie andere Leute auch?

Irgendwas muss mein Vater aber doch gemerkt haben. Jedenfalls hat er sich plötzlich alle Mühe gegeben, die Stimmung ein bisschen aufzuheitern. Hat von früher erzählt, von sich und seinen Eltern, und wie sie mal zum Skiurlaub in irgendeinem Hotel waren, total vornehm und so, und er dann beim Abendessen ganz laut losgebrüllt hat, dass er dringend mal kacken müsste ...

„Da muss ich so vier oder fünf Jahre alt gewesen sein", hat er erzählt, „und die anderen Gäste haben alle so getan, als hätten sie nichts gehört, aber meine Eltern wären am liebsten im Erdboden versunken, so peinlich war es ihnen! Da, siehst du", hat er gesagt und auf ein Autobahnschild gezeigt, an dem wir gerade vorbeikamen, „da muss es gewesen sein, Flintsbach, genau, so hieß der Ort, am Wendelstein ..."

„Hauptsache, wir fahren da jetzt nicht auch noch hin, um uns mal eben das Hotel anzugucken", habe ich gesagt, worüber wir dann beide plötzlich lachen mussten, und für die nächsten zwei Stunden war die Stimmung auch wirklich wieder ganz okay. Vielleicht lag es auch daran, dass die Berge um uns rum einfach zu schön waren, um weiter schlechte Laune zu verbreiten. Wir waren ja mitten in den Alpen, und an ein paar Stellen lag sogar noch Schnee, ganz oben, und ich war doch noch nie in den Alpen gewesen, weil Sabine immer nur ans Meer will.

Und jetzt das. Jetzt stehen wir oben auf dem Brenner in irgendeinem hässlichen Betonschuppen, der sich Cafeteria nennt, und die Nerverei geht schon wieder los. Weil mein Vater es absolut nicht für nötig zu halten scheint, sich auch nur ein bisschen zu beeilen. Langsam frage ich mich, ob es vielleicht was mit mir zu tun hat. Also, ich meine, dass er vielleicht immer genau das Gegenteil von dem macht, was andere von ihm wollen. Wenn ich also sage, dass wir uns beeilen müssen, lässt er sich erst recht Zeit! Ich glaube fast, das ist es ...

„Du", sage ich, „wenn du vielleicht noch in Ruhe was essen willst oder hier in der Nähe noch jemanden kennst, den du gerne besuchen würdest, kein Problem, ich glaube, so weit ist es gar nicht mehr bis Bologna. Und außerdem geht es ja bergab, da brauchen wir bestimmt nicht so lange."

Mist, ich glaube, jetzt habe ich es aber doch ein bisschen übertrieben. Er starrt mich nur bitterböse an, dann kippt er seinen Cappuccino runter, knallt die leere Tasse auf den Tresen und marschiert zur Tür raus. Und als ich ganz schnell noch mal zum Klo will, um zu pinkeln, verdreht er doch tatsächlich die Augen und tippt vorwurfsvoll auf seine Armbanduhr! Er spinnt, ganz klar.

Ich mache mich jedenfalls schon mal auf eine Fortsetzung aus der Soap „Mein Vater hat schlechte Laune" gefasst. Aber gerade, als ich beschlossen habe, nach hinten zu klettern und ein bisschen zu pennen, sagt er plötzlich: „Okay, okay, du hast ja Recht. Es ist nur so, dass ich es auf den Tod nicht ausstehen kann, wenn mich jemand drängelt. Oder mir sagt, was ich tun soll."

„Das habe ich gemerkt", sage ich.

„Ich fürchte, wir brauchen noch einige Zeit, bis wir uns aneinander gewöhnt haben", sagt er.

„Fürchte ich auch", sage ich.

Er grinst. Ich grinse zurück.

Und dann jagen wir mit fast hundert Sachen bergab, mein Vater streichelt liebevoll das Lenkrad und brummt irgendwas wie: „Also los, Alter, jetzt zeig mal, was du kannst." Gleich darauf aber muss er schnellstens wieder mit beiden Händen zugreifen, weil ein VW-Bus Baujahr 1963 bei Tempo 100 und bergab ganz offensichtlich nicht einfach geradeaus fährt, sondern eher von links nach rechts torkelt und eigentlich beide Fahrspuren braucht.

„Das liegt am Sturz der Vorderräder", erklärt mein Vater. „Wenn die Straße zu einer Seite hin ein wenig runtergeht, dann ..."

Schon klar. Wenn ich auch keine Ahnung habe, was der Sturz der Vorderräder ist, aber das Ergebnis ist deutlich genug!

Die nächste halbe Stunde versuchen wir auszurechnen, wie lange die Fahrt von Gammelsdorf bis Bologna wohl dauern würde, wenn wir einen dicken BMW hätten. Und wenn wir nicht quer durch München gefahren wären und mein Vater keinen Cappuccino getrunken hätte und ich nicht pinkeln gewesen wäre. Aber so richtig rauskriegen tun wir's nicht.

„Ungefähr 650 Kilometer", rechnet mein Vater, „und wir fahren im Schnitt vielleicht 80, das wären sechseinhalb Stunden bei hundert, also sagen wir mal acht Stunden, und der BMW fährt ..."

„140", schlage ich vor.

„Mindestens", sagt mein Vater nickend, „eher mehr, weil wir ja die ganze Zeit Lichthupe machen und alle wegdrän-

47

geln, und wenn einer nicht gleich beiseite geht, warten wir nicht lange, sondern kacheln rechts an ihm vorbei, und dann die Steigung zum Brenner hoch, na gut, da müssen wir wahrscheinlich vom fünften Gang in den vierten runter …"

„Mist!"

„Aber nicht zu ändern, und im vierten machen wir auch noch locker 120!"

„Aber dann hängen wir hinter so einem alten VW-Bus, der einen Laster überholen will, aber nicht vorbeikommt …"

„Kein Problem, wir gehen rüber auf die Standspur und zack!, vorbei!"

„Und zeigen dem VW-Fahrer einen Vogel …"

„Stinkfinger, das ist das Einzige, was hilft bei diesen Typen! Also im Schnitt 150 würde ich sagen, das sind … etwas über vier Stunden, nicht schlecht, das muss ich zugeben!"

„Du hast nur leider die Geschwindigkeitsbegrenzung vergessen", sage ich, „wir dürfen nur hundert! Seit dem Brenner schon!"

„Ja sind die denn verrückt, nur hundert?", ruft mein Vater. „Die spinnen doch, die Italiener, da hätten wir ja genau so gut gleich VW-Bus fahren können!"

Und immer so weiter.

Für eine ganze Weile vergesse ich sogar völlig, mir Sorgen zu machen, ob wir es wirklich heute noch bis Bologna schaffen.

Aber irgendwann erklärt mein Vater plötzlich, dass es eigentlich eine Sauerei wäre.

„Was?", frage ich.

„Was wir hier machen", sagt er. „Wir rasen hier durch, als hätten wir tatsächlich einen BMW. Und das ist eine Saue-

48

rei. Wir sind in Italien und gucken uns nichts an. Kleben nur auf der Autobahn und fressen Kilometer weg, das ist doch bescheuert. Dabei müsste ich dir eigentlich Verona zeigen und die Arena, in der die Opernfestspiele stattfinden, und die Tauben auf dem Markusplatz von Venedig und ...“

„Nein", sage ich nur. „Wir fahren nicht noch irgendwo hin."

„Ist schon okay", meint mein Vater, „reg dich bloß nicht auf. Ich wollte es ja nur mal sagen."

Wovon ich nicht so überzeugt bin.

Ich gucke auf die Uhr. Fast fünf schon.

„Wie lange noch, was glaubst du?", frage ich.

„Nicht mehr so lange", sagt mein Vater. Wovon er nicht so überzeugt ist, das merke ich ganz deutlich.

Bologna

Drei Stunden später sind wir da. Der Verkehr in Bologna ist völlig irre. Am schlimmsten sind die Mopeds, die knatternd links und rechts an uns vorbeirasen. Und so viel Gehupe habe ich garantiert in meinem ganzen Leben noch nicht gehört!
Aber mein Vater bleibt ganz gelassen, als wären wir allein auf der Straße. Und als er einmal abbiegen will, aber auf der falschen Spur ist, hält er einfach den Arm zum Fenster raus und fährt los.
„Die sehen ja an unserem Nummernschild, dass wir nicht von hier sind", meint er nur achselzuckend.
Aber ich kriege plötzlich so was wie einen mittleren Panikanfall ...
„Sag mal, wo müssen wir überhaupt hin?! Also, ich meine, auf dem Zettel von Mutti steht doch nur Bologna, aber nicht wo in Bologna!"
„Wenn deine Mutter irgendwo ist, hat es mit Sicherheit was mit Theater zu tun. Also brauchen wir bloß ein Theaterprogramm aufzutreiben und schon wissen wir, wo wir sie finden."
„Meinst du wirklich?", frage ich.
„Klar", sagt mein Vater. „Aber erst mal will ich ins Hotel, duschen und mir was anderes anziehen."
„In was für ein Hotel denn?", frage ich entgeistert.
„Wart's ab", sagt mein Vater, „wir sind gleich da ..."

Er biegt in eine Seitenstraße ein, kurvt um eine kleine Grünanlage herum und weiter durch eine Toreinfahrt bis vor eine rosa gestrichene Villa.

„Das ist es", meint er grinsend. „Nicht schlecht, was? Aber es kommt noch besser: Der Schuppen nennt sich Hotel Kennedy, und weißt du, wie die Straße hier heißt? Via Lenin! Hahaha!"

Und will sich fast kaputtlachen, nur ich kapiere kein Wort.

Bis er es mir erklärt: Kennedy war mal ein amerikanischer Präsident, zu der Zeit, als Russland und Amerika ständig kurz davor waren, Krieg gegeneinander zu führen. Und Lenin war der, der in Russland die kommunistische Regierung gegründet hatte. Aha.

„Völlig absurd, was?", freut sich mein Vater.

Zu dritt stiefeln wir die Stufen zum Eingang hoch. Hinter dem Tresen hängt eine sehr coole Blondine, die aufgeregt in den Telefonhörer schnattert, den sie sich mit der Schulter ans Ohr quetscht. Damit sie beide Hände frei hat, um sich gleichzeitig die Fingernägel zu lackieren. Sehr cool, wirklich.

Jedenfalls blickt sie noch nicht mal hoch, als wir reinkommen. Erst als sich Poodle um den Tresen rumschleicht, weil er die Flasche mit dem Nagellack für irgendwas Essbares hält, stößt sie einen spitzen Schrei aus und lässt glatt den Hörer fallen! Sie springt auf und wedelt meinem Vater empört mit ihren frisch lackierten Fingernägeln vorm Gesicht rum. Und auch wenn ich kein Italienisch verstehe, ist schon klar, dass sie nicht gerade begeistert von unserem Auftritt ist.

Mein Vater kann auch kein Italienisch. Er redet also Englisch. Und plötzlich bricht die Blondine mitten in ihrem Wortschwall ab und starrt ihn nur noch an. Dann guckt sie zu Poodle rüber. Und wieder zurück zu meinem Vater. Jetzt reißt sie die Augen auf, als wollte sie es einfach nicht glauben, um gleich darauf den nächsten spitzen Schrei von sich zu geben, sich halb über den Tresen zu werfen und meinem Vater eine Reihe kleiner Küsschen zu verpassen. Ich kapiere gar nichts mehr ...

Die Blondine weiß sogar, wie mein Vater heißt! Na ja, vielleicht auch nicht.

„Burkhardo!", kreischt sie immer wieder, „Burkhardo, caro mio!"

Als wäre mein Vater ihr lang vermisster Liebhaber oder so was, von dem sie dachte, dass er schon vor Jahren ertrunken wäre oder mit dem Flugzeug abgestürzt oder was weiß ich.

Die Blondine kreischt und schnattert und mein Vater labert irgendwelches Zeug, bis ich ihm den Ellbogen in die Seite ramme, damit er endlich wieder zu sich kommt.

„He", sage ich, „kennst du die etwa?"

„Klar!" Mein Vater nickt. „Das ist doch Angelina, sie hat mal bei uns im Spiseloppen gearbeitet ..."

„Wo?"

„Im Spiseloppen, im Restaurant auf Christiania."

Und Angelina, die also mal im Spiseloppen gearbeitet hat, greift hinter sich und drückt meinem Vater einen Zimmerschlüssel in die Hand. Neuer Wortschwall und noch mal Küsschen hier und Küsschen da, dann sagt mein Vater:

„Also, ich geh nur schnell mal duschen, und dann sehen wir zu, dass wir downtown kommen, um Susanne zu finden, in Ordnung?"

„Soll ich solange vielleicht schon mal unsere Sachen aufs Zimmer bringen?", frage ich.

„Nein, nein." Mein Vater lacht. „Wir schlafen im Bus!"

„Aber …"

„Ein Zimmer wäre viel zu teuer, und außerdem sind sie ausgebucht. Das ist nur der Schlüssel von einem Gast, der gerade nicht da ist. Aber Angelina meint, wenn wir hinterher alles wieder trockenwischen, ist es schon okay."

Mein Vater verschwindet also zum Duschen, und ich stehe mit Poodle in der Hotelhalle rum und habe das Gefühl, dass ich irgendwie im falschen Film gelandet bin.

Jetzt kommt auch noch die Blondine auf mich zu.

„Teatro?", fragt sie.

„Was?"

„Teatro", sagt sie noch mal und irgendwas, was ich wieder nicht verstehe. Doch! Wenn mich nicht alles täuscht, sagt sie irgendwas von „Mamma"!

„Si, si", sage ich schnell. Das kenne ich von dem Italiener bei uns zu Hause. „Si, si, meine Mamma arbeitet am Theater."

„Si, si", sagt die Blonde und drückt mir einen Prospekt in die Hand.

Ich glaube, es ist so eine Art Theaterspielplan von Bologna. Bestimmt sogar. Jedenfalls stehen jede Menge „Teatro" da, und das andere sollen wahrscheinlich die Stücke sein. Zum Glück kommt mein Vater schon wieder vom Duschen zurück. Allerdings sieht sein T-Shirt aus, als hätte er es aus Versehen gleich mitgeduscht. Aber vielleicht hat er es auch benutzt, um alles trockenzuwischen, damit der, dem das Zimmer gehört, später nichts merkt …

„Also, zeig mal", sagt mein Vater. „Aha, sie haben ein Festival hier, alles Stücke von Dario Fo und alles Inszenierungen aus verschiedenen Ländern, immer in der Originalsprache, guck mal, in jedem Theater von Bologna gibt es irgendwas von Dario Fo!"

„Si, si! Dario Fo!", sagt die Blondine strahlend von hinten, „Festival Teatro!"

„Dario Fo ist ein Theatermacher aus Italien", fängt mein Vater an mir zu erklären, „hat ziemlich verrückte Sachen geschrieben, und die Kirche kommt nie besonders gut weg bei ihm, und der Staat auch nicht ..."

„Ich weiß, wer Dario Fo ist", unterbreche ich ihn, „Sabine hat letztes Jahr ‚Das erste Wunder vom kleinen Jesuskind' gespielt und noch eine Geschichte von den Heiligen Drei Königen, in der der Schwarze auf seinem Kamel die ganze Zeit rappt und immer singt: ‚Oh, mein Arsch, mein Arsch tut so weh, hoffentlich sind wir bald da!'"

„Echt, Sabine hat das gemacht? Hätte ich gar nicht gedacht, dass sie sich in Hildesheim an Dario Fo rantrauen. Aber hier, guck mal, deine Mutter hat offensichtlich was von ihm inszeniert ..."

Er tippt auf einen Kasten ganz unten auf der Seite:

BEZAHLT WIRD NICHT
Inszenierung: Susanne Arnold

„Beginn 22.30 Uhr", liest mein Vater weiter, „Nuova Scena, los, das schaffen wir noch!"

„Nuova Scena?!", meldet sich die Blondine wieder von hinten und kommt auch schon mit einem Stadtplan angestürmt, um uns zu zeigen, wo wir hinmüssen.

„Alles klar", sagt mein Vater, „wir nehmen den Bus."

„Klar", sage ich.

„Nein, nein", sagt mein Vater, „den Linienbus! In Bologna muss man Linienbus fahren."

Weil nämlich Bologna irgendwann mal eine kommunistische Stadtregierung gehabt hat, erklärt er, und die hat alles anders gemacht als in allen anderen Städten, zum Beispiel die alten Häuser in der Innenstadt nicht abgerissen, sondern renoviert und zu Preisen vermietet, die jeder bezahlen konnte, und neue Krankenhäuser gebaut, und Schulen und Kindergärten ...

„Das rote Bologna!", sagt mein Vater begeistert, „alle öffentlichen Verkehrsmittel zum Nulltarif, damit nicht jeder mit seinem eigenen Auto in der Stadt rumgurkt und die Luft verpestet!"

Wir lassen Poodle bei der Blondine zurück. Was Poodle offensichtlich auch völlig in Ordnung findet, zumindest verschwindet er schwanzwedelnd mit ihr in der Küche, ohne uns auch nur noch einen einzigen Blick zuzuwerfen! Wir klettern in den erstbesten Linienbus, der gerade kommt. Aber schließlich hat sich ja mein Vater den Stadtplan erklären lassen und nicht ich!

Trotzdem, der Bus stimmt. Behauptet jedenfalls der Fahrer: „Nuova Scena, si, si!"

Aber dafür stimmt was anderes nicht. Die Leute, die nach uns einsteigen, entwerten alle einen Fahrschein! Und spätestens als an der fünften oder sechsten Haltestelle ein Typ in Uniform auftaucht und anfängt, die Fahrscheine zu kontrollieren, ist die Sache ja wohl klar. Von wegen Nulltarif und so!

„Woher hast du die Geschichte eigentlich, dass man in Bologna umsonst fahren kann?", flüstere ich meinem Vater zu.

„Das ist allgemein bekannt", sagt er. Aber kaum kommt der Bus wieder zum Stehen, packt er mich auch schon am Arm und drängelt sich zur Tür.

„Puhhh", meint er, „scheint so, als wäre nichts mehr so, wie es sein sollte."

Das Gleiche sagt er zehn Minuten später noch mal. Nachdem wir uns zur Nuova Scena durchgefragt haben und plötzlich vor einem bombastischen Säuleneingang stehen.

„Deine Mutter spinnt", erklärt mein Vater und klingt richtig verärgert, „in so einem Haus kann man doch keinen Fo spielen!"

„Warum nicht?"

„Fo ist Volkstheater! Eine Bretterbühne auf einem Marktplatz, verstehst du, und nicht irgendein barocker Theatertempel ..."

„Du spinnst", sage ich, „ist doch völlig egal!"

„Ist es nicht", beharrt mein Vater und will sich auch nicht beruhigen, als wir an der Kasse zwei reservierte Karten auf unseren Namen ausgehändigt bekommen. 3. Reihe, genau in der Mitte! Fast rechne ich damit, dass meine Mutter schon da sitzt, mit übergeschlagenen Beinen, den Blick starr auf die Bühne gerichtet, wie es so ihre Art ist, und die Hände unter den Hintern geklemmt, weil sie sich sonst vor lauter Nervosität die Fingernägel abkauen würde. Aber da sitzt niemand, jedenfalls niemand, der auch nur im Entferntesten so aussieht wie meine Mutter. Und gerade, als ich mich noch mal im Zuschauerraum umgucken will, geht auch schon das Saallicht aus.

Einen Moment sitzen wir völlig im Dunkeln. Und nichts passiert. Dann hört man von hinten eine Stimme schreien: „Luce!" Und dann mehrere, die alle das Gleiche rufen: „Luce! Luce!"

„Licht!", flüstert mir mein Vater zu. Und: „Das hat sie geklaut! Das ist ein Stück aus dem italienischen Futurismus, da passiert die ganze Zeit nichts weiter, als dass die Leute ,Licht' brüllen. Die Futuristen haben lauter solche Stücke gemacht, damals in den zwanziger und dreißiger

Jahren des letzten Jahrhunderts, alles völliger Blödsinn, aber manchmal ganz lustig!"

„Was glaubst du, wo sie überhaupt ist?", flüstere ich zurück, weil mich das viel mehr interessiert.

„Wer?"

„Susanne natürlich, sie muss doch irgendwo sein!"

„Vielleicht im Stellwerk oder hinter der Bühne. Wir werden sie schon treffen, keine Panik!"

In dem Moment geht wirklich das Licht an. Und wir sitzen genau vor einem riesigen Theatervorhang aus dunkelrotem Samt, mit goldenen Fransen und Bommeln ...

„Ach du Scheiße", sagt mein Vater, „was soll das denn? Jetzt spinnt sie aber wirklich!"

Ganz langsam geht der Vorhang auf.

„Hä?", macht mein Vater und beugt sich so weit nach vorne, dass er fast vom Stuhl rutscht.

Die Bühne ist so gut wie leer. Nur in der Mitte steht ein wackliger Tisch mit zwei verschiedenen Stühlen, und dahinter eine Holzwand, auf die jemand mit Kreide geschrieben hat: KÜCHENBÜFETT.

„Das ... das ist die Probendekoration!", stammelt mein Vater halblaut vor sich hin, um sich gleich darauf mit der flachen Hand auf die Knie zu hauen und begeistert loszubrüllen: „Das ist gut! Mann, das ist ja vielleicht ein Ding, das nenn ich Verarschung!"

Die anderen gucken schon zu uns rüber.

„Pssst!", mache ich, „nicht so laut!"

„Bei Fo ist alles erlaubt", meint mein Vater keinen Deut leiser, „das gehört dazu, bei Fo musst du eigentlich sogar ..."

Aber was man bei Fo eigentlich sogar muss, kann ich nicht mehr verstehen, weil genau da zwei Frauen auf die Bühne gepoltert kommen und schreien wie verrückt! Und obwohl sie ja Deutsch reden, klingt es ein bisschen wie bei der Blondine vorhin im Hotel, nur ungefähr zehnmal so laut ...

Die Frauen kommen offensichtlich aus irgendeinem Supermarkt, jedenfalls schleppen sie jede Menge Plastiktüten an. Nein, nur die eine war im Supermarkt und hat dann die andere getroffen, und die hat ihr beim Tragen geholfen und will jetzt wissen, woher ihre Freundin überhaupt so viel Geld hat, dass sie sich die ganzen Sachen kaufen konnte. Woraufhin die anfängt zu erzählen, was im Supermarkt los war. Dass die Preise schon wieder erhöht worden sind und dass die Frauen sich alle total aufgeregt haben und der Ladenleiter sie dann auch noch beschimpft und gebrüllt hat, das wäre eben nun mal so und er könne ja schließlich auch nichts dazu und die Frauen müssten eben bezahlen, was verlangt würde. Aber da hatten die Frauen einfach erklärt, dass sie überhaupt nichts müssten und dass sie ab sofort nur noch das bezahlen würden, was sie vorher auch bezahlt hätten, und wenn ihm das nicht passen würde, würden sie gar nichts bezahlen!

Aber das Irre ist, dass die Schauspielerin das Ganze nicht einfach nur erzählt, sondern sie spielt es vor, sie spielt sich selber und gleichzeitig den Ladenleiter und auch noch die anderen Frauen, und sie rast über die Bühne und keift und tobt und spuckt, und es ist fast so, als wäre sie wirklich in dem Supermarkt, und wir auch, die Zuschauer, meine ich, als wären wir wirklich dabei, obwohl da auf der Bühne ja nur ein alter Tisch steht und eine blöde Holzwand!

Langsam fange ich an zu begreifen, was mein Vater meinte, als er gesagt hat, er könne sich überhaupt nicht vorstellen, wie Sabine ein Stück von Dario Fo gespielt haben will. Also, ich meine, wenn ein Stück von Dario Fo eigentlich so aussieht, wie das, was ich hier gerade sehe, dann hat Sabine nie irgendwas von Fo gespielt!

Ich bin jedenfalls hin und weg. Und mein Vater hatte tatsächlich Recht, die anderen Zuschauer um uns rum fangen jetzt auch an, einfach mitten rein zu brüllen, feuern die Frauen auf der Bühne an und so und schreien laut „Buhhh!", immer, wenn es um den Ladenbesitzer geht, oder jetzt, als der Mann der einen Frau nach Hause kommt und sich unheimlich wichtig macht, dass man auf keinen Fall klauen dürfte und dass es nicht ginge, dass man sich beschwert oder einfach nicht mehr alles mit sich machen lässt ... „Buhhhh!"

Überhaupt scheint es, als würden hier alle das Stück kennen und genau wissen, was gerade passiert, obwohl sie ja kein Wort verstehen können.

„Jeder in Italien kennt das Stück", brüllt mir mein Vater ins Ohr, „als Fo in Mailand die Uraufführung hatte, sind die Frauen hinterher raus auf die Straße und haben die Supermärkte gestürmt!"

Wahnsinn. Ich finde es jedenfalls richtig toll.

Es passiert noch jede Menge durchgeknalltes Zeug, die Frauen legen zum Beispiel einen Polizisten rein, indem sie ihn so zulabern, dass er überhaupt nicht mehr durchblickt. Und zum Schluss glaubt er sogar, dass er sich an der heiligen Mutter Gottes versündigt hätte und deshalb blind geworden wäre – sie machen einfach das Licht aus und behaupten, es wäre taghell und solche Sachen, schieben seinen Kopf durch die Schranktür in den dunklen Küchenschrank und erklären, er würde zum Fenster rausgucken! Und ob er die Leute auf der Straße wirklich nicht sehen könnte? Aber ich glaube, am besten finde ich, dass es die ganze Zeit die Frauen sind, die alles in der Hand haben. Die Männer sind entweder einfach nur feige oder ziemlich blöd, aber die Frauen machen was! Und erst ganz am Ende, als die Fabrik geschlossen wird, in der die Männer gearbeitet haben, kapieren die es dann auch und wehren sich, aber ohne die Frauen hätte sich überhaupt nichts verändert!

Und dann ist das Stück eigentlich zu Ende, und alle springen auf und klatschen und schreien „Bravo!", und ich bin irgendwie ziemlich stolz auf meine Mutter, dass sie das so hingekriegt hat.

Also, ich meine, dass sogar die Italiener, die ja nun mit Sicherheit schon jede Menge von Dario Fo gesehen haben, es trotzdem gut finden …

Die Leute klatschen immer noch und weiter hinten trampeln welche mit den Füßen auf den Boden. Die Schauspieler stehen ganz vorn an der Rampe. Aber sie verbeugen sich nicht. Sie stehen nur völlig unbeweglich da wie Schaufensterpuppen, und dann setzt plötzlich Musik ein, und es ist, als würden sie aufwachen oder so, sie schieben den Tisch und die Stühle beiseite und – fangen an zu tanzen! Und nicht nur auf der Bühne, ein paar von ihnen kommen jetzt runter in den Zuschauerraum, eine Schauspielerin holt einen älteren Herrn aus dem Publikum, und es dauert gar nicht lange, bis auch die Zuschauer untereinander tanzen, zwischen den Sitzreihen und links und rechts auf den Gängen.

„Gutes Theater muss sein wie ein guter Kinofilm", sagt mein Vater, „und wenn du den Schluss in den Sand setzt, kannst du alles vergessen." Er blickt sich um und zeigt auf die Tanzenden. „Aber das hier, das ist …"

„Ein guter Schluss …?"

„Mehr als das. Besser geht's nicht. Verstehst du, wenn ich

rausgehe, muss ich mich fühlen wie … Paul Newman oder Clint Eastwood!"

Ich habe zwar keine Ahnung, wer Paul Newman ist oder Clint Dingsda, aber ich glaube, ich weiß genau, was mein Vater meint. Er meint die Stimmung. Dass man sich gut fühlt und stark und so, als müsste einem alles gelingen!

„Los, suchen wir Susanne", sagt er und schiebt mich zwischen den Sitzreihen durch. Und ich bin so überzeugt davon, gleich vor meiner Mutter zu stehen und ihr um den Hals fallen zu können, dass ich mir noch nicht mal Gedanken mache, als mein Vater endlich einen von den deutschen Bühnentechnikern erwischt und der behauptet, noch nie etwas von einer Susanne Arnold gehört zu haben!

„Mann, vielleicht solltest du mal auf den Programmzettel gucken", sagt mein Vater, „du bist ja immerhin mit einer Inszenierung von ihr unterwegs, oder?"

„Weiß ich doch nicht", sagt der Typ, „ist mir auch egal."

„Vielleicht solltest du dich besser nach einem Job als Klofrau erkundigen", macht mein Vater ihn an.

„He", mische ich mich ein, „denk dran, du bist nicht Clint Dingsda …!"

Aber zu spät. Der Typ hat meinen Vater schon an der Jacke gepackt und will wissen, was er eben gesagt hätte.

„Wieso? Bist du schwerhörig oder was?", fragt mein Vater ziemlich cool. Und dann sagt er es tatsächlich noch mal. Das heißt, nicht nur einfach noch mal, sondern …

„Vergiss es", sagt er, „wahrscheinlich wärst du auch als Klofrau noch überfordert!"

Aber bevor der Typ das verarbeitet hat, kommt ein Schrank von einem Kerl um die Ecke gebogen, nur mit einem Unterhemd an, sodass man seine Armmuskeln sehen kann.

„Was ist los hier? Probleme?"

Oh nein, denke ich, noch ein Deutscher, wahrscheinlich der Kumpel von dem anderen …

„Typen wie der gehören nicht ans Theater!", erklärt mein Vater und zeigt auf die Klofrau.

Und bevor sie sich jetzt endgültig an die Gurgel gehen, sage ich schnell: „Wir suchen meine Mutter. Die das Stück inszeniert hat."

„Susanne, oder was?", fragt der Schrank. Ich kann meinen Vater gerade noch davon abhalten, wieder einen Kommentar zu geben …

„So so, dann seid ihr das also, da hab ich was für euch!"

Er streckt uns einen Zettel hin:

Ristorante Montanara, Via Righi

„Hat dir Susanne den Zettel gegeben?", will mein Vater wissen. „Ist sie da jetzt, oder was?"

„Ganz ruhig, Alter, ja?", sagt der Schrank, „ich weiß auch nichts."

„Aber du musst doch wissen, wo du den Zettel herhast?"

„Klar weiß ich das, hab ihn ja selber geschrieben."

„Hä?", macht mein Vater und sieht aus, als würde er gleich den Verstand verlieren. Was ich, ehrlich gesagt, gut verstehen kann. Ich fürchte, ich selber sehe auch nicht viel intelligenter aus.

„Susanne hat an-ge-ru-fen", sagt der Schrank und spricht betont langsam und deutlich, als wären in Wirklichkeit wir die Idioten und nicht er und die Klofrau.

„Ja, und? Weiter …!"

„Nichts weiter. Dass ich eure Namen auf die Gästeliste schreiben soll, hat sie gesagt. Und dann gucken, wann ein Mädchen und ein runtergekommener Typ mit Lederjacke und Zopf auftauchen, und dem Typen den Zettel geben. Hab ich ja auch gemacht."

„Aber war sie denn gar nicht zur Vorstellung, ich meine, im Stellwerk oder …?"

„Nee, dann hätte sie mich ja nicht extra anzurufen brauchen!"

Umwerfende Logik! Aber er hat Recht. Trotzdem, irgendwas stimmt hier nicht, und jetzt fange ich langsam wirklich an, mir Gedanken zu machen!

Mein Vater auch.

„Hat sie wirklich ‚runtergekommener Typ' gesagt?", fragt er irritiert.

„Runtergekommener Typ mit Lederjacke und Zopf und ein Mädchen dabei, das seid ihr doch, oder?"

„He!", schreit plötzlich die Klofrau los, „redet ihr etwa die ganze Zeit von der Regisseurin oder was?"

Wir starren ihn alle entgeistert an. Aber er redet schon weiter: „Die hab ich gesehen, die war da, mit dem Dicken zusammen, der das Stück geschrieben hat, dieser …"

„Fo?", fragt mein Vater ungläubig.

„Genau der, und da war so eine Frau bei dem, das war die, die sah genauso aus wie die, die das bei uns im Theater da gemacht hat, diese Regisseurin da!"

„Aber du warst doch hinter der Bühne?", fragt der Schrank ärgerlich. „Und warum hat sie mich dann …"

„Das war die, garantiert, und der Dicke dabei!"

„Los", sagt mein Vater zu mir und wirft noch mal einen Blick auf den Zettel: „Via Righi!"

Unterwegs 3

Wir sind schon wieder unterwegs. Diesmal nach Wien! Und meine Mutter haben wir immer noch nicht getroffen. Es ist ziemlich heiß. Obwohl es erst kurz nach neun ist. Wir haben beide Schiebefenster offen und trotzdem ist mein T-Shirt schon durchgeschwitzt. Und Poodle hechelt hinten auf der Rückbank rum, als wäre er kurz vorm Verdursten!

Auf dem Autobahnschild, an dem wir gerade vorbeikommen, sehe ich, dass es bis Venedig nur noch 19 Kilometer sind.

„Warst du eigentlich schon mal in Venedig?", frage ich.

„Nein", sagt mein Vater. Mehr nicht.

„Und Susanne?"

„Kann sein, weiß ich nicht genau."

Verdammt, es ist wirklich nicht einfach mit ihm.

„Wollen wir vielleicht einfach mal kurz hinfahren?", schlage ich vor, um ein bisschen für bessere Laune zu sorgen. „Nur so, zum Frühstück oder so. Und du wolltest mir doch auch irgendwas zeigen, ist ja nicht so weit ..."

„Nein, wollen wir nicht", knurrt er.

„Und warum nicht?", will ich wissen.

„Weil ich mir gestern auch nichts angucken durfte", erklärt er.

„Hä?", mache ich und vergesse ganz, dass ich mir ja gerade erst vorgenommen hatte, nicht immer gleich auszuflippen. „Sag mal, spinnst du jetzt schon wieder oder was? Das ist doch was völlig anderes! Also ich meine, gestern hatten wir doch auch überhaupt keine Zeit, um noch irgendwo anders hinzufahren!"

„Natürlich hatten wir Zeit. Wir sind ja auch so zu spät gekommen."

Haha! Tolle Logik, echt. So ein Quatsch! Das stimmt doch überhaupt nicht. Wir sind nicht zu spät gekommen. Wir sind am 20. Juni in Bologna gewesen, genau wie wir sollten. Okay, es war irgendwie gerade noch so eben der 20. Juni, aber meine Mutter war ja sowieso nicht da! Weder im Theater noch danach im Restaurant noch sonst irgendwo. Und im Übrigen glaube ich auch langsam, dass das gar nichts mit uns zu tun hatte. Irgendwas anderes stimmt hier nicht, ich weiß nur noch nicht was. Ich weiß eigentlich überhaupt nichts mehr! Ich blicke einfach nicht mehr durch ...

Das fing schon mit dem merkwürdigen Gespräch mit den beiden Bühnentechnikern an. Mit dem einen, der behauptet hat, er hätte meine Mutter gesehen. Was offensichtlich totaler Quatsch war. Und mit dem Zettel, den uns der andere gegeben hat. Mit der Nachricht, die angeblich von meiner Mutter sein sollte. Aber richtig durchgeknallt wurde das Ganze erst, als wir dann endlich das Restaurant in der Via Righi gefunden hatten. Und als wir davor standen und die Tür abgeschlossen war! Obwohl jede Menge Leute drin saßen, alle Tische waren besetzt, das konnten wir durchs Fenster sehen.

Mein Vater hat also geklopft, logisch. Woraufhin erst mal gar nichts weiter passiert ist. Es hat sich noch nicht mal einer zu uns rumgedreht, nichts. Erst als mein Vater so gegen die Tür gehauen hat, dass ich schon Angst hatte, die Scheibe fliegt gleich raus, ist ein alter Mann mit einer Schürze angeschlurft gekommen, die irgendwann vor langer Zeit vielleicht mal weiß gewesen war. Der Koch, habe ich gedacht. Aber es war der Besitzer selber. Allerdings haben wir das erst später rausgefunden. Zu Anfang hat der Alte nur durch die geschlossene Tür irgendwas auf Italienisch geschrien und mit den Armen rumgefuchtelt, aber es war schon klar, wir sollten verschwinden.

Aber dann hat mein Vater auf einen Wimpel gezeigt, der in der Tür hing, und wieder auf sich und wieder auf den Wimpel, und ich habe überhaupt nichts mehr verstanden. Vor allem nicht, wieso der Alte uns dann die Tür aufgemacht hat und wir plötzlich doch rein durften!

Während er aus irgendeiner Abstellkammer noch einen Tisch für uns angeschleppt hat, habe ich mich schnell umgeguckt. Aber meine Mutter war nirgends zu sehen.

„Sie ist nicht da", habe ich zu meinem Vater gesagt. Aber er hat gar nicht hingehört, sondern schon wieder mit dem Alten geredet. Allerdings in einer Sprache, die ich überhaupt nicht kannte ...

„Norwegisch", hat mein Vater mir zugeflüstert, als der Alte verschwunden ist, um uns was zu essen zu besorgen. „Hast du nicht den Wimpel an der Tür gesehen? ‚Hilsen fra polarcircelen', Grüße vom Polarkreis."

„Klar", habe ich genickt, „das erklärt alles."

Die Erklärung war dann allerdings doch halbwegs einleuchtend.

Der Alte hatte mal als Koch auf einer Bohrinsel in Norwegen gearbeitet und fand Norwegen ganz toll, und mein Vater hat kurzerhand behauptet, wir kämen aus Norwegen!

„In Christiania sind immer ein paar Norweger", hat mein

Vater gesagt, „da habe ich genug aufgeschnappt, um ein bisschen reden zu können."

Wobei er offensichtlich eine ganze Menge aufgeschnappt hat. Und der Alte musste jahrelang auf dieser Bohrinsel gewesen sein. Jedenfalls war er kaum aus der Küche zurück, da ging es auch schon wieder los. Auf Norwegisch und über Norwegen!

Na toll, habe ich gedacht und meinem Vater einen Rippenstoß verpasst.

„Frag ihn, ob er was von Susanne weiß!", habe ich ihn erinnert, denn das war ja immer noch der einzige Grund, weshalb wir überhaupt da waren.

„Ich weiß", hat mein Vater gesagt, „ganz ruhig. Man soll nie mit der Tür ins Haus fallen!"

Aber dann hat der Alte erst mal das Essen gebracht. Spaghetti Bolognese. Allerdings waren die Spaghetti keine Spaghetti, sondern eher zu lange Bandnudeln.

„So wie sie es in anderen Ländern machen, ist es völliger Quatsch", hat mein Vater den Wortschwall von dem Alten dazu übersetzt, „wenn man Spaghetti nimmt, läuft die Soße einfach durch und schwimmt dann unten auf dem Teller rum, während du die ganze Zeit Spaghetti ohne alles isst. – Ist doch logisch", hat er noch hinzugefügt und dem Alten zugenickt, als hätten sie gerade die Lösung für irgendein wirklich weltbewegendes Problem gefunden.

Nur dass sich die blöden Bandnudeln beim besten Willen nicht auf meine Gabel wickeln ließen, weil sie eindeutig mehrere Kilometer lang waren! Im Übrigen war es mir aber eigentlich sowieso völlig egal, ob die Italiener in Italien nun ihre Spaghetti Bolognese mit oder ohne Spaghetti machen. Mir war alles egal, ich wollte nur wissen, wo meine Mutter ist!

Als der Alte sich dann auch noch einen Stuhl an unseren Tisch gezogen hat, hat mein Vater endlich mal den Zettel rausgeholt. Den, den wir im Theater bekommen hatten. Und dann hat er versucht, dem Alten die ganze Geschichte zu verklickern.

Woraufhin der Alte plötzlich gerufen hat: „Dario Fo?!"

„Ja", hat mein Vater gesagt und aus Versehen auf Deutsch weitergeredet, „der eine Bühnentechniker meinte, er hätte Dario Fo in der Vorstellung gesehen und ..."

Aber da war der Alte schon aufgesprungen und zu einem der anderen Tische rüber, wo er eine Weile aufgeregt gestikuliert und dabei immer wieder auf uns gezeigt hat. Bis ein großer, dicker Typ aufgestanden ist, der die ganze Zeit mit dem Rücken zu uns gesessen hatte.

„Dario Fo ...!", hat mein Vater gestammelt.

Der Alte hat eine Flasche Grappa angebracht und die nächsten zwei Stunden haben wir dann mit Dario Fo am Tisch gesessen. Dario Fo hat ganz gut Deutsch gekonnt. Und je mehr er getrunken hat, desto besser wurde sein Deutsch.

Als wir gegangen sind, war die Flasche fast leer. Aber dafür hatten wir auch alles rausgekriegt, was rauszukriegen gewesen war.

Nur dass das die ganze Sache nicht unbedingt besser gemacht hat.

Dario Fo war jedenfalls nicht in der Vorstellung gewesen. Weil er nämlich die Inszenierung von meiner Mutter vorher schon mal gesehen hatte, in irgendeiner anderen Stadt, wo, habe ich nicht ganz mitgekriegt. Und da hat er meine Mutter auch kennen gelernt.

„Wir haben über das Festival hier gesprochen, stimmt schon", hat Dario Fo überlegt. „Und dass sie mit ihrer Inszenierung eingeladen ist. Aber ob sie selber da war, weiß ich nicht ..."

„Sie hat uns sogar hier in die Kneipe bestellt", hat mein Vater gesagt und wieder den Zettel rausgeholt, „Via Righi, Ristorante Montanara ..."

„Die Adresse hat sie von mir", hat Dario Fo verblüfft gemeint, „doch, ich erinnere mich ganz genau, ich habe ihr erzählt, dass ich immer herkomme, wenn ich in Bologna bin. Es ist übrigens keine Kneipe", hat er noch hinzugesetzt und meinen Vater böse angeguckt, „es ist das beste Restaurant von Bologna, und Luigi kocht nur für seine Freunde! Wen er reinlässt, der kann stolz darauf sein, klar?"

„Aber wo ist meine Mutter jetzt?", habe ich mich schnell eingemischt, „ich meine, warum hat sie uns hierher geschickt, wenn sie gar nicht da ist?"

Dario Fo hat mit den Schultern gezuckt und irgendwas auf Italienisch gesagt. Und meinem Vater noch einen Grappa eingeschenkt. Und dann sich. Und plötzlich hat er mit der flachen Hand auf den Tisch gehauen und gebrüllt: „Susanne ist eine tolle Frau."

„Ich weiß", hat mein Vater gesagt und richtig stolz ausgesehen. Als ob er was dazu könnte, dass Dario Fo meine Mutter so toll fand!

„Aber sie muss sich entscheiden", hat Dario Fo gesagt, „Leute wie sie leben fürs Theater, und das geht nur, wenn sie mit anderen zusammenarbeiten, die das Gleiche wollen. Sonst gehen sie kaputt!"

„Ja, ich glaube, ich weiß, was du meinst", hat mein Vater wieder gesagt und seinen Grappa runtergekippt, als wäre es ein Glas Wasser. „Wenn Susanne etwas macht, dann richtig. Entweder ganz oder gar nicht."

„Eine tolle Frau!", hat Dario Fo noch mal gebrüllt und ist aufgesprungen. „Sie lässt das Publikum tanzen am Schluss, das ist gut!"

Er hat vor uns gestanden, als wäre er ein Schauspieler in einem seiner eigenen Stücke. Hat die Arme ausgebreitet und gerufen: „Früher haben wir nach jeder Vorstellung diskutiert, was alles falsch läuft und wie wir es ändern können! Wir wollten eine Welt, in der man wieder merkt, dass es noch einen Himmel gibt, dass es sogar einen Frühling gibt ... Und wenn du eines Tages sterben musst, haben wir gehofft, dann stirbt nicht ein alter, ausgepumpter Maulesel, nein, ein Mensch stirbt, ein Mensch, der frei und zufrieden gelebt hat mit anderen freien Menschen! Und jetzt tanzen wir!" Und damit hat er sich wieder hingesetzt, als wäre nichts weiter gewesen.

Aber dafür ist jetzt mein Vater aufgesprungen. „Wie tanzen auf den Leichen der Revolution, die es nie gegeben hat!", hat er gebrüllt, und Dario Fo hat ein paar Mal genickt, und die Leute an den anderen Tischen haben Beifall geklatscht. Obwohl sie ja mit Sicherheit kein Wort verstanden hatten ...

Ich habe auch kein Wort verstanden. Ich habe dagesessen und verzweifelt versucht rauszukriegen, worum es überhaupt ging. Also jedenfalls schon lange nicht mehr um meine Mutter, da war ich mir ziemlich sicher.

„Ich will zurück zum Hotel", habe ich zu meinem Vater gesagt. „Jetzt. Sofort."

Mein Vater hat so geschwankt, dass Luigi ihn schnell stützen musste, sonst wäre er lang hingeschlagen. Ich mag keine Betrunkenen! Und schon gar nicht, wenn es sich dabei um meinen Vater handelt.

„Der Tiger bringt euch zur Tür!", hat Dario Fo plötzlich gebrüllt. Ich weiß nicht, ob er auch betrunken war. Aber im nächsten Moment ist er jedenfalls wie ein Tiger vor uns hergeschlichen, mit ganz weichen Bewegungen, und die Hände wie Tatzen vorgestreckt ... irre, wirklich! Nur mein Vater hat das Ganze leider irgendwie völlig falsch verstanden. „Die Tigergeschichte!", hat er begeistert gerufen, „das Beste, was Dario Fo je geschrieben hat!" Und dann hat er versucht, Dario Fo nachzumachen! Furchtbar! Mir war es so peinlich, dass ich am liebsten so getan hätte, als würde ich nicht dazugehören. Und die Leute haben wieder geklatscht wie verrückt und sich halb kaputtgelacht! Und ich habe gedacht, ich sterbe gleich.

Als wir dann endlich in dem Taxi saßen, das uns Luigi besorgt hatte, hat mein Vater mich doch tatsächlich angegrinst und gelallt: „Das war wirklich ein schöner Abend, findest du nicht? Mann, Marei, ich habe mit Dario Fo höchstpersönlich in der Kneipe gesessen und Grappa getrunken!"

Da bin ich endgültig ausgeflippt.

„Es war nur peinlich!", habe ich ihn angeschrien. „Und wir haben überhaupt nichts rausgekriegt, kapierst du das eigentlich nicht? Wir wissen weder, wo Susanne ist, noch sonst irgendwas!"

Aber da hatte mein Vater schon selig lächelnd seinen Kopf an die Scheibe gelegt und zu schnarchen angefangen.

Am Hotel hatte ich alle Mühe, ihn überhaupt wieder wach zu kriegen. Und nachdem er schimpfend das Taxi bezahlt hatte, wollte er gleich zu unserem Bus rüberwanken ...

Doch da kam plötzlich Poodle schwanzwedelnd und laut kläffend aus dem Hoteleingang gefegt, und hinter Poodle her kam die Blondine und wedelte mit einem Fax in der Gegend rum. Für uns!

Mein Vater hatte kaum das Fax gelesen, da schien er mit einem Schlag wieder stocknüchtern zu sein.

„Von Susanne", hat er nur gesagt und mir das Blatt rüber-
gereicht. *Ich hätte wissen müssen, dass du es nicht auf die Reihe
kriegst*, stand da in der Krakelschrift von meiner Mutter.
*Aber das wäre ja wohl auch zu viel verlangt gewesen. Scha-
de. Tausend Küsse für Marei, Susanne. PS Ich muss nach Wien.
Ihr erreicht mich bei Peter Schaffs-
ky, Hernalser Landstraße 153.*
„Was meint sie?", habe ich entgeistert gerufen. „Wo ist sie?
Was soll das Ganze überhaupt?"
„Wer ist Peter Schaffsky?", hat mein Vater gefragt.

Die Blondine hat mitten in der Nacht Kaffée für meinen
Vater gekocht und heißen Kakao für mich, und als draußen die Vögel zu zwitschern anfingen, haben wir immer
noch wach gelegen. Aber dafür hatten wir wenigstens ein
paar Sachen geklärt:

I. Ich will meinen Vater nie wieder betrunken erleben. Und er muss weniger rauchen, der ganze
   Bus stinkt wie eine miese Kneipe und die Klamotten und alles genauso und mein Vater selber auch!
II. Ich habe keine Lust mehr, immer nur daneben
   zu sitzen und zuzuhören, wie mein Vater mit irgendwelchen Leuten labert – entweder es geht darum, dass wir endlich Susanne finden, oder wir
   lassen es gleich ganz bleiben und fahren wieder
   zurück nach Hildesheim.
III. Wir müssen viel mehr miteinander reden. Und
   ich will alles wissen, was er über Susanne weiß.
   Und über ihn will ich auch mehr wissen, sonst
   können wir das Ganze vergessen!

Mein Vater hat mich erst völlig entsetzt angestarrt und gar nichts mehr gesagt. Und ich glaube, er war kurz davor, einen Wutanfall zu kriegen.

Aber dann hat er sich nur Poodle geschnappt und ist ein bisschen mit ihm draußen rumgelaufen. Und als er wiederkam, hat er seine Zigarette auf dem Kiesweg ausgetreten, obwohl er sie noch nicht mal zur Hälfte aufgeraucht hatte.

Na ja, und jetzt sind wir jedenfalls unterwegs nach Wien. Aber es scheint, als würde er noch immer an dem rumknabbern, was ich ihm heute Nacht alles gesagt habe. Ich glaube langsam, er kennt es überhaupt nicht, dass ihm irgendjemand sagt, was ihm nicht passt. Aber er wird sich daran gewöhnen müssen! Und wenn er nicht nach Venedig will, nur weil er beleidigt ist, dann soll es mir auch egal sein.

„Wir müssen Susanne finden", sage ich. „Alles andere ist egal."

„Abgemacht", sagt er und streckt mir die Hand hin. Und dann fängt er plötzlich an zu reden ... Dass er glaubt, dass Susanne ziemlich unglücklich gewesen wäre in der letzten Zeit! Mich haut es fast vom Sitz.

„Wie kommst du denn darauf?", frage ich verblüfft. „Und woher willst du das denn überhaupt wissen? Ich denke, du hast seit Ewigkeiten nichts von ihr gehört?!"

„Das habe ich nie gesagt."

„Natürlich hast du das gesagt! Du hast gesagt ..."

„... dass das der erste Brief war, den sie mir seit einem Jahr oder so geschickt hat, das habe ich gesagt."

„Ja, und ...?"

„Wir telefonieren manchmal."

Jetzt hat er mich endgültig erwischt.

„Ihr … telefoniert?", stottere ich.

„Klar", sagt er. „Sogar in Christiania gibt es Telefone. Oder hast du gedacht, wir trommeln noch oder geben Rauchzeichen oder was?"

„Natürlich nicht, aber … Dann hättest du mich ja auch mal anrufen können!"

Er gibt keine Antwort.

„He, hast du gehört, was ich gesagt habe?", frage ich.

„Hab ich."

„Und?"

„Reden wir jetzt über mich oder über deine Mutter?"

Es ist echt schwierig mit ihm. Aber so schnell gebe ich nicht auf.

„Über dich und über mich und über Susanne", sage ich.

„Das haben wir doch vorhin so abgesprochen, oder?"

„Ich habe überhaupt nichts abgesprochen", knurrt er und fummelt in der Lederjacke nach seinem Tabak.

Typisch, denke ich. Er nervt. Und ich könnte wetten, dass er jetzt nur rauchen will, um mir zu beweisen, dass er sich von niemand irgendwas vorschreiben lässt!

„Lenk mal", sagt er und nimmt die Hände hoch, um sich seine Zigarette fertig zu drehen.

Für die nächste Minute bin ich voll damit beschäftigt, den VW-Bus mit der linken Hand auf der Autobahn zu halten. Endlich ist mein Vater wieder so weit, dass er selber weiterfahren kann. Er zieht ein paar Mal an seiner Fluppe, bis ich das Gefühl habe, dass wir bei dichtem Nebel unterwegs sind, dann sagt er: „Alle paar Monate ruft sie mal an. Und meistens erzählt sie sowieso nur von dir. Dass ihr in Hannover im Zoo wart oder so …"

Ist ja sehr nett, denke ich. Sage aber nichts. Und er redet auch schon weiter.

„Beim letzten Mal hat sie viel darüber gesprochen, dass ihr das Ganze anfängt, auf den Wecker zu gehen."

„Das Ganze was?", frage ich jetzt doch.

„Ständig irgendwo anders zu sein. Von einem Theater zum nächsten."

„Aber, ich denke, genau das wollte sie doch!", sage ich. Und als mein Vater wieder keine Antwort gibt, setze ich noch hinzu: „Und sie ist doch auch berühmt inzwischen und alles, sie hat schon überall inszeniert, sogar in London!"

„Ich weiß nicht, ob sie sich das so vorgestellt hat. Ich bin mir nicht sicher", sagt mein Vater. „Denk dran, was Dario Fo gesagt hat: Wer so Theater machen will wie Susanne, braucht andere Leute, die genauso denken, sonst geht er kaputt!"

Und als er merkt, dass ich ihm nicht so ganz folgen kann, erinnert er mich an die Klofrau, an den Techniker, der noch nicht mal wusste, wie die Regisseurin von dem Stück heißt, mit dem er quer durch Italien reist!

„Oder der Freund von Sabine", sagt mein Vater, „dieser Fettklops, der ist Schauspieler, gut, aber glaubst du denn, der würde auch nur halbwegs begreifen, was jemand wie Susanne überhaupt will? Na schön, vielleicht könnte er es sogar spielen, weil er vielleicht sein Handwerk beherrscht, aber er wäre trotzdem nicht mit dem Herzen dabei. Susanne brennt für das, was sie macht, das ist der Unterschied. Und mit Sabine ist es doch nicht anders", meint er, während er schon wieder seinen Tabakbeutel aus der Tasche fischt, „klar, Sabine ist nett, aber deshalb muss sie noch lange nicht unbedingt auf einer Bühne stehen, genauso gut könnte sie in irgendeiner Bank arbeiten, oder bei der Sparkasse!"

Ich finde zwar, dass das jetzt Sabine gegenüber ziemlich unfair ist, aber vielleicht stimmt es ja sogar ein bisschen. Immerhin habe ich gestern selber erst gedacht, dass das, was Sabine in Hildesheim mal gespielt hat, auf keinen Fall ein Stück von Dario Fo gewesen sein kann! Aber trotzdem, ich kapiere immer noch nicht, was nun eigentlich das Besondere sein soll, was meine Mutter vom Theater will ...

„Es geht dabei immer nur um die gleichen Fragen", sagt mein Vater: „How can theatre influence politics? And is there a future for international political theatre?"

Aha.

„Kannst du mir das vielleicht auch auf Deutsch sagen?", frage ich.

„Nein", sagt er, „so was kann man nicht auf Deutsch sagen. Unmöglich. Dann klingt es gleich wieder wie in der Sparkasse. Okay, ich mache es ein bisschen einfacher", setzt er nach einem Moment hinzu: „How can theatre change the world? Denk mal drüber nach. Ich bin gespannt, was dir dazu einfällt."

„Jawohl, Herr Lehrer", sage ich und finde ihn schon wieder saublöd. Aber er kümmert sich gar nicht mehr um mich. Lenkt mit den Unterarmen und dreht sich die nächste Zigarette.

Und mir fallen plötzlich fast die Augen zu. Kein Wunder nach der letzten Nacht!

Die Sonne ist so grell, dass die Straße vor uns richtig flimmert. Es hilft auch nichts, wenn man die Sonnenblende runterklappt. Erstens segeln dann die gesammelten Tankquittungen der letzten drei Jahre durch die Fahrerkabine und zweitens sieht man schlagartig gar nichts mehr. Weil die Sonnenblende viel zu groß ist. Nein, so groß ist sie eigentlich gar nicht. Aber die Scheibe ist zu klein! Oder man sitzt einfach zu hoch? Egal. Mir brennen die Augen und ich muss ständig blinzeln und …

„Sag mal, stört es dich, wenn ich ein bisschen nach hinten gehe?", frage ich meinen Vater und drehe dabei den Kopf zur Seite, damit er nicht sieht, dass ich andauernd gähnen muss.

„Mach nur", sagt er und grinst mich an, „aber nicht pennen, sondern nachdenken! How can theatre change the world?!"

Wie kann Theater die Welt verändern? Was weiß ich. Keine Ahnung. Ich weiß nur, dass mir plötzlich klar wird, dass ich noch nie darüber nachgedacht habe, ob meine Mutter eigentlich glücklich oder unglücklich ist. Oder mein Vater. Oder ich … Doch, darüber habe ich nachgedacht. Oft genug sogar. Aber immer bevor ich unglücklich werden konnte, habe ich mir eingeredet, dass ich glücklich wäre.

Vielleicht haben meine Eltern es ja genauso gemacht. Scheint fast so. Ich muss meinen Vater unbedingt fragen, ob er in Christiania glücklich war. Und was er übers Theater denkt. Und ob er glaubt, dass meine Mutter Recht hat? Aber womit überhaupt? Ich weiß ja immer noch nicht, was sie eigentlich will! Und warum sie in dieser Sparkasse arbeitet. Ich glaube, sie ist gar nicht glücklich. Hä, was soll das denn? Was will Dario Fo da jetzt auch noch? Ach so, alles klar, er macht gerade einen Banküberfall …

Ich werde wach, weil irgendein Vollidiot unbedingt einen neuen Weltrekord im Dauerhupen aufstellen will. Und gleichzeitig kläfft sich irgendwo auch noch ein Hund um den Verstand. Ich brauche einen Moment, bis ich alles sortiert habe. Klar, der Hund ist Poodle, aber der Vollidiot ist nicht mein Vater, sondern offensichtlich der Fahrer in dem Wagen hinter uns.

Wir stehen an einer Ampel. An einer grünen Ampel! Und mein Vater hat den Kopf aufs Lenkrad gelegt und … pennt? Nein, jetzt nicht mehr. Gerade rappelt er sich hoch und knurrt: „Verdammt, ich muss eingeschlafen sein …" Er knallt den Gang rein und wir knattern über die Kreuzung.

„Hat keinen Zweck", meint er gleich darauf und fährt rechts an den Straßenrand, „tut mir Leid, aber ich kann nicht mehr."

„Wo sind wir überhaupt?", frage ich.

„In Österreich, kurz hinter der Grenze."

Er kommt zu mir nach hinten geklettert und haut sich wortlos hin. Und keine zehn Sekunden später befindet er sich in absolutem Tiefschlaf.

Ich schnappe mir die Straßenkarte. Na ja, die halbe Strecke nach Wien haben wir immerhin geschafft. Und die Berge, die ich aus dem Fenster sehen kann, müssen die Karawanken sein. Komischer Name, denke ich, hab ich noch nie was von gehört. Sehen auch komisch aus, ein paar schroffe Felsspitzen, wie abgebrochen. Wäre eine gute Kulisse für einen Karl-May-Film …

Auf einem Holzschild direkt vor uns steht:

ZUM BÄRENTAL. Und ein Pfeil nach rechts.

Ich hole Poodles Leine aus dem Staukasten.

„Los, wir gehen Bären jagen!", sage ich.

Wir latschen ein Stück den Weg hoch. Bis wir an den letzten Häusern vorbei sind und es mir zu steil wird. Ich mache Poodle los und lasse ihn ein bisschen laufen. Und nachdem er gekackt hat, üben wir ein paar Kommandos. Mein Vater hat gesagt, ein Border Collie braucht immer irgendeine Beschäftigung. Weil es ja eigentlich Hütehunde sind, also Hunde, die arbeiten wollen …

Ich lasse Poodle „Platz" machen und gehe ein Stück weg. „Bleib" rufe ich dabei über die Schulter zurück. Ein paar Meter weiter klopfe ich nur kurz mit der Hand an mein Bein, und schon kommt Poodle angejagt und setzt sich neben mich. Wobei er sich ganz dicht an mich drängt und mir die Schnauze zudreht.

„Fein", sage ich. „Gut gemacht."

Als wir zum Bus zurückkommen, hat mein Vater sich gerade frischen Kaffée gekocht. Und Brötchen und Käse aus dem Laden gleich gegenüber geholt. Und obwohl er ja wirklich nicht lange geschlafen haben kann, scheint er wieder total fit zu sein. Und gute Laune hat er auch!

„Poodle hat gekackt", sage ich zur Begrüßung.

„Ich auch", sagt mein Vater und grinst.

Während wir unsere Brötchen schmieren, zeigt er auf die Berge vor uns.

„Das sind die letzten Ausläufer der Alpen", erklärt er.

„Die Karawanken", sage ich, „ich weiß, ich hab mir auch die Karte angeguckt."

„Auf der anderen Seite liegt Jugoslawien."

„Nein, falsch. Slowenien. Ich sag doch, ich hab mir die Karte angeguckt."

„Aber früher hieß es Jugoslawien", beharrt mein Vater. „Und fast alle alten Karl-May-Filme sind da drüben gedreht worden."

„Dachte ich mir", sage ich.

„Ach ja?", macht mein Vater.

Und dann müssen wir beide lachen, und Poodle kläfft, als hätte er alles verstanden.

„Warum heißt Poodle eigentlich Poodle?", frage ich, als

wir wieder im Bus sitzen und auf der Straße zur Autobahn sind. Und die nächsten zwei Stunden erzählt mein Vater von Poodle. Wie er ihn vor vier Jahren von irgendeinem Typen im Hafen von Kopenhagen gekauft hat.

„Irgendein Typ von einem Frachter", erzählt mein Vater. „Der hatte einen ganzen Pappkarton voll Welpen. Und keine Ahnung, was für Hunde er da eigentlich hatte. Er dachte, es wären Mischlinge. Und die Mutter sah schlimm aus. Völlig verfilztes Fell und die Augen mit Eiter verklebt. Sie hatten sie als Schiffshund dabei. Wahrscheinlich sollte sie die Ratten auf ihrem Schrottkahn jagen. Aber Border Collies jagen nun mal nicht. Am liebsten hätte ich die Hündin gleich selber mitgenommen …"

Aber das wollte der Typ nicht. Und dann hat sich mein Vater den kleinsten Welpen aus dem Pappkarton ausgesucht, und der hat ihm gleich als Erstes auf die Jacke gepinkelt!

„Und wieso heißt er nun Poodle?", frage ich noch mal.

„Eigentlich heißt er ja Dog", erzählt mein Vater, „weil ich fand, dass Dog irgendwie ein guter Name ist für einen Hund, leicht zu merken und so, findest du nicht?"

„Du spinnst", sage ich nur. „Du kannst doch einen Hund nicht einfach Hund nennen!"

„Ach", sagt mein Vater, „und warum nicht? Ich finde Dog immer noch gut. Aber dann hatten wir zu der Zeit gerade ein paar Theaterprojekte in Christiania gemacht, also eigentlich gar nicht wirklich Theater, sondern eher Performances und Happenings, mit Malern auf der Bühne, die während der Vorstellung große Leinwände voll klecksten und so, und mit Musikern und Tänzern, weißt du, so Sachen aus den sechziger Jahren, als die Leute die Nase voll hatten von der ganzen verlogenen Soße, wenn das Publikum sich eigentlich gar nicht mehr für das Stück interessiert, sondern nur im Foyer rumstehen will und Sekt saufen und sich sehen lassen … Kennst du eigentlich Handke?"

„Nee …"

„Peter Handke, hat ein tolles Stück geschrieben, 1966, glaube ich, ,Die Publikumsbeschimpfung', war ein ziemlicher Skandal damals, aber bei uns auch, obwohl wir es fast dreißig Jahre später gemacht haben. Aber es hat trotzdem funktioniert, weil die meisten sowieso alles vergessen haben, was früher war, auch wenn es noch gar nicht so lange her ist. Also jedenfalls stehen da die Schauspieler vorne an der Rampe und beschimpfen das Publikum: Ihr Fratzen, ihr Glotzaugen, ihr Hohlköpfe, ihr Schießbudenfiguren, ihr Jammerlappen und immer so weiter, das ganze Stück über, und danach haben wir dem Publikum blutige Schweineköpfe auf Silbertabletts serviert, du musst dir das vorstellen, der Bürgermeister von Kopenhagen war da und irgendein Staatssekretär und …"

„Und was hat das mit Poodle zu tun?", frage ich, bevor er sich endgültig nicht mehr einkriegt vor Begeisterung, was sie alles für tolle Sachen gemacht haben.

„Ja ja, warte doch, das will ich ja gerade erzählen, wir haben natürlich auch die Klassiker verarscht, Goethe zum Beispiel. Goethe kennst du doch, oder?"

„Klar."

„Und den Faust?"

„Das ist irgendein Theaterstück von Goethe, oder?"

„Genau. Faust und Mephisto. Der Gelehrte und sein Meister oder der Teufel oder was immer du sagen willst. Wir hatten da eine Rockband auf der Bühne, Savage Rose, die einzige dänische Band, die wirklich mal berühmt war, und während Savage Rose ein paar von ihren alten Songs gespielt haben, hat Goethe auf einem Spirituskocher Brat-

81

kartoffeln gemacht, so richtig in Kostüm und mit Perücke und allem, völliger Quatsch eigentlich, aber wir haben uns köstlich amüsiert, und darum ging es, um nichts anderes. Goethe hat Kartoffeln gebraten und Mephisto hat ihm gezeigt, wie man aus den Kartoffeln Pommes macht, Mann, die Bühne war so verqualmt, dass Annisette regelmäßig einen Hustenanfall gekriegt hat, die Sängerin von Savage Rose, weißt du …"

„Poodle!", erinnere ich ihn.

„Ach ja, klar, also da gibt es eine Szene, gleich am Anfang vom Stück, da sieht Faust bei einem Spaziergang einen schwarzen Pudel, und der läuft dann hinter ihm her bis in sein Studierzimmer, also bei uns auf die Bühne, bis zu dem Spirituskocher, und plötzlich begreift Faust, dass der Pudel in Wirklichkeit Mephisto ist, und sagt: Das ist des Pudels Kern. Na ja, und dazu haben wir Poodle über die Bühne geschickt, er hat zwar immer irgendwelche Umwege gemacht und ans Bühnenbild gepinkelt oder an die Boxen von Savage Rose, aber irgendwann ist er dann tatsächlich jedes Mal zu dem Spirituskocher rübergelaufen, weil er da ja immer seine Kartoffelstücke gekriegt hat, und das wusste er, und daher hat er jedenfalls seinen Namen, des Pudels Kern …"

„Aber dann hättet ihr ihn genau so gut auch Mephisto nennen können!"

„Mist", sagt mein Vater. „Stimmt, darauf bin ich nie gekommen."

„Oder Goethe!"

„Noch besser", meint mein Vater, „schade eigentlich …"

Wir reden noch eine ganze Weile so weiter, und ich hätte nie gedacht, dass mein Vater so viel reden kann. Aber es macht Spaß! Auch wenn er jede Menge Blödsinn erzählt.

Irgendwann erzählt er dann auch eigentlich weniger von Poodle, und zum Glück auch nicht mehr von Christiania, sondern von Border Collies ganz allgemein. Zum Beispiel, dass zwei Border Collies beim Schafe hüten einen erwachsenen Mann ersetzen. Oder dass Border Collies die einzigen Hunde sind, die Wasserleichen finden können. Wieso, weiß eigentlich keiner, sie merken es einfach irgendwie, sagt mein Vater, aber wieso, weiß niemand.

Und mir fällt ein, dass ich im Fernsehen mal gesehen habe, wie ein Border Collie aus einem Haufen Zeugs genau das rausgesucht hat, was er raussuchen sollte, eine blaue Plastikente, einen Wimpel von einem Fußballverein und ein T-Shirt mit irgendeinem blöden Spruch drauf, obwohl genau daneben noch ein anderes T-Shirt mit einem anderen blöden Spruch lag! Irre!

„Ja ja", sagt mein Vater, „du kannst alles mit ihnen machen, Hauptsache du machst wirklich was mit ihnen, sonst geht es ganz schnell schief! Ich kannte mal eine Frau mit einem Border Collie, die den ganzen Tag gearbeitet hat, und der Border Collie war zu Hause und hatte nichts zu tun. In seiner Verzweiflung hat er sich dann selber was gesucht ..."

„Und?"

„Er hat den Kühlschrank gehütet, wirklich! Hat die ganze Zeit vor dem Kühlschrank gelegen und darauf aufgepasst, weißt du, er muss ihn irgendwie für lebendig gehalten haben, mit der kleinen Lampe oben und dem Motor, der manchmal anspringt ..."

Wien

Als wir nach Wien reinkommen, hält mein Vater an einem Taxistand und lässt sich den Weg zur Hernalser Landstraße erklären.

„Das funktioniert immer", sagt er, „erstens kennen Taxifahrer sowieso meistens die Straße, in die du willst, und wenn nicht, haben sie einen guten Stadtplan. Und außerdem freuen sie sich, wenn sie ein bisschen damit angeben können, was sie so alles wissen. Die andere Möglichkeit ist, einfach die Bullen zu fragen. Aber das kann auch schief gehen. Weil sie entweder keine Ahnung haben oder auf die Idee kommen, dir gleich die ganze Karre auseinander zu nehmen. Glaub mir, ich spreche aus Erfahrung!"

„Aber man könnte sich doch auch selber einen Stadtplan besorgen …?"

Mein Vater schüttelt den Kopf. „Auf die Dauer viel zu teuer", sagt er. „Und wo willst du mit den ganzen Stadtplänen hin? Stell dir vor, wir hätten uns jetzt extra einen Plan gekauft, den wir dann nie wieder brauchen! Nein, nein, Taxifahrer oder Bullen."

Die Hernalser Landstraße ist eine ziemlich hässliche Straße, und die Nummer 123 ist ein ziemlich hässlicher Betonklotz genau neben einem ziemlich hässlichen Supermarkt.

„Poodle lassen wir besser hier", überlegt mein Vater, nachdem wir den Bus geparkt haben. „Als Diebstahlsicherung." Und dabei beobachtet er argwöhnisch ein paar Gestalten, die auf einer Bank vor dem Supermarkt rumhängen. Und uns mindestens genauso argwöhnisch beobachten.

„Ist in jedem Fall besser", erklärt mein Vater noch mal und verschließt sorgfältig die Türen. „Auch wegen diesem Schaffsky. Kann ja durchaus sein, dass Poodle den nicht mag."

Ich glaube zwar eher, dass mein Vater schon jetzt vorsichtig andeuten will, dass er „diesen Schaffsky" auf keinen Fall mögen wird, aber ich sage besser nichts.

Zumal ich mir nicht so sicher bin, was eigentlich mit mir selber ist.

Irgendwie finde ich es schon komisch, dass meine Mutter bei einem Typen wohnt, von dem ich noch nie was gehört habe. Aber wahrscheinlich ist das schon alles okay, versuche ich mich selber zu beruhigen, eben einfach billiger als im Hotel oder so!

„Bescheuerter Name", schimpft mein Vater neben mir und drückt auf den Klingelknopf ganz links unten. „Schaffsky! Wie kann man nur so heißen!"

Es knackt ein paar Mal in der Gegensprechanlage, dann ertönt der Türsummer. Wir drücken die Tür auf. Ein langer Gang. Ein Fahrstuhl. Links und rechts geht es zu den Wohnungen im Erdgeschoss.

Es riecht muffig.

„Nach Müllschlucker", kommentiert mein Vater. Um gleich darauf wieder loszuschimpfen: „Wie kann man nur im Erdgeschoss wohnen! Ist doch unmöglich, warum nicht gleich im Keller?"

Die letzte Wohnung auf der linken Seite ist es. Mein Vater legt schnell die Hand über den Türspion und kichert dämlich vor sich hin.

Und dann stehen wir Peter Schaffsky gegenüber. Er mustert

uns kurz von oben bis unten, dann erklärt er: „Ich brauche nichts. Danke." Und knallt uns die Tür vor der Nase zu.

„Äh …", macht mein Vater. „Verdammt!"

Der kurze Moment, den ich Peter Schaffsky gesehen habe, reicht, um mich noch mehr durcheinander zu bringen, als ich ohnehin schon bin.

Peter Schaffsky sieht aus wie ein Model für irgendwelche Outdoorklamotten, für Abenteuerurlaub in Alaska oder so was in der Art! Halblange Haare, die an den Schläfen schon ein bisschen grau werden, und natürlich Dreitagebart und total blaue Augen und so weiter, fehlt eigentlich nur noch das Lagerfeuer und das Pferd vom Marlboro-Sonnenuntergang, also, ich meine, was macht meine Mutter bei dem?!

Meinem Vater scheint es ähnlich zu gehen.

„Oh weia", knurrt er vor sich hin, „der schöne Schaffsky, na, ich weiß ja nicht."

Er streicht seine Haare zurück und zieht sein Zopfgummi zusammen. Zupft seine Lederjacke zurecht und nagelt seinen Daumen auf den Klingelknopf. Gleichzeitig brüllt er: „Wir wollen zu Susanne Arnold, hier …" Er wedelt mit dem Fax vorm Türspion rum, „hier steht's, ich bin bei …"

Die Tür geht wieder auf. Schaffsky mustert uns noch mal von oben bis unten.

„Ihr kommt von Sanne?", fragt er dann.

„Sanne?!", fragt mein Vater völlig verstört zurück. „Wieso Sanne?"

„Susanne", sagt Schaffsky und verdreht die blauen Augen.

„Susanne, genau, das ist meine Frau", erklärt mein Vater. „Und das ist Marei, unsere Tochter. Also los, wo ist sie?"

„Wer?", stottert Schaffsky irritiert.

„Meine Frau, wer sonst? Ist sie da?"

86

Mein Vater versucht sich an Schaffsky vorbei und in die Wohnung zu schieben. Aber der streckt nur seinen Arm aus und schiebt meinen Vater wieder zurück.

„Wieso sollte sie hier sein?"

„Wieso, wieso, wieso", macht mein Vater. Er hält Schaffsky das Fax unter die Nase. „Hier, deshalb!"

Schaffsky liest und schüttelt den Kopf.

„Das verstehe ich nicht", sagt er.

„Ich auch nicht", sagt mein Vater.

„Kommt rein", sagt Schaffsky. „Aber ich fürchte, ich kann euch nicht helfen. Ich habe keine Ahnung, was das eigentlich soll ..."

Wir gehen hinter ihm her in die Wohnung. Vom Flur direkt in ein großes Zimmer. Und das scheint auch das einzige Zimmer zu sein. Jedenfalls gibt es auf der einen Seite eine Kochnische und gegenüber kann ich hinter einem halb zugezogenen Vorhang das Bett sehen. Ein riesiges Bett, das den ganzen Raum hinter dem Vorhang einnimmt. Nur von meiner Mutter ist nichts zu sehen. Also auch keine Tasche oder irgendwelche Klamotten oder so.

„Wollt ihr einen Kaffee?", fragt Schaffsky und verschwindet in seiner Kochnische.

„Nein, wir wollen keinen Kaffee", erklärt mein Vater. Wobei er Kaffée sagt, mit der Betonung auf der zweiten Silbe, so wie Schaffsky auch. „Alles was wir wollen, ist meine Frau."

„Aber ich weiß wirklich nicht, wo sie ist", beteuert Schaffsky und schraubt eine Espressokanne auseinander, um Kaffée einzufüllen. „Sie hat auch nichts davon gesagt, dass sie kommen will ..."

Mein Vater und ich blicken uns ratlos an.

„... und das ist ewig her, dass sie das letzte Mal hier war", redet Schaffsky weiter, während er die Espressokanne auf den Herd setzt, „bestimmt fast ein Jahr, nein, länger sogar schon, das war, ja, als wir den Cyrano gemacht haben, hier, da drüben steht noch das Modell."

Er zeigt auf ein Wandregal mit einer Reihe von Bühnenbildmodellen.

„Sind sie Bühnenbildner?", frage ich.

„Ja, wieso?"

„Ich dachte …"

„Model", sagt mein Vater.

„Waaas?", fragt Schaffsky.

„Vergiss es", sagt mein Vater.

Und dann sagt erst mal keiner mehr was. Bis Schaffsky den Kaffée auf den Tisch stellt und mit einem Blick auf meinen Vater meint: „Sie hat nie was davon gesagt, dass sie verheiratet ist."

„So, hat sie nicht?", meint mein Vater. „Ist aber so."

Er greift nach dem Kaffeebecher. Nach Schaffskys Kaffeebecher! Nimmt einen großen Schluck und spuckt die Hälfte gleich wieder aus, zurück in den Becher.

„Verdammt, ist der heiß!", schimpft er und wischt sich mit dem Handrücken über den Bart und die Lippen.

„Ein Kaffée muss heiß sein", erklärt Schaffsky. Und ich könnte wetten, dass er dabei grinst. Obwohl er schnell den Kopf wegdreht.

Schaffsky holt sich einen neuen Becher und mein Vater holt seinen Tabak raus und dreht sich eine Zigarette. Aber als er sie gerade anzünden will, sagt Schaffsky: „Nein, bitte nicht hier, ja? Ich mag das nicht."

„Aha", sagt mein Vater und spielt eine Weile mit seinem Feuerzeug rum, bevor er Tabak und Zigarette wieder in seiner Lederjacke verschwinden lässt. Das Feuerzeug behält er weiter in der Hand. Knipst es an, pustet die Flamme aus, knipst es wieder an …

Und ich denke, dass es höchste Zeit ist, mich einzumischen, bevor die beiden sich endgültig an die Gurgel gehen!

Ich fange also an zu erzählen. Versuche Schaffsky zu erklären, warum wir meine Mutter suchen. Und dass wir eigentlich selber nicht wissen, was los ist.

Aber als ich fertig bin, zuckt Schaffsky auch nur ratlos die Achseln und sagt: „Wenn sie hier in Wien ist, kann sie sonst wo sein."

„Inszeniert sie vielleicht irgendwo?", fragt mein Vater.

„Nein", sagt Schaffsky, „davon wüsste ich was. Aber …"

„Ja?"

„Vielleicht hat sie ein Gespräch, mit … mit irgendeinem Intendanten, zum Beispiel."

„Und wie kriegen wir das raus?", frage ich.

„Ich könnte die Theater durchtelefonieren, vielleicht haben wir Glück. Aber das geht erst morgen Früh wieder."

„Klar." Mein Vater nickt. „Völlig klar. Aber das können wir dann auch selber machen. Trotzdem danke für deine Mühe."

Schaffsky grinst. „Ich fürchte, es wird leichter, wenn ich anrufe", sagt er, „mich kennen sie hier. Und ich bezweifle, dass sie dir so ohne weiteres eine Auskunft geben, mit wem der Intendant irgendwelche Gespräche führt …"

Wobei er das „dir" völlig unnötig betont, so als würde nur mein Vater keine Auskunft bekommen. Ich glaube, ich mag den schönen Schaffsky auch nicht! Was heißt, ich glaube? Ich bin mir sicher, dass ich ihn nicht mag.

Mein Vater guckt mich an. „Gib mir mal die Nummer von Sabine", sagt er, als würde Schaffsky gar nicht existieren.

„Vielleicht können wir uns den ganzen Quatsch hier sparen!"

Stimmt, er hat Recht! Ich weiß gar nicht, wieso ich nicht selber darauf gekommen bin. Sabine müsste eigentlich irgendwas wissen. Sie telefoniert ja oft genug mit meiner Mutter …

Aber Sabine nimmt nicht ab. Mein Vater quatscht also den Anrufbeantworter voll, und dann sind wir wieder genau da, wo wir vorher waren. Und es hilft alles nichts, wir werden wohl tatsächlich bis morgen Früh warten müssen, bevor wir irgendwas unternehmen können.

Schaffsky blickt auf die Uhr.

„Wo schlaft ihr?", fragt er.

„Im Bus", erkläre ich. Und wundere mich, warum mein Vater nur an die Decke starrt und gar nichts sagt. Auch nicht, als Schaffsky fragt, ob das nicht vielleicht ein bisschen unbequem werden würde.

„Ach wo", sage ich, „das ist schon okay."

„Die Straße ist sehr laut, oder?", fragt mein Vater plötzlich. „Auch nachts, viel Verkehr, was?"

Woraufhin Schaffsky tief Luft holt und uns anbietet, in seinem Bett zu schlafen!

„Gut, machen wir", sagt mein Vater sofort, als hätte er nur darauf gewartet. Und ich kapiere mal wieder überhaupt nichts.

Aber als Schaffsky dann kurz aufs Klo geht, flüstert mein Vater mir schnell zu: „Also, erstens: Vielleicht taucht Sabine ja noch auf, und dann ist es in jedem Fall besser, wenn wir da sind. Oder sie ruft an oder Sabine ruft zurück. Ich trau dem Kerl einfach nicht, verstehst du?"

Also, ich glaube ja eher, dass er total eifersüchtig ist. Ich finde allerdings, dass das noch lange kein Grund ist, um gleich bei ihm im Bett zu schlafen. Aber mein Vater ist wild entschlossen.

Wir drehen also noch eine Runde mit Poodle. Und während mein Vater vor dem Bus endlich dazu kommt, seine Zigarette zu rauchen, putze ich mir schnell die Zähne, damit ich bei Schaffsky im Badezimmer nur noch pinkeln muss. Dann stellen wir Poodle frisches Wasser hin und machen die Fenster einen Spalt auf. Und erklären ihm seine Aufgabe.

„Du bleibst hier und passt gut auf", sagt mein Vater. Und Poodle klopft zweimal mit dem Schwanz auf die Matratze und ringelt sich zusammen, die Schnauze tief ins Fell gesteckt.

Als wir mit unseren Schlafsäcken wieder in die Wohnung kommen, sitzt Schaffsky am Tisch und hat ein Bühnenbildmodell vor sich. Mit einem Messer schneidet er irgendwelche Teile aus Balsaholz zurecht. Es stinkt nach Klebstoff und frischer Farbe.

„Muss noch ein bisschen arbeiten", brummt er vor sich hin ohne aufzublicken.

„Lass dich nicht stören", meint mein Vater und breitet die Schlafsäcke aus.

„Ich liege am Fenster", lässt sich Schaffsky noch mal vernehmen.

„Kein Problem", sagt mein Vater und zieht unsere Schlafsäcke wieder auf die andere Seite rüber.

Ich mache den Vorhang zu.

Und dann versuchen wir uns so gut es geht zurechtzurücken. Mein Vater in der Mitte und ich soweit wie möglich am Rand. Was gar nicht so einfach ist. Schaffskys Bett ist nämlich ein Wasserbett. Und man braucht sich nur einmal umzudrehen und schon fängt das ganze Ding an zu schaukeln. Völlig bescheuert. Aber passt irgendwie zu Schaffsky, denke ich.

Ich höre noch einen Moment auf die Geräusche, die aus dem anderen Teil des Zimmers kommen. Und versuche mir vorzustellen, was Schaffsky gerade macht. Jetzt legt er das Messer beiseite. Er schraubt die Klebstofftube auf ...

„Wenn das Telefon klingelt", flüstert mein Vater neben mir, „müssen wir schneller sein als er, klar?"

Das Telefon klingelt nicht. Und meine Mutter kommt auch nicht. Und als ich am nächsten Morgen aufwache, bin ich mir nicht sicher, ob ich in der Nacht überhaupt geschlafen habe. Muss ich aber wohl. Ich fühl mich nur nicht so.

Ich denke, dass es vielleicht trotzdem ganz nett wäre, wenn ich Brötchen holen würde. Ich habe gerade den Schlafsack aufgezogen, da fährt mein Vater neben mir hoch: „Hat das Telefon geklingelt?"

„Nein", flüstere ich und schiele zu Schaffsky rüber. Der liegt neben meinem Vater auf dem Rücken und pennt noch. Aber als ich genau hingucke, denke ich, mich trifft der Schlag. Schaffsky trägt zum Schlafen ein Haarnetz! Wie so eine alte Oma. Ich muss kichern. Und mein Vater grinst und tippt sich an die Stirn.

Dann schleichen wir zusammen aus der Wohnung, um Brötchen zu holen.

Poodle liegt eingerollt auf dem Fahrersitz und freut sich wie verrückt, als wir die Tür aufschließen und ihn mitnehmen.

Gleich neben der Bäckerei ist eine Telefonzelle. Aber bei Sabine läuft immer noch der Anrufbeantworter. Mein Vater zuckt die Achseln.

„Hoffen wir, dass der schöne Schaffsky nachher was rauskriegt", sagt er und reibt sich über die Bartstoppeln. Müde sieht er aus, finde ich, müde und irgendwie traurig.

„Was machen wir, wenn er nichts rauskriegt?", frage ich.

„Darüber denken wir nach, wenn es so weit ist", erklärt mein Vater und versucht, so was wie ein aufmunterndes Lächeln zustande zu bringen. Aber es gelingt ihm nicht besonders.

Schaffsky hat inzwischen Kaffée gekocht. Und das Haarnetz ist auch verschwunden. Er hockt vor seinem Bühnenbildmodell und scheint sehr zufrieden mit sich und der Welt zu sein. Bis mein Vater anfängt, sich das erste Brötchen zu schmieren.

„Pass doch auf, du machst ja alles voll Krümel!", schimpft Schaffsky los und springt tatsächlich auf, um Kehrblech und Handfeger zu holen.

„Feg bloß nicht aus Versehen dein Modell vom Tisch", brummt mein Vater und krümelt ungeniert weiter. Jetzt allerdings auf den Teller, den Schaffsky ihm schnell hingeschoben hat.

Dann beugt sich mein Vater vor und fragt Brötchenkrümel spuckend: „Was ist das eigentlich? Für welches Stück?"

„Čechov", sagt Schaffsky. „Die drei Schwestern."

„So", meint mein Vater, „Čechov also. Aber ich seh nur Wald ..."

„Eben", sagt Schaffsky. „Genau. Die Zuschauer sind im Wald, das ist es, das ist die Konzeption. Der Zuschauer als Voyeur, verstehst du?"

„Nee", sagt mein Vater. „Versteh ich nicht."

Woraufhin Schaffsky ihn allen Ernstes fragt, ob er eigentlich irgendeine Ahnung vom Theater hätte. Und ob mein Vater überhaupt wüsste, wer Čechov war oder worum es in den drei Schwestern gehen würde.

„Čechov", sagt mein Vater, „Anton Pawlowitsch, russischer Schriftsteller, Anfang des letzten Jahrhunderts gestorben ..."

Aber er guckt nicht Schaffsky dabei an, sondern mich. Und dann erzählt er mir, dass es in dem Stück um drei Schwestern geht, die in irgendeinem Kaff in Russland sitzen und davon träumen, nach Moskau zu kommen.

„In die Metropole", sagt mein Vater, „wo das wirkliche Leben ist, wo alles besser ist, und größer und ... lebenswerter eben. Aber sie tun nichts von sich aus, um den Absprung zu schaffen, sie reden nur und hoffen darauf, dass irgendeiner der Soldaten, die da in ihrem Kaff stationiert sind, sie heiratet und mitnimmt in die große weite Welt! Sie reden und träumen, aber begreifen nicht, dass sie selber es sind, die was machen müssten ... Moment", unterbricht er sich plötzlich und beugt sich wieder über Schaffskys Bühnenbild.

Der starrt ihn mit offenem Mund an.

„Ich glaube, jetzt ahne ich, worauf du rauswillst!", sagt mein Vater. „Die Zuschauer stehen im Wald, hier, das ist die Seitenwand des Hauses, klar, mit der Veranda, hier, und den großen Fenstern, die bis auf den Boden reichen, ich gucke also aus dem Halbdunkel des Waldes durch die geöffneten Fenster ins Haus ..."

„Richtig", sagt Schaffsky eifrig und knipst einen kleinen Schalter an. Dann springt er auf und lässt die Rollläden runter. Hinter den Fenstern in seinem Modell ist es jetzt gleißend hell und das Licht fällt in breiten Bahnen durch die Fensteröffnungen in den Wald. Ich bin verblüfft, wie anders das Modell jetzt aussieht. Gar nicht mehr wie irgendein selbst gebautes Puppenhaus mit Plastikbäumen davor!

„Gut", sagt mein Vater denn auch. „Schöne Idee. Aber was soll das hier?"

Stimmt. Ich habe mich auch schon gewundert. Über dem Wald ist ein Netz gespannt. Schaffsky knipst einen anderen Schalter an und ein Minischeinwerfer leuchtet von oben auf das Bühnenbild. Schaffsky scheint irgendeine merkwürdige Vorliebe für Netze zu haben. Er nimmt zwei kleine Figuren und stellt sie in den Lichtkreis auf das Netz. Ein Soldat in einer bunten Uniform und eine Frau im Abendkleid ...

„Das sind die Traumbilder", erklärt er, „du hast es vorhin selber gesagt: Sie träumen davon, mit ihrem Gardeoffizier über die Prachtstraßen Moskaus zu flanieren!"

„Auf einem Netz?", fragt mein Vater verblüfft. „Über den Köpfen der Zuschauer?"

„Ja, genau", sagt Schaffsky, „und die Zuschauer legen sich ins Moos und ..."

Mein Vater prustet los. „Das ist beknackt", meint er, „völlig beknackt! Wer inszeniert den Quatsch?"

Schaffsky steht wortlos auf und zieht die Rollläden wieder hoch. Knipst die Lampen am Modell aus und sagt eindeutig beleidigt: „Claus. Claus Peymann."

„Bond. James Bond", macht mein Vater ihn nach.

Ich glaube, ich weiß, wer dieser Peymann ist. Sabine hat oft genug von ihm erzählt. Einmal eine Spielzeit bei Peymann an der Burg, hat sie geschwärmt, das wärs. Peymann ist Intendant am Wiener Burgtheater, und das Wiener Burgtheater muss für Theaterleute so was sein wie Hollywood fürs Kino. Aber es scheint, als hätte mein Vater davon in Dänemark nichts mitgekriegt.

Falsch. Hat er wohl doch. Jedenfalls fragt er Schaffsky gerade, ob der schon mal was von dem Stück gehört hätte

„Wie ich mit Claus Peymann eine Hose kaufen ging". Hä, denke ich, spinnt er jetzt? Aber das Stück gibt es offensichtlich wirklich.

„Natürlich kenne ich das", sagt Schaffsky. „Von Thomas Bernhard."

Na, da ist er meinem Vater ja wohl voll auf den Leim gegangen. Ich brauche nur sein Gesicht zu sehen und weiß, dass gleich noch irgendwas kommt.

Richtig.

„Und weißt du auch, was ich an Thomas Bernhard wirklich toll finde?", fragt mein Vater jetzt nämlich. Und redet gleich weiter. „Dass er verboten hat, dass irgendeines seiner Stücke jemals in Österreich aufgeführt wird! Weil Österreich nichts wäre als eine hoffnungslose Ansammlung von Nazis! Das ist doch richtig gut, oder?"

Schaffsky scheint das allerdings nicht ganz so witzig zu finden. Ziemlich einsilbig erklärt er, dass er jetzt los müsste, wenn er noch die anderen Theater durchtelefonieren wollte, um irgendwas über meine Mutter rauszukriegen. Und dass wir uns dann ja mittags in einem Kaffeehaus treffen könnten.

„Im Café Sperl in der Gumpendorfer Straße", sagt er, „um zwölf."

„Ein guter Treffpunkt", nickt mein Vater, als hätte er sonst was für eine Ahnung von Wiener Kaffeehäusern. „Da haben sie doch früher immer die Spione ausgetauscht, das war doch da, oder?"

„Nein", sagt Schaffsky, „das war im Café Landtmann."

Aber mein Vater kann es nicht lassen. Er muss natürlich unbedingt mal wieder das letzte Wort haben.

„Ach übrigens", sagt er, als wir schon draußen vorm Bus stehen, „da fällt mir gerade noch ein Witz ein. Weißt du, warum der österreichische Bundesadler beim Fliegen immer nur einen Flügel benutzt?"

„Kenn ich", sagt Schaffsky nur und stiefelt davon.

„Und warum?", frage ich meinen Vater.

„Weil er sich mit dem anderen die Augen zuhält, damit er Österreich nicht sehen muss."

„Hahaha!"

„Wieso? Du siehst es doch selber", meint mein Vater, „du brauchst dir doch bloß den schönen Schaffsky anzugucken: ein eitler Fatzke, nichts weiter. So sind sie alle!"

„Du bist überhaupt nicht rassistisch oder so, was?", frage ich und finde meinen Vater, ehrlich gesagt, gerade wieder mal ziemlich blöd.

„Ich und rassistisch?", fragt er zurück. Und zeigt auf die Döner-Bude auf der anderen Straßenseite und sagt: „Ich liebe zum Beispiel Döner. Und die kommen ja bekanntlich aus der Türkei. Aber ich liebe sie trotzdem. Und deshalb gehe ich da jetzt auch rüber und hol mir einen. Was ist mit dir?"

Ich mag Döner eigentlich nicht so gerne und schon gar nicht gleich nach dem Frühstück, aber dann latsche ich doch hinter meinem Vater her. Und um ihn ein bisschen zu ärgern, sage ich, kaum dass er glücklich schmatzend seinen Döner in beiden Händen hält: „Bist du dir eigentlich sicher, dass der türkisch ist? Ich meine, hast du dir den Typen in der Bude mal genau angeguckt? Ich finde, der sah eher aus wie ein Österreicher!"

Aber das war ein Eigentor.

„Ach nee", sagt mein Vater nämlich. „Der Typ sah nicht aus wie ein Türke, findest du? Und wie haben Türken deiner Meinung nach auszusehen, wenn ich mal fragen darf?"

„Na ja, also …"

„Schon gut", meint mein Vater. „Und wer von uns beiden ist jetzt der Rassist?"

Er nervt!

Aber ich kann auch nerven. Und ich nerve so lange, bis wir dann wirklich losfahren, um uns die Spanische Hofreitschule anzugucken. Obwohl ich genau weiß, dass mein Vater keine Lust dazu hat. Weshalb er auch die nächsten zwei Stunden nichts macht als rumzunölen. Erst über die Tatsache, dass es ewig dauert, bis wir endlich da sind. Aber wir brauchen ja keinen Stadtplan, nein, wir nicht! Dann über den Eintrittspreis, und dass es „arschkalt" in der Reithalle ist und dass „die Show nichts taugt". Und schließlich beschwert er sich sogar noch, dass die Pferde nicht alle schneeweiß wären.

„Sind sie eben nun mal nicht", sage ich. „Und als Fohlen sind sie zum Beispiel sowieso schwarz."

„Dann sollen sie gefälligst mit Farbe ein bisschen nachhelfen", erklärt mein Vater, „ein echter Lipizzaner muss weiß sein, sonst ist er kein echter Lipizzaner."

Als die Vorführung vorbei ist, haben wir immer noch Zeit bis zu unserer Verabredung mit Schaffsky.

„Lass uns rüber ins Naturhistorische Museum gehen", schlägt mein Vater vor, „da ist es wenigstens warm. Und ich will mal was anderes sehen als immer nur Pferde."

„Aber dann muss Poodle ja schon wieder im Bus bleiben", sage ich. Weil Poodle mir langsam wirklich Leid tut und ich das Gefühl habe, dass wir ihm gegenüber in den letzten Tagen nicht gerade besonders fair waren. Auch wenn er vorhin den Rest Döner von meinem Vater gekriegt hat …

„Stimmt", sagt mein Vater. „Die ausgestopften Viecher im Museum würden ihm bestimmt gut gefallen. Bleibt also nur

die Frage, wie wir ihn mit reinkriegen. Aber ich glaube, ich weiß schon was! Los, wo ist der nächste Copy-Shop?"
Und während wir uns auf die Suche nach einem Copy-Shop machen, erzählt mein Vater von Amerika. Und dass man seinen Hund in Amerika überall mit hinnehmen dürfte, wenn es ein „Service-Hund" ist. Service-Hunde müssen so was sein, wie bei uns Blindenhunde oder so. Also Hunde, die darauf trainiert sind, dass sie jemandem helfen, der irgendeine Behinderung hat. Aber deshalb kapiere ich trotzdem noch lange nicht, was mein Vater vorhat.
Erst als er im Copy-Shop nach einem Computer fragt, an dem wir was schreiben könnten, ahne ich, was er will.
Ich gucke ihm über die Schulter, während er tippt ...

CONFIRMATION

This is to confirm that the dog called
„Poodle"
has been trained and employed as
SERVICE DOG
for Mr. Burkhard Arnold

„Was heißt confirmation?", frage ich.
„Bestätigung", sagt mein Vater.
„Mann, das glaubt uns keiner!"
„Warts ab!", meint er, „wir werden ja sehen."
„Du musst wenigstens noch so was dazu schreiben wie Rasse und Farbe und so, damit es mehr aussieht wie ein Formular!"
„Stimmt. Das ist gut."
Er schreibt.

Breed: Border Collie
Colour: black and white
Sex: male
Age: 4

„Besser so?", fragt er dann.

„Viel besser", nicke ich. „Aber wir brauchen noch einen Stempel oder so was unten drunter ..."

„Warte", sagt er, „kommt ja noch."

Er tippt noch zwei Zeilen, dann druckt er die Seite aus und holt einen Füller aus der Innentasche seiner Lederjacke.

*Please give dog free access
to any place Mr. Arnold wants to go
Yours sincerely
Minister of Public Health*

„Freier Eintritt für den Hund. Gesundheitsministerium. Stempel und Unterschrift", erklärt mein Vater, während er schon am Malen ist.

„Das klappt nicht", sage ich noch mal. Aber ich muss zugeben, dass der Stempel, den mein Vater da mit seinem Füller produziert, nicht schlecht aussieht. Vor allem, nachdem er seine Fingerkuppe angeleckt und sie kurz auf die frische Tinte gepresst hat. Und mit der quer über den Stempel gekrakelten Unterschrift sieht das Ganze zum Schluss wirklich ziemlich echt aus!

„I'm an American", sagt mein Vater und schiebt sich einen Kaugummi in den Mund. „Denk dran, ick bin eine American und leider ... wie sagt man?" Er holt eine Sonnenbrille aus der Tasche und setzt sie auf.

„Blind", sage ich und lache laut los.

„Und?", fragt er und zeigt auf seine Ohren.

„Was? Auch noch taub?"

„Genau", sagt er und dann marschieren wir zum Museum. Das heißt, mein Vater hinkt zu allem Überfluss auch noch. Und wir brauchen ganz schön lange, bis wir die Stufen zum Eingang hoch geschafft haben. Aber dafür hat uns dann der Museumswärter wenigstens schon gesehen. Und ich glaube fast, er hat Mitleid mit uns. Vor allem, nachdem ich ihm erklärt habe, dass mein Vater aus Amerika kommt und nicht nur hinkt, sondern auch noch taub und blind ist.

„Vietnam?", fragt der Pförtner leise.

„Yeah", lässt sich mein Vater vernehmen und ruckt zweimal mit dem Kopf.

„Er braucht den Hund", sage ich und zeige unseren selbst gemachten Brief. „Der Hund muss überall mit hin."

„Service-Dog", sagt mein tauber und blinder Vater. Holt seinen Kaugummi aus dem Mund, rollt ihn zwischen den Fingern zu einer kleinen Kugel und schnippst ihn genau auf die Glastür.

„Das geht schon in Ordnung", sagt der Museumswärter schnell und gibt mir den Brief zurück. „Wenn Sie irgendein Problem haben, rufen Sie mich einfach."

„Thankyou", sagt mein Vater und geht los.

Genau auf die Glastür zu, die der Museumswärter im letzten Moment noch aufreißen kann. Und ich würde wetten, dass mein Vater sonst wirklich einfach dagegengerannt wäre!

Wir gucken uns zuerst die Abteilung mit den Großtieren an. Wobei es eine Weile dauert, bis sich Poodle davon überzeugt hat, dass die ausgestopften Gorillas und Orang-Utans uns erstens nicht gefährlich werden können und sich zweitens beim besten Willen nicht hüten lassen. Aber trotzdem will er sich kaum beruhigen. Er schnüffelt und winselt und zieht und zerrt die ganze Zeit an der Leine, was er sonst nie tut. Und mein Vater kann echt froh sein, dass er nicht wirklich blind ist.

Allerdings kann ich Poodle schon irgendwie verstehen. So ganz geheuer ist mir nämlich selber nicht. Also klar, ich weiß, dass wir in einem Museum sind. Aber ich glaube, ich war noch nie in einem Museum, in dem alles so uralt ist wie hier. Dunkel und staubig. Und ich habe unter Garantie noch nie so viele tote Tiere auf einem Haufen gesehen. Also, ich meine, wo das Museum in Hannover zum Beispiel nur einen Dinosaurier aus Gummi und sonst gar nichts hat, haben sie hier gleich vier oder fünf echte Elefanten stehen. Und daneben Nilpferde und Nashörner und immer so weiter, die Räume sind total voll gestopft mit toten Tieren, entweder in riesigen Vitrinen oder einfach so, und von jeder Sorte immer gleich ein paar! Die Tiere, die nicht hinter Glas sind, haben fettig glänzende Stellen, das Krokodil vor mir zum Beispiel genau auf der Schnauze. Ich brauche einen Moment, bis ich darauf komme: Klar, das sind genau die Stellen, die die Besucher im Vorbeigehen anfassen!

„Hast du eigentlich gewusst, dass es in Wien auch noch ein Museum für alles gibt, was irgendwie mit Beerdigungen und so zu tun hat?", unterbricht mein Vater meine Überlegungen. „Haben sie nämlich. Mit Särgen und Totenhemden und …"

„Auch Leichen?", frage ich ungläubig.

„Ich nehm's an", sagt mein Vater. „Wäre ihnen jedenfalls zuzutrauen."

„Na wunderbar", sage ich nur.

Und dann sehen wir auf der Uhr über dem Durchgang zum nächsten Raum plötzlich, dass es schon kurz vor zwölf ist! Und weil Poodle sowieso gerade an die Vitrine mit den Schlangen gepinkelt hat, machen wir also, dass wir wegkommen. Wir rennen an dem völlig verdatterten Museumswärter vorbei und raus aus dem Museum und die Treppe runter und über den Platz davor. Bis mein Vater sich keuchend die Seiten hält und stöhnt: „Nicht so schnell, Mensch, ich kann nicht mehr! Oder willst du, dass sie mich gleich in ihr Leichenmuseum bringen müssen?"

„Du solltest vielleicht einfach nicht so viel rauchen", sage ich und strecke ihm die Zunge raus. Renne noch ein paar Meter mit Poodle um die Wette und bin verdammt froh, endlich wieder die Sonne zu sehen. Und außerdem treffen wir gleich Schaffsky, und dann stellt sich raus, dass meine Mutter irgendeinen Termin mit Peymann hatte und wahrscheinlich nur das Flugzeug verpasst hat oder so! Und wenn wir uns beeilen, schaffen wir es noch rechtzeitig, um sie am Flughafen abzuholen.

Unterwegs 4

Mein Vater hockt wortlos hinter dem Lenkrad. Und ich heule. Poodle sitzt vor mir und leckt mir die Hand. Ab und zu versucht er, seine Schnauze unter meinen Arm zu wühlen, um mich zum Lachen zu bringen. Aber es gelingt ihm nicht.

Meine Mutter hat nicht das Flugzeug verpasst. Aber wir haben meine Mutter verpasst. Sie war nämlich tatsächlich in Wien, nur dass sie sich überhaupt nicht bei Schaffsky gemeldet hat, die blöde Ziege! Und jetzt ist sie jedenfalls schon wieder weg. Kann sein, dass sie gerade in Weimar ist. Kann aber auch nicht sein. Wir wissen es nicht. Aber wir fahren trotzdem hin, auf gut Glück. Und weil mein Vater gesagt hat, dass Weimar sowieso auf dem Weg liegen würde.

„Also können wir es auch versuchen", hat er gesagt.

Das war das Letzte, was ich von ihm gehört habe. Seitdem starrt er nur wortlos auf die Straße vor uns.

Wenn wir meine Mutter in Weimar nicht finden, fahren wir nach Hildesheim zurück. Und dann fährt mein Vater wahrscheinlich weiter nach Dänemark, und ich hänge wahrscheinlich für den Rest der Ferien in meinem Zimmer rum und heule. Vielleicht heule ich auch für den Rest meines Lebens! Und einmal im Jahr kriege ich dann wieder Post aus Christiania. Und latsche alle paar Monate mit meiner Mutter durch den Zoo in Hannover …

„Kann ich nicht wenigstens Poodle behalten?", schluchze ich plötzlich los.

„Hä?", macht mein Vater und nimmt vor Überraschung prompt den Fuß vom Gas. Woraufhin er erst mal zurückschalten muss und für einen Moment alle Hände voll zu tun hat, um den Bus wieder auf Touren zu kriegen.

„Was hast du gesagt?", fragt er dann noch mal.

„Kann ich nicht Poodle haben?"

„Aber ... wieso?"

„Oder ich komme mit dir nach Christiania ..."

„Nun mal langsam", meint mein Vater. „Was ist denn los mit dir? Wir haben doch vorhin schon darüber geredet. Irgendwas läuft hier völlig schief, und das müssen wir erst mal klären. Und zwar mit deiner Mutter! Vorher können wir überhaupt nichts entscheiden!"

Stimmt, das hat er vorhin auch schon gesagt. Als wir in dieses Café Sperl kamen und Schaffsky nicht da war. Wir haben uns einen Tisch gesucht und gewartet. Zu Anfang war eigentlich auch alles noch ganz okay. Wir haben uns ein bisschen lustig gemacht über die anderen Leute, und mein Vater hat den Kellner gefragt, ob es richtig wäre, dass im Café Sperl früher immer die Spione vom KGB gegen die vom CIA ausgetauscht worden wären.

„Nein, das war im Café Landtmann", hat der Kellner pikiert geantwortet.

Was wir ja eigentlich schon wussten. Und dann haben wir so was Ähnliches wie Eierkuchen bestellt, und danach hat mein Vater den Kellner damit genervt, dass er sich die verschiedenen Arten von Kaffees auf der Karte genau hat erklären lassen. Und es gab neun verschiedene Arten mit so verrückten Namen wie „Einspänner" und „Fiaker"!

„Aha", hat er zum Schluss gesagt, „gut, dass ich das jetzt

weiß. Aber ich glaube, ich nehme doch lieber einen ganz normalen Kaffee, Hauptsache, er ist richtig heiß."

Aber je länger wir gewartet haben, ohne dass Schaffsky kam, umso nervöser sind wir beide geworden. Mein Vater hat ununterbrochen geraucht, und ich habe mich plötzlich gefragt, ob es sein könnte, dass meiner Mutter irgendwas passiert ist ...

„Vielleicht ist das Flugzeug abgestürzt", habe ich gesagt, „oder Mutti hat einen Unfall gehabt oder ist krank geworden."

Woraufhin mein Vater zum Telefon am Tresen gegangen ist und noch mal bei Sabine angerufen hat. Wo wieder nur der Anrufbeantworter lief.

„Typisch", hat mein Vater gesagt, als er zurückkam, „jeder Doofmann rennt inzwischen mit einem Handy rum, nur deine Mutter hat keins!"

„Du hast doch selber keins!", habe ich ihn abgeblafft, weil ich irgendwie das Gefühl hatte, meine Mutter verteidigen zu müssen. Aber im Stillen habe ich überlegt, dass meine Mutter unter Garantie längst ein Handy hat, nur dass sie eben vergessen hat, mir die Nummer zu geben – und dass das wirklich typisch für sie wäre!

„Pass auf", hat mein Vater gesagt und sich eine neue Zigarette angezündet, „ich glaube nicht, dass ihr irgendwas passiert ist. Ich glaube, dass sie irgendwas hat, worüber sie mit uns reden will. Also irgendwas, was mit uns Dreien zu tun hat, so als Familie, meine ich, Vater, Mutter und Kind oder so."

„Ich weiß, was eine Familie ist. Ich hab nämlich keine!", habe ich ihn angemacht und war kurz vorm Heulen.

Aber er ist ganz ruhig geblieben.

„Vielleicht geht es ihr genau darum ..."

„Dann hätten wir uns ja auch in Hildesheim treffen können, oder?"

„Nicht, wenn sie noch gar nicht genau weiß, was sie will. Oder wenn sie eigentlich Angst davor hat, mit uns zu reden."

„Du meinst, sie hat Angst? Aber wieso …?"

„Ich weiß es doch selber nicht", hat mein Vater gestöhnt und seine Zigarette ausgedrückt. „Ich versuche doch nur, eine Erklärung zu finden …"

Um gleich darauf auf die Uhr zu blicken und aufzuspringen: „Verdammt, jetzt reicht's mir! Jetzt gehen wir da einfach hin, sonst drehen wir noch völlig durch. Vielleicht ist das ja auch alles Quatsch, was wir uns hier zusammenreimen!"

Und dann sind wir jedenfalls los. Zum Burgtheater. Mein Vater ist mit mir zum Bühneneingang reinspaziert, als wären wir seit Jahren am Burgtheater engagiert. Wovon der Pförtner allerdings nichts wusste, weshalb er uns auch prompt zurückgepfiffen hat.

„Wir wollen zu Schaffsky", hat mein Vater genervt gesagt, „wir kommen eben gerade aus Bologna!"

Aber das war dem Pförtner völlig egal. Er hat sich nur ganz cool zurückgelehnt und gemeint: „Da ist nichts zu machen. Da können sie jetzt nicht rein. Der Schaffsky hat Dekorations- und Beleuchtungsprobe."

„Jetzt will ich Ihnen mal was sagen …" Mein Vater hat sich vor dem Pförtnerkasten aufgebaut, als wäre er mindestens der Intendant persönlich. „Natürlich hat der Schaffsky Dek.-Bel., glauben Sie, das wüssten wir nicht? Aber wenn Sie uns da jetzt nicht reinlassen, dann wird es hier wohl auch kaum eine Premiere geben, und dafür tragen Sie dann die Verantwortung, klar?"

Woraufhin der Pförtner von seinem Drehstuhl hochgesprungen ist und uns den Weg zur Bühne erklärt hat. Und dabei hat er meinen Vater mit „Herr Professor" angeredet und zum Schluss sogar noch eine Verbeugung hingelegt! Ich weiß nicht mehr, durch wie viele Gänge wir gelatscht sind. Oder durch wie viele Türen mit der Aufschrift ZUTRITT VERBOTEN. Aber irgendwann sind wir tatsächlich auf der Bühne gelandet. Mitten in Schaffskys Wald. Wobei ich zugeben musste, dass es in Wirklichkeit noch viel besser aussah als in seinem Modell. Es war, als wären wir in einem echten Wald. Was vielleicht auch damit zu tun hatte, dass die Bäume tatsächlich echt waren, jedenfalls die Stämme. Weiß schimmernde Birkenstämme! Das Laub war aus hellgrünem Stoff, aber wenn ich es nicht angefasst hätte, hätte ich nie was gemerkt. Und der Boden war irre! Als würde man in Zeitlupe gehen, alles ganz weich und federnd. Wie auf ganz dickem Moos eben. Nur dass alles aus Schaumstoff war. Mit Kuhlen und Huckeln, und dazwischen wieder ein paar echte Baumstümpfe. Und abgebrochene Zweige und Äste.

Und mittendrin lag Schaffsky auf dem Rücken! Ab und zu hat er irgendwas nach oben gebrüllt, wo gerade jede Menge Bühnentechniker dabei waren, ein Netz zu spannen.

„Oh je, ihr schon wieder", hat er gestöhnt, als wir vor ihm standen. „Ich fürchte, euch hab ich ganz vergessen!"

„Haha", hat mein Vater geknurrt, „also, was ist jetzt?"

„Ich sag's doch, ich hab euch vergessen. Und jetzt hab ich keine Zeit, das seht ihr ja ..."

Schaffsky ist aufgestanden und einfach weggegangen. Zur anderen Bühnenseite. Und dabei hat er weiter seine Anordnungen gebrüllt, als wären wir gar nicht da!

„He, du Arsch", hat mein Vater gemeint und ist hinter

ihm her. Er hat Schaffsky am Arm gepackt, und ich dachte schon, gleich haut er zu. Schaffsky muss dasselbe gedacht haben. Jedenfalls ist er ganz bleich geworden und hat die Hände hoch genommen und gestottert: „Komm, komm, Alter, reg dich nicht auf, ja? Ich hab ja nur einen Witz machen wollen."

„Und? Ich höre!"

„Ist ja gut, ja? Sie war tatsächlich in Wien, das stimmt schon. Gestern. Sie hat sich mit dem Leiter von den Festspielen in Weimar getroffen, der war hier, um sich Inszenierungen anzusehen, na ja, und da haben sie sich hier getroffen, ich weiß auch nicht, warum sie sich nicht bei mir gemeldet hat ..."

„Komm zur Sache, Mann, wo ist sie jetzt?"

„Ich sag's doch, ich weiß es nicht, ich hab nur gehört, dass sie nächstes Jahr in Weimar irgendwas machen soll, vielleicht sind sie ja zusammen hin, um das genauer abzusprechen!"

„Nach Weimar?"

„Ja, das könnte doch sein. Hier ist sie jedenfalls nicht mehr. Ich hab sogar mit ihrem Hotel telefoniert, sie ist abgereist! Heute Morgen. Aber wenn sie wirklich was in Weimar machen will, dann ist sie da wahrscheinlich auch hin, ich meine, sie will ja immer irgendwelche besonderen Spielorte haben, eine leer stehende Fabrikhalle oder ein Zirkuszelt oder was weiß ich, du weißt doch selber, wie das mit Sanne ist ..."

„Ich weiß überhaupt nichts", hat mein Vater geknurrt. Und das war's dann auch schon. Mein Vater hat Schaffsky noch einen halbherzigen Boxhieb vor die Brust verpasst, aber dabei eher so ausgesehen, als würde er gleich losheulen. Was ich ja dann für ihn übernommen habe, kaum dass wir wieder im Auto saßen.

Wir sind also unterwegs nach Weimar. Und mein Vater starrt auf die Straße und ich heule. Bis er plötzlich sagt: „Wir sind doch bekloppt. Alle beide. Wir tun so, als ob gerade die Welt untergegangen wäre. Mensch, Marei, sieh es doch mal so: Wir wissen nicht, was eigentlich los ist, klar, aber etwas hat uns das Ganze doch auch schon mal gebracht! Ich meine, wir sind zusammen unterwegs, du und ich, hättest du dir das vor zwei Wochen vorstellen können? Ich nicht. Aber ich find's toll!"

„Wenn du das so toll findest", schluchze ich, „dann hättest du ja gar nicht erst weggehen brauchen. Es hat dich ja keiner gezwungen!"

„Oh je", sagt mein Vater, „davor habe ich mich gefürchtet. Dass du irgendwann damit anfängst. Aber gut, dann reden wir eben drüber ..."

Und dann fängt er tatsächlich an, von früher zu erzählen. Von sich und meiner Mutter. Ein paar Sachen kenne ich schon, weil ich meine Mutter ja früher oft genug damit gelöchert habe. Aber so richtig hat sie eigentlich nie was erzählt, und es ist einfach schön, das Ganze jetzt noch mal von meinem Vater zu hören. Wie sie sich kennen gelernt haben und sich gleich am ersten Abend ineinander verliebt haben.

„In Berlin war das", erzählt mein Vater, „auf irgend so einer Theatertagung. Ich habe zufällig neben deiner Mutter gesessen, und ich weiß noch, dass sie die ganze Zeit Gauloises ohne Filter geraucht hat. Und dass sie unheimlich aggressiv war. Also wenn irgendjemand was gesagt hat, was ihr nicht gepasst hat, dann hat sie sofort losgeschimpft, und es war gut, was sie gesagt hat, vor allem aber war es ihr völlig egal, wen sie da beschimpft hat! Also, ich meine, am Theater ist es ja eigentlich so, dass keiner wirklich sagt, was er denkt, sondern nur versucht, sich bei irgendwelchen Intendanten oder wichtigen Regisseuren einzuschleimen, damit die einen dann engagieren, aber das hat Susanne überhaupt nicht interessiert. Obwohl sie gerade erst ein oder zwei Inszenierungen gemacht hatte, verstehst du, sie war eigentlich darauf angewiesen, dass so ein Intendant ihr vielleicht eine Chance gibt. Aber sie hat sich hingestellt und vor allen erklärt, dass das Theater nichts weiter wäre als ein billiger Selbstbedienungsladen für einen Haufen aufgeblasener Regisseure, die etwas von Visionen faseln würden und noch nicht mal wüssten, wie man „Vision" überhaupt schreibt. Genau so hat sie es gesagt! Und dass Theater nur eine Aufgabe hätte, nämlich die Wahrheit zu zeigen. Und damit ist sie aufgestanden und aus dem Saal gerauscht. Mann, sie war echt gut. Und genau da habe ich mich in sie verliebt ..."

„Und dann?"

„Ich bin hinter ihr her und habe ihr gesagt, dass ich das total klasse gefunden hätte, was sie da gesagt hatte, und dass sie Recht hätte und ich das selber genauso sehen würde und ... und sie hat mich ausgelacht!"

„Was?"

„Sie hat mich ausgelacht. Sie hat gesagt, genau das würde sie meinen, die ganze Verlogenheit am Theater und nicht nur am Theater! Und ich sollte gefälligst sagen, was ich wirklich von ihr wollte."

„Und?"

„Nichts und, ist doch egal. So habe ich sie jedenfalls kennen gelernt."

„Ich will's genau wissen", sage ich. „Was hat sie damit gemeint, dass du sagen solltest, was du wirklich von ihr willst?"

„Puh!", macht mein Vater, „du nervst ganz schön ..."
Und auf einmal sehe ich, dass er tatsächlich ein bisschen
rot wird! Als ob ihm irgendwas peinlich wäre. Jetzt will
ich's natürlich erst recht wissen!
„Komm", sage ich, „ich bin vierzehn. Nun erzähl schon!"
„Sie hat mich einfach geküsst und gesagt, dass sie genauso
viel Lust hätte mit mir zu schlafen wie ich mit ihr. Jetzt,
sofort. Also sind wir in ihr Hotelzimmer gegangen und ...
und mehr war auch gar nicht."
„Nein, mehr war auch gar nicht, ganz klar!"
„Also du bist jedenfalls erst später, ich meine, dich haben
wir erst später ..."
„Ist schon gut, Papa", sage ich, „überanstreng dich bloß
nicht." Ich beuge mich über Poodle weg zu ihm rüber und
gebe ihm einen Kuss aufs Ohr. Und merke im nächsten
Moment, wie ich jetzt selber rot werde. Mist. Aber eigentlich auch egal. Weil ich die Geschichte nämlich richtig gut
finde. Und irgendwie passt sie auch genau zu meiner Mutter, finde ich. Also jedenfalls zu dem Bild, das ich mir
von ihr gemacht habe. Meine Mutter, die immer genau
das macht, was sie will. Und die irgendwie alles organi-
siert kriegt. Zumindest solange es nichts mit ihrer eigenen
Tochter zu tun hat.
„Aber eins verstehe ich noch nicht ...", sage ich. Weiter
komme ich nicht. Weil mich mein Vater sofort unterbricht.
„Hör auf", stöhnt er, „danach musst du Sabine fragen.
Oder vielleicht zur Abwechslung mal deine Mutter. Ich erklär dir das jedenfalls nicht!"
„Was denn?", frage ich verblüfft, weil ich beim besten Willen nicht weiß, was er meint.
„Na, das mit den Bienen und den Blüten und so ..."

„Du spinnst!" Ich lache und werfe mit meinem zusammengeknüllten Taschentuch nach ihm. „Das wollte ich doch überhaupt nicht fragen!"

„Schon klar." Mein Vater nickt. „Du willst wissen, wieso deine Mutter trotzdem was geworden ist am Theater, obwohl sie sich mit allen angelegt hat. Aber das weiß ich auch nicht. Klar, sie hat auch Glück gehabt. Sie hat ein paar Mal mit den richtigen Leuten zu tun gehabt und so. Aber es hat wahrscheinlich vielmehr was damit zu tun, wie sie die Dinge angeht. Und Theater war von Anfang an ihr Leben. Sie hat nie was anderes gewollt. Also hat sie alles dafür getan, dass ..."

„... dass die toten Baseballspieler endlich wieder spielen können!"

„Was?"

„Na, der Film! Erinnerst du dich nicht? Der Typ in dem Film, der ..."

„Ach so, ja, klar", mein Vater nickt, „passt irgendwie, du hast Recht!"

„Und wie war das mit euch beiden zu Anfang?", will ich wissen.

„Verrückt! Mehr fällt mir dazu nicht ein. Völlig bescheuert. Ich war damals ja als Bühnenbildner in Wilhelmshaven, also ist deine Mutter nach Tübingen gegangen."

„Hä?"

„Ja, genau, aber so war es. Sie wollte auf keinen Fall, dass wir zusammenleben oder so. Sie hat gesagt, sie wollte nicht irgendeine Beziehung, die nur aus begrabenen Träumen bestünde."

„Und du?"

„Ich bin fast verrückt geworden da oben in Wilhelmshaven. Ich hab überhaupt nichts mehr kapiert. Ich war doch total in sie verliebt und ich wollte sie nicht nur am Wochenende sehen, sondern jeden Tag! Und außerdem war ich eifersüchtig."

„Du?", frage ich und fange fast an zu lachen. Weil ich mir überhaupt nicht vorstellen kann, wie mein Vater … doch, kann ich doch. Ich brauche nur an ihn und Schaffsky zu denken!

„Natürlich", sagt mein Vater, „ist doch klar. Ich hatte einfach Angst, sie wieder zu verlieren. Ich glaube, das geht jedem so. Das Dumme ist nur, dass es nichts hilft. Und als ich dann in Wilhelmshaven alles hingeschmissen habe und eines Nachts bei ihr vor der Tür stand, ist sie total ausgeflippt. Sie hat mich noch nicht mal reingelassen. Sie hat nur erklärt, sie würde sich nicht kontrollieren lassen, von mir nicht und von keinem anderen. Und ich glaube, es ging ihr wirklich nur darum, also ich meine, sie hatte wahrscheinlich noch nicht mal irgendeinen Typen zu Besuch oder so, sondern es ging ihr nur darum, dass sie bestimmen wollte, was sie macht, sie ganz alleine und niemand sonst."

Als meine Mutter dann plötzlich schwanger war, erzählt mein Vater weiter, hat sie es ihm zu Anfang noch nicht mal gesagt. Und als sie es ihm schließlich gesagt hat, hat sie ihm gleichzeitig erklärt, dass sie absolut keinen Wert darauf legen würde, jetzt mit ihm Vater, Mutter und Kind zu spielen. Und dass sie außerdem sowieso ein Angebot nach Hildesheim bekommen hätte und das auch annehmen würde. Ohne meinen Vater auch nur zu fragen! Daraufhin hat er seine Sachen gepackt und ist nach Dänemark gegangen …

„Dann hat sie dich also eigentlich rausgeschmissen?", frage ich und bin irgendwie völlig durcheinander.

„Das kann man so sagen", sagt mein Vater und nickt, „ja, das kann man verdammt noch mal so sagen!"

Ich gucke ihn von der Seite an. Das kann nicht sein. Also bei meiner Mutter klang die Geschichte jedenfalls völlig anders. Da haben wir nämlich erst sogar noch alle zusammengewohnt, bis sich meine Eltern dann wirklich absolut nicht mehr verstanden haben. Aber sie haben sich gar nicht gestritten oder so, es war nur klar, dass es irgendwie nicht mehr ging mit ihnen. Obwohl meine Mutter gesagt hat, dass sie ihn immer noch geliebt hätte und alles, aber es ging trotzdem nicht. Also haben sie sich getrennt. Und davon, dass sie ihn rausgeschmissen hat, war nie die Rede!

„Na ja", sagt mein Vater plötzlich, „also klar, man kann das natürlich auch anders sehen. Also dass ich mich damals vom Acker gemacht hätte oder so, stimmt schon, aber ist ja auch alles ganz schön lange her inzwischen, so genau weiß ich das auch gar nicht mehr."

Oh Mann! Ich fürchte, wenn ich rauskriegen will, was wirklich los war, werde ich wohl mit beiden zusammen reden müssen. Und dazu müssen wir meine Mutter erst mal finden. Aber genau darum geht es ja auch.

Wir übernachten auf irgendeiner Raststätte an der Autobahn. Als ich vom Klo zurückkomme, ärgere ich mich zum ersten Mal richtig, dass ich meinen Fotoapparat zu Hause vergessen habe. Das Licht ist gerade total irre, also die Sonne ist rot, und der Himmel grünlichblau und zum Horizont hin leuchtend gelb, und die Farben spiegeln sich in den Scheiben der Lastwagen. Außerdem sieht unser Bus zwischen den Lastern richtig gut aus!

„Mann, hast du die Sonne gesehen?", frage ich meinen Vater. Aber er kann gerade nicht antworten. Weil er kopfüber in einem der hinteren Staukästen steckt und irgendwas sucht. Wobei ihm Poodle schwanzwedelnd hilft. Was nicht ganz ohne Gerangel und Geschimpfe abgeht.

Endlich taucht mein Vater wieder auf. Mit einem Fotoapparat in der Hand!

„Wollte gerade ein Bild machen", sagt er und verschwindet nach draußen. Aber dann macht er nicht nur ein Bild, sondern verknipst den ganzen Film. Unser VW-Bus zwischen den Lastern. Unser VW-Bus ohne die Laster. Unser VW-Bus mit eingeschaltetem Licht. Unser VW-Bus mit Poodle und mir davor ...

Mir wird es langsam ein bisschen peinlich. Die Lastwagenfahrer beobachten uns schon! Aber jetzt bittet mein Vater doch glatt auch noch einen von ihnen, ein Foto von uns allen zusammen zu machen: Poodle, ich und mein Vater vor dem VW-Bus. Er schreckt echt vor nichts zurück!

Zum Glück geht gleich darauf die Sonne unter. Sonst hätte wahrscheinlich auch noch der Lastwagenfahrer mit aufs Bild gemusst.

Besonders gut schlafen tun wir übrigens nicht in dieser Nacht. Der Lastwagen neben uns ist nämlich ein Fischlaster. Mit einem Kühlaggregat, das die ganze Nacht läuft. Nein, stimmt nicht, viel schlimmer! Mal läuft es, dann ist wieder Ruhe, und gerade wenn man halb eingeschlafen ist, springt das Mistding wieder an. Weshalb wir auch um kurz nach fünf schon wieder aufbrechen. Morgens um kurz nach fünf!

Eine Weile später wollen wir eine Frühstückspause machen. Aber dann stellen wir fest, dass der Rastplatz eingezäunt ist und wir deshalb mit Poodle nur immer im Kreis um die Abfalltonnen laufen könnten. Also fahren wir weiter bis zur nächsten Abfahrt und suchen uns einen Feldweg. Und machen dann doch keinen Spaziergang. Sondern klappen nur die Flügeltüren auf, dass die Sonne bis aufs Bett scheinen kann, und hauen uns noch mal hin. Das heißt, Poodle pinkelt vorher noch schnell an den rechten Vorderreifen, ich in den Graben und mein Vater an irgendeinen Baum.

„Reden wir zur Abwechslung mal über dich", sagt mein Vater, als wir wieder auf der Autobahn sind. „Erzähl mal ein bisschen!"

Aber ich habe keine große Lust. Denn wenn ich jetzt anfange, von Hildesheim zu erzählen, muss ich ja doch wieder nur daran denken, dass wir vielleicht eine ganz normale Familie hätten sein können. Wenn meine Mutter nicht so bescheuert gewesen wäre. Oder mein Vater. Oder was immer nun gewesen ist. Obwohl, wenn ich mir meinen Vater so angucke und versuche, mich mal eben an meine verschollene Mutter zu erinnern ... also so ganz normal wären wir wohl auch als Familie nicht gewesen!

„Früher fand ich's blöd", fange ich dann doch an, „im Kindergarten und in der ersten und zweiten Klasse, als mich immer alle gefragt haben, ob ich etwa zwei Mütter hätte, weil mich mal Sabine abgeholt hat und mal Mutti, und zur Weihnachtsfeier sind immer beide zusammen gekommen. Da hab ich mir nichts mehr gewünscht, als dass ich so Eltern hätte wie die anderen auch, also eben einen Vater und eine Mutter und die möglichst noch mit einem Beruf, den man auch aussprechen kann und bei dem auch die Kindergärtnerin weiß, was es ist. Irgendwas Tolles, Tierärztin oder so was! Ich hatte zwei Freundinnen, deren Mütter waren Lehrerin, das fanden auch alle okay ..."

„Unmöglich!" Mein Vater schüttelt wild mit dem Kopf. „Deine Mutter als Lehrerin, das ginge nicht. Dazu ist sie viel zu ungeduldig. Ich schätze, sie würde ..."

„Die ganze Zeit nur rumschreien?"

„Schlimmer! Den Schülern ständig Briefe an die Eltern mitgeben, nein, jetzt hab ich's: Die Eltern einmal in der Woche zu sich nach Hause bestellen und ihnen die Meinung sagen!"

„Stimmt!", pruste ich los, „das wäre ihr zuzutrauen!"

„Ist sie eigentlich immer noch so neugierig?", fragt mein Vater plötzlich.

„Hä? Wieso ...?"

„Früher war sie total neugierig. Wenn irgendwo ein Notizzettel von mir rumlag, hat sie garantiert erst mal geguckt, was draufstand. Und Postkarten an mich hat sie natürlich sowieso gelesen, und ich könnte wetten, dass sie manchmal auch meine Briefe aufgemacht hat."

„Ach Quatsch, das glaub ich nicht!"

„Doch, doch, bestimmt sogar! Deshalb wollte sie auch immer so eine Espressomaschine haben, mit dieser Düse an der Seite, wo heißer Dampf rauskommt, ist doch klar, um die Briefumschläge zu öffnen!"

„Hahaha."

Manchmal weiß ich wirklich nicht, ob er einfach irgendwas vor sich hinquatscht oder ob er das wirklich glaubt, was er da erzählt. So wie eben. Oder wie die Geschichte von gestern, dass ihn meine Mutter angeblich rausgeschmissen hätte!

„Liebst du sie eigentlich noch?" Keine Antwort.

Ich drehe die Beatles ein bisschen leiser und versuche es noch mal.

„He! Ich hab dich was gefragt!"

„Ich weiß es nicht, Marei", sagt er so leise, dass ich ihn kaum verstehen kann. Und er guckt mich nicht an dabei. Sondern kramt in der Jackentasche nach seinem Tabak.

„Nee", sage ich und schiebe seine Hand mit dem Tabak-
päckchen wieder zurück in die Tasche. „Du musst jetzt
nicht rauchen ..."
Er zuckt die Achseln. Und ich habe das Gefühl, dass ich
vielleicht besser das Thema wechseln sollte.

„Übrigens, Marei wollte ich damals im Kindergarten auch
nicht heißen", sage ich, „die eine Kindergärtnerin war so
blöd, die hat immer behauptet, ich würde bestimmt Marie
heißen, Marei gäbe es überhaupt nicht! Ich weiß noch,
dass ich heulend nach Hause gerannt bin und erklärt habe, dass ich jetzt Sandra heißen wollte!"
„Sandra? Warum um alles in der Welt ausgerechnet Sandra?"
„Weil in der Kindergartengruppe vier Sandras waren, und
bei denen hat nie jemand gefragt: Wie heißt du? Oder:
Was ist denn das für ein Name? Deshalb."
„Logisch", sagt mein Vater, „leuchtet mir ein. Und jetzt?
Bist du jetzt zufrieden mit deinem Namen?"
„Geht so", sage ich. „Ist okay."
„Und dass du keinen Vater hattest", fragt er weiter, „wie
ging es dir damit, in den letzten Jahren, meine ich?"
Ich blicke ihn überrascht an.
„Na ja, ich hab mich irgendwie daran gewöhnt. Und bei
den meisten anderen aus meiner Klasse sind die Eltern ge-
schieden oder so, da ist das sowieso nicht mehr so aufge-
fallen ..."
Ich warte darauf, dass er die nächste Frage stellt. Wie es
jetzt wäre? Seit er wieder aufgetaucht ist? Macht er aber
nicht. Und vielleicht ist es besser so. Weil ich, ehrlich gesagt, nicht so recht wüsste, was ich antworten sollte.

Weimar

Bis wir in Weimar sind, ist es später Nachmittag.

„Was weißt du von Weimar?", fragt mein Vater, während wir durch eine Gasse mit Kopfsteinpflaster holpern.

„Nichts", sage ich.

„Das ist nicht gut", sagt er und fährt rechts ran.

„Goethe, Schiller, Herder und Wieland haben hier gelebt. Auch Nietzsche übrigens! Goethe und Schiller sollten dir klar sein, vor allem Goethe! Goethe war viel mehr als einfach nur ein großer Dichter oder Dramatiker, sondern so was wie ein Universalgelehrter, also jemand, der sich in nahezu allen Wissensgebieten auskannte, egal ob Kunst, Philosophie, Religion oder ... Biologie, ich glaube, dass es solche Leute heute gar nicht mehr gibt, außer Umberto Eco vielleicht, aber ich bin mir nicht sicher, ob man Eco wirklich mit Goethe vergleichen kann ..."

„Ich bin mir sicher."

„Was? Kennst du Eco? Ich meine nicht seinen Roman da mit den Mönchen, sondern ..."

„Ich bin mir sicher, dass wir nur hierher gefahren sind, um Mutti zu suchen", sage ich.

Für einen Moment ist es still. Dann grinst mein Vater und meint: „Soll das heißen, dass dir alles andere egal ist, Goethe und Schiller und ..."

„Ja."

„Und etwa auch, dass ich zu viel rede, oder was?"

„Genau."

„Mist", sagt er und lässt den Motor wieder an. Dann dreht er sich halb nach hinten und pfeift.

„Poodle, komm her", ruft er. „Guck du dir wenigstens die Stadt an, in der Goethe über dich geschrieben hat! ‚Das ist des Pudels Kern', Faust, Erster Teil, du erinnerst dich doch hoffentlich, oder?"

Und Poodle leckt meinem Vater begeistert über die Wange und ich muss lachen.

„Da drüben", sagt mein Vater zu Poodle und zeigt nach rechts, „der graue Kasten da hinter den Bäumen, da hat er gesessen und nach einem Hund gesucht, der als Verkleidung für den Teufel höchstpersönlich passen würde. Aber ich fürchte, Goethe hatte keine Ahnung von Hunden, sonst hätte er natürlich einen Border Collie genommen, ganz klar."

Und immer so weiter, sehr zur Freude von Poodle, der sich inzwischen mit den Vorderpfoten aufs Armaturenbrett gelegt hat und aufgeregt nach links oder rechts guckt, je nachdem, wo mein Vater gerade hinzeigt.

„Warst du schon mal in Weimar?", frage ich.

„Natürlich", sagt mein Vater, „sonst wüsste ich ja nicht, dass das hier der Parkplatz vom Hotel Elephant ist …"

Er kurvt durch eine schmale Einfahrt auf einen Schotterplatz und setzt rückwärts in die letzte freie Lücke zwischen einem schwarzen BMW und einem silbernen Mercedes. Und vor uns steht ein Jaguar und gleich daneben ein Porsche und …

„Rolls-Royce", sagt mein Vater, „schade, dass wir keinen Film mehr haben, das wäre glatt ein Foto wert hier. Erinner mich daran, wir müssen unbedingt einen neuen Film kaufen!"

„Was wollen wir hier eigentlich?"

„Wir übernachten hier."

„Im Hotel oder im Bus?", frage ich und muss an Bologna denken. Vielleicht kennt mein Vater hier ja auch jemand, der uns schnell mal duschen lässt.

Aber er guckt mich nur an, als hätte ich wirklich von nichts eine Ahnung, und sagt: „Das ist nicht irgendein Hotel hier, sondern der Elephant! Das beste Haus am Platz, glaub mir. Wenn man in Weimar ist, muss man im Elephanten übernachten, das ist einfach so. Du wirst sehen, drinnen sieht der Schuppen wesentlich besser aus als von außen!"

Er wirft sich seine Reisetasche über die Schulter und stiefelt los. Ich nehme Poodle sicherheitshalber an die Leine, lasse ihn noch ein paar Autoreifen markieren und latsche hinter meinem Vater her. Zur Vorderseite des Hotels. Das Problem ist nur, dass wir gar nicht erst bis zur Tür kommen.

Der Eingang liegt am Marktplatz. Und auf dem Marktplatz ist gerade Markt. Was an sich nicht weiter schlimm wäre, wenn nicht alle Leute ausgerechnet um das schmale Stück Straße genau zwischen dem Hotel und den Marktständen herumstehen würden.

Irgendwas muss da los sein. Aber wir können nichts weiter sehen als zwei Türme aus Baugerüsten, zwischen denen ein Seil gespannt ist. Dafür hören wir jede Menge Lärm, Schreie und Gekreische und Gelächter von denen, die ganz vorne stehen und offensichtlich mehr sehen als wir.

„Straßentheater", sagt mein Vater. „Los, komm, das gucken wir uns an!"

Er drückt mir die Reisetasche in die Hand, bückt sich und

hievt sich Poodle auf die Schulter. Den Trick hat er mir schon mal unterwegs irgendwo gezeigt. Er hat erzählt, dass er mal bei einer Vorführung von Rettungshunden gewesen ist, und da hat ein Feuerwehrmann einen Hund auf seinen Schultern eine Leiter hochgetragen. Poodle scheint es jedenfalls total klasse da oben auf den Schultern von meinem Vater zu finden.

„Mach mir mal die Haare raus", sagt mein Vater und ich ziehe seinen Zopf unter Poodles Bauch hervor.

Wir schieben und drängen uns so gut es geht bis nach vorne durch, und im nächsten Moment kriegen wir eine Ladung Wasser mitten ins Gesicht und die anderen lachen sich vor Schadenfreude halb kaputt über uns! Bis die nächste Ladung Wasser ein paar Zuschauer auf der gegenüberliegenden Seite erwischt.

Ein Schauspieler mit einem Bauch, der ganz eindeutig ausgestopft ist, rennt schreiend und kreischend zwischen den beiden Türmen hin und her. Und jedes Mal, wenn er an einem der Türme angekommen ist, schnappt er sich einen neuen Eimer mit Wasser, den er auf dem Rückweg sofort wieder ins Publikum leert. Wobei er es nicht so ganz einfach hat, von der einen Seite auf die andere zu kommen. Weil in der Mitte nämlich ein großer dünner Kerl in einer völlig verbeulten Ritterrüstung rumhüpft, der mit seinem Säbel auf alles einhaut und einsticht, was ihm gerade in den Weg kommt! Schon klar, worum es geht: Don Quichotte, der Ritter von der traurigen Gestalt, der gegen Windmühlen kämpft, weil er glaubt, dass es gefährliche Riesen wären, die ihm auflauern würden! Ich habe die Geschichte mal in einem Comic gelesen, und deshalb weiß ich auch, dass der kleine Dicke sein Diener sein muss, mir fällt bloß der Name nicht ein …

„Don Quichotte und Sancho Pansa!", brüllt mir mein Vater ins Ohr.

„Aber haben die nicht eigentlich noch ein Pferd und einen Esel gehabt?!", brülle ich zurück.

„Doch, klar, aber guck mal da!"

Mein Vater zeigt auf Don Quichotte, der unter dem rechten Gerüst gerade eine Art Karren hervorzieht, der mit einer Plane abgedeckt ist. Aber dann müssen wir uns erst mal schnell bücken, weil Sancho Pansa im gleichen Moment mit einer neuen Ladung Wasser angetobt kommt! Diesmal wirft er den leeren Eimer gleich noch hinterher, dann rennt er zum linken Gerüst und zieht genauso einen Karren wie Don Quichotte hervor, und dann stehen plötzlich oben auf den Türmen zwei Trompeter und spielen ein paar fürchterlich schiefe Töne, gleich muss also irgendwas ganz Besonderes passieren, der König tritt auf oder so ... Nein, Don Quichotte und Sancho Pansa ziehen die Planen weg und zeigen stolz auf ihre Karren! Und verbeugen sich immer wieder, während das Publikum klatscht und „bravo" ruft. Jetzt hält Sancho Pansa eine Schrifttafel hoch:

TEATRO NUCLEO. ITALIEN

steht da in krakeligen Großbuchstaben. Sancho Pansa macht wieder eine Verbeugung und zeigt auf sich und Don Quichotte.

Die Leute klatschen. Und ich denke, dass es ja irgendwie reichlich verrückt ist, dass wir ausgerechnet in Weimar ein italienisches Straßentheater sehen – nachdem wir selber gerade erst aus Italien kommen!

Die beiden Karren von Don Quichotte und Sancho Pansa sind eigentlich nichts anderes als zwei umgebaute Fahrräder! Nur jedes mit vier Reifen eben, und auf das von Sancho Pansa ist ein alter Treckersitz geschraubt, auf den sein gewaltiger Hintern bequem draufpasst, als er jetzt stöhnend hochklettert und dann ununterbrochen mit seiner Peitsche knallt, damit der Esel endlich mal einen Schritt vorwärts macht. Macht er aber nicht, egal wie viel Sancho Pansa tobt und schreit und mit der Peitsche knallt. Aber dafür rast Don Quichotte plötzlich los, und sein Fahrrad ist irgendwie so umgebaut, dass jedes Mal, wenn er die Pedale nach unten tritt, der Sattel ein Stück nach oben kommt, sodass es wirklich so aussieht, als würde er reiten! Und hinten an der Achse ist eine lange Reihe Blechdosen festgebunden, so wie manchmal bei irgendwelchen Hochzeitsautos, jedenfalls klappert das Ganze wie verrückt und macht einen Höllenlärm.

Was Poodle nun absolut nicht mehr geheuer ist. Und als dann auch noch ein Mädchen mit Engelsflügeln an dem Seil über die Spielfläche gezogen wird und Don Quichotte und Sancho Pansa laut betend auf die Knie fallen, da dreht Poodle endgültig durch. Er winselt und windet sich und will unbedingt zurück auf den Boden. Ich glaube ja, dass er eigentlich nur die klappernden Dosen an Don Quichottes Karren untersuchen will, aber genau weiß man das bei Poodle nie. Vielleicht will er auch zu Sancho Pansa und Don Quichotte selber, weil er denkt, die beiden würden gerade den Mond anheulen. So ähnlich klingt es jedenfalls!

Wir schieben uns also in Richtung Hoteleingang.

„Deine Großmutter war übrigens auch mal hier!", ruft mir mein Vater über ein paar Köpfe hinweg zu. „Als kleines Mädchen. Um Hitler zu sehen!"

Er zeigt auf eine Art Balkon über der Eingangstür.

„Da oben hat er gestanden und rumgebrüllt. Der ganze Platz war gerammelt voll mit Menschen, die ihren Führer

125

sehen wollten. Und weil deine Großmutter ihn ganz besonders gut sehen wollte, ist sie auf eine Regentonne geklettert, die irgendwo an einer Hauswand stand. Bloß dass dann der Deckel weggebrochen ist und deine Großmutter in ihrem besten Sonntagskleid bis zum Hals in Wasser steckte! Aber so ist das, kleine Sünden straft der liebe Gott sofort …"

Lachend lässt er Poodle auf den Boden springen, und gerade will er mir die Reisetasche wieder abnehmen, da schiebt sich ein Mann zwischen uns.

„Was war denn das da eben?", fragt er und tippt meinem Vater mit dem Zeigefinger auf die Brust.

„Ruhig, Poodle", sagt mein Vater und wischt die Hand von dem Typen von seiner Brust. „Was ist los? Ich versteh nicht …?"

„Du hast doch da eben was über den Führer gesagt, oder?"

Der Typ schiebt sich ganz dicht an meinen Vater heran. Sie müssen ungefähr in einem Alter sein, schätze ich, auch wenn der andere gut zehn Jahre älter aussieht in seinem Jogginganzug und mit dem Bierbauch unterm T-Shirt.

„Ach was?", sagt mein Vater nur und grinst. Aber dann nimmt er beschwichtigend seine Hände hoch und meint: „Nur dass wir uns nicht missverstehen: Ich find's gut. Ich find's richtig gut."

„Was? Was findest du gut, du langhaarige Socke?"

„Na, dass die Leute in Weimar stolz sind auf ihre Vergangenheit, das meine ich."

„He, warte mal", stammelt der Typ irritiert, „ich bin doch gar nicht aus Weimar …", worauf mein Vater ohne zu zögern antwortet: „Ach so? Na, das erklärt natürlich alles!", und seine Hacken zusammenknallt, als würde er auf irgendeinem Kasernenhof stehen. Was allerdings mit seinen Clogs ziemlich lächerlich aussieht. Aber Poodle denkt wohl, dass das Ganze ein neues Spiel sein muss, und springt nun auch noch begeistert an dem Typen hoch, um ihm einen Kuss mit der Schnauze zu verpassen.

Woraufhin der endgültig so verblüfft ist, dass er uns gehen lässt, ohne noch irgendwelche Sprüche zu machen.

Ein paar Meter weiter beugt sich mein Vater zu Poodle und sagt kopfschüttelnd: „Poodle, Poodle, du wirst es nie lernen. Der Typ war ein Arschloch, hast du das denn gar nicht gemerkt?" Und dabei klingt seine Stimme so bekümmert, dass ich laut loslachen muss.

Immer noch kopfschüttelnd richtet sich mein Vater wieder auf. „Das ist nicht witzig", sagt er. „Aber ich hab's schon immer gewusst, hüte dich vor Leuten, die im Jogginganzug auf die Straße gehen! Das sind die Schlimmsten!"

„Hä?", mache ich, aber da drückt er schon die Hoteltür auf und marschiert geradewegs auf die Rezeption zu. Setzt die Reisetasche ab, knallt seinen Pass auf die polierte Holzplatte und erklärt: „Wir hätten gern die Hitler-Suite."

Der Frau hinter dem Tresen klappt glatt die Kinnlade runter. Und ich finde, dass mein Vater jetzt wirklich übertreibt. Aber er ist nicht zu bremsen.

„Das Zimmer, in dem Hitler übernachtet hat", wiederholt er noch mal. „Adolf Hitler, Sie erinnern sich?"

Die Frau mustert erst meinen Vater, dann Poodle, der hechelnd neben der Reisetasche hockt, dann mich. Ich gucke schnell woanders hin. Langsam wird es peinlich.

Die Frau sagt: „Moment, bitte", und verschwindet durch eine Seitentür.

„Sag mal ...", setze ich an.

„Das ist der Test", sagt mein Vater und trommelt mit den

Fingern auf den Tresen. „Ich bin gespannt, ob sie es schaffen, sich da rauszuwinden."

Die Frau kommt zurück. Und hinter ihr der Manager. Ich nehme jedenfalls an, dass er es ist. Zumindest scheint er sich mit Typen wie meinem Vater auszukennen. Ganz ruhig sagt er: „Tut mir Leid, aber die Zeit ist zum Glück vorbei. Sie können stattdessen die Udo-Lindenberg-Suite haben, kein Problem."

„Udo Lindenberg?", stammelt mein Vater.

„Udo Lindenberg, der berühmte Rocksänger. Ein regelmäßiger Gast unseres Hauses. Die Suite ist von ihm persönlich eingerichtet. Mit Originalzeichnungen von ihm selber und seinem Hut an der Garderobe."

„Seinem ... Hut?! Ah ja, interessant. Und Sie meinen nicht, dass die Zeit von Udo Lindenberg vielleicht auch vorbei ist? Zum Glück!", setzt er noch hinzu.

Aber der Manager lächelt weiterhin nur freundlich.

„Rockmusik ist zeitlos", erklärt er. „Und wie Sie sicher wissen, hat sich gerade Herr Lindenberg sehr verdient gemacht mit seinem Rock-gegen-Rechts-Programm."

„Rock-gegen-Rechts, ja, klar ...", wiederholt mein Vater hilflos.

Die Runde hat er jedenfalls verloren! Was ich ihm ehrlich gesagt auch gönne. Irgendwie nervt es, dass er ständig so tun muss, als wäre er mindestens so cool wie dieser Clint Eastwood, von dem er neulich erzählt hat. Obwohl ... Also andererseits finde ich es ja auch wieder ganz gut. Dass er sich nicht einschüchtern lässt, meine ich, von keinem! Nur manchmal übertreibt er leider ein bisschen.

Aber gegen den Manager hier hat er eindeutig keine Chance. Doch, hat er. Ich glaube es ja wohl nicht mehr! Er kriegt es tatsächlich hin, wieder mal das letzte Wort zu behalten!

„Wissen Sie was", erklärt er dem Manager gerade, „ich glaube, das würde ich nicht verkraften, die ganze Nacht da mit dem Hut von Lindenberg an der Wand. Nein, nein, geben Sie uns mal doch lieber ein ganz normales Zimmer."

Aber der Manager ist auch nicht schlecht.

„Selbstverständlich", sagt er nur und langt nach einem Schlüssel.

„Moment", sagt mein Vater, „da fällt mir gerade ein ... eine Susanne Arnold ist hier nicht zufällig abgestiegen, oder?"

Der Manager überfliegt die Doppelseite in dem Anmeldebuch vor sich.

„Nein", sagt er dann, „tut mir Leid."

„Dachte ich mir", erklärt mein Vater und greift nach der Reisetasche.

Der Manager macht Anstalten, hinter seinem Tresen vorzukommen.

„Geht schon", sagt mein Vater schnell, „kein Problem."

Der Manager legt eine Verbeugung hin. „Ich darf Ihnen einen angenehmen Aufenthalt in unserem Haus wünschen ..."

Und wir marschieren zum Fahrstuhl.

„Die haben gar nichts wegen Poodle gesagt", wundere ich mich.

Mein Vater zuckt mit den Schultern. „Ein Erste-Klasse-Haus, ich hab's dir doch versprochen. Sie werden uns Poodle einfach auf die Rechnung setzen und fertig."

„Hast du eigentlich gefragt, was das Zimmer kostet? Ich meine ..."

„Billig ist es bestimmt nicht", sagt mein Vater und drückt auf den Fahrstuhlknopf.

„Und wovon wollen wir das bezahlen?"

129

„Kommt ein bisschen spät, deine Überlegung, was?" Mein Vater boxt mich mit dem Ellenbogen in die Seite. „Aber keine Panik, es ist schon okay, du musst nicht zum Teller-waschen in die Küche."

Und dann erzählt er mir, dass sie sich auf Christiania ein Gehalt zahlen. Nicht viel, aber so, dass es ganz gut reicht. Und so, wie er da lebt, braucht er sowieso nicht viel.

„Außerdem habe ich immer mal wieder was für die Oper in Kopenhagen gemacht", erzählt er, „ein paar Bühnenbil-der. Nichts Besonderes, aber das Geld stimmt."

„Du machst Bühnenbilder für die Oper?", frage ich ver-blüfft, weil ich meinen Vater und Oper nun überhaupt nicht zusammenkriege.

„Ein paar Mal habe ich auch die Kostüme entworfen", sagt mein Vater, während wir aus dem Fahrstuhl steigen. „Manchmal kann es richtig Spaß machen, für die Oper zu arbeiten. Du darfst bloß nicht zuviel darüber nachdenken. Aber meistens ist es sowieso völlig egal, worum es in dem Stück eigentlich geht. Hauptsache, es glänzt und glitzert alles. Für die Leute ist nur wichtig, dass ihre Opern ge-nauso prunkvoll und überladen sind wie vor hundert Jah-ren, und in Kopenhagen ist das nicht anders, je kitschiger desto besser!"

„Aber das heißt ja ... he, warte mal! Du hast doch selber gesagt, dass es beim Theater immer darum gehen muss, die Wahrheit zu erzählen! Und ..."

„Moment, das habe nicht ich gesagt, das war deine Mut-ter!"

„Aber du hast mir von dem Stück erzählt, das ihr gespielt habt, in dem ihr die ganze Zeit das Publikum beschimpft habt ..."

„,Die Publikumsbeschimpfung', stimmt, ja und?"

„Und jetzt sagst du, es wäre dir völlig egal, was du machst, Hauptsache, du kriegst dein Geld!"

„Das stimmt nicht ganz so, aber okay, jetzt hörst du mir mal zu: Niemand ist so gradlinig, wie du das gerne hättest. Oder glaubst du wirklich, dass jemand immer nur genau das machen könnte, was er für absolut richtig hält? Glaubst du, dass das wirklich geht? Nein, meine Liebe, da machst du es dir aber verdammt einfach!"

„Ach ja, mach ich das?", blaffe ich ihn an. „Ich finde, du redest nichts als Schwachsinn!" Irgendwie ärgert es mich, dass er so überlegen tut. „Du laberst die ganze Zeit nur irgendwelches Zeug, und in Wirklichkeit ..."

„Mache ich genau das, was alle anderen auch machen, das wolltest du doch sagen, richtig?"

Ich nicke.

„Verdammt", sagt mein Vater. Um gleich darauf mit der Faust gegen den nächsten Türrahmen zu schlagen. „Verdammt, verdammt, verdammt! – 'tschuldigung", sagt er zu der alten Dame, die vorsichtig ihre weißen Löckchen aus der Tür streckt. „Hat nichts mit Ihnen zu tun, tut mir Leid, aber ... haben Sie Kinder?" Die alte Dame nickt.

„Na, dann wissen Sie ja, wie schwierig das ist", sagt mein Vater. „Verdammt schwierig, wenn Sie mich fragen."

Die alte Dame mustert uns einen Moment schweigend. Dann winkt sie meinen Vater zu sich.

„Ist das Ihre Tochter da, junger Mann?", fragt sie und zeigt auf mich.

„Ja ..."

„So. Dann seien Sie jetzt mal ganz vernünftig und lesen ihr jeden Wunsch von den Augen ab. Denn Ihre Tochter hat es mit Ihnen bestimmt wesentlich schwerer als Sie mit ihr, habe ich mich deutlich genug ausgedrückt?"

Mein Vater starrt sie mit offenem Mund an und kriegt kaum ein Nicken zustande.

„Gut, dann wäre das ja geklärt", sagt die alte Dame. Sie wendet sich zu mir: „Wenn er trotzdem Probleme macht, dann klopf ruhig, egal wie spät es ist!"

Und ohne eine Antwort abzuwarten, macht sie ihre Tür zu.

Mein Vater und ich starren uns verblüfft an. Und Poodle hockt zwischen uns und klopft mit dem Schwanz auf den Teppichboden.

„Du hast's ja gehört", sage ich, „wäre schön, wenn du Poodle und mir jetzt langsam mal unser Zimmer aufschließen würdest ..."

Klar, dass wir im nächsten Moment beide nicht mehr können vor Lachen!

Unser Zimmer ist übrigens nicht schlecht. Was heißt nicht schlecht? Es ist total gut. Jedenfalls kein Vergleich mit den Zimmern, die ich von meinen Urlauben mit Sabine her kenne. Aber mit Abstand das Beste ist das Bad! Es gibt nämlich nicht nur eine Dusche, die irgendwo in die Ecke gequetscht ist, sondern ein richtiges Badezimmer mit Badewanne und allem. Und mit schwarzen Kacheln an der Wand und auf dem Fußboden. Außerdem sind nicht nur jede Menge Handtücher bereitgelegt, sondern auch gleich noch zwei Bademäntel! Vielleicht ist es wirklich gar nicht so verkehrt, dass mein Vater immer mal was für die Oper in Kopenhagen macht ...

Während das Wasser in die Wanne läuft, versuche ich mich zu entscheiden, ob ich lieber in „Nectar à la Mandarine" oder „Nectar à la Vanille Bourbon" baden möchte.

„Was glaubst du, was mehr Schaum macht?", frage ich.

„Nimm die Badeperlen hier", sagt er und hält mir eine

dritte Flasche hin, „die schäumen wie verrückt, das weiß ich."

Also kippe ich alle drei Flaschen in mein Badewasser und gucke zu, wie der Schaumberg immer größer wird. Und mein Vater nutzt prompt die Gelegenheit zu einem neuen Anlauf betreffs Goethe und Schiller!

„Es gab damals tatsächlich Fürsten, die die Kunst gefördert haben, um ihrer selbst willen", erklärt er. „Nicht so wie heute, wo irgendein Großkonzern nur deshalb viel Geld ausspucken würde, damit er hinterher mit dem Künstler für irgendein Produkt werben könnte. Um so noch mehr Geld zu machen für den Konzern, nicht für den Künstler! Der spielt überhaupt keine Rolle mehr, er ist nur Mittel zum Zweck ..."

Ich muss ein bisschen kichern, weil ich mir gerade vorstelle, wie Goethe an seinem Schreibtisch sitzt und Werbung für irgendeine Biersorte macht. Mit Poodle daneben natürlich. Und dann kommt Schiller rein und fragt: Was machst du da? – Ich versuche rauszukriegen, was des Pudels Kern ist, antwortet Goethe. – Und klappt's?, fragt Schiller wieder. – Nicht immer, sagt Goethe, aber immer öfter!

Und Poodle macht „Sitz" und „Platz" und bettelt so lange, bis er einen Schluck Bier abbekommt!

„Es scheint, als hätte der Herzog von Weimar damals wirklich etwas begriffen, indem er Goethe in die kleine Residenzstadt geholt hat", redet mein Vater unbeeindruckt weiter. „Kunst ist verdammt notwendig, um eine Gesellschaft überhaupt am Leben zu erhalten, um ein Bewusstsein dafür entwickeln zu können, was wir hier eigentlich tun! Und genau deshalb ist es auch so wichtig, dass wir nicht aufgeben, auch wenn ich manchmal das Gefühl habe, gegen Windmühlen zu kämpfen, so wie Don Qui-chotte …"

„Glaubst du eigentlich, dass sie überhaupt in Weimar ist?", unterbreche ich ihn, bevor er gleich noch anfängt, die nächste Revolution auszurufen – und dann hinterher doch wieder nur Schwierigkeiten damit hat, mir erklären zu müssen, warum er trotzdem kitschige Bühnenbilder für die Oper in Kopenhagen entwirft!

Er weiß sofort, von wem ich spreche. Na ja, war ja auch nicht so schwierig.

„Werden wir sehen", sagt er. „Geh du erst mal baden, und danach machen wir uns auf den Weg zum Festivalbüro. Die Adresse werden sie uns sicher an der Rezeption sagen können. Ich überlege gerade nur, ob ich nicht noch mal versuchen soll, Sabine zu erreichen …"

„Lass mich", rufe ich und drehe schnell das Wasser aus, „bei dir ist doch sowieso wieder nur der Anrufbeantworter dran!"

Mein Vater hält mir den Hörer hin. Und als nach dem dritten Klingeln jemand abnimmt, bin ich mir natürlich absolut sicher, dass ich wirklich Glück habe und Sabine selber dran ist. Weshalb mich die Stimme, die ich dann höre, auch fast vom Stuhl haut.

„Wer ist da?", stottere ich entgeistert.

„Arnold, bei Jakobi! Und mit wem spreche ich?"

Meine Mutter! Meine Mutter ist dran!

Ich drehe mich zu meinem Vater um.

„Da ist Mutti dran …!"

„Waaas?!" Vor Schreck spuckt er glatt die Hälfte von dem O-Saft wieder aus, den er gerade trinken wollte. Und an der anderen Hälfte verschluckt er sich!

„Hallo …! Wer ist denn da?"

Mist! Meine Mutter ist ja immer noch dran!

„Ja", sage ich schnell, „ich bin's, hallo!"

„Marei!", ruft meine Mutter. Und ihre Stimme klingt, als würde sie vor lauter Freude gleich losheulen. „Marei, bist du das wirklich? Ach Kind, ist das schön, dich zu hören …!" Aber ich weiß nicht, was mit mir plötzlich los ist. Es ist, als wäre mein Kopf auf einmal total leer. Endlich habe ich meine Mutter dran und was mache ich? Ich frage sie, wo Sabine ist!

„Ist sie im Urlaub oder was?", frage ich.

Ich höre, wie sich meine Mutter am anderen Ende eine Zigarette anzündet, bevor sie sagt: „Jaja, Sabine hat einen neuen Freund, und mit dem ist sie weg. Ich bin auch nur kurz da, ich muss …"

„Aber doch nicht etwa der Fettklops, oder? Heißt er etwa Dietloff?"

„Nein", sagt meine Mutter, „er heißt nicht Dietloff." Inzwischen klingt ihre Stimme gar nicht mehr fröhlich. Eher nur noch zum Heulen. Und ich fürchte, das hat weniger damit zu tun, dass der neue Freund von Sabine nicht Dietloff ist, sondern dass ich so bescheuert bin. Aber ich kann irgendwie nicht anders, ich weiß auch nicht weshalb.

„Wie heißt er?", frage ich jetzt auch noch. Obwohl ich es gar nicht wissen will! Es interessiert mich überhaupt nicht. Aber ich frage trotzdem.

„Kenne ich ihn? Wie sieht er aus?"

Aber bevor meine Mutter antworten kann oder endgültig losheulen, mischt sich mein Vater ein: „Tickst du nicht mehr ganz richtig? Sag mal, was redest du denn da für ein Blech? Was soll das?"

Ich glaube, er ist wirklich sauer. Jedenfalls reißt er mir den Hörer aus der Hand.

„Burkhard ist hier, ist alles okay bei dir? Wieso bist du in Hildesheim, Mensch, wir suchen dich hier in Weimar ... Was? Ja, in Weimar! Im Hotel Elephant ... Warum? Warum nicht, ich meine ... Ach so, du meinst, warum wir in Weimar sind, ja klar ... Nein ... Doch, genau, aber in Wien haben sie uns gesagt, dass du dich mit dem Leiter des Kunstfestes getroffen hättest, weil du hier nächstes Jahr was machen sollst, und da haben wir gedacht ... Was? Du findest, wir hätten nicht alle Tassen im Schrank?! Aber wieso? Ach, ich? Ich hätte mal wieder nicht alle Tassen im Schrank, so ..."

Und ich verschwinde ins Badezimmer und ziehe den Stöpsel aus der Wanne.

Ich gucke zu, wie das Wasser abläuft. Und zum Schluss nehme ich die Handbrause, bis auch das letzte bisschen Schaum im Abfluss verschwunden ist.

Ich höre auf die Stimme im anderen Raum. Mein Vater telefoniert immer noch. Aber es klingt nicht so, als ob sie sich wirklich streiten würden. Eher im Gegenteil. Im Moment erzählt er jedenfalls gerade davon, wie wir Dario Fo in Bologna getroffen haben. Und dass Dario Fo gesagt hätte, Leute wie meine Mutter würden am Theater kaputtgehen, wenn sie nicht aufpassen.

„Denk da dran", sagt mein Vater. „Und vor allem ..."

Ich mache die Tür zu und nehme mir eins von den Handtüchern. Ich wische die Wanne trocken. Und als ich damit fertig bin, trockne ich auch noch die Kacheln über der Wanne ab.

Ich weiß nicht, wie lange ich da auf dem Badewannenrand gesessen habe. Ich weiß nur noch, dass es hinter der Badewanne genau 13 Fliesen in einer Reihe waren, mal 14

Reihen, also 182 Fliesen. Und alle von mir höchstpersönlich auf Hochglanz poliert! Als ich gerade dabei war, auch noch die Fliesen links und rechts von der Wanne zu zählen, kam mein Vater mit dem Telefon rein.

„Susanne möchte dich noch mal haben ..."

Ich habe den Hörer genommen. Und mein Vater hat das Telefon vor mir auf den Boden gestellt und versucht, das Kabel so weit gegen den Türrahmen zu drücken, dass er die Tür zumachen konnte.

„Tut mir Leid, Mutti", habe ich gesagt, „aber ich weiß auch nicht, es war ..."

„Schon gut, Marei, mir geht es ja auch nicht anders. Aber ich hoffe, wir sehen uns jetzt recht bald und dann ... Ach, lass es dir von Burkhard erzählen, ich hab alles mit ihm besprochen, okay?"

„Ja, okay ..."

„Wie ist es denn eigentlich so, plötzlich einen Vater zu haben, meine ich, und mit ihm durch die Weltgeschichte zu gondeln?"

„Ich weiß nicht ... Ganz okay eigentlich. Macht Spaß."

„Ich hab dich lieb, meine Kleine, denk da immer dran!"

„Ja, mache ich ... ich dich auch."

Meine Mutter hat plötzlich losgelacht. „Ach, übrigens, der Neue von Sabine, du wolltest doch wissen, wie er heißt – Armin! Und er ist nicht dick, sondern eher das Gegenteil, spindeldürr, würde ich sagen, aber dafür mindestens zwei Meter lang! Aber es kommt noch besser, sitzt du gut?"

„Ja ..."

„Er ist kein Schauspieler! Stell dir vor, Sabine hat sich einen geangelt, der nicht Schauspieler ist, ich glaube, das ist das erste Mal ..."

„Das ist das erste Mal!"

„Und, willst du gar nicht wissen, was er macht?"

„Doch, klar."

„Er ist der neue Kantinenwirt! Er macht die Kantine im Stadttheater, ist das nicht verrückt?"

„Verrückt", habe ich gesagt.

Wir haben beide noch ein bisschen gekichert. Und dann haben wir aufgelegt.

Und plötzlich hatte ich total gute Laune. Ich hatte keine Ahnung wieso, aber ich hab mich wirklich gefühlt wie Clint Eastwood selber. Eigentlich völlig bescheuert, weil ja gar nichts weiter passiert war, außer dass ich gerade mal fünf Minuten mit meiner Mutter telefoniert hatte. Und besonders sinnvoll war unser Telefongespräch auch nicht gerade gewesen!

Also, ich meine, ich wusste ja immer noch nicht, was nun eigentlich los war. Aber irgendwie war es mir auch völlig egal, ich bin jedenfalls zu meinem Vater rüber und habe ihm einen Boxhieb vor den Bauch verpasst und gesagt: „Also los, Alter, was machen wir jetzt?"

Klar, dass er mich nur angeguckt hat, als wäre ich gerade aus der nächstbesten Anstalt entlassen worden.

Und dann hat er doch tatsächlich gesagt: „Du, hör mal, ich fürchte, wir sind umsonst nach Weimar gefahren ..."

Da war es endgültig um mich geschehen. Ich habe mich aufs Bett geschmissen und nur noch gelacht.

Bis mein Vater gemeint hat: „Ich glaube, ich brauche erst mal so was wie einen Drink."

„Ich auch!", habe ich gejapst.

Also sind wir in die Hotelbar runtergegangen.

Mein Vater hat sich einen doppelten Whiskey bestellt und ich mir eine Cola. Wir haben miteinander angestoßen und ich habe mich immer noch wie Clint Eastwood gefühlt.

Nein, eher eigentlich wie Bonnie und Clyde! Als sie schon berühmt waren und als die Leute überall, wo sie hinkamen, überlegt haben, wie sie möglichst unauffällig die Polizei rufen könnten …

Vor allem, weil der Barkeeper uns wirklich die ganze Zeit so komisch angeguckt hat. Eben so, als ob mit uns tatsächlich was nicht stimmen würde.

„Wenn er noch lange glotzt", habe ich meinem Vater zugeflüstert, „wirst du ihn wohl umlegen müssen!"

„Nicht gut", hat mein Vater gesagt und sein Zopfgummi straff gezogen, „das gibt immer so eine Sauerei auf dem Fußboden, weißt du? Besser wir trinken noch einen, und dann eröffne ich ihm so ganz nebenbei, dass wir den Schuppen hier gerade gekauft haben. Und dass er schon mal anfangen soll, sich nach einem neuen Job umzugucken!"

Wir haben noch eine ganze Weile irgendwelchen Blödsinn gemacht und wir waren beide richtig gut drauf. Mein Vater hat mir gezeigt, wie man aus einem Stück Papier und einem matschigen Kaugummi eine Art Pfeil basteln kann. Und wie man den dann, wenn der Barkeeper gerade nicht hinguckt, mit einer schnellen Bewegung aus dem Handgelenk so an die Decke schleudert, dass er oben hängen bleibt. Und ich habe ihm gezeigt, wie man ein halb volles Glas Whiskey so im Bogen durch die Luft drehen kann, dass nichts rausläuft.

Und erst als ich die dritte oder vierte Cola intus hatte und mein Vater inzwischen auf Mineralwasser umgestiegen war, haben wir wieder über meine Mutter geredet.

„Sie wollte eigentlich schon nach Bologna kommen", hat mein Vater erzählt. „Aber dann hat sie irgendwie gedacht, dass wir es sowieso nicht schaffen würden."

„Was?"

„Na ja, manchmal ist sie schon irgendwie komisch, ich meine, sie hat doch glatt behauptet ..."

„Du meinst, sie kennt dich? Und du hast früher schon immer erst noch alle möglichen Leute besucht, bevor du ..."

„Ja ja, irgend so was, aber das ist natürlich Quatsch, also ..."

„Natürlich."

„Also waren wir nun pünktlich da, oder nicht?"

„Klar, waren wir. Stimmt schon."

„Na bitte, sag ich doch, sie ist manchmal einfach komisch."

„Und in Wien? Ich meine, warum hat sie uns die Adresse von diesem Schaffsky gegeben und sich dann noch nicht mal gemeldet, obwohl sie ja da war?"

„Das hab ich sie auch gefragt."

„Und?"

„Ich weiß es nicht. Sie hat behauptet, sie hätte ganz schnell wieder zurückgemusst. Aber ich glaube, es hat schon was damit zu tun, was wir uns in diesem Café da überlegt haben, wo sie nicht die Spione austauschen. Also irgendwas stimmt nicht. Sie ist irgendwie nicht zufrieden mit sich und so. Macht sich, glaube ich, ziemlich viele Gedanken. Und hat dann aber Schiss gekriegt, mit uns drüber zu reden."

„Gedanken worüber?"

„Über sich und dich und uns und wie das so weitergehen soll. Weißt du, was sie noch gesagt hat?"

„Nee, natürlich nicht."

„Als ich ihr von Dario Fo erzählt habe und dass der gesagt hätte, Leute wie sie müssten verdammt aufpassen, dass sie nicht kaputtgehen ..."

„Ja?"

„Da hat sie gesagt, ihr wäre aufgefallen, dass sie in den letzten Jahren immer nur Stücke inszeniert hätte, die alle auf irgendeine Weise etwas mit ihrer eigenen Situation zu tun hätten. Und dass wir mal darüber nachdenken sollten, weil es auch was mit uns zu tun hätte!"

„Hä? Was soll das denn? Ich weiß doch überhaupt nicht, was sie alles gemacht hat!"

„Das ist übrigens auch nicht so witzig, oder? Immerhin ist sie ja deine Mutter!"

„Haha, und was ist mit dir? Du weißt es doch auch nicht, oder?"

„Okay, okay", hat er gesagt und erst mal eine Weile an seinem Zopfgummi rumgefummelt, bevor er wieder weitergeredet hat …

„Fangen wir doch mal damit an, was wir beide wissen: Bezahlt wird nicht. Es geht um ein paar Frauen, die unzufrieden sind, weil im Supermarkt die Preise erhöht wurden. Und weil sie keine Ahnung haben, wovon sie jetzt ihre Einkäufe bezahlen sollen."

„Mit ihren Männern sind sie auch unzufrieden, weißt du nicht mehr? Weil das totale Schlappschwänze sind, die überhaupt nichts auf die Reihe kriegen."

„Sei vorsichtig, was du sagst! Aber stimmt schon, die Frauen müssen die Sache selbst in die Hand nehmen, sonst …"

„Sonst würde sich überhaupt nichts ändern", habe ich gerufen, „das ist es! Und das passt zu dem Film, den wir bei deinem Cousin gesehen haben, auch wenn das da ein Typ war und keine Frau, aber trotzdem: Wenn er nicht genau das gemacht hätte, was er für richtig hielt, wäre einfach nichts passiert! Er wäre einfach mit seinem bescheuerten Maisfeld kaputtgegangen und …"

Ich war auf einmal total aufgeregt. Ich war mir absolut sicher, dass ich Recht hatte. Dass das genau das war, was meine Mutter meinte: Man muss was tun, man muss irgendwas machen, sonst ändert sich überhaupt nichts.

„Du hast Recht", hat mein Vater genickt, „da ist was dran! Und das Gegenbeispiel wäre dann dieses Čechov-Stück, für das Schaffsky das Bühnenbild gemacht hat: Die drei Schwestern, die auch alle ihren Traum haben, aber eben nichts dafür tun, sondern die ganze Zeit darauf warten, dass jemand anders es für sie tut, und damit passiert ..."

„... überhaupt nichts. Null. Sie versauern."

Zufrieden haben wir uns angeguckt. Sehr zufrieden. Bis mein Vater die Stirn gerunzelt hat. Und ich im gleichen Moment den gleichen Gedanken hatte ...

„Sag mal", habe ich gesagt, „das mit dem Film, also, ich meine, das konnte Mutti doch gar nicht wissen, dass wir den Film sehen!"

„Verdammt", hat mein Vater gesagt und mit der Faust auf die Theke gehauen, dass der Barkeeper schnell die leere Mineralwasserflasche außer Reichweite gebracht hat.

„Und dieses Stück mit den drei Schwestern", habe ich weitergemacht, „das hat ja nicht sie inszeniert, sondern ..."

„Moment! Das spielt keine Rolle, ob sie das selber inszeniert hat oder nicht, sie hat uns hingeschickt zu diesem Schaffsky, das ist der Punkt! Genau, sie hat uns ganz bewusst dahin geschickt, sie hatte nie vorgehabt, sich da mit uns zu treffen, wir sollten nur über den Čechov stolpern!"

„Du spinnst!"

„Nein, nein, warum? Und außerdem ... Mann!"

Mein Vater ist aufgeregt von seinem Barhocker gerutscht. Und hat wild gestikulierend versucht, mir die Theorie zu verklickern, die ihm da offensichtlich gerade in dem Moment durch den Schädel gerauscht war.

„Es passt alles!", hat er gerufen. „Auch der Film bei meinem Cousin. Sogar, dass wir heute Nachmittag Don Quichotte gesehen haben, auch das passt, Don Quichotte mit seinem unerschütterlichen Glauben an das Gute im Menschen, an die alte Zeit, an Wahrhaftigkeit und Schönheit, dafür zieht er los, dafür ist er bereit, die größten Entbehrungen auf sich zu nehmen, ja, sein Leben zu geben! Also hör mal, das kann ja wohl kein Zufall mehr sein, da ist noch irgendwas im Spiel, was wir mit unserem normalen Verstand gar nicht begreifen können, irgendeine höhere Macht oder so was, merkst du das nicht?! Da will uns jemand unbedingt auf die richtige Fährte setzen, und das ist nicht nur deine Mutter!"

Ich habe ihn angestarrt und mal wieder nicht gewusst, ob er einfach maßlos übertreibt, weil es ihm Spaß macht, irgendwelches Zeug zu erfinden, oder … ob er wirklich daran glaubt, was er da erzählt hat!

Sicherheitshalber habe ich gesagt: „Du spinnst wirklich!"

Und der Barkeeper hat genickt, als hätte er das schon lange gewusst, und mir ein neues Glas Cola hingeschoben.

„Ich hätte gerne auch noch was", hat mein Vater verblüfft gesagt.

Woraufhin der Barkeeper auf seine Uhr getippt hat und zwei Finger hochgehalten und dazu demonstrativ gegähnt.

Und als mein Vater ihn nur verständnislos angeguckt hat, hat er sich über die Theke gelehnt und geflüstert: „Muss ins Bett, Bubu machen."

Ich hatte eindeutig das Gefühl, dass der Barkeeper meinen Vater für leicht beschränkt hielt. Was aber ganz offensichtlich auf Gegenseitigkeit beruhte. Jedenfalls hat ihm mein Vater den Arm getätschelt und gemeint: „Kein Problem. Ich trink nur noch einen Kaffée und wir reden noch ein bisschen und dann gehen wir noch mal mit dem Hund und danach machen wir dann alle schön Bubu, okay?" Während der Barkeeper die Augen verdreht hat und zur Kaffeemaschine geschlurft ist, hat mein Vater mir zugeflüstert: „Das ist schon in Ordnung so, sie können uns nicht rausschmeißen, weißt du? Dazu ist das Hotel zu gut!" Ich habe also meine Cola getrunken und langsam Angst gekriegt, dass mir das Zeug irgendwann zu den Ohren wieder rauskommt, und mein Vater hat seinen Kaffée geschlürft, und schließlich haben wir uns darauf geeinigt, dass der Film, den wir gesehen hatten, wirklich nur Zufall war. Genau wie das Straßentheater.

„Gut", hat mein Vater gesagt und seine Kaffeetasse zurückgeschoben, „lassen wir es dabei. Aber ich hab noch was, was dich interessieren wird: Sie hat gesagt, wir sollen nach Hamburg kommen. Und dreimal darfst du raten, weshalb!"

„Weil sie auch da ist und wir sie dann vielleicht endlich mal treffen ...?"

„Stimmt. Aber es kommt noch besser: Was glaubst du, weshalb sie auch da ist? Ich sag's dir: Weil sie morgen Abend Premiere hat! Und weißt du auch, mit welchem Stück? Brecht! Galileo Galilei. Was sagst du dazu? Ein Stück über einen Zweifler, jemand, der nichts so hinnehmen will, wie alle anderen behaupten, dass es wäre, jemand, der tut und macht, bis er endlich die Wahrheit rausgefunden hat! Und der für diese Wahrheit kämpft, obwohl er genau weiß ..."

Ich habe keine Ahnung, was Galilei nun genau wusste. Weil ich genau da abgekippt bin. Wirklich, mein Vater hat es mir hinterher erzählt. Erst hätte ich ihn plötzlich ganz komisch angeguckt, hat er erzählt, und dann angefangen

zu schielen, und im nächsten Moment wäre ich einfach
von meinen Barhocker gerutscht. Er konnte mich gerade
noch auffangen, sonst wäre ich mit dem Kopf voran auf
den Boden geknallt. Mein Vater und der Barkeeper haben mich also hoch ins
Bett gebracht, und dann haben mein Vater und Poodle den
Rest der Nacht neben mir gesessen und zugeguckt, wie
ich geschlafen habe. Was nun wirklich mit mir los war,
weiß keiner. Wahrscheinlich war ich einfach zu müde und
hatte zu viel Cola getrunken und zu wenig gegessen. Heute Morgen ging es mir jedenfalls wieder gut. Meinem Vater
dagegen eher nicht so. Aber nachdem ich ihn mit reichlich
Kaffée und frischen Brötchen und Rührei mit Pilzen und
Schinken vom Büfett versorgt hatte, kam er dann langsam
wieder zu sich.

„Was glaubst du?", habe ich ihn gefragt, „ob das der Tisch
gewesen ist, an dem schon Hitler gesessen hat?"

„Glaube ich nicht", hat mein Vater gemeint, „sonst hätten
sie wahrscheinlich ein Schild aufgestellt."

„Auf dem steht: Hier saß Hitler?", habe ich kichernd gefragt.

„Nein", hat mein Vater gesagt. „Überleg mal weiter!"

Ich habe einen Moment gebraucht. Aber dann hatte ich's.

„Udo-Lindenberg-Tisch, richtig?"

„Gut", hat mein Vater gerufen und gegrinst. Und dann haben wir uns noch jeder für unterwegs ein Stück Ziegenkäse in eine Serviette gewickelt, und noch ein drittes Stück
für Poodle, und sind mit blendender Laune aus dem Speise-
saal marschiert. Und mein Vater hat seine gute Laune noch
nicht mal verloren, als er die Rechnung gesehen hat!

„Weißt du eigentlich, dass wir schon wieder vergessen haben, nach ihrer Handynummer zu fragen?", habe ich ge-

fragt, während wir Poodle und unsere Reisetasche im Bus verstaut hatten.

„Stimmt", hat mein Vater gesagt. „Wir sind doof."

„Aber nett", habe ich gesagt. „Doof, aber nett."

„Saudoof", hat mein Vater gesagt und ist auf den Fahrersitz geklettert. „Aber was soll's? Wir sehen sie ja heute Abend, da brauchen wir ja vorher nicht noch extra anzurufen!"

Und dann hat er den Schlüssel gedreht und der Bus ist nicht angesprungen.

Zweites Buch

Wohin, ihr? Nirgend hin.
Von wem davon? Von allen.
(Bert Brecht)

Hamburg

Wir sitzen bei Nele und Friedolin in der Küche. In Hamburg. Es ist so gegen eins. Mittags! Und wir haben die beiden gerade aus dem Bett geklingelt.

Nele und Friedolin sind uralte Freunde von meinen Eltern, hat mein Vater erzählt. Von ganz früher noch, noch bevor es mich gab.

Und Nele und Friedolin haben deshalb so lange geschlafen, weil sie bis zum frühen Morgen auf der Premierenfeier gewesen waren ...

Wir waren nicht da gewesen. Wir waren auch nicht in der Premiere. Wir sind gerade eben erst angekommen!

„Verdammter Mist!"

Mein Vater pellt sich stöhnend aus seiner Lederjacke.

„Hat sie irgendwas davon gesagt, wo sie jetzt ist?"

Nele schüttelt den Kopf.

„Sie ist ziemlich früh schon verschwunden. Mit einem Taxi, ich schätze mal zum Flughafen. Aber ich hab keine Ahnung, wohin. Ich hab allerdings einen Brief für euch, in meiner Handtasche. Kleinen Moment, ich hole ihn."

„Warte", sagt mein Vater. „Hattest du irgendwie den Eindruck, dass sie sauer war?"

„Nein, ich glaube nicht. Außerdem wusste sie ja, weshalb ihr nicht da wart. Aber ..."

„Ja?"

„Ich meine, es geht mich zwar nichts an, aber könnte es

sein, dass es ihr vielleicht sogar ganz lieb war, dass sie euch nicht getroffen hat? Es ist nur so ein Gefühl, aber ..."

Sie guckt meinen Vater an. Mein Vater guckt sich seine Clogs an. Mit einer steilen Falte zwischen den Augenbrauen, als würde er zum ersten Mal bemerken, in was für einem erbärmlichen Zustand sie sind. Dann zuckt er die Achseln.

„Kann sein. Marei und ich rätseln auch die ganze Zeit schon rum, was eigentlich los ist."

„Ich hol erst mal den Brief", meint Nele und verschwindet. Im Vorbeigehen lächelt sie mir zu. Als wollte sie sagen: Kopf hoch, Mädchen, es wird schon alles wieder!

Ich finde Nele jedenfalls richtig nett. Bei Friedolin bin ich mir nicht so sicher. Außerdem finde ich es ein bisschen merkwürdig, dass er die ganze Zeit mit seinem Hut auf dem Kopf rumrennt. In der Wohnung! In einem gestreiften Schlafanzug und mit seinem Hut auf dem Kopf. Bescheuert.

Jetzt zündet er sich umständlich eine Pfeife an. Was für meinen Vater natürlich mal wieder eine willkommene Gelegenheit bedeutet, nun endlich seinen Tabak rausholen zu können.

„Also, Alter", sagt Friedolin und nebelt meinen Vater mit Pfeifenrauch ein, „dann erzähl mal!"

„Die Batterie", sagt mein Vater, „aber völlig weg."

„Kriechströme", meint Friedolin, „hab ich bei mir auch immer wieder. Und irgendwann ist sie fertig."

Mein Vater nickt.

„Na ja, und dann die Keilriemenscheibe", erzählt er weiter, „wir waren noch nicht richtig raus aus Weimar, und plötzlich ..."

„So ein hohes Sirren, stimmt's?"

„Genau."

„Keilriemenscheibe. Passiert. Irgendwann ist sie dran. Was ist das noch mal für ein Baujahr, was du da hast?"

„Dreiundsechzig", sagt mein Vater. „Aber finde erst mal jemand, der die passende Scheibe hat. Bei VW, das kannst du vergessen!"

„Vergiss es", erklärt Friedolin, „die rennen nur noch im weißen Kittel rum. Schrottplatz."

„Klar, sind wir ja dann auch ..." Mein Vater greift nach der Kaffeekanne. Und plötzlich scheint ihm aufzufallen, dass es mich ja auch noch gibt. Und dass ich offensichtlich nicht so aussehe, als würde ich auch nur ein einziges Wort verstehen.

„Friedolin ist Autoschrauber", sagt er also zu mir. „Und hat einen alten Hanomag-Laster. Hast du doch noch, oder?", fragt er Friedolin.

„Läuft wie eine Nähmaschine." Friedolin nickt bestätigend.

„Ein Hanomag", sagt mein Vater wieder zu mir. „Sind in Hannover gebaut worden! Verdammt gute Fahrzeuge, nicht kaputtzukriegen."

„Aha."

„Hör gar nicht hin", meint Nele, die gerade eben wieder reingekommen ist, und hockt sich neben mich auf die Stuhlkante. „Lass sie einfach reden, irgendwann hören sie von ganz alleine wieder auf!"

Mein Vater erzählt also Friedolin, wie er auf dem Schrottplatz in Weimar ohne richtiges Werkzeug versucht hat, die Keilriemenscheibe auszuwechseln.

„Zweiundzwanziger Schlüssel", sagt Friedolin.

„Einundzwanziger", sagt mein Vater, „der Zündkerzenschlüssel! Aber da musst du erst mal drauf kommen ..."

Und ich erzähle Nele, wie ich solange von einer Telefonzelle aus versucht habe, irgendjemand in Hamburg zu erreichen, der mir sagen konnte, wo meine Mutter ihre Premiere hat.

„Warum hast du uns nicht angerufen?", fragt Nele.

„Weil mein Vater nichts davon gesagt hat, dass es euch überhaupt gibt."

„Genial", meint Nele. „Und, was hast du gemacht?"

„Bei der Auskunft gefragt. Und mir die Nummer vom Schauspielhaus geben lassen. Und die haben mir gesagt, wo ich Mutti erreiche. Aber da war erst dauernd besetzt. Und dann hatte ich einen dran, der sich geweigert hat, sie ans Telefon zu holen."

„Ja, das hat mir Susanne am Abend erzählt. Und sie war total sauer auf den Typen, irgendein Inspizient, der sich wichtig machen wollte. Aber wenigstens hat er ihr ja ausgerichtet, dass ihr es nicht schafft und vor allem, dass euch nichts passiert ist!"

„Stimmt das wirklich, dass sie das Stück in einem Zirkuszelt spielt?", frage ich.

„Ja", sagt Nele, „total toll! Ich erzähle euch gleich davon, wenn die beiden endlich genug Blech geredet haben ..." Sie nickt zu Friedolin und meinem Vater rüber.

„Mensch, Nele." Mein Vater grinst. Offensichtlich hat er alles mitgekriegt. „Du bist ja noch genauso bösartig wie früher, das hat mich damals schon immer ganz fertig gemacht."

„Du hast dich aber auch nicht großartig verändert", meint Nele ganz trocken, „ich kann mich jedenfalls erinnern, dass ich früher schon immer gedacht habe: Wann hört der Kerl endlich mal auf zu quatschen und lässt mal jemand anders was sagen, mich zum Beispiel?!"

„Schon verstanden", sagt mein Vater immer noch grinsend, „aber wenigstens die eine Geschichte muss ich euch noch erzählen, wie wir plötzlich die Bullen auf dem Hals hatten! Das wird dir gefallen, Nele, wart's ab!"

Nele verdreht ihre Augen und hebt die Hände, als könnte sie es ja sowieso nicht ändern.

Und Friedolin pafft ein paar bläuliche Qualmwolken und sagt: „Ich höre."

Und ich rufe: „Lasst mich erzählen, ja? Bitte!" Und fange einfach an:

Wie wir endlich aus Weimar weggekommen sind und wie mein Vater gesagt hat: „Wenn wir Glück haben, schaffen wir es vielleicht sogar noch!" Und wie wir dann in irgendeinem Kaff einen Opel vor uns hatten, und mein Vater festgestellt hat, dass die Bremslichter bei dem nicht funktionierten …

„„An der nächsten Ampel springe ich raus und sag schnell Bescheid!', hat er gesagt", erzähle ich, „und dann ist er an der nächsten Ampel rausgesprungen und zu dem Opel gerannt. Aber kaum, dass die ihn gesehen haben, haben sie ihre Türverriegelung runtergedrückt und sind losgefahren! Bei Rot! Mein Vater ist erst sogar noch ein paar Meter hinter ihnen hergerannt, bis er kapiert hat, dass die einfach Schiss vor ihm hatten und abgehauen sind. Und dann hat er total baff mitten auf der Kreuzung gestanden, und im nächsten Moment war die Polizei da und hat uns festgenommen!"

„Waaas?", macht Nele. „Ihr lügt!"

„Nein", bestätigt mein Vater, „es stimmt, genau so war es! Erst haben sie wohl nur gedacht, wir wären irgendwelche Straßenräuber oder so, aber als sie unsere dänischen Kennzeichen gesehen haben, war es endgültig vorbei. Da waren sie dann überzeugt davon, dass ihnen gerade ein richtig großer Fisch ins Netz gegangen ist! Wir haben über vier Stunden auf dem Revier rumgehangen, während sie unsere Karre auseinander genommen haben, sogar einen Rauschgifthund haben sie irgendwoher aufgetrieben, zur großen Freude von Poodle …"

„Poodle muss geglaubt haben, der andere wäre extra für ihn zum Spielen geholt worden oder so was", erzähle ich und muss schon wieder lachen, als ich mich daran erinnere, wie Poodle kläffend um den Polizeihund rumgesprungen ist und wie sie sich zum Schluss durch die ganze Werkstatt gejagt haben – der Polizeihund war nämlich eine Polizeihündin!

„Pfui, Poodle", sagt Nele und tut so, als wäre sie total schockiert, „so was macht man doch nicht! Nicht mit einer Polizistin, also hör mal!"

Und Poodle wühlt begeistert und wild schwanzwedelnd seine Schnauze unter Neles Arm. Und versucht, an den Briefumschlag zu kommen, den sie schon die ganze Zeit in der Hand hält …

„Da sieh mal an", meint Friedolin und schiebt sich seinen Hut aus der Stirn, „der Hund ist schlauer als wir alle zusammen."

„Was?", fragt mein Vater.

„Der will, dass ihr jetzt endlich den Brief lest", sagt Friedolin, „siehst du doch." Und schiebt sich den Hut noch ein Stück weiter nach hinten. Um sich besser am Kopf kratzen zu können. Mit dem Pfeifenstiel!

„Ach ja, der Brief", sagt mein Vater und streckt die Hand aus. Nimmt ein Küchenmesser vom Tisch und will den Umschlag auftrennen.

„Bist du noch irgendwo unterwegs oder was?", fragt Friedolin. „Der ist doch gar nicht zugeklebt, die Lasche ist nur reingesteckt, sieht doch ein Blinder mit Krückstock!"

Mein Vater legt das Messer wieder weg und fummelt den Umschlag auf. Legt den Briefbogen vor sich hin und streicht ihn glatt.

Nele steht auf und stellt sich hinter ihn, um besser sehen zu können.

Ich streichle Poodles Kopf auf meinem Knie.

„Na, dann lies mal", sagt Friedolin und pafft an seiner Pfeife. „Was seggt sie?"

„Liebe Marei, lieber Burkhard", fängt mein Vater an zu lesen, *„ich will es kurz machen. Ihr habt ja sicher schon gemerkt, dass nicht alles so läuft, wie es sollte. Aber mehr möchte ich dazu heute auch gar nicht sagen. Ich brauche noch Zeit, um mir über ein paar Sachen klar zu werden ..."*

„Au wei, das klingt nicht gut", lässt sich Friedolin hinter einer neuen Qualmwolke vernehmen. Aber mein Vater guckt noch nicht mal hoch.

„Ich glaube allerdings", liest er weiter, *„es ist auch höchste Zeit, dass ihr euch ein paar Gedanken macht. Dass ihr euch ernsthaft überlegt, was ihr euch für die Zukunft vorstellen könnt und was nicht. Das gilt vor allem für dich, lieber Burkhard ...*

Hä?", unterbricht sich mein Vater, „was soll das denn?"

„Lies weiter", sagt Nele.

„Und ich möchte auch, dass sich Marei klar darüber wird, weshalb ich überhaupt am Theater arbeite!"

Ich gucke vor mich auf die Tischkante und streichle weiter Poodles Kopf.

„Weiter", sagt Nele wieder.

„Guckt euch bitte meinen Galileo an", liest mein Vater, *„und es wäre schön, wenn ihr es schaffen würdet, euch auch*

den Peer Gynt am Dramaten in Stockholm anzusehen. Ich weiß, dass Stockholm weit weg ist, aber Burkhard liebt es ja, in der Gegend rumzufahren, und manches Stück und manche Inszenierung sagen mehr, als ich euch jemals erklären könnte. Burkhard weiß schon, was ich meine.
In Liebe, Susanne.
PS Ich melde mich bei euch. Fahrt vorsichtig …"

„Nach Stockholm ist sie also!", ruft Nele. „Na, das hätte sie ja vielleicht auch mal erzählen können, ich meine, sie inszeniert am wichtigsten Theater von Stockholm und sagt kein Wort! Aber das ist irgendwie typisch, sie ist ja auch Wochen hier in Hamburg gewesen, ohne sich ein einziges Mal gemeldet zu haben. Und eigentlich müsste ich stinksauer sein auf sie, wirklich!"

Mein Vater guckt hoch.

„Sie spinnt!", erklärt er und schiebt den Brief beiseite. „Verdammt, was glaubt sie eigentlich, wer sie ist? Sie hetzt uns hier durch halb Europa, Burkhard liebt es ja rumzufahren, hahaha, sehr witzig, wirklich. Und was soll das überhaupt, was wir uns für die Zukunft vorstellen können? Ich kann mir viel vorstellen, aber …"

Ich sage gar nichts. Höre nur zu, wie sie sich über meine Mutter aufregen, und streichle weiter Poodles Kopf. Und frage mich, ob es wirklich sein kann, dass meine Mutter irgendeinen Plan hat. Oder ob sie inzwischen nur völlig ausgeflippt ist.

Komisch, denke ich dann, irgendwie finde ich es inzwischen schon fast normal, dass meine Mutter nie da ist, wo sie sein sollte. So als ob ich mich schon daran gewöhnt hätte.

„Sie tut so, als wären wir in irgendeinem bescheuerten Stück von ihr", regt sich mein Vater weiter auf, „als würde sie unten stehen und uns sagen, welche Gänge wir zu machen haben. Auftritt von links, Abgang nach rechts! Aber nein, nicht mit mir, ich will wissen, wozu ich auf der Bühne stehe, verdammt noch mal!"

„Halt, Burkhard", sagt Nele plötzlich, „jetzt gehst du zu weit. Du weißt genau, dass dir ein Regisseur wie Susanne das nie vorgeben wird, deine Figur musst du ganz alleine finden, sie kann dir nur ein bisschen Hilfestellung leisten! Wenn du gut bist, natürlich nur", setzt sie noch hinzu und tippt ihm mit dem Finger auf die Brust, „sonst kannst du es sowieso vergessen!"

„Was soll das denn nun wieder?", ruft mein Vater empört. „Ich bin kein Schauspieler! Ich wollte auch nie einer sein, das weißt du genau!"

Friedolin steht auf und reibt sich das Kreuz. „Zu viel heiße Luft hier drin", sagt er. „Werd mich mal verdünnisieren." Er nimmt seinen Hut ab und legt ihn auf den Frühstücksteller. Und geht raus.

Nele kommt zu mir rüber und streicht mir über die Haare.

„Deine Mutter weiß, was sie tut, glaub mir."

Und dann dreht sie sich wieder zu meinem Vater und sagt: „Ich glaube, ich sollte euch erzählen, warum ich mich entschieden habe, am Theater aufzuhören."

„Hast du?", fragt mein Vater irritiert. „Aber ich dachte …"

„Hab ich", sagt Nele. „Letztes Jahr schon. Ich konnte es nicht mehr ertragen. Ich habe nur noch gelitten …"

Nele war Regisseurin. Genau wie meine Mutter. Und sie erzählt, wie sie immer unzufriedener geworden ist. Weil sie irgendwann das Gefühl hatte, dass ihre Arbeit überhaupt nichts mehr mit ihr zu tun hätte. Dass es nicht mehr darum gegangen wäre, weshalb ein Stück auf den Spielplan gekommen ist, sondern welcher Regisseur unbedingt noch mal den Hamlet inszenieren wollte. Weil jeder Regisseur, der sich für wichtig hält, irgendwann mal den Hamlet inszenieren muss. Und genau so wäre es bei den Schauspielern gewesen, eigentlich hätte gar keiner mehr gewusst, weshalb sie überhaupt Theater machen. Und sie hätten nicht mehr zusammengearbeitet, sondern nur noch gegeneinander. Jeder hätte nur noch versucht, sich selbst möglichst in den Vordergrund zu spielen!

Ich glaube, ich weiß, was Nele meint. Ich brauche mich ja eigentlich nur an Sabine zu erinnern. Und an den Stuss, den Sabines Liebhaber beim Frühstück so von sich geben …

„Und dann kommt irgendein neuer Intendant daher", redet Nele weiter, „und plötzlich wird das Ganze glasklar – da ist jemand, der sich in Szene setzen will, sich selber und sonst niemand, der hat keine Haltung oder irgendeine Idee davon, was Theater sein sollte oder sein könnte, das geht ihm völlig am Arsch vorbei, der ist gar nicht an der Sache interessiert, der will nichts verändern oder … ach, vergiss es", sagt sie und geht zum Kühlschrank rüber, um sich ein Glas Milch einzuschenken. Und ich sehe, dass ihre Hände zittern.

„Es tut immer noch weh", sagt sie leise. „Aber ich glaube, meine Entscheidung war richtig. Ich habe nicht die Kraft und den Willen, alles auf eine Karte zu setzen so wie Susanne. Susanne ist wirklich jemand, die alles fürs Theater riskieren würde, nur um ihr Theater zu machen. Aber das kann ich nicht und vielleicht bin ich auch nicht gut genug dazu."

„Ist Susanne echt so gut?", frage ich und denke, dass ich mir nie irgendwelche Gedanken darüber gemacht habe. Eine Zeit lang fand ich es mal ganz schön, eine berühmte Mutter zu haben, und habe Zeitungsausschnitte gesammelt und so. Aber eigentlich hätte ich immer lieber eine Mutter gehabt, die eben nicht berühmt ist und dafür morgens mit mir frühstückt und mittags zu Hause ist, wenn ich von der Schule komme ...

„Sie ist die beste Regisseurin, die ich kenne", reißt mich Nele aus meinen Gedanken, „aber sie macht sich kaputt."

„Scheiße", sagt mein Vater, „und was sollen wir jetzt machen?"

„Jetzt gehen wir was essen", sagt Nele.

„Und dann gucken wir uns den Galilei an", sage ich und merke plötzlich, dass ich mich total darauf freue, eine Inszenierung von meiner Mutter zu sehen. Also klar, ich fand es toll, in Bologna im Theater zu sitzen und mitzukriegen, wie alle geklatscht haben. Aber irgendwie bin ich gar nicht auf die Idee gekommen, dass das Ganze vielleicht wirklich viel mehr mit meiner Mutter zu tun hat, als dass es eben einfach nur irgendein Stück war, das sie zufällig gemacht hat.

Mein Vater und ich nehmen Poodle, um eine Runde mit ihm zu drehen. Und Nele streitet sich mit Friedolin, der lieber weiter im Schlafanzug vorm Fernseher sitzen und Autorennen sehen würde, als mit uns essen zu gehen. Weshalb wir ihm dann auch Poodle dalassen und nur zu dritt losziehen.

„Manchmal könnte ich ihn glatt auf den Mond schießen", erklärt Nele eine halbe Stunde später, als wir an einem Fischimbiss am Hafen stehen. Nele scheint immer noch wütend auf Friedolin zu sein. Aber plötzlich lacht sie und sagt: „Ach was soll's, vielleicht ist es ja gerade das, was ich an ihm liebe! Dass er es immer noch schafft, mich wütend zu machen. Ich glaube, darum geht es überhaupt, dass man nicht immer gleich denkt, wenn er jetzt wieder das und das macht, dann gehe ich. Eine Beziehung bedeutet einfach auch viel Arbeit ..."

„Aber von beiden Seiten", sagt mein Vater kauend.

„Das geht allerdings nur, wenn der andere sich nicht absetzt und irgendwo in Dänemark den Hippie markiert", erklärt Nele ganz trocken.

Mein Vater steht mit seinem halb angebissenen Fischbrötchen in der Hand an dem wackligen Plastiktisch und sieht aus, als hätte er mehr als nur eine Gräte quer im Hals stecken.

Aber bevor er noch irgendwas sagen kann, tippt ihm von hinten plötzlich ein Typ auf die Schulter und brüllt: „Hier, ich hab einen! Guck ihn dir an, guck ihn dir gut an!" Und im nächsten Moment taucht noch so ein Typ auf und starrt meinen Vater von oben bis unten an, dann nimmt er ihm das Fischbrötchen aus der Hand und – stopft es sich selber in den Mund!

Ein paar Leute an den anderen Tischen fangen an zu lachen.

Und dann habe ich es endlich auch kapiert: Die beiden Typen sind irgendwelche Straßentheaterleute, und sie haben sich ausgerechnet uns für ihre Show ausgesucht!

Sie sehen ein bisschen aus wie Dick und Doof, und sie haben auch diese Klamotten an, mit viel zu kurzen Jackenärmeln und Hosenbeinen, und beide mit einem verbeulten Bowler auf dem Kopf – sie spielen auch Dick und Doof!

Dick legt meinem Vater jetzt die Hand auf die Schulter und fragt: „Du glaubst doch auch nicht, dass die Erde eine Scheibe ist, oder? Sag es: Ich glaube nicht, dass die Erde eine Scheibe ist, na los, nun mach schon!"

Woraufhin Doof einen Lachanfall kriegt: „Haha, bist du

doof! Wenn die Erde keine Scheibe ist, was soll sie denn sonst sein?"

„Eine Kugel natürlich, was denkst du denn?", sagt Dick ganz ernst.

„Eine Kugel, haha, eine Kugel, hihi, so was Bescheuertes, habt ihr das gehört, Leute, die Erde soll eine Kugel sein! Eine Kugel …!"

Doof schmeißt sich auf den Boden und strampelt mit den Beinen. Und zur deutlichen Erleichterung meines Vaters tritt Dick jetzt endlich ein Stück von unserem Tisch zurück und zieht mit großer Geste einen Apfel aus der Tasche.

„Was ist das?", fragt er und hält den Apfel hoch.

„Ein Apfel", rufen ein paar von den Leuten um uns herum.

„Ein Apfel", ruft auch Doof und will zugreifen.

Aber Dick ist schneller. Er schiebt Doof zur Seite und erklärt: „Falsch. Das ist die Erde."

Er reißt den Stiel heraus.

„So. Und die Erde dreht sich …"

Er dreht den Apfel.

„Den ganzen Tag. Die ganze Nacht. Jede Minute, jede Stunde, den ganzen Tag, die ganze Nacht, immerzu!"

„Das ist Quatsch, das ist albern", meldet sich Doof wieder zu Wort, „haha, ist das blöd! Dann würde ich ja mit dem Kopf nach unten hängen!"

Dick nimmt den Apfelstiel und bohrt ihn mitten in den Apfel und sagt: „Sieh her! Das bist du. Und wo ist jetzt dein Kopf?"

Er dreht den Apfel nach unten.

„Da unten", sagt Doof.

„Unsinn."

Dick dreht den Apfel zurück.

„Ist dein Kopf etwa nicht an der gleichen Stelle? Sind deine Füße etwa nicht mehr auf dem Boden? Und wenn ich den Apfel drehe, stehst du dann etwa … so?"

Er zieht den Stiel heraus und dreht ihn um.

„Nein", stottert Doof, „natürlich nicht … aber wieso?"

„Weil du dich mitdrehst. Die Erde dreht sich und du drehst dich mit. Du, und die Luft, die du atmest, und alles, was auf der Kugel ist, du und du und ihr alle …" Er zeigt auf Nele und mich und meinen Vater und die anderen. „Kapiert?"

Ein paar Leute rufen „bravo!" und fangen an zu klatschen, auch mein Vater. Woraufhin Dick ihm prompt den angebohrten Apfel zuwirft!

Aber es geht noch weiter. Weil Dick nämlich jetzt auch noch beweisen will, dass sich die Erde um die Sonne dreht. Kündigt er jedenfalls großspurig an.

„Ich bin die Sonne", behauptet er. „Und er …" Er zeigt auf Doof. „Er ist die Erde!" Und Doof muss sich um sich selber drehen und dabei im Kreis um Dick herumgehen, der sich selber nicht von der Stelle rührt.

„Wo ist die Sonne?", fragt Dick.

„Steuerbord."

„Und jetzt?"

„Backbord."

„Und? Hab ich mich bewegt? Hat die Sonne sich bewegt? Nein! Und trotzdem ist sie morgens dort, und mittags da, und abends versinkt sie im Hafenbecken – also, wer hat sich gedreht, Leute? Genau, die Erde! Die Erde ist eine Kugel! Und rollt lustig um die Sonne, und die Fischweiber, die Kaufleute und die Fürsten, die Kardinäle und sogar der Papst: Alle rollen mit!"

Dick nimmt meinem erschreckten Vater den Apfel wieder

weg, den er ihm gerade noch zugeworfen hatte. Und hat plötzlich noch einen zweiten Apfel in der Hand und fängt an, mit den Äpfeln zu jonglieren. Und Doof macht Salto und Handstandüberschlag und tanzt um ihn herum und kreischt: „Jaaah! Eine neue Zeit ist angebrochen. Die Herrin dreht sich um die Dienstmagd, und wir sind dabei! Und ihr auch, Leute, ihr auch!"

Und während Dick mittlerweile mit fünf Äpfeln jongliert und ich absolut keine Ahnung habe, wo er die anderen hergeholt hat, greift Doof unter seine Jacke und holt einen dicken Packen Handzettel hervor ...

LEBEN DES GALILEI
von Bertolt Brecht
im Zirkuszelt
täglich um 20 Uhr
Bootsshuttle von den Landungsbrücken

Dick und Doof gehören zu der Inszenierung von meiner Mutter!

„Sie sind in der ganzen Stadt unterwegs", Nele lacht, als sie unsere verblüfften Gesichter sieht, „also nicht nur die beiden, auch noch andere, die meisten sind Studenten von der Hochschule."

„Dann hast du also die ganze Zeit gewusst, worum es ging?", fragt mein Vater entgeistert, „Mann, Nele, und ich schwitze hier Blut und Wasser, ich ..."

Er kann es nämlich auf den Tod nicht leiden, wenn er irgendwo mitmachen soll, erklärt er uns. So wie eben, mit dem Apfel. Oder gleich zu Anfang, als Doof ihm das Fischbrötchen weggegessen hat.

„Das ist doch Mist", schimpft er, „ich mag das nicht, weil ich überhaupt keine Chance habe. Ich muss mitmachen, auch wenn ich gar nicht will! Ich weiß noch, wie eine Zeit lang mal alle möglichen Theatergruppen ständig irgendjemand aus dem Publikum auf die Bühne geholt haben, furchtbar! Ich hab mich extra schon immer in die letzte Reihe gesetzt ..."

„Aber dann haben sie genau die Leute aus der letzten Reihe nach vorne geholt, stimmt's?" Nele lacht wieder.

„Stimmt. Und ich war wieder der Doofe. Deshalb gehe ich auch in kein Varieté mehr und nichts!"

„Ich fand's toll", sage ich, „und außerdem hast du echt zu blöd ausgesehen, als er dir das Fischbrötchen weggenommen hat!"

„So, hab ich das? Na, das ist ja schön, dass dir das so gut gefallen hat."

Nele und ich prusten los. Und lange hält mein Vater nicht durch, dann muss er auch lachen.

„Okay, okay", sagt er, „ich sehe es ja ein, die Idee hat was. Schöne Reklame, stimmt schon. In der ganzen Stadt, sagst du?"

„Ja, und auch abends, in irgendwelchen Restaurants und Kneipen", erzählt Nele. „Aber wartet erst mal ab, bis ihr die Inszenierung selber gesehen habt ..."

Ich finde es total aufregend, mit einem Boot ins Theater zu fahren. Irgendwie ein bisschen wie in einem Film, den ich mal gesehen habe, ich glaube, aus Norwegen. Da ging es um Leute in einem Haus an irgendeinem Fjord, und die einzige Möglichkeit, überhaupt dort hinzukommen, war eben mit dem Boot. Und genauso natürlich, wenn sie einkaufen mussten oder in die Schule gehen oder was weiß ich. Ins Theater, zum Beispiel ...

Wir stehen nebeneinander an der Reling. Nele hat sich entschlossen, noch mal mitzukommen.

„Es kann Friedolin nicht schaden, wenn er sich ein bisschen Gedanken macht, wo ich wohl bleibe oder ob ich überhaupt noch mal komme", hat sie gesagt.

Die Sonne steht so tief, dass man kaum was sehen kann. Und die Ladekräne auf der anderen Seite sehen aus wie schwarze Spinnen. Einmal kommt uns ein Boot entgegen, und gleich darauf müssen wir einem Fischkutter ausweichen, der einen langen Schwanz an Möwen hinter sich herzieht. Das Geschrei der Möwen ist so laut, dass ich noch nicht mal verstehen kann, was mein Vater gerade zu mir gesagt hat.

„Brecht!", brüllt er mir noch mal direkt ins Ohr, „ob ihr in der Schule schon mal was von Brecht gemacht habt?!"

„Ja!", brülle ich zurück.

„Und was?"

„Weiß ich nicht mehr genau. Geschichten von Herrn K. oder so was, glaube ich jedenfalls."

„Kennst du das Gedicht mit den Kranichen?"

Ich schüttle den Kopf.

Mein Vater dreht sich zu Nele.

„Weißt du den Anfang?", fragt er.

„Ich weiß, was du meinst", sagt Nele. „‚Die Liebenden' heißt es, aber ich kann mich auch nicht mehr erinnern, wie es anfängt."

„Warte mal", überlegt mein Vater, „es geht um die Kraniche, die dicht nebeneinander herfliegen und denen nichts passieren kann, solange sie zusammen sind, und dann: So lange kann man sie von jedem Ort vertreiben, wo Regen drohen oder Schüsse schallen, so unter Sonn und Monds wenig verschiedenen Scheiben, fliegen sie hin, einander ganz verfallen ..."

„Wohin ihr?", macht Nele weiter, „nirgend hin. Von wem

davon? Von allen. Ihr fragt, wie lange sind sie schon beisammen?"

„Seit kurzem …"

„Und wann werden sie sich trennen?"

„Bald."

„So scheint die Liebe Liebenden ein Halt …"

Den letzten Satz haben sie beide zusammen gesagt. Und ich finde das Gedicht total schön. Einfach nur so, ohne groß darüber nachzudenken. Ich habe übrigens gar nicht gewusst, dass mein Vater ganz gut sprechen kann, also ich meine, so, wie er eben die Zeilen gesagt hat, das klang richtig gut. Aber das werde ich ihm mit Sicherheit nicht erzählen! Und auch nicht, wie schön ich das Gedicht finde.

Ich sage also nur: „Dass das, was hier die ganze Zeit um uns rumfliegt, keine Kraniche sind, sondern Möwen, das wisst ihr aber schon, oder?"

„Banause", sagt mein Vater. Aber er scheint mir meinen Spruch nicht übel zu nehmen. Er legt sogar den Arm um mich, was er noch nie gemacht hat. Und ich lege ganz kurz meinen Kopf an seine Schulter. Was ich auch noch nie gemacht habe! Und es ist mir noch nicht mal peinlich, dass Nele uns dabei beobachtet.

Komisch eigentlich.

„Put your head on my shoulder", fängt Nele an zu singen und zwinkert mir zu, „hold me in your arms …"

Irgendein alter Schlager, ich kann mich erinnern, dass wir die Platte im Bus schon mal gehört haben.

„Kennt ihr ‚Bonnie und Clyde' von den Toten Hosen?", frage ich.

„Nein", sagt mein Vater.

„Ja", sagt Nele.

Und dann fangen Nele und ich an zu singen: „Leg deinen

Kopf an meine Schulter, es ist schön ihn da zu spüren ..."
So laut wir können. Die anderen Leute gucken schon zu
uns rüber. Und mein Vater grinst.

Das Zirkuszelt ist gar nicht so groß, wie ich gedacht hatte. Aber es sieht irre aus. Weil es nämlich nicht gestreift
ist, wie ich es sonst vom Zirkus her kenne, sondern dun-
kelblau, fast schwarz. Und zur Spitze hin sind lauter weiße Punkte, nein, eher weiße Flecke, also mit unscharfen
Rändern und so, irgendwie wie zufällig durcheinander ge-
wirbelt, klar, ein Sternenhimmel!
Nele holt die Karten für uns an der Kasse ab. Ehrenkar-
ten! Und als wir ins Zelt kommen, ist das Erste, was mein
Vater sagt: „Nicht schlecht ..."
Wobei er deutlich untertreibt. Von innen sieht das Ganze
nämlich noch viel besser aus! Wirklich als würde man unter einem riesigen Sternenhimmel stehen, oder ins Weltall
gucken oder so. Vor allem, weil sie irgendwas mit dem
Licht gemacht haben. Also man sieht nicht nur die weißen Flecke in der Zeltbahn, sondern noch viel mehr Licht-
punkte, die von irgendwelchen Scheinwerfern kommen,
ganz oben über uns kann ich sogar die Milchstraße erkennen! Ich glaube jedenfalls, dass es die Milchstraße ist ...
„Was ist das für ein Beleuchter, den sie da hat?", fragt mein
Vater.
„Jemand aus Hannover, mit dem sie schon öfter zusammengearbeitet hat in letzter Zeit", sagt Nele.
„Verdammt gut." Mein Vater nickt.
Und dann müssen wir weiter, weil wir ja immer noch den
Durchgang blockieren und hinter uns ständig neue Leute
kommen. Aber den meisten geht es so wie uns. Sie bleiben
erst mal stehen und starren nach oben. Und kaum einer

redet irgendwas, und wenn, dann flüstern die meisten nur. Auch die Platzanweiser flüstern. Es rennen übrigens unheimlich viele Platzanweiser rum. Und sie haben alle diese Dick-und-Doof-Klamotten an! Außerdem drücken sie jedem, der sich hinsetzt, einen Apfel in die Hand.

Ich könnte wetten, dass unser Platzanweiser in Wirklichkeit eine Frau ist. Ist sie auch. Gerade beugt sie sich vor und gibt meinem Vater einen Kuss auf die Wange! Und dann drückt sie ihm gleich noch einen zweiten Apfel in die Hand, und mein Vater wird wieder mal rot und Nele lacht.

„Mann, du hast ja richtig Chancen, Alter", sagt sie und boxt meinen Vater in die Seite.

Aber ich sehe, dass die Platzanweiserin genau das Gleiche wie bei meinem Vater auch bei irgendwelchen anderen Leuten macht. Und umgekehrt küssen die männlichen Platzanweiser hier und da eine Frau, die ihnen besonders gut gefällt ...

Dann geht das Licht aus. Nur in der Manege ist noch ein schwacher Schimmer. Undeutlich kann ich erkennen, wie ein paar Bühnenarbeiter ein Raubtiergitter aufbauen! Gleichzeitig merke ich, wie sich noch jemand neben mich setzt. Als ich gucke, ist es die Platzanweiserin von eben.

Im nächsten Augenblick wird es auf der Bühne gleißend hell. Hinter dem Gitter sitzt jetzt Galilei und ein Junge bringt ihm gerade sein Frühstück. Sie reden. Galilei versucht dem Jungen zu erklären, was er rausgefunden hat. Und ich versuche rauszufinden, was das mit dem Gitter soll.

„Was soll das mit dem verdammten Gitter?", fragt mein Vater neben mir.

Aber dann kommen in der nächsten Szene zum ersten Mal

noch andere Schauspieler dazu. Und sie sind nicht innerhalb des Gitters wie Galilei, sondern außerhalb, im Publikum! Die Platzanweiser! Sie werfen sich nur irgendeinen Umhang oder einen Kittel über und sind in ihrer Rolle. Die Frau neben mir zum Beispiel ist die Tochter von Galilei. Und ein anderer spielt einen Mönch, und wieder ein anderer einen Kardinal, einen Gelehrten, den Großherzog von Florenz, den Papst und so weiter.

Sie spielen mitten im Publikum! Klar, sie stehen auch auf und wechseln ihre Plätze und so, oder sie treten ganz dicht ans Gitter heran, aber sie gehen nie zu Galilei rein. Und ich glaube, ich kapiere langsam, was meine Mutter will. Vor allem, als sich Galilei vor dem Inquisitor rechtfertigen soll, und als ihn die Wichtigtuer am Hof wegen seiner Idee auslachen und sich lustig machen über ihn – Galilei ist wirklich alleine und keiner will ihm glauben, alle starren ihn nur an wie irgendein seltsames Tier. Und gleichzeitig haben sie Angst vor ihm und seinen Ideen und deshalb wollen sie ihn stillkriegen und sperren ihn hinter Gitter! Das heißt, wir spielen eigentlich alle mit, das ganze Publikum, meine ich, in Wirklichkeit sind wir diejenigen, die jemand auslachen, der etwas anderes sagt als das, was alle hören wollen. Und ihn nicht nur auslachen, sondern ihm sogar noch verbieten, seine Ideen zu veröffentlichen oder jemand auch nur zu zeigen oder so …

Aber am besten finde ich tatsächlich, was Galilei selber macht, als er zum Beispiel mittendrin mit dem Papst aushandelt, dass er seine Ideen in einem Buch schreiben darf, wenn am Schluss die Meinung der Kirche stehen würde. Und dann lässt er am Schluss einfach einen dummen und einen klugen Menschen miteinander streiten, und der Dumme ist natürlich der, der den ganzen Kirchenquatsch erzählt! Das letzte Bild finde ich dann endgültig total toll, obwohl sie Galilei zwingen, seine Ideen zu widerrufen, was er auch macht. Aber ganz am Schluss gibt er seine Aufzeichnungen dem Jungen vom Anfang, der als Einziger jemals bei ihm im Käfig gewesen war. Und der geht dann durch eine kleine Tür in dem Gitter einfach raus und setzt sich ins Publikum. Und während noch alle applaudieren, fängt er an, die Blätter, die er von Galilei hat, unter den Leuten zu verteilen! Wahnsinn!

Nur mein Vater nölt rum.

„Diese ganze Zirkusidee", sagt er, als wir mit den anderen aus dem Zelt kommen, „das ist mir alles zu viel. Ich weiß nicht, ob sie sich da nicht verrannt hat."

„Wieso?", frage ich und erzähle, was ich glaube und wieso ich finde, dass das mit dem Gitter und so total Sinn macht. Mein Vater kratzt sich am Kinn und sagt erst mal gar nichts. Aber Nele nickt mir zu und lächelt.

„Gut", sagt mein Vater nach einer Weile, „aber was hat das mit uns zu tun?"

„Hä?", mache ich.

„Warum wollte Susanne, dass wir uns unbedingt ihren Galilei angucken? Kommt da noch irgendwas drin vor, was ich nicht mitgekriegt habe, oder was?"

„Ja", sage ich und bin mir plötzlich ganz sicher, dass es wirklich auch was mit uns zu tun hat, mit meiner Mutter und meinem Vater und mir.

„Das mit dem Jungen", sage ich, „dem Galilei alles beigebracht hat, was er wusste, und der dann …"

„Moment!" Mein Vater guckt mich reichlich irritiert an.

„Du willst doch nicht etwa behaupten, dass … also Susanne und ich, wir sind Galilei? Und du … trägst dann unsere Gedanken in die Welt?"

„Könnte doch sein", sage ich und bin mir auf einmal gar nicht mehr so sicher. Doch, bin ich.

„Also das halte ich aber für deutlich überinterpretiert", erklärt mein Vater.

Aber Nele sagt plötzlich: „Warum? Ich finde, da ist durchaus was dran, was Marei gesagt hat."

„Quatsch", brummt mein Vater.

Nele schüttelt den Kopf und verdreht die Augen. „Du willst es nur nicht hören, Burkhard, das ist es." Und dann hakt sie ihn unter und sagt leise: „Komm, guck dir die Sterne an und vergiss einfach alles, was du dir im Laufe der Jahre so zurechtgebogen hast ..."

Und ich hole noch mal den Zettel raus, den wir eben im Theater in die Hand gedrückt bekommen haben.

„Wir wissen bei weitem noch nicht genug", lese ich laut, *„wir stehen wirklich erst am Beginn.* – Damit bist du gemeint", sage ich zu meinem Vater, „ich weiß genug, mir ist alles klar."

Und Nele kriegt einen Lachanfall.

Unterwegs 5

Friedolin war wirklich ein bisschen aufgeregt, als wir zurückkamen. Aber nicht, weil er Angst gehabt hatte, dass Nele nicht wiederkommen würde. Sondern weil sich Poodle einen ganzen Schokoladenkuchen vom Küchentisch geklaut hatte! Und ihn natürlich auch aufgefressen. Während Friedolin schön gemütlich im Wohnzimmer gesessen hatte und Autorennen geguckt. Bis er sich dann irgendwann ein Stück Kuchen holen wollte und gesehen hat, was inzwischen passiert war. Woraufhin er schnell einen Topf Haferbrei für Poodle gekocht hat ...

„Nur Haferflocken und Wasser und ein bisschen Salz", hat er uns noch in der Nacht erklärt, „damit eurem Hund der Kuchen auch bekommt."

Sehr logisch. Aber Poodle hat natürlich auch noch den Haferbrei gefressen, klar.

Und als wir dann heute Morgen nach dem Frühstück los wollten, hatten wir richtig Mühe, Poodle ins Auto zu kriegen. Er wäre nämlich am liebsten noch dageblieben. Und er hat noch ewig hinten aus dem Heckfenster geguckt und sich immer wieder über die Schnauze geleckt, auch als Nele und Friedolin schon lange nicht mehr zu sehen waren!

„Dann also auf nach Stockholm", hat mein Vater gesagt und den Theaterzettel hinter die Sonnenblende geklemmt. Sodass man den Text gut lesen konnte ...

Wir wissen bei weitem nicht genug.
Wir stehen wirklich erst am Beginn.

„Ich würde auf dem Weg gern noch ein paar Freunde besuchen", erklärt mein Vater, als wir auf der Autobahn sind. „In Dänemark. Nette Leute. Es wäre sowieso gut, wenn du sie kennen lernen würdest."

„Ist okay", sage ich, „meinetwegen."

Weil ich Nele und Friedolin ja auch wirklich nett fand. Also vor allem Nele. Friedolin war ja wohl eindeutig eher Poodles Fall. Aber nach einer Weile frage ich dann doch noch: „Sag mal, warum besuchst du eigentlich so gerne Leute, die du irgendwann mal irgendwo kennen gelernt hast?"

„Weil es wichtig ist", antwortet mein Vater sofort. „Je mehr Leute man kennt, die so ähnlich denken wie man selber, umso besser. – Klar", setzt er gleich darauf hinzu, „es kann auch schief gehen. Leute verändern sich und sind plötzlich ganz anders, als du sie in Erinnerung hast. Aber wie ist das eigentlich bei dir?"

„Was meinst du?"

„Hast du irgendeine beste Freundin oder so?"

Ich überlege einen Moment. Und dann erzähle ich ihm von Charlotte, die ich wirklich schon kenne, seit wir zusammen im Kindergarten waren. Und die inzwischen zwar auf eine andere Schule geht, aber mit der ich immer noch mehr zusammen mache als zum Beispiel mit Friederike, die neben mir sitzt, oder mit den anderen aus meiner Klasse …

„Aber ob sie meine beste Freundin ist, weiß ich nicht. Manchmal vielleicht", sage ich. „Hast du einen besten Freund?"

„Ich hab mir immer einen gewünscht. Ja, doch, mein

173

Freund Tschilly von früher vielleicht. Der war so was wie mein bester Freund. Aber dann hat er geheiratet und Kinder gekriegt, und plötzlich war es ihm irgendwie peinlich, wenn ich kam, und wir wussten nicht mehr so recht, worüber wir überhaupt reden sollten. Bis ich dann einfach nicht mehr hingegangen bin! Vielleicht gibt es so was wie eine beste Freundin oder einen besten Freund auch gar nicht. Vielleicht ist das Ganze nur eine Erfindung von irgendwelchen Drehbuchschreibern aus Hollywood."

Ich weiß nicht, wieso, aber auf einmal erzähle ich meinem Vater auch noch, dass ich schon mal verliebt war. Oder fast jedenfalls. In Janis, der zwei Häuser weiter wohnt.

„Und?", fragt mein Vater.

„Nichts und", sage ich. „Irgendwann war es wieder vorbei."

„Ist bei mir auch manchmal so", sagt er.

„Was?", frage ich. „Dass du verliebt bist oder dass es irgendwann wieder vorbei ist?"

„Sowohl als auch." Er grinst. „Zum Glück geht es meistens schnell wieder vorbei, aber manchmal auch nicht."

Ich glaube, ich ahne langsam was. Ich ziehe mir die Straßenkarte rüber. Also, wir wollen nach Schweden. Und der kürzeste Weg geht über Kopenhagen. Außerdem hat er vorhin erst gesagt, dass er mir in Dänemark ein paar Freunde von sich vorstellen will – alles klar! Wir fahren nach Christiania und …

„Wie heißt sie?", frage ich.

„Wer?", stottert mein Vater verblüfft.

„Deine Freundin in Christiania."

„Waaas?"

„Mann, nun tu doch nicht so, ich hab's doch längst kapiert!"

Mein Vater fängt an zu lachen.

„Nicht schlecht. Aber ich fürchte, bevor du als Privatdetektiv anfangen kannst, musst du erst noch ein paar Sachen dazulernen."

„Und was, bitte schön?"

Mein Vater zeigt auf das Autobahnschild, an dem wir gerade vorbeikommen.

„Flensburg", sagt er. „Und jetzt guck mal auf deiner Karte, wo Flensburg ist."

Ich suche einen Moment.

„Da!", sage ich dann, „aber ..."

„Eben", sagt mein Vater.

Flensburg ist jedenfalls unter Garantie nicht gerade der kürzeste Weg nach Kopenhagen. Nach Kopenhagen hätten wir über Lübeck fahren müssen und dann mit der Fähre nach ...

„Röd-by", buchstabiere ich.

„Rölby", sagt mein Vater. „Du musst das ‚d' wie ein ‚l' sprechen. Tu einfach so, als hättest du eine heiße Kartoffel im Mund, dann klingt es richtig. Aber zur Not kannst du das ‚d' auch einfach ganz weglassen. Dann denkt zwar jeder, du kämst von Fünen, aber ..."

„Aber von Fünen gibt es eine Brücke hier rüber", sage ich triumphierend und tippe auf die Karte, „hier! Also fahren wir von Flensburg nach Fünen und dann über die Brücke nach Kopenhagen!"

„Vergiss es", sagt mein Vater, „wir fahren nicht nach Kopenhagen. Vielleicht irgendwann mal, aber nicht jetzt."

Ich kapiere gar nichts mehr.

„Christiania ist vorbei für mich", erklärt mein Vater. „Im Moment jedenfalls. Ich war da jetzt über zehn Jahre und ich will nicht mehr. Schon länger eigentlich. Ich habe nur noch einen Grund gesucht um wegzukommen, das ist mir in den letzten Tagen erst klar geworden."

„Ich kapiere es trotzdem nicht", sage ich. „Irgendwie wollt ihr plötzlich alle was anderes."

„Wen meinst du?"

„Nele wollte nicht mehr am Theater arbeiten, du wolltest weg aus Christiania, und Mutti ..."

„... weiß nicht, was sie will. Stimmt, du hast Recht. Oder vielleicht weiß sie es auch längst, nein, sie weiß wahrscheinlich nur, was sie nicht mehr will! Also genauso wie ich und Nele und ... Aber was ist eigentlich mit dir? Weißt du, was du willst?"

„Ich will mal wieder irgendwas kapieren", sage ich. „Das wäre schön."

„Gut", sagt mein Vater. „Fangen wir doch erst mal damit an, was Susanne in ihrem Brief geschrieben hat, erinnerst du dich? Da stand, sie möchte, dass wir uns darüber klar werden, was Theater eigentlich für sie bedeutet. Und für uns natürlich genauso, logisch. Und deshalb möchte ich jetzt mit dir nach Holstebro zum Odin-Theater fahren. Da arbeiten nämlich die Freunde, von denen ich vorhin erzählt habe! Und von Holstebro können wir dann gut über Nord-Jütland nach Frederikshavn fahren und von da rüber nach Göteborg ..."

Er plant und macht und erklärt, und es ist nicht das erste Mal, dass ich denke, verdammt, wieso kann er mich nicht eigentlich mal fragen? Aber ich habe keine Lust, mich mit ihm zu streiten. Es ist komisch, aber irgendwie bin ich gerade ganz zufrieden damit, einfach nur neben ihm im Bus zu hocken und ihn machen zu lassen. Soll er doch.

Für einen Moment denke ich sogar, dass es vielleicht gar nicht so schlecht ist, wenn wir nicht nach Christiania fahren. Ich hätte zwar total Lust dazu gehabt, aber falls mein Vater da wirklich eine Freundin hat, ist es mir wahrscheinlich doch lieber, wenn ich nichts davon weiß.

Und dann denke ich wieder über meine Mutter nach. Und darüber, was Nele noch alles erzählt hat. Dass meine Mutter zwar bekannt ist inzwischen, aber trotzdem jedes Mal erst wieder einen Intendanten finden muss, den sie von ihren Ideen überzeugen kann. Also das heißt, sie denkt sich ein Projekt aus, und dann sucht sie sich ein Theater, das mitmacht. Und jedes Mal hat sie wieder die gleichen Schwierigkeiten. Schauspieler, die keine große Lust haben, oder andere Regisseure, die plötzlich neidisch sind, und immer wieder irgendwelche Leute, die gar nicht erst kapieren, was sie überhaupt will. Genau wie bei Nele auch, als sie fest am Theater war. Nur dass meine Mutter nie irgendwo fest sein wird, weil sie sich ständig mit allen anlegt, und deshalb immer nur eine Inszenierung kriegt und dann wieder woanders hingeht. Aber wahrscheinlich würde sie auch gar nicht immer am gleichen Theater arbeiten wollen, hat Nele gesagt. Aber was will sie dann? Was will sie überhaupt?

Irgendwann merkt mein Vater, dass ich ihm schon seit einiger Zeit nicht mehr zuhöre.

„Äh, für wen erzähle ich das hier eigentlich alles?", fragt er.

„Ich weiß nicht", sage ich und zucke mit den Schultern.

Mein Vater guckt mich an.

„Worüber hast du nachgedacht?", will er wissen.

„Ob es nicht einfacher wäre, wenn sie einfach mit uns reden würde ..."

„Susanne, meinst du? Kann sein. Hab ich auch schon überlegt. Aber sag doch mal, wie war das eigentlich, wenn ihr euch gesehen habt? Habt ihr da viel übers Theater gesprochen?"

„Nein, eigentlich nicht."

„Und warum nicht, hat sie dir nichts erzählt oder was?"

„Doch, schon, aber …"

„Aber was?"

„Es hat mich nicht so interessiert", sage ich. Und merke im selben Moment, was ich da gerade gesagt habe. Schnell erkläre ich: „Meistens haben wir sowieso nur über die Schule geredet oder so. Und wenn es um Theater ging, hat sie sich auch immer sofort mit Sabine gestritten und …"

„Und überhaupt hattest du die Nase voll, nehme ich an. Immer nur Theater, schon klar. Aber so viel zum Thema, ob es nicht einfacher wäre, wenn sie mit uns drüber reden würde! Nee, nee, Marei, so einfach ist das nicht."

Ich habe das Gefühl, dass es schlauer ist, wenn ich erst mal still bin. Ich fische nur irgendeine Single aus der Kiste unter meinen Füßen und schiebe sie in den Plattenspieler. Beatles. „Day Tripper". Mein Vater schlägt im Takt aufs Lenkrad. Und beim Refrain singt er mit.

„She was a day tripper, one way ticket yeah, it took me so long to find out, and I found out …"

Ich verziehe mich nach hinten. Und habe mich kaum neben Poodle ausgestreckt, da habe ich eine Idee.

„Kann ich die Straßenkarte haben?", rufe ich nach vorne.

„Was?"

Er dreht die Musik leiser.

„Die Straßenkarte!"

„Welche?"

„Die Europakarte."

„Hier …"

Er streckt seinen Arm nach hinten und hält mir die Karte hin.

„Was willst du gucken?", fragt er.

„Gar nichts. Ich will reinmalen, wo wir schon überall waren. Und dann will ich die Karte oben an die Decke hängen, mit Klebestreifen oder so. Dass man sie sich immer angucken kann, wenn man hier hinten liegt."

„Vor allem günstig, wenn wir gucken wollen, wo wir hinmüssen", meint mein Vater.

„Darf ich trotzdem?"

Aber ich warte seine Antwort gar nicht ab. Ich krame mir einen Filzstift aus der Besteckschublade und fange an. Ein Kreis um Hildesheim, dann auf der Autobahn runter bis kurz vor München …

„Wie hieß das, wo die Kneipe von deinem Cousin war?"

„Gammelsdorf. Bei Landshut."

Landshut ist drauf. Also noch ein Kreis. Bologna. Wien. Weimar. Wieder hoch nach Hamburg … Holstebro, da!

„Darf ich dir dann jetzt noch mal was vom Odin-Theater erzählen?", ruft mein Vater nach hinten.

„Klar", sage ich und lege mich auf den Rücken um zu entscheiden, wo genau ich die Karte hinhänge.

„Das Odin ist eines der ältesten freien Theater, die es gibt", legt er los. „1963 gegründet. Von Eugenio Barba. Die Idee war, völlig neue Spielformen zu entwickeln, ein völlig neues Theater zu erfinden, vestehst du?"

Ich krame alle Schubladen nach der Rolle mit dem Tesafilm durch, die ich neulich irgendwo gesehen habe.

„Und von Anfang an war es ein Ziel, Theater auch in Gegenden und Ländern zu spielen, in denen es normalerweise gar kein Theater gibt. Also nicht nur hier in den großen Städten, sondern irgendwo ganz woanders, irgendwo auf dem Land, weit weg von allem, in irgendeinem Bergdorf in Bolivien zum Beispiel!"

Da ist der Tesafilm, ich wusste es doch!

„Im Laufe der Jahre ist daraus dann wirklich eine ganz eigene Theaterform entstanden! Du musst dir das ungefähr so vorstellen: Sie erarbeiten ein Stück und reisen damit um die halbe Welt, wobei sie ihr Theaterspiel immer auch als Tauschangebot sehen, das heißt, sie spielen für die Leute aus dem Dorf, und die spielen dann vielleicht für sie, oder singen und zeigen Tänze. Und daraus entwickeln die Odin-Leute später wieder neue Bilder, indem sie die verschiedenen Ausdrucksformen miteinander verknüpfen ..."

Es ist total schwierig, die Karte auch nur halbwegs gerade an die Decke zu kriegen. Und immer, wenn ich denke, jetzt!, löst sich garantiert an irgendeiner Seite der blöde Tesafilm wieder ab, und ich muss von vorne anfangen!

„... Und so passiert etwas, was ich bei keinem anderen Theater bisher gesehen habe, ich muss gar nicht unbedingt den Text verstehen, ich sehe einfach die Bilder, und die funktionieren für uns genauso wie für irgendjemand in Bolivien oder auf Bali oder was weiß ich wo!"

Jetzt! Die Karte hängt. Und wenn ich mich hinlege, habe ich ganz Europa vor mir und kann genau sehen, wo wir schon überall waren. Ist eigentlich gar nicht so schlimm, wie ich dachte. Also, ich meine, es gibt noch genug, wo wir überhaupt noch nicht waren! Aber wir sind ja auch erst seit zwei Wochen unterwegs. Noch nicht mal. Und dafür sind wir eigentlich schon ganz schön weit rumgekommen. Poodle scheint der gleichen Meinung zu sein wie ich. Er liegt neben mir und stupst seine Schnauze gegen meinen Hals, immer wieder, bis ich lachen muss, weil es kitzelt.

„Hörst du mir eigentlich diesmal zu?", fragt mein Vater
von vorne.

„Klar", sage ich, „sie fahren in der Welt rum, gucken sich
irgendwas an, fahren wieder nach Hause, bauen das in ihr
neues Stück ein und fahren wieder los. Richtig?"

„So ungefähr", stöhnt mein Vater und schüttelt den Kopf.
Ich glaube, er ist kurz davor zu sagen: Vierzehn Jahre Er-
ziehung umsonst! Aber kann er ja nicht sagen. Die Chance hat er verpasst.

Ich klettere wieder auf den Beifahrersitz und grinse ihn
an.

„Die Karte hängt, Boss", sage ich. „Sieht gut aus. Allerdings brauchen wir mal neuen Tesafilm! Deiner macht es
nicht mehr lange."

Er verdreht nur die Augen und sagt gar nichts mehr.
Wir gondeln inzwischen über irgendwelche Landstraßen.
Für eine Weile klemmen wir uns hinter einen Fischlaster
aus Norwegen. Bis der Fischlaster aus Norwegen mitten in
einer Kurve plötzlich einen anderen Fischlaster überholt.

„Vergiss es", sagt mein Vater. „Achtzig sind genug."

Er schiebt das Seitenfenster auf und winkt einen Volvo
vorbei. Der Volvo hupt kurz, als Dankeschön. Mein Vater
hupt zurück. Links und rechts sind leuchtend gelbe Ge-
treidefelder. Und der Himmel darüber ist so blau wie in
einem Ferienhausprospekt. Eigentlich ganz schön. Richtig
schön sogar.

„Ist es von hier weit bis zum Meer?", frage ich.

„Du hast doch deine Karte", sagt mein Vater.

Haha, ich lache gleich!

Aber dann schlägt er vor, dass wir ja morgen oder übermorgen tatsächlich einen Abstecher zum Meer machen
können.

„Auf der Fahrt nach Frederikshavn", sagt er. „Aber denk dran, wir sind nicht zum Vergnügen unterwegs."

Ist mir schon klar. Wir suchen meine Mutter. Die nicht mit uns reden will, sondern uns stattdessen irgendwelche merkwürdigen Aufgaben stellt. Wie quer durch Europa zu fahren ...

„Ich werde den Verdacht nicht los", sagt mein Vater plötzlich, „dass Susanne genau das Odin gemeint hat in ihrem Brief. Erinnerst du dich an den Satz, dass es noch einiges geben würde, was wir uns unbedingt ansehen sollten? Und dass ich schon wissen würde, was sie meint? – Wo hast du eigentlich den Brief?"

„Den hast du!"

„Nein, ich hab ihn nicht."

„Aber ich hab ihn auch nicht ..."

„Dann liegt er immer noch bei Nele auf dem Küchentisch", sagt mein Vater. „Da habe ich ihn jedenfalls zuletzt gesehen."

Holstebro

Das Odin-Theater sieht ganz anders aus, als ich es mir vorgestellt habe. Falsch. Ich hab mir ja eigentlich überhaupt nichts vorgestellt. Aber wenn ich mir was vorgestellt hätte, dann ganz bestimmt keinen Bauernhof mitten im Industriegebiet von Holstebro! Denn so sieht es auf den ersten Blick tatsächlich aus. Wie ein umgebauter Bauernhof. Ist auch einer, erzählt mein Vater, als wir in die Einfahrt einbiegen. Nur dass das, was von außen immer noch wie eine Scheune aussieht, in Wirklichkeit längst ein Theatersaal ist! Und als wir vom Parkplatz aus reinkommen, erinnert absolut gar nichts mehr an einen Bauernhof. Aber was mir wirklich auffällt, ist, wie still es hier ist ...

Erst als wir weiter hinten in einen anderen Gang abbiegen, höre ich Stimmen. Auf beiden Seiten gehen Zimmer ab. Und weil die Türen aufstehen, sehe ich, dass alle Zimmer genau gleich sind. Ein schmales Bett, ein Schreibtisch, ein Stuhl. Und ein Regal mit ein paar Büchern. In dem einen Zimmer hängt auch ein Plakat. Und im nächsten liegt eine bunte Decke auf dem Bett. Also doch nicht genau gleich. Aber trotzdem, ein bisschen sehen die Zimmer aus wie Mönchszellen in einem Kloster.

„Wohnen die hier?", frage ich.

„Nein", sagt mein Vater. „Aber jeder Schauspieler hat hier noch ein eigenes Zimmer, wo er zur Not auch mal über Nacht bleiben kann. Ansonsten wohnen die meisten von

ihnen außerhalb der Stadt, auch auf einem alten Bauernhof, aber da sieht es nicht ganz so aus wie im Kloster …"
Die Stimmen, die ich gehört habe, kommen aus den Büros, ein Stück weiter, den Gang runter. Und mein Vater hat gerade nur den Kopf in das erste Büro gesteckt, da kreischt die Frau hinter dem Monitor auch schon los. Und springt auf und fällt meinem Vater um den Hals! Fast so wie die Blondine aus dem Hotel in Bologna! Nur dass sie nicht blond ist, sondern total schwarze Haare hat und ganz dunkle Augen. Aber was sie da kreischt, hört sich ziemlich italienisch an!
„Das ist Rina", stellt mein Vater uns vor. „Rina kommt aus Argentinien und …"
„Und redet italienisch", sage ich.
„Nein, spanisch", sagt mein Vater irritiert.
„Beides", sagt Rina auf Deutsch und lacht. Und so wie sie lacht, habe ich noch nie jemand lachen hören. Total lustig und so und ich muss einfach mitlachen. Und kriege einen Kuss auf beide Backen gedrückt und habe das Gefühl, als würde ich Rina schon ewig kennen!
Rina schiebt meinen Vater beiseite und brüllt irgendwas durch die offene Tür auf den Gang hinaus. Ich glaube, diesmal ist es Dänisch. Jedenfalls verstehe ich nur irgendwas mit „Ulrik" und dann „Burkhard" und dann noch mal: „Ulriiik!"
Klar, dass bei dem Geschrei nicht nur Ulrik angerannt kommt, sondern auch gleich noch ein paar andere. Und es scheint so, als würden die meisten von ihnen meinen Vater kennen. Und als würden sie sich total freuen, ihn zu sehen. Vielleicht ist es das, was er mit „Freunde besuchen" meint. Dass man irgendwo hinkommt und die Leute vor Freude kurz vorm Heulen sind. Na ja, dass ist viel

leicht ein bisschen übertrieben. Und nachdem sich die erste Aufregung gelegt hat, merkt man auch ziemlich schnell, dass mein Vater wohl hauptsächlich mit Ulrik und Rina befreundet ist. Aber die sind dafür wirklich kurz vorm Heulen.

Rina kocht Kaffee. Und Ulrik kommt mit Windbeuteln mit Schlagsahne. Keine Ahnung, wo er die so schnell hergeholt hat. Doch. Aus dem Tiefkühlfach. Die Dinger sind nämlich noch gefroren! Aber egal.

Die anderen verziehen sich wieder in ihre Büros und wir hocken an Rinas Schreibtisch und lutschen gefrorene Windbeutel mit Schlagsahne. Und mein Vater redet. Dänisch natürlich. Das heißt, ich verstehe mal wieder kein Wort!

Bis Ulrik zu mir sagt: „Kommen Sie, wir machen eine Führung."

Er sagt wirklich „Sie"! Und ich bin mir erst nicht sicher, ob er überhaupt mich meint.

Aber mein Vater nickt mir zu.

„Macht mal", sagt er, „ich unterhalte mich solange noch ein bisschen mit Rina."

Ulrik und ich brauchen eine Weile, bis wir uns darauf geeinigt haben, dass es leichter ist, wenn er englisch mit mir redet. Ich verstehe sein Englisch nämlich viel besser als sein Deutsch …

Ulrik zeigt mir wirklich so ziemlich jeden Raum, den sie haben. Aber es nervt nicht. Ich finde es sogar richtig witzig. Vor allem, weil ihm manchmal das richtige Wort nicht einfällt oder ich das englische Wort nicht kenne. Und dann versucht er es doch wieder auf Deutsch. Und sagt nicht „Bibliothek", sondern „Buchladen" und solche Sachen. Und ich versuche ihm zu erklären, was der Unterschied zwischen einer Bibliothek und einem Buchladen ist.

Ulrik zeigt mir auch Fotos von ihren Vorstellungen. Am besten gefallen mir die Bilder, auf denen sie Straßentheater machen. In irgendeinem Dorf in …

„Italy", sagt Ulrik.

Er erklärt mir, dass ein paar der Schauspieler immer die gleiche Figur spielen, die eine Schauspielerin tritt zum Beispiel immer als Trommler auf und eine andere als der Tod. Auf Stelzen, die mindestens zwei Meter hoch sind! Auf einem Bild steht sie auf einer Brücke in New York, mitten auf der Fahrbahn, zwischen den Autos. Und auf dem nächsten Foto ist sie mit ihren Stelzen und der Totenmaske auf irgendeinem großen Platz. Und um sie herum sind Soldaten mit Maschinenpistolen und Polizisten, die mit Schlagstöcken auf irgendwelche Leute einprügeln!

„Chile", sagt Ulrik. „1973. It was horror!"

Er zeigt ein Bild, das gleich danach aufgenommen worden sein muss. Jedenfalls sind es die gleichen Soldaten oder Polizisten, nur dass sie diesmal gerade die Schauspielerin von ihren Stelzen zerren. Und dann kommt ein Bild, wie die Schauspieler alle verhaftet worden sind und abgeführt werden. Aber ein Polizist schlägt immer noch von hinten auf die Trommlerin ein …

„How can theatre influence politics?", sagt Ulrik. „This is one of the questions we have to ask."

Ich weiß nicht so ganz, was er meint, aber mir ist schon klar, dass das, was ich hier sehe, nichts mit dem Straßentheater zu tun hat, wie ich es von uns zu Hause kenne. Absolut nichts.

Und ich muss meinen Vater unbedingt fragen, was 1973 in Chile los war!

„Do you know this man?", fragt Ulrik und zeigt mir ein neues Foto.

Zwei Schauspieler vor einem schwarzen Hintergrund. Und beide ziemlich jung und mit total langen Haaren. Hippies!

„No", sage ich.

Ulrik zeigt auf den einen der beiden Langhaarigen und grinst.

„It's me", sagt er. Er hält sein Gesicht neben das Foto, damit ich vergleichen kann.

„Oh", sage ich. Und Ulrik erzählt, dass er ganz zu Anfang auch selber gespielt hätte. Aber dass er ziemlich schnell gemerkt hätte, dass er kein Schauspieler wäre. Und dass jeder für sich entscheiden müsste, was er wirklich will und vor allem was er auch kann. Und genau das dann auch machen sollte und nicht irgendwas anderes. Ich glaube jedenfalls, dass er das meint.

„What are you doing now?", frage ich.

„Organizing", sagt Ulrik. „Es gibt viel Organisation zu tun, und damit bin ich gut."

Ulrik guckt auf seine Uhr.

„Çesar spielt", sagt er. „In ten minutes."

Ich glaube, ich weiß, wer Çesar ist. Wir haben ihn vorhin in der Werkstatt gesehen, wie er an einer Marionette gearbeitet hat. Ein Typ mit blauschwarzen Bartstoppeln, der mir freundlich zugenickt hat.

Çesar spielt ein Solostück, versucht Ulrik mir zu erklären.

„Alleine. Only him."

Und heute Abend zum allerersten Mal, das Ganze ist also so was wie eine Premiere. Aber er spielt nur für die Leute vom Odin-Theater, erklärt Ulrik. Das würden sie immer so machen, bevor es dann eine richtige Premiere mit Publikum gibt.

„Und wir?", frage ich. „Mein Vater und ich?"

„No problem", sagt Ulrik.

Während wir zum Theatersaal rübergehen, erzählt er, wovon das Stück handelt – von einem Schauspieler, der morgens aufwacht und feststellt, dass er eigentlich viel lieber ein Priester wäre! Hä? Ich fürchte, jetzt habe ich doch irgendwas falsch verstanden. Aber ich komme nicht mehr dazu nachzufragen, weil mir Ulrik schon die Tür aufhält und auf einen Platz in der ersten Reihe zeigt.

Gleich darauf kommen noch ein paar andere, und eine Weile später auch mein Vater, nur Rina kann ich nirgends entdecken.

„Alles okay?", flüstert mein Vater mir zu, als er sich neben mich setzt.

Ich nicke und gucke mich um. Der Raum ist total schwarz, und das einzige Licht kommt von zwei Bühnenscheinwerfern direkt vor uns. In einem hell erleuchteten Viereck liegt ein Mann auf dem Fußboden und schläft. Nein, er träumt. Er wirft sich unruhig hin und her. Es ist dieser Çesar, ich erkenne ihn sofort an seinen Bartstoppeln. Auch wenn er jetzt ein Priestergewand anhat! Offensichtlich habe ich Ulrik doch nicht falsch verstanden …

Hinter uns wird noch geredet. Und es kommen auch immer noch Leute rein. Gerade eben Rina und ein Typ mit einer dicken Hornbrille, den ich bei unserem Rundgang durchs Theater noch nicht gesehen habe.

„Hat es schon angefangen oder nicht?", flüstere ich meinem Vater zu.

Er nickt.

„Das Stück läuft schon, wenn die Zuschauer reinkom-

men", flüstert er zurück. „Es gibt keinen Vorhang und den
ganzen Quatsch mit Licht aus und so, du kommst mitten
rein und siehst den Priester da auf dem Fußboden, und
natürlich willst du wissen, was los ist mit ihm, verstehst
du, ich glaube, die Spannung ist so viel größer, als wenn
du erst eine halbe Stunde auf einen geschlossenen Vorhang
starren musst ..."
„Ich kann dir sagen, was mit ihm los ist."
„Was?"
„Du wolltest doch wissen, was mit dem Priester da los ist!
Ganz einfach: Er ist eigentlich gar kein Priester, sondern
nur ein Schauspieler, der gerne ein Priester wäre, verstehst
du?"
Mein Vater starrt mich an.
Aber bevor er noch irgendwas sagen kann, schreit Çesar
plötzlich los. So als hätte er einen furchtbaren Albtraum
gehabt.
Er schreit und schreit. Und dann kommt er irgendwie zu
sich und guckt an sich runter und sieht die Priesterklamot-
ten und alles!
Im nächsten Moment fängt er an zu lachen. Plötzlich hat
er ein Kinderspringseil in der Hand und lacht und springt
und ist wirklich wie ein Kind, das sich total freut, weil es
so gut Springseil springen kann!
Und ich frage mich, wie er das überhaupt hinkriegt. In
dem langen Priestergewand Springseil springen, meine ich,
ohne sich zu verheddern.
Gleich darauf fällt er auf die Knie. Legt die Hände vor der
Brust zusammen und ... jetzt ist er der Priester, der ein
Dankgebet spricht, ganz klar!
Ich ärgere mich, dass ich nicht verstehen kann, was er sagt.
Aber es muss irgendwas sein, worüber sich die Odin-Leu-

te köstlich amüsieren. Und zwei- oder dreimal höre ich ganz deutlich Rinas Lachen!

Mein Vater sitzt weit vornüber gebeugt.

Und dann ist Çesar plötzlich verschwunden. Ich sehe jetzt erst, dass hinter dem Viereck aus Licht eine schmale, schwarze Wand steht. Als Çesar hinter der Wand wieder vorkommt, sind seine Hände und seine Füße mit dünnen Seilen verbunden – er ist eine Marionette! Und er macht auch genau die eckigen Bewegungen von Marionetten, er stakst vor uns über die Spielfläche, als würde ihn irgendjemand an unsichtbaren Fäden dirigieren! Und schon ist er wieder hinter der Wand, und als er zurückkommt, führt er selber eine kleine Marionette.

Er spielt eine Marionette, die eine andere Marionette führt! Und diese andere Marionette sieht genau aus wie er, sogar mit den schwarzen Bartstoppeln im Gesicht, aber sie hat keine Priesterklamotten an, sondern eine zerrissene Hose und ein Hemd mit ganz weiten Ärmeln – ein Schauspielerhemd! Die beiden Marionetten reden miteinander, der Priester mit einer ganz dünnen, heiseren Stimme und der Schauspieler ... Nein, sie reden nicht, sie streiten sich!

Und dann ist plötzlich die Marionette verschwunden, und Çesar hat nicht mehr das Priestergewand an, sondern ein Hemd mit weiten Ärmeln und ... Çesar ist kein Priester mehr, sondern wieder Schauspieler! Er spielt Akkordeon und singt und tanzt dazu, aber seine Augen sind mit einem schwarzen Tuch verbunden ...

Bei mir dreht sich alles im Kopf. Und als das Licht auf der Bühne ausgeht, brauche ich einen Moment, bis ich kapiere, dass das Stück zu Ende ist.

„Es war irre", flüstere ich meinem Vater zu.

„Fand ich auch", sagt er leise. „Und hast du gesehen, als er getanzt hat? Er ist nicht ein einziges Mal mit seinen Füßen aus dem Lichtviereck rausgekommen. Er hat bei jedem Schritt ganz genau gewusst, wo er ist, obwohl seine Augen verbunden waren!"

„Aber warum klatscht keiner?", frage ich und verstehe nicht, wieso die Ersten gerade aufstehen und rausgehen.

„Sie sagen, sie spielen nicht für den Applaus", erklärt mein Vater. „Das hat auch was damit zu tun, dass Applaus nicht unbedingt ehrlich ist, das weißt du selber. Erinnere dich an irgendwelche Theaterbesuche, wo die Leute nur klatschen, weil man das eben so macht! Deshalb verbeugen sich die Odin-Schauspieler auch nicht am Schluss. Aber wenn es dir wirklich gefallen hat, dann geh nachher hin zu Çesar und sag ihm das."

„Meinst du echt?", frage ich.

„Ja", sagt er. „Wenn es dir gefallen hat."

„Ich weiß noch nicht, ob ich mich traue", sage ich.

Und gleich darauf rufe ich: „Mist! Wir haben ja Poodle ganz vergessen, der sitzt doch immer noch im Bus und …"

„Sitzt er nicht." Mein Vater schüttelt den Kopf. „Erstens hast nur du ihn vergessen, und zweitens hat Ulrik ihn vorhin mitgenommen."

Stimmt, Ulrik war ja gar nicht in der Vorstellung, aber …

Mein Vater lacht. „Wir sind zum Essen eingeladen. Bei Ulrik und Rina zu Hause. Und Ulrik ist schon vorgefahren, um zu kochen. Çesar kommt auch und noch ein paar andere."

Ulrik und Rina wohnen auf einem Bauernhof ein paar Kilometer von Holstebro entfernt. Als wir hinkommen, steht Ulrik schon mit einer Schürze in der Küchentür. Alles duftet nach Essen und Poodle steht neben ihm und leckt sich die Schnauze.

„Willkommen", sagt Ulrik und macht eine Verbeugung. Wie ein Küchenchef in irgendeinem wichtigen Restaurant.

Wir sind ziemlich viele.

Und alle reden durcheinander, in allen möglichen Sprachen, Englisch und Italienisch und Spanisch, und Dänisch natürlich.

Ich verstehe kaum ein Wort, aber das macht nichts. Eine Frau drückt mir einen Stapel Teller in die Hand und Çesar holt Gläser, mein Vater zündet die Kerzen auf dem großen Leuchter an, und die ganze Zeit wird geredet und gelacht, jetzt legt irgendjemand auch noch eine Platte auf und ein paar singen mit, aber niemand stört sich an dem Chaos, sondern alle scheinen das völlig normal zu finden.

Auch als plötzlich ein kleiner Junge auftaucht und mit Çesar Kriegen spielt, immer um den Tisch rum! Was Poodle dann doch noch interessanter findet, als in der Küche darauf zu warten, dass Ulrik vielleicht aus Versehen der Topf aus der Hand fällt …

„Our son", sagt Rina und zeigt auf den kleinen Jungen. Sie stellt mir auch noch Frans vor und Çesar, den ich ja schon kenne, und noch ein paar andere, die scheinbar auch auf dem Bauernhof wohnen, und Julia und Iben. Iben ist die Frau mit der Trommel, die ich auf den Fotos gesehen habe. Und Julia könnte die auf den Stelzen gewesen sein, aber ich bin mir nicht sicher.

Ulrik kommt mit dem Essen. Lasagne! Und es ist mit Abstand die beste Lasagne, die ich je gegessen habe. Aber vielleicht liegt es auch daran, dass ich noch nie mit zwanzig Leuten zusammen Lasagne gegessen habe! Ich fühle mich jedenfalls total wohl und finde einfach alles nur toll, den langen Holztisch, der so aussieht, als käme er noch aus der Zeit, als der Bauernhof noch ein Bauernhof war, und die Theaterplakate an der Wand, das Stimmengewirr und die Musik – und die Leute! Ich glaube, ich könnte den ganzen Abend hier sitzen und ... einfach nur dabei sein.

Ich gucke zu meinem Vater rüber. Er lächelt mir zu. Ich lächle zurück.

„How do you like Denmark?", fragt Julia. Oder ist das Iben? Egal.

„Toll", sage ich.

„And the lasagne?", fragt Çesar.

„Auch toll", sage ich. „Sehr toll."

„Wünschen Sie noch etwas mehr davon zu fressen?", fragt Ulrik und schiebt mir die Platte mit dem letzten Stück Lasagne hin. Mein Vater fängt an zu lachen. Ich auch. Die anderen gucken ein bisschen ratlos. Vor allem Ulrik. Mein Vater versucht zu übersetzen, was Ulrik gerade gesagt hat. Aber er kriegt es irgendwie nicht so ganz hin.

„Eine komische Sprache habt ihr da in Deutschland", sagt Rina kopfschüttelnd.

„Toll", sagt Ulrik. „Toll, toll."

Und diesmal lachen alle. Und ich esse tatsächlich noch das letzte Stück Lasagne!

Irgendwann bringt Rina den kleinen Jungen ins Bett. Wir helfen Ulrik, das schmutzige Geschirr in die Küche zu tragen. Und mein Vater und Çesar fangen mit dem Abwasch an.

Ich stehe mit dem Geschirrhandtuch hinter ihnen, und als wir für einen Moment alleine sind, sage ich zu Çesar: „Your performance was ..." Mist, jetzt fällt mir doch tatsächlich das richtige Wort nicht ein!

„Toll?", fragt Çesar und grinst.

Ich nicke.

Çesar beugt sich vor und gibt mir einen Kuss auf die Stirn und sagt ganz ernst: „Vielen Dank."

Ich merke, dass ich rot werde. Also schnappe ich mir schnell einen Teller und tue so, als ob Abtrocknen meine Lieblingsbeschäftigung wäre.

Und dann sagt Çesar plötzlich zu meinem Vater: „I know Susanne."

„Was?", fragt mein Vater verblüfft, als hätte er nicht richtig gehört.

Çesar sagt irgendwas, was ich nur halb verstehe ...

„Er hat Mutti getroffen?", mische ich mich ein.

„Ja, gerade erst." Mein Vater nickt. „Er sagt ..."

„In June", sagt Çesar.

„Wo?", fragt mein Vater. „Where did you meet her?"

„Not now", sagt Çesar leise und legt seinen Zeigefinger auf die Lippen. Er blickt sich um, als könnte uns irgendjemand belauschen.

„We talk tomorrow morning, okay?"

Julia kommt mit dem letzten Stapel Teller rein. Und Çesar beugt sich über den Abwasch, als wäre das seine Lieblingsbeschäftigung.

Ich kriege keinen klaren Gedanken mehr zusammen. Was soll das denn nun wieder? Çesar kennt meine Mutter. Er hat sie sogar gerade erst getroffen! Und es scheint so, als würde er irgendetwas wissen, was die anderen nicht wissen oder nicht wissen sollen! Aber warum nicht? Was hat Çesar mit meiner Mutter zu tun, was die anderen nicht wissen sollen? Ich kapier es einfach nicht.

Ich muss mit meinem Vater reden. Jetzt. Sofort. Aber als ich ihm ein Zeichen mache, schüttelt er nur den Kopf und zieht mich mit rüber zu den anderen. Und dann sitzen wir wieder an dem langen Tisch und alle reden, aber ich kriege kaum was mit.

Meine gute Stimmung ist jedenfalls irgendwie hin und außerdem bin ich schlagartig todmüde. Es hilft auch nichts, dass Frans plötzlich aufsteht und unbedingt ein Lied für uns singen will. Ein Abschiedslied, sagt er, weil wir ja morgen weiterfahren würden.

Ich bin mir nicht ganz sicher, ob er nicht vielleicht einfach zu viel getrunken hat. Aber singen kann er jedenfalls, das steht fest!

Als er fertig ist, klatschen wieder alle Beifall. Und dann zeigt Frans quer über den Tisch auf meinen Vater und sagt: „Jetzt du!"

„Ich hab's geahnt", stöhnt mein Vater. Aber er steht tatsächlich auf und fängt an zu singen.

„Dat du min Leefste büst, dat du woll weeßt, kumm bi de Nacht, kumm bi de Nacht, segg wo du heeßt …", singt er, irgendein altes Schlaflied, das er mir angeblich immer vorgesungen hat, als ich noch ein Baby war, hat er neulich erst erzählt.

Und es klingt gar nicht so schlecht, klar, kein Vergleich mit Frans eben, aber …

Frans scheint das Lied zu kennen. Jedenfalls singt er jetzt mit, und jetzt klingt es richtig gut! Ich glaube, das Bild, wie sich die beiden da an dem langen Tisch gegenüberstehen und singen, das werde ich nie vergessen! Mit dem Kerzenständer dazwischen und den Flaschen und Gläsern und den anderen, die ganz still sind und einfach nur dasitzen und zuhören.

Ganz zum Schluss singen sie die erste Strophe noch mal, und Çesar steht auf und nimmt den Kerzenständer hoch, hält ihn, als wollte er ihn umarmen, und sagt: „Thank you for the wonderful evening."

Çesar bläst die Kerzen aus. Ulrik macht das Licht an. Zum Abschied umarmen uns alle noch mal. Und als ich in meinem Schlafsack liege, sehe ich immer noch Frans und meinen Vater, wie sie an dem Tisch stehen und singen. Und ich denke, dass meine Mutter eine blöde Ziege ist! Dann bin ich weg.

Unterwegs 6

Ich sitze mit meinem Vater am Strand. Poodle liegt neben mir und hechelt. Ein Stück weiter spielt eine nackte Familie Beachball. Der Mann hat knallrot verbrannte Schultern und sein Hintern sieht auch nicht viel besser aus. Vorne am Flutsaum streiten sich ein paar Möwen. Wahrscheinlich um einen Seestern, denke ich. Vorhin, als ich mit Poodle baden war, lagen jede Menge Seesterne da. Der Nackte mit dem Sonnenbrand rennt jetzt mit rudernden Armbewegungen ins Wasser. Wie Don Quichotte, als er gegen die Windmühlen gekämpft hat! Die Möwen fliegen kreischend hoch.
Mein Vater liest ein paar Kiesel auf.
„Ich habe vor Jahren mal ein Stück mit Iben gesehen", sagt er. „Nur Iben und noch ein Musiker. Iben hat eine Hand voll Papierschnitzel in die Luft geworfen und gefragt: Was ist das? – Papier, hat der Musiker gesagt. – Falsch, hat Iben geantwortet, das ist Schnee. Und das?, hat sie gefragt und noch mehr Papier hochgeworfen. – Schnee, hat der Musiker gesagt. – Wieder falsch, hat Iben gesagt, das ist Papier ..."
Mein Vater lässt die Kieselsteine wieder in den Sand fallen. Und Poodle legt sich auf die Seite und macht die Augen zu. Es ist eindeutig zu heiß. Sogar die Wellen klatschen nur müde auf den Strand. Und es ist nicht der leiseste Windhauch zu spüren.

Mein Vater steht auf und streckt sich.

„Das Spiel mit der Vorstellungskraft", sagt er. „Nichts ist, was es zu sein scheint. Das ist Theater. Nichts ist wahr und gleichzeitig alles. Und die Fantasie ist das Mittel zum Widerstand. Früher gab es mal einen Satz, den ich sehr gemocht habe: Unter dem Pflaster ist der Strand. Und ich glaube, das ist genau das, was wir tun müssen!", setzt er hinzu. „Endlich das Pflaster wegreißen!"

Er schiebt mit dem Fuß einen kleinen Sandhaufen zusammen.

„Kann es sein, dass du ein bisschen zu viel Sonne abgekriegt hast?", frage ich.

Aber er antwortet nicht. Er schiebt nur weiter Sandhaufen zusammen. Und ich bin mir noch nicht mal sicher, ob er mich überhaupt gehört hat.

Klar weiß ich, wovon er redet, so ungefähr jedenfalls. Aber das macht das Ganze auch nicht gerade besser ...

Als wir heute Morgen ins Haus rübergekommen waren, war nur noch Rina da gewesen. Obwohl es gerade erst neun war! Und eigentlich hätte auch Rina im Theater sein müssen, aber sie hatte sich den Vormittag freigenommen, wegen uns! Hatte auf dem Weg zum Kindergarten extra frische Brötchen geholt und Eier gekocht und literweise Kaffée für meinen Vater und heißen Kakao für mich. Und dann haben wir wieder an dem langen Tisch gesessen, und irgendwann hat mein Vater gefragt, wo Çesar wäre. Weil wir ja eigentlich so was wie eine Verabredung mit ihm hatten. Aber Çesar war schon ganz früh nach Århus gefahren, hat Rina erzählt. Weshalb wusste sie auch nicht.

Mein Vater und ich haben uns angeguckt und absolut nicht mehr gewusst, was wir davon halten sollten. Und natürlich hat Rina gemerkt, dass irgendwas nicht stimmt. Also hat mein Vater ganz vorsichtig versucht zu erklären, dass Çesar meine Mutter getroffen hätte und mit uns noch darüber hatte reden wollen …

„Çesar is difficult", hat Rina gesagt. Und ob wir gar nicht mitgekriegt hätten, dass Çesar weggehen würde vom Odin-Theater. Und dass das gestern so was wie seine Abschiedsvorstellung gewesen wäre!

„Aber wo will er hin? Was will er machen?", hat mein Vater irritiert gefragt.

„I don't know", hat Rina gemeint, „something else. The actor who wants to be a priest, you have seen his show!"

Mehr war aus Rina nicht rauszukriegen. Aber ich glaube auch nicht, dass sie mehr wusste. Und von meiner Mutter wusste sie auch nichts.

„Was machen wir jetzt?", hat mich mein Vater gefragt. „Bleiben wir noch und warten auf Çesar?"

„Ich weiß nicht …"

„Ich habe nicht vergessen, was du heute Nacht gesagt hast. Über deine Mutter. Und ich glaube, ich verstehe dich. Es nervt langsam, was?"

Ich habe genickt.

„Wir fahren nach Stockholm", hat er gesagt. „Wir müssen jetzt endlich mit ihr selber reden. Alles andere ist Quatsch."

Wir haben uns von Rina verabschiedet und sind in den Bus gestiegen. Und während wir wieder zwischen gelben Getreidefeldern langgefahren sind, hat mein Vater noch mal davon erzählt, wie wichtig es wäre, dass man Träume hat.

„Und alles dafür tut, dass diese Träume Wirklichkeit werden", hat er gesagt. „Auch wenn man damit etwas umschmeißt, was man gerade erst gefunden hat. Man darf nie denken: Jetzt! Jetzt habe ich es geschafft. Jetzt kann ich mich zurücklehnen und mich ausruhen, nein, es gibt immer noch etwas ... Neues! Und es gibt immer die Möglichkeit, etwas zu verändern."

Schön, habe ich gedacht. Aber wenn meine Eltern unbedingt was Neues ausprobieren wollen, dann wäre es noch schöner, wenn sie sich vorher erst mal überlegen würden, was. Aber ich habe nichts gesagt.

Und jetzt stehen wir hier am Strand und schieben Sandhaufen zusammen. Die Fähre nach Schweden rüber geht erst um kurz vor Mitternacht. Aber ich habe eigentlich keine besonders große Lust, bis kurz vor Mitternacht Sandhaufen zusammenzuschieben. Und außerdem habe ich Hunger ...

„Ich hab Hunger", sage ich.

Mein Vater nickt. „Ich auch." Er macht plötzlich wieder einen ganz vernünftigen Eindruck. „Nicht weit von hier gibt es ein Restaurant", sagt er, „die haben immer frische Schollenfilets mit Spargel und Krabben und dazu Petersiliekartoffeln und zerlassene Butter, was hältst du davon?"

Und ich finde, mein Vater macht einen sehr vernünftigen Eindruck.

Als wir Stunden später auf die Fähre rollen, versinkt gerade der letzte Rest Sonne im Meer. Es ist wirklich wahr, denke ich, die Sonne geht hier im Sommer erst um Mitternacht unter. Irre! Poodle muss mal wieder im Bus bleiben, aber ich erlaube ihm, sich auf meinen Schlafsack zu legen. Und dann stehen mein Vater und ich oben an der Reling und gucken zu, wie die Hafenlichter langsam in der Dämmerung verschwinden. Ich bin schon immer gerne Schiff gefahren. Zwei- oder dreimal war ich mit Sabine auf Langeoog und einmal für einen Tag mit meiner Mutter auf Helgoland, aber ich war noch nie nachts auf einem Schiff!

„Mir wird kalt", sagt mein Vater und klappt den Kragen seiner Lederjacke hoch. „Wir treffen uns in der Bar, okay? Die Bar ist nachts der beste Platz auf einem Schiff, manchmal gibt es sogar eine Band …"
„Ist okay", sage ich. „Ich bleib noch ein bisschen."
Ich starre noch lange auf den hellen Streifen am Horizont. Bis mir auch kalt wird und ich mich auf die Suche nach der Bar mache.
Es gibt keine Band. Und die Bar ist gähnend leer. Bis auf den Barkeeper. Ich gucke mich um. Aber ich kann kaum was erkennen, weil sie idiotischerweise alle Diskolichter eingeschaltet haben. Wahrscheinlich der Barkeeper selber, um sich nicht ganz so einsam zu fühlen.
„Hier, Marei! Hier sind wir!"
Ich kann immer noch nichts sehen. Der Barkeeper zeigt mit ausgestrecktem Arm in irgendeine Ecke. Ich stolpere los. Wenn sie ihr verdammtes Stroboskop bei Seegang nicht ausmachen, denke ich, werden die Leute ganz schön Schwierigkeiten haben, ihre Kotztüten zu treffen. Aber es ist ja kein Seegang. Und Leute sind auch keine da. Bis auf die drei einsamen Figuren am hintersten Tisch. Und eine der Figuren ist mein Vater, ganz eindeutig! Wen hat er denn jetzt schon wieder getroffen?
Mein Vater macht uns bekannt.
„Marei", sagt er, „das sind Ragni und Yngve, aus Norwegen! Wir haben uns gerade eben erst kennen gelernt. Ragni und Yngve wollen auch nach Schweden."
Klar, wohin sollten sie auch sonst wollen, wenn sie auf einem Schiff sind, das von Dänemark nach Schweden fährt! Ich setze mich. Ragni scheint nett zu sein. Und sie spricht ganz gut Deutsch. Weil sie mal als Au-pair-Mädchen in Hamburg gearbeitet hat, erzählt sie.

„Wir waren gerade in Hamburg", sage ich. „Aber ich komme aus Hildesheim. Bei Hannover."

„In Hannover gibt es einen Massenmörder", sagt Ragni und strahlt mich an. „Sehr berühmt. Wir kennen ihn sogar in Norwegen."

„Was?", frage ich.

„Was?", fragt mein Vater.

„Ja", sagt Ragni. „Er war Schlachter. Er hat die Leute in Stücke gehackt und Wurst aus ihnen gemacht. Wir haben als Kinder sein Lied gelernt: Warte, warte noch ein Weilchen, dann kommt Haarmann auch zu dir, mit dem kleinen Hackebeilchen macht er Leberwurst aus dir ..."

„Ach, Haarmann meinst du", sagt mein Vater, „klar, aber das war 1930! Das ist lange her. Und ihr habt wirklich dieses Lied gesungen?"

„Tut mir Leid", sagt Ragni, „aber mehr weiß ich nicht von Hannover."

Sie lacht. Ich lache auch. Verrückt, denke ich. Sie weiß was von Hannover, was ich noch nicht mal weiß!

„Wo kommst du her?", frage ich.

„Wir wohnen in Bergen", sagt Ragni, „aber ich bin von den Vesterålen, das sind die Inseln ganz oben im Norden, sehr kalt und immer Wind!" Sie zieht die Schultern hoch, als wäre ihr schon kalt, wenn sie nur daran denkt.

Ich weiß, wo die Vesterålen sind. Haben wir irgendwann mal in Erdkunde gehabt. Und ich weiß auch was über die Vesterålen. Dass sie da nämlich Wale in Stücke hacken und Wurst daraus machen! Aber das sage ich lieber nicht. Auch nicht, dass ich es eine absolute Sauerei finde, Wale zu killen!

„Yngve ist auch nicht von Bergen", erzählt Ragni weiter, „er ist von Narvik, auch im Norden, auch sehr kalt."

202

Yngve hat bisher gar nichts gesagt. Hat nur auf die Tischplatte gestarrt und abwechselnd Bier und Cognac getrunken. Einen Schluck Bier, einen Schluck Cognac. Aber jetzt guckt er hoch und sagt: „Don't mention the whales, and I won't mention the war."

„Shut up, Yngve!", sagt Ragni und verpasst ihm einen Stoß mit ihrem Ellbogen.

„Yngve hat schlechte Laune", erklärt sie uns. „Wir besuchen ein bisschen Freunde in Dänemark und in Schweden, aber Yngve will die ganze Zeit nach Hause zurück."

Yngve ist Bassmann in einer norwegischen Rockband, erzählt Ragni weiter. „So wie die Beatles", sagt sie, „in Norwegen sind sie weltberühmt!"

„Dance with a Stranger?", fragt mein Vater sofort.

„Ja!", ruft Ragni, „du kennst sie?"

„Ein paar Songs, ja."

Ich staune. Ich dachte immer, er hört nur Musik von früher …

„The invisible man", sagt mein Vater. „Ein guter Song."

Yngve zuckt nur mit den Schultern. Als wäre es selbstverständlich, dass jeder „The invisible man" kennt.

Ragni kramt in ihrer Handtasche. Sie holt eine CD raus und einen Filzstift und legt beides vor Yngve auf den Tisch.

„Für Marei", sagt sie.

Und Yngve kritzelt irgendetwas Unleserliches auf die Hülle und schiebt mir die CD rüber, „Best of Dance with a Stranger".

„Danke", sage ich und freue mich tatsächlich. Obwohl ich irgendwelche Sachen mit Autogrammen drauf eigentlich blöd finde. Und ja noch nicht mal weiß, was für Musik Dance with a Stranger überhaupt machen!

„Wenn ich mal eine Tochter habe, wäre es schön, wenn sie so wird wie du!", erklärt Ragni plötzlich und strahlt erst mich an und dann meinen Vater.

Ich bin total baff. Mein Vater auch. Aber dann grinst er und sieht richtig stolz aus.

Ich sage noch mal danke und dann schiebt Yngve sein Glas und die Bierflasche beiseite und sagt: „Ich hasse es. Ich reise mit der Band in Europa und hasse es. Ich will nach Hause, nach Norwegen. Ich will nicht mehr woanders sein."

„Ich finde es schön rumzufahren", sagt mein Vater. „Es ist gut, Leute kennen zu lernen und was zu sehen und …"

„Gut", nickt Yngve. „Aber dann musst du nach Hause zurück. Sonst gehst du kaputt. – Kennst du Edvard Grieg?", fragt er dann. „Ein großer Komponist. Er hat die Musik zu Peer Gynt gemacht …"

Er singt ein paar Takte. „Fast Rockmusik!"

„Meine Frau inszeniert gerade Peer Gynt", sagt mein Vater, „in Stockholm!"

Und sieht schon wieder richtig stolz aus, ich weiß gar nicht, was los ist mit ihm!

Yngve schüttelt den Kopf.

„Grieg war überall, aber er wollte immer nur nach Norwegen, nach Hause!"

„Alle Norweger wollen immer wieder nach Norwegen zurück", sagt Ragni. „So sind wir, glaube ich."

Der Barkeeper lässt die Jalousien an der Theke runter und schaltet das Diskolicht aus. Die Heizung muss er vorher schon ausgemacht haben. Jedenfalls wird es langsam richtig kalt.

„Fast wie auf den Vesterålen", sagt Ragni.

„Wie zu Hause", grinst Yngve und kippt den letzten Schluck Cognac runter.

Wir suchen uns ein paar Plätze im Liegeraum. Mein Vater legt mir seine Lederjacke um die Schultern und ich drücke mich ganz dicht an ihn.

„Wenn da was dran ist, was Yngve sagt", flüstere ich, „dann taucht Mutti ja vielleicht auch über kurz oder lang wieder in Hildesheim auf. Und bleibt ..."

„Sie ist keine Norwegerin", flüstert mein Vater zurück, „denk da dran."

„Was ist eigentlich mit dir? Wo ist dein Zuhause ...? He!"

Keine Antwort. Er schläft. Oder tut so, als ob er schlafen würde.

„Oh, I forgot!", ruft Yngve plötzlich, „the Scorpions are from Hannover!"

„I don't like them", sage ich. „They make to much ... Schnulli-Songs, like rollercoster music."

„Stimmt", brummt mein Vater neben mir.

Gustavsfors

Wir schaffen es gerade noch, unsere Adressen mit Ragni und Yngve auszutauschen. Dann müssen wir runter aufs Lkw-Deck. Ich begrüße erst mal Poodle, und dann ziehe ich mir den dicksten Pullover über, den ich auf die Schnelle finden kann.

Mein Vater hockt hinterm Lenkrad und flucht und schimpft über den Lastwagenfahrer neben uns, der den Motor schon angelassen hat, obwohl die Ladeluken noch gar nicht auf sind. Aber als der Lastwagenfahrer zu ihm runterguckt, guckt er schnell woanders hin. Na ja, wenn ich mir den Typen im Lastwagen richtig angucke, ist das vielleicht auch besser so.

Fünf Minuten später holpern wir über die Rampe und sind in Schweden.

HAUSTIERE HIER ANMELDEN steht in drei Sprachen auf einem Schild, mit einem Pfeil daneben, der nach rechts auf irgendein Gebäude zeigt.

„Poodle ist kein Haustier, sondern ein Hütehund", erklärt mein Vater und fährt geradeaus weiter. „Guck mal auf die Karte, wie wir irgendwie ans Meer kommen. Ich muss dringend noch eine Runde pennen."

„Hier", sage ich, „hier ist ein Badeplatz eingezeichnet."

„Wie weit?"

„Ich weiß nicht, zehn Kilometer vielleicht."

„Gut. Machen wir."

Aber dann sind es doch fast zwanzig Kilometer. Wir fahren erst ewig zwischen grauen Fabrikhallen und Lagerschuppen lang, und als wir endlich den Parkplatz gefunden haben, können wir noch nicht mal das Meer sehen! Ein Fußweg führt zu der Badestelle und ringsum ist alles mit Zäunen abgesperrt.

„Egal", sagt mein Vater. „Gute Nacht."

Ich gehe mit Poodle zum Meer runter und setze mich auf einen glatt geschliffenen Felsbuckel. Besonders schön ist es nicht hier, eher das Gegenteil. Und alles ist total voll gemüllt mit leeren Bierdosen und McDonald's-Packungen. Direkt vor mir im Sand liegt ein benutztes Kondom. Poodle schnüffelt eine Weile. Bis ich „aus" sage und wir uns wieder auf den Rückweg machen.

„Mach mal Platz", sage ich zu meinem Vater, der quer auf der Matratze liegt. Aber er rührt sich nicht. Ich zerre meinen Schlafsack unter ihm vor und schiebe und stoße so lange, bis er sich stöhnend zur Seite rollt.

Wir werden wach, weil ein paar Kinder genau vor unserem Bus Ball spielen. Und die Beifahrertür als Tor benutzen!

„Okay", sagt mein Vater. „Frühstück."

Er schlappt zu dem Strandkiosk rüber, der gerade aufgemacht hat.

Als er wiederkommt, hat er für jeden von uns eine Dose Cola gekauft und ein Päckchen Erdnüsse.

„Gab nichts anderes", sagt er. „Oder hättest du lieber Gummibärchen gehabt?"

„Ja", sage ich und grinse.

Er holt die Straßenkarte vor.

„Ungefähr 600 Kilometer bis Stockholm", sagt er. „Eher noch mehr. Das wird richtig Stress …"

Ich stopfe mir die letzte Hand voll Erdnüsse in den Mund.

„600 Kilometer!", fängt mein Vater wieder an. „Mehr sogar. Das schaffen wir gar nicht an einem Tag."
Ich ahne langsam was. Aber ich warte noch ein bisschen ab.
„Wir sollten eine Pause machen unterwegs", sagt er. „Das hat keinen Zweck, das in eins durchzufahren."
Ich sage immer noch nichts.
Er tippt auf die Karte.
„Wenn wir hier langfahren, Richtung Årjäng, da könnten wir gut übernachten. Schöne Gegend da, mit Seen und so. Und am nächsten Tag dann auf die E18 und in einem Rutsch nach Stockholm."
„Wen kennst du da?", frage ich.
„Was? Wo? Was meinst du?"
Er tut ganz unschuldig, aber ich weiß Bescheid.
„In Årjäng oder was du eben gesagt hast, in der schönen Gegend mit den Seen, wen kennst du da?"
„Ach, das meinst du … Zwei alte Freunde nur, aus Kopenhagen. Aber die werden dir bestimmt gut gefallen, du, ganz bestimmt sogar. Hartmut war Sozialarbeiter, Streetworker, in Kopenhagen-Ishøj, in der schlimmsten Gegend, und Lisbeth war Ärztin in einer Nervenklinik. Irgendwann haben sie einfach alles aufgegeben und sind nach Schweden gegangen. Haben eine kleine Hütte im Wald gekauft und ein paar Ziegen und …"
Er guckt mich an.
Offensichtlich wundert er sich, dass ich nicht gleich losgeschrien habe.
„Und?", frage ich.
„Gib mir nur einen Tag", sagt er. „Ich hab sie ewig nicht mehr gesehen. Einen Tag nur, darauf kommt's nun wirklich nicht an. Susanne sitzt sowieso in Stockholm und in-

szeniert Peer Gynt. Und Peer Gynt ist ein langes Stück, und schwierig, das dauert."

„Ich sage doch gar nichts", sage ich.

„Also machen wir's?"

Ich nicke. „Unter einer Bedingung: Du kaufst mir die größte Packung Gummibärchen, die sie haben. Und am nächsten Laden halten wir an und holen irgendwas zum Mittagessen!"

„Ragni hat Recht gehabt", sagt mein Vater und springt auf.

„Womit?", frage ich und begreife überhaupt nichts.

„Wenn ich mal eine Tochter habe, dann muss sie genauso sein wie du!"

„Doofmann!", sage ich und werfe die leere Colabüchse nach ihm.

Je weiter wir von Göteborg wegkommen, desto schöner wird die Landschaft. Einfach nett. Aber auf die Dauer vielleicht auch ein bisschen langweilig. Wie eine Spielzeuglandschaft oder so. Immer nur Wald, und dann Wiesen und Felder und ab und zu mal ein kleines Dorf. Und die Häuser sind wirklich rot gestrichen, mit weißen Tür- und Fensterrahmen, wie bei Astrid Lindgren eben. Nur der Himmel ist überhaupt nicht langweilig! Er scheint total hoch und weit zu sein. Ich glaube, es hat was mit den Wolken zu tun, aber ich krieg nicht raus, was.

Ich weiß nicht wieso, aber ich bin irgendwie total in Ferienlaune. So als würden wir einfach nur Urlaub machen, mein Vater und ich. Als wären wir eine ganz normale Familie, die irgendwo zusammen wohnt, und meine Mutter arbeitet eben zurzeit gerade in Stockholm und wir fahren hin, um sie schnell mal zu besuchen! Irgendwie so was.

Aber vorher will ich unbedingt noch mal baden. Und zwar heute noch!

„Gibt es da wirklich Seen, wo wir hinfahren?", frage ich.

„Klar", sagt mein Vater, „mit kleinen Inseln drin, ist wirklich schön. Und ich meine mich zu erinnern, dass Hartmut sogar ein Paddelboot hat …"

Hartmut hat kein Paddelboot. Und Hartmut und Lisbeth wohnen auch nicht an einem See. Sondern mitten im Wald, wir nehmen drei- oder viermal die falsche Abzweigung, bis wir die Hütte endlich gefunden haben.

Es ist wirklich nur eine Hütte. Mit allen möglichen Schuppen drum herum. Die alle mehr oder weniger eingestürzt sind. Und mit einem Schrottauto genau vor der Haustür, auf dem ein paar Ziegen rumturnen.

„Ich hab's ganz anders in Erinnerung", sagt mein Vater. „Nicht so runtergekommen."

Er steigt aus. Ich bleibe lieber noch sitzen.

„Hartmut!", ruft er, „Lisbeth!"

Keine Antwort. Er klopft. Wartet einen Moment und macht dann ganz langsam die Tür auf.

Eine Katze quetscht sich buckelnd durch den Türspalt und verschwindet unter dem Schrottauto.

Poodle spitzt die Ohren.

Ein Mann kommt aus einem der Schuppen. Ein alter Mann, mindestens sechzig, mit langen weißen Haaren und einem noch längeren Bart und mit einer bunten Strickmütze auf dem Kopf.

Mein Vater dreht sich um und ruft: „Hartmut! Hallo, kennst du mich noch?"

Und Hartmut breitet die Arme aus und sagt: „Bernhard! Das ist lange her …"

„Burkhard", korrigiert mein Vater.

„Burkhard", sagt Hartmut und umarmt ihn. „Komm rein, ich koche Kaffee!"

„Das ist Marei", sagt mein Vater und zeigt auf mich, „meine Tochter."

Ich muss wohl oder übel aussteigen.

„Marei", sagt Hartmut und will auch mich umarmen. Aber ich bücke mich schnell und binde meinen Schnürsenkel neu. Von unten sehe ich, dass Hartmuts Hosenbeine voller Ziegenscheiße sind.

Wir gehen hinter Hartmut her in die Küche. Hartmut macht sich am Herd zu schaffen.

„Wo ist Lisbeth?", will mein Vater wissen.

„In Göteborg", antwortet Hartmut. „Zahnklinik."

Er dreht sich um und reißt seinen Mund auf. Lauter schwarze Stummel.

„Wir werden alt", sagt er. „Aber das macht nichts."

„Hast du Milch?", fragt mein Vater. „Oder irgendwas anderes, für Marei?"

„Ziegenmilch. Im Kühlschrank."

Mein Vater macht die Kühlschranktür auf und nimmt einen Glaskrug mit Ziegenmilch raus. Und ich sehe, dass der Kühlschrank ansonsten total leer ist!

„Wie geht's euch finanziell?", fragt mein Vater.

„Nicht gut", sagt Hartmut und stellt die Kaffeekanne auf den Tisch. „Wir machen ein bisschen Käse für den Markt in Årjäng, und manchmal kommen Touristen hierher, um zu kaufen. Aber nicht oft."

„Klar", sagt mein Vater, „man findet euch ja auch kaum. Ihr müsstet wenigstens ein Schild aufstellen!"

„Wir haben ein Plakat im Landhandel in Gustavsfors."

„Ach so ..."

Das Gespräch plätschert so vor sich hin. Und mein Vater

sieht nicht besonders glücklich aus. Ich gucke mich in der Küche um. Es ist alles total sauber, aber … armselig! Ich glaube, das ist das richtige Wort.

„Hör mal", sagt mein Vater gerade, „beim letzten Mal habt ihr doch erzählt, dass ihr noch mal was ganz anderes machen wollt?! Lisbeth wollte doch vielleicht einen Buchladen in der Stadt aufmachen und …"

„Warum? Es ist gut so."

„Mann, wollt ihr denn wirklich hier so weitermachen, ich meine …"

„Es ist gut so", wiederholt Hartmut. „Wir haben die Ziegen, das ist gut. Mehr brauchen wir nicht."

Mein Vater schüttelt den Kopf. Eine Weile sagt keiner was. Dann blickt mein Vater auf seine Uhr.

„Wir müssen weiter. War schön, dich gesehen zu haben. Sag Lisbeth schöne Grüße, ja?"

„Ihr seid immer willkommen hier, Bernhard", sagt Hartmut und bringt uns zur Tür.

„Mensch, fast hätte ich es vergessen", ruft mein Vater und schlägt sich mit der flachen Hand vor den Kopf. „Ich hab ja noch was für euch …"

Verblüfft sehe ich, wie er zum Bus stürmt und das Küchenregal durchwühlt. „Hier, deutsche Würstchen!", ruft er, „und Spaghetti aus Italien!"

Er packt eine Plastiktüte mit Lebensmitteln voll, und ich weiß genau, dass wir die „Spaghetti aus Italien" vorhin erst im Supermarkt gekauft haben!

„Dann müsst ihr aber einen Käse nehmen", sagt Hartmut und verschwindet wieder in einem der Schuppen. Als er zurückkommt, hat er einen kleinen Käse in eine alte Zeitung eingewickelt.

„Goudakäse von Ziegenmilch, ganz lecker!"

„Danke", sagt mein Vater, „toll! Und vergiss nicht, Lisbeth zu grüßen, hörst du?"

Hartmut winkt noch eine Weile hinter uns her, bis wir um die nächste Kurve sind.

„Manchmal geht es eben auch schief", sagt mein Vater. „Nur in der Erinnerung bleiben die Leute immer gleich."

„Er hat noch nicht mal gefragt, was du so machst. Oder wo wir überhaupt hinwollen!"

Mein Vater holt tief Luft. „Verdammt! Es ist immer wieder das Gleiche, da hast du Leute, die wirklich was auf dem Kasten haben, und dann gehen sie kaputt, weil sie sich dem verweigern, was allgemein üblich ist! Es ist zum Kotzen. Aber es ist mindestens genauso schlimm, dass sie auch noch zufrieden damit sind, Mann, vor ein paar Jahren, da wollten sie noch ..."

„Vielleicht sind sie gar nicht so zufrieden", unterbreche ich ihn. „Vielleicht behauptet er das nur."

„Noch schlimmer", sagt mein Vater. „Denn dann müssten sie ja erst recht was machen!"

Wir fahren zurück zur Landstraße.

„Rechts oder links?", fragt mein Vater.

„Sag du", sage ich.

„Links", schlägt er vor.

„Rechts."

„Ich hätte es wissen müssen", stöhnt er und biegt rechts ab.

Der nächste Ort ist Gustavsfors. Gleich das zweite oder dritte Haus auf der linken Seite ist ein Laden mit allem möglichen Gerümpel im Schaufenster. Und mit einem handgemalten Pappschild: ANTIK. Neben dem Haus steht ein rosa angestrichener Militärlaster mit einem Peacezeichen auf der Kühlerhaube.

„Schon wieder irgendwelche Althippies", knurrt mein Vater vor sich hin.

„Du bist doch selber einer", erinnere ich ihn.

„Nicht wirklich", sagt mein Vater. „Dazu habe ich zu viele langhaarige Arschlöcher kennen gelernt im Laufe der Zeit. Oder eben solche Leute wie Hartmut und Lisbeth, wo gar nichts mehr geht. Aber du hast schon Recht, ich glaube tatsächlich immer noch daran ..."

„Woran?"

„Dass es irgendeine Art zu leben geben muss, die sich nicht zwangsläufig entweder im Penthouse oder in einem runtergekommenen Schuppen mitten im Wald abspielt."

„Sondern in einem alten VW-Bus in Gustavsfors!" Ich lache.

„Vielleicht", sagt er, „vielleicht auch nicht."

Wir fahren über eine Brücke. Unten ist eine Schleuse oder so was. Und ich sehe jede Menge Leute mit Paddelbooten. Dann sind wir auch schon wieder draußen aus Gustavsfors. Ich will gerade fragen, wo wir heute Nacht bleiben wollen, da zeigt mein Vater auf ein Hinweisschild. Für einen Campingplatz!

„Meinst du das ernst?", frage ich. Weil ich mir absolut nicht vorstellen kann, dass mein Vater wirklich auf einen Campingplatz will. Zwischen lauter Wohnmobile mit Fernsehapparat und Mikrowelle und zu fetten Typen mit zu bunten Bermudashorts ...

„Warum nicht?", fragt er. „Da treffen wir wenigstens keine Hippies!"

„Nein", sage ich. „Das sind wir dann ja selber."

Mein Vater lacht und biegt auf den schmalen Waldweg ein.

Der Campingplatz ist gar nicht so schlimm, wie ich gedacht hatte. Eigentlich ist er sogar richtig schön. Jedenfalls sehe ich kein einziges Wohnmobil, nur ein paar Campingbusse, allerdings alle deutlich jünger als unserer. Und ein oder zwei Zelte. Vor dem einen steht ein Moped. Und es scheint auch keine Disko und nichts zu geben, noch nicht mal einen Laden! Aber dafür liegt der Platz direkt an einem See. Ich entdecke eine Stelle unten am Ufer, wo der Bus halbwegs gerade steht und wir nur die Tür aufzumachen brauchen und schon fast im Wasser sind! Nicht schlecht. Sogar ein kleines Stück Strand gibt es ...

„Vielleicht schon ein bisschen spät, um noch baden zu gehen", meint mein Vater.

„Es ist nie zu spät, das hast du selber gesagt!", rufe ich und krame meinen Bikini raus.

Aber das Wasser ist verdammt kalt, und ich bin noch nicht richtig drin, da klappern mir schon die Zähne.

Mein Vater hält mir ein Handtuch hin.

„Was hältst du von frischen Pfifferlingen zum Abendbrot?", fragt er.

„Wenn du sie suchst", sage ich. „Ich muss erst mal wieder warm werden ..."

Ich krieche in meinen Schlafsack und ziehe den Reisverschluss bis oben zu.

„Dann werd ich mal mein Glück versuchen", meint mein Vater, schnappt sich einen Kochtopf und verschwindet in Richtung Wald.

Vom Bett aus beobachte ich Poodle, der wie verrückt am Ufer lang rast und Schwalben jagt. Sorry, Schwalben hütet, meine ich natürlich.

Und dann gucke ich zufällig zur anderen Seite raus und – sehe ihn zum ersten Mal! Er geht gerade zum Klo. Und er hat gelb gefärbte Haare, die nach allen Seiten hin abstehen.

Fünf Minuten später sehe ich ihn zum zweiten Mal. Er kommt gerade vom Klo zurück. Und er hat immer noch gelb gefärbte Haare. Aha, er gehört zu dem Zelt, vor dem das Moped steht ...

Noch mal fünf Minuten später sehe ich ihn zum dritten Mal. Jetzt gehe ich nämlich zum Klo. Und dabei muss ich genau an seinem Zelt vorbei. Er versucht gerade, einen Campingkocher in Gang zu setzen. Und seine Haare stehen wirklich nach allen Seiten ab!

Als ich vom Klo zurückkomme, fummelt er immer noch an seinem Campingkocher. Aber irgendwas scheint nicht zu klappen. Ich bleibe stehen und gucke zu, wie er fummelt.

Er guckt hoch und sagt: „Hi!"

Ich sage auch „Hi!".

Ich weiß, dass ich eigentlich weitergehen müsste. Aber ich rühr mich nicht von der Stelle. Er hat einen viel zu großen Mund, so viel ist klar. Wenn er grinst, reichen seine Mundwinkel wahrscheinlich von einem Ohr zum anderen. Ich würde gern mal sehen, wie er grinst.

Aber er grinst nicht. Er sagt nur: „Ist leer, das Scheißteil."

Und wirft den Campingkocher in sein Zelt.

„Du kannst mit uns essen, wenn du willst", sage ich und merke, wie ich rot werde. Aber ich rede trotzdem weiter. „Mein Vater holt gerade Pfifferlinge. Magst du Pfifferlinge?"

Jetzt grinst er. Und seine Mundwinkel reichen wirklich ...

Verdammt, denke ich, was ist los mit mir? Ich starre ihn wahrscheinlich an, als hätte ich noch nie einen Jungen gesehen, der gelb gefärbte Haare hat und Mundwinkel, die von einem Ohr bis zum anderen reichen. Hab ich auch noch nicht. Nicht dass ich mich erinnern könnte jedenfalls.

„Pfifferlinge ist okay", sagt er. „Hauptsache, dein Alter pflückt nicht die falschen!"

Sein Deutsch ist ein bisschen komisch. Er spricht manche Wörter irgendwie merkwürdig aus. Und ich habe noch nie gehört, dass jemand sagt, er würde Pfifferlinge „pflücken"!

„Ist was?", fragt er jetzt.

„Nee", sage ich, „ich überlege nur, ob man Pfifferlinge wirklich pflückt. Ich meine, sie hängen ja nicht an den Bäumen oder so!"

„In Holland pflücken wir", sagt er.

Aha, er ist also Holländer.

„Und für Telefonieren sagen wir Bellen."

„Was?"

„Ja ja, da gibt es einen Witz, da kommt ein Holländer in eine Kneipe in Deutschland und sagt: Kann ich mal schnell nach Hause bellen? Gut, was?"

„Gut", sage ich. Und dann müssen wir beide lachen. Und ich sehe, dass er einen kleinen Glitzerstein auf einem seiner Zähne hat!

„Gehen wir?", fragt er und zieht den Reißverschluss an seinem Zelt zu.

„Klar", sage ich.

Wir latschen über die Wiese zu unserem Bus.

„Wie heißt du?", frage ich.

„Jan", sagt er. „Und du?"

„Marei."

„Hi, Marei!", sagt er.

„Hi, Jan!", sage ich.

Und wir müssen schon wieder lachen …

Poodle liegt neben dem Bus und hechelt immer noch. Als er uns sieht, wedelt er leicht mit dem Schwanz hin und her. Aber er bleibt liegen. Schwalben zu hüten scheint er nicht gewöhnt zu sein!

„Bellt er?", fragt Jan.

Wir lachen.

„Wie heißt er?", will Jan wissen.

„Poodle", sage ich.

Jan starrt erst mich an und dann Poodle. Und dann wieder mich.

„Wir sagen in Deutschland zu Border Collies grundsätzlich Poodle", erkläre ich.

„Logisch", sagt Jan.

Wir lachen.

„Seid ihr Hippies?", fragt Jan.

„Warum?"

„Ich hab deinen Alten vorhin gesehen und solche Gurken fahren sowieso nur Hippies!" Er zeigt auf unseren Bus.

„He", sage ich, „Vorsicht. Das ist ein VW-Bus Baujahr '63 mit 34 PS!"

„Verzeihung", sagt Jan, „das habe ich nicht gleich gesehen."

Wir lachen.

Wir nehmen meinen Schlafsack aus dem Bus und setzen uns auf den Holzsteg. Ganz nach vorne. Wir lassen die Beine baumeln und gucken über den See. Nach einer Weile kommt Poodle hinterhergetrottet und drängelt sich zwischen uns.

Jan erzählt, dass er aus einem kleinen Kaff an der holländischen Grenze kommt und dass er letzten Monat siebzehn geworden ist und sich das Moped gekauft hat und mit seiner Freundin zum Nordkap fahren wollte. Aber dann ha-

ben sie sich gestritten und jetzt fährt er alleine weiter. Aber ob er alleine bis zum Nordkap fährt, weiß er noch nicht …
Ich gucke auf die beiden Löcher in seinen Hosenbeinen. Er hat schöne Knie. Schön braun gebrannt vor allem.
„Ich werde übermorgen fünfzehn", sage ich.
„Schon?", fragt Jan. Wir lachen wieder.
Ob mein Vater überhaupt daran denkt?, frage ich mich. Ich werde ihn jedenfalls nicht daran erinnern. Aber übermorgen sind wir ja sowieso in Stockholm, denke ich, und dann feiere ich zum ersten Mal Geburtstag zusammen mit meiner Mutter und meinem Vater und …
„Woran denkst du?", fragt Jan.
Ich überlege, ob ich ihm was erzählen soll. Und was ich ihm erzählen soll.
„He! Träumst du?" Er boxt mich gegen den Arm. „Hallo! Ich belle mit dir!"
Und dann springt Poodle plötzlich auf und rast laut bellend den Steg runter und zum Bus – mein Vater ist zurück!
„Gehen wir uns vergiften", sagt Jan und hält mir die Hand hin, um mich hochzuziehen.
Seine Hand fasst sich gut an. Und eigentlich habe ich gar nichts dagegen, dass er nicht wieder loslässt, auch als ich schon längst aufgestanden bin. Aber wir wollen ja nichts übertreiben. Und mein Vater guckt auch schon ganz komisch.
„Ich hab Jan zum Abendessen eingeladen", sage ich. „Weil sein Campingkocher kaputt ist."
„Ist leer, das Scheißding", erklärt Jan und streckt meinem Vater die Hand hin.
„Kein Problem", sagt mein Vater und hält uns den Topf vor die Nase, der wirklich randvoll mit Pfifferlingen ist.

Während sich mein Vater am Herd zu schaffen macht und ich aus den Tiefen unserer Staukästen eine dritte Schüssel und eine verbogene Gabel zu Tage fördere, sammelt Jan Feuerholz.

Später hocken wir dann an Jans Feuer am Seeufer und futtern frische Pfifferlinge. Nur mit Salz und Pfeffer, aber es schmeckt total lecker!

„Verdammt lecker", sagt Jan und rülpst.

Ich lache. Jan lacht. Mein Vater sammelt die Schüsseln ein und stiefelt ans Wasser, um abzuwaschen. Und Jan schiebt noch einen Ast ins Feuer und rückt ganz dicht an mich ran.

„Zeit zum Schlafengehen", sagt mein Vater plötzlich, „war lang genug, der Tag."

„Ich nehme Poodle und dreh noch eine Runde", sage ich schnell.

„Ich komme mit", sagt Jan.

„Fünf Minuten", sagt mein Vater und guckt hinter uns her, bis wir um die nächste Ecke sind.

„Er ist kein Hippie", meint Jan. „Er sieht nur so aus."

„Ich weiß", sage ich.

Wir setzen uns auf einen Felsen, der weit ins Wasser ragt. Jan legt den Arm um meine Schultern.

Der See vor uns ist spiegelglatt. Von einer der Inseln dringt der Schein eines Lagerfeuers herüber.

„Kannst du Paddelboot fahren?", fragt Jan.

„Nein ..."

„Ist ganz einfach. Ich bring es dir bei, wenn du willst. Okay?"

„Okay."

„Wir mieten uns gleich morgen Früh ein Boot und fahren zu einer Insel rüber ..."

„Wir fahren morgen nach Stockholm weiter."

„Oh!"

Mit der freien Hand dreht er mein Kinn zu sich.

„Dann haben wir nicht mehr viel Zeit", flüstert er.

„Wozu?", frage ich idiotischerweise. Obwohl ich es natürlich längst weiß. Aber mir fällt nichts anderes ein.

„Dazu", sagt Jan und küsst mich.

Sein Mund ist zwar eindeutig zu groß, denke ich, aber seine Lippen sind schön weich. Es macht Spaß, von ihm geküsst zu werden. Aber ich muss trotzdem kichern.

„Was ist?", fragt er.

„Nichts", flüstere ich. „Noch mal ..." Und halte ihm meinen Mund hin.

Jan küsst mich wieder.

Ich mache mich ganz schlaff in seinen Armen und küsse ihn zurück.

Poodle fängt an zu winseln. Und tapst mit der Pfote nach mir.

„Aus, Poodle", sage ich.

Aber das interessiert Poodle nicht. Er klettert halb an mir hoch und schiebt seinen Kopf zwischen unsere. Und dann schleckt er Jan mitten übers Gesicht!

Wir lachen.

„Ich bring dich zu eurem Bus zurück", sagt Jan.

„Lieber nicht", sage ich. „Ich bring dich zum Zelt."

„Auch gut", meint er.

Vor seinem Zelt küssen wir uns noch mal.

„Vielleicht springt eure Gurke ja morgen Früh nicht an", sagt Jan. „Dann bring ich dir doch noch Paddeln bei!"

Mein Vater ist noch wach, als ich in den Bus klettere.

„Das waren mehr als fünf Minuten", sagt er. „Ich wollte gerade losgehen und dich suchen."

„Warum?", frage ich. „Du hast doch gewusst, wo ich bin.
Und außerdem war ja Poodle die ganze Zeit dabei."
„War der Typ auch die ganze Zeit dabei?"
„Der Typ heißt Jan."
„War dieser Jan auch die ganze Zeit dabei?"
„Ja", sage ich. „Und er ist echt nett."
Mein Vater knurrt irgendwas und dreht sich auf die Seite.
Ich weiß nicht, ob er wirklich schläft. Ich liege jedenfalls
noch lange wach und gucke durch das Dachfenster in den
Sternenhimmel. Und entweder habe ich mir den Sternen-
himmel bisher noch nie richtig angesehen oder seit heute
sind tatsächlich ein paar neue Sterne dazugekommen. Seit
eben, seit ich Jan geküsst habe.

Am nächsten Morgen ist mein Vater verschwunden. Ich
kriege es allerdings erst mit, als Jan an die Tür klopft und
mir eine Tüte mit Brötchen entgegenstreckt.
„Frühstück!", strahlt er und ich sehe seinen Glitzerstein
blitzen.
„Wo ist mein Vater?", frage ich. „Und Poodle?"
„Wir sind alleine!", strahlt Jan. „Ich hab sie vorhin getroffen, als ich los bin, um die Brötchen zu holen. Dein Alter
hat mit dem Bauern rumgelabert, dem der Campingplatz
gehört."
„Hä?"
„Macht doch nichts, haben wir wenigstens keinen An-
standswauwau dabei!", freut sich Jan.
„Was?" Ich bin irgendwie noch nicht so ganz da, fürchte
ich.
„Weder deinen Alten noch euren Pudel, meine ich. Niemand, der bellt, wenn wir uns …"
Er beugt sich vor und hält mir seine Lippen hin. Seine

schönen, weichen, viel zu großen Lippen. Er ist jedenfalls voll da, das merke ich schon.

„Kann ich mir vielleicht erst mal die Zähne putzen?", frage ich und schiebe ihn ein Stück zurück.

„Das wäre Quatsch!" Jan lacht. Und als er mein Gesicht sieht, setzt er grinsend hinzu: „Ich hab nämlich noch was mitgebracht, hier, danach musst du dir die Zähne sowieso noch mal putzen."

Er holt eine Pappschachtel hinter seinem Rücken vor.

„Echt holländisch!", sagt er und übersetzt mir die Aufschrift: „Echte holländische Zuckerstreusel in vier Farben!"

Jan schmiert zwei Brötchen dick mit Butter und streut die Streusel drauf.

„Iss!", fordert er mich auf. „Sehr gesund! Eigentlich müssten wir noch eiskalten Kakao dazu trinken, aber hatten sie nicht."

Also trinken wir lauwarmen Orangensaft dazu. Und als wir fertig sind und zusammen Zähne putzen waren und mein Vater sich immer noch nicht blicken lässt, beschließen wir, tatsächlich ein Paddelboot zu mieten!

„Ich hab's doch gewusst", sagt Jan und zieht los, um das Boot zu besorgen.

Ich kritzle schnell einen Zettel für meinen Vater: *Bin paddeln. Mach dir keine Sorgen. Komme bald wieder. M.*

Er ist selber schuld, denke ich. Und wenn wir zu meinem Geburtstag nicht in Stockholm sind, soll es mir auch egal sein. Dann haben sie eben beide Pech gehabt, mein Vater und meine Mutter. Dann feiere ich eben mit Jan! Nein, Quatsch. Ich will nach Stockholm. Ich will morgen in Stockholm sein. Aber jetzt will ich erst mal paddeln!

„He! Hier!"

Jan taucht mit einem quittengelben Kanu in der Bucht vor dem Campingplatz auf. Mit ein paar schnellen Paddelschlägen lässt er das Kanu auf den Sand schrappen. Ich kritzle noch ein PS auf den Zettel: *Was gibt's zum Mittagessen?* Dann schließe ich den Bus ab und verstecke den Schlüssel hinter dem rechten Vorderrad.

„Ich hab ein gelbes genommen!", ruft Jan mir zu.

„Passt gut zu deinen Haaren!", rufe ich zurück. Ich renne runter zum Strand und klettere ins Boot.

Erst paddeln wir ein bisschen in der Bucht hin und her. Und Jan zeigt mir, wie ich das Paddel halten muss. Aber schon nach fünf Minuten ist meine Jeans klatschnass.

„Du machst das gut", sagt Jan trotzdem und lacht.

Wir paddeln zu der Insel, die am nächsten liegt.

Jan bindet das Boot an einen Baum und holt einen Rucksack unter seiner Sitzbank vor.

„Ich hab alles dabei", sagt er und grinst.

Wir hängen meine Jeans zum Trocknen über einen Ast und suchen uns einen Platz zwischen ein paar großen Steinen, die man gut als Rückenlehne benutzen kann. Nur die Ameisen stören ein bisschen. Große, rotbraune Biester, die richtig beißen.

Jan kramt zwei Stück Würfelzucker aus seinem Rucksack. Das eine Stück legt er ein paar Meter entfernt auf den Waldboden, mit dem anderen krümelt er eine Spur von uns weg. Es klappt. Die Ameisen räumen erst die Spur ab und machen sich dann über das zweite Stück Zucker her. Und wir haben unsere Ruhe!

„Alter Indianertrick." Jan grinst.

„Aus Holland", ergänze ich.

„Alter holländischer Indianertrick", sagt Jan ganz ernst.

„Was hast du noch in deinem Rucksack?", frage ich.

Jan hält mir den Rucksack hin.

Viel ist nicht drin. Um genau zu sein, eigentlich nur noch eine Blechbüchse und ein Päckchen Streichhölzer. Und ein zerfleddertes Comicheft.

„Darf ich?", frage ich und nehme die Blechbüchse.

Jan nickt.

Ich mache die Büchse auf. Zigarettenpapier und Tabak. Nein, das ist kein Tabak. Das Zeug ist grün und total bröselig ...

„Echt holländisch", sagt Jan. „Aus meinem Gewächshaus."

Gras!

„Willst du?", fragt Jan.

Ich schüttle den Kopf.

„Aber ich", sagt er und fängt an, sich einen Joint zu drehen. Wobei er mehrere Blättchen zusammenklebt und einen Streifen Pappe von dem Umschlag des Comicheftes als Filter nimmt.

„Mickey Mouse schmeckt am besten", erklärt er und zündet sich seine Tüte an.

Es duftet gut.

„Lass mich mal riechen", sage ich und rücke ein Stück näher zu ihm hin.

Er fächelt mir ein bisschen Rauch rüber.

Es duftet sehr gut. Viel besser jedenfalls als das Zeug, das mein Vater ständig qualmt.

Jan zieht an seiner Tüte. Und ich halte die Nase in den Rauch, den er ausstößt. Und frage mich, ob er mich wohl küsst, wenn er zu Ende geraucht hat. Und ob seine Lippen dann nach Gras schmecken. Oder seine Zunge! Und ob ich mit meiner Zunge seinen Glitzerstein spüren werde ...

Aber dann kommt alles ganz anders. Plötzlich zeigt Jan

nämlich zum Campingplatz rüber und sagt: „Da ist dein Alter."

Mein Vater steht am Strand. Und guckt genau zu uns und winkt mit den Armen. Und Poodle steht neben ihm und kläfft. Ich kann ihn ganz deutlich bis hierher hören. Mein Vater ruft irgendwas. Aber ich kann nicht verstehen, was.

„Sie bellen", kichert Jan.

„Ich will zurück", sage ich.

„He, warum? Ich dachte, wir ..."

„Darum."

„Oh Scheiße", sagt er. Und ich beuge mich vor und gebe ihm einen klitzekleinen Kuss auf seinen viel zu großen Mund. Aber er hält mich fest, und dann küssen wir uns richtig und ich spüre ganz deutlich seinen Glitzerstein!

„Schreibst du mir mal?", frage ich.

„Musst du wirklich nach Stockholm?", fragt er zurück.

„Kann dein Alter nicht alleine fahren?"

„Nein", sage ich lachend. „Lieber nicht!" Obwohl mir eher nach Weinen zumute ist. „Komm, bring mich rüber ..."

Mitten auf dem See hört Jan plötzlich zu paddeln auf.

„Und wenn ich hinter euch herfahre?", fragt er. „Mein Moped läuft achtzig!"

Ich schüttle den Kopf. Ich gucke ihn mir noch mal ganz genau an. Die wirren Haare und den zu großen Mund und die steile Falte mitten auf seiner Stirn.

„Was wollt ihr eigentlich in Stockholm?", fragt er.

„Meine Mutter suchen."

„Waaas?" Er starrt mich an, als hätte ich erklärt, wir wollten meine Mutter umbringen!

„Die Geschichte ist zu lang, um sie dir jetzt zu erzählen", sage ich leise. „Aber vielleicht schreibe ich sie dir mal. Wenn alles vorbei ist."

„Wenn alles …" Er nickt. Und ist so verblüfft, dass er glatt wieder anfängt zu paddeln.

Mein Vater sitzt auf dem Steg und blickt uns entgegen. Aber als wir anlegen, steht er wortlos auf und geht zum Bus. Ich zucke die Achseln.

„Ich gebe dir gleich noch meine Adresse", sage ich zu Jan.

„Ihr Deutschen spinnt", sagt Jan und guckt mich nicht an dabei.

Ich pfeife Poodle.

Mein Vater steht vorm Bus und wartet.

„Ich hätte gerne mal was gegessen zwischendurch", sagt er.

„Hättest du ruhig machen können", sage ich. „Der Schlüssel war die ganze Zeit da."

Ich bücke mich und hole den Schlüssel hinter dem Rad vor. Mein Vater schiebt die Hände in die Hosentaschen und erklärt: „Mir passt was nicht."

„Das merke ich." Ich quetsche mich an ihm vorbei und schreibe schnell meine Adresse auf einen Zettel. „Bin gleich wieder zurück", sage ich und lasse ihn einfach stehen.

Ich renne zu Jans Zelt. Er ist natürlich noch nicht da. Er muss ja das Boot noch wegbringen. Aber ich warte nicht auf ihn, sondern lege den Zettel genau vor sein Zelt. Und einen Stein drauf.

„Schreib mal", flüstere ich. Und dann renne ich zurück zum Bus, ohne mich noch mal umzugucken oder so. Nicht dass er jetzt gerade noch kommt.

Ich will nur noch weg hier. Bevor ich es mir anders überlege!

„Wir können!", sage ich zu meinem Vater, der sich gerade ein Brötchen mit den übrig gebliebenen Zuckerstreuseln bestreut.

„Wir können was?", fragt er.

„Nach Stockholm", sage ich, „was sonst."

Mein Vater beißt ab. Und kaut.

„Tut mir Leid, das mit eben", sagt er nach einer Weile. „Aber du musst das verstehen. Das ist irgendwie ungewohnt für mich, ich meine, das kenne ich ja noch nicht, so was …"

„Dass sich deine Tochter auch für einen Jungen interessiert oder was?", frage ich.

„Oder so, ja", sagt er und starrt auf seine Clogs.

Ich kann nicht anders. Ich werfe ihm die Arme um den Hals und drücke mein Gesicht an sein T-Shirt. Er legt das Brötchen weg und streicht mir über die Haare. Plötzlich schnüffelt er.

„Sag mal …", setzt er an.

„Sag nichts", sage ich und mache mich los. „Komm, fahren wir!"

„Warte mal", sagt er und hält mich am Arm fest. „Wir können noch nicht fahren!"

„Was?"

„Wir können erst morgen fahren, ich muss noch was machen."

„Aber …"

„Ich wollte es ja mit dir besprechen, aber dann warst du ja nicht da. Ich muss erst noch was fertig kriegen, was ich angefangen habe."

„Und was soll das sein?", frage ich völlig entgeistert. Ich glaube es ja wohl nicht mehr!

„Kann ich dir noch nicht sagen", antwortet er. „Aber morgen fahren wir dann ganz bestimmt, das ist versprochen!"

„Morgen will ich nicht mehr", sage ich nur und knalle die Tür zu.

„He, ich weiß gar nicht, was du dich so aufregst! Wo ist denn das Problem, wenn wir erst morgen fahren? Du tust ja gerade so, als ob ..."

„Ja", sage ich. „Genau. Du weißt gar nicht, weshalb ich mich so aufrege! Du weißt überhaupt nichts über mich, das ist das Problem!"

Im nächsten Moment schreien wir uns beide an.

Ich schreie: „Und es interessiert dich doch auch gar nicht, was mit mir los ist! Du hast ja noch nicht mal gefragt, wie es bei mir war heute! Ob ich vielleicht Spaß hatte oder was! Aber das willst du ja auch gar nicht wissen, dir geht es doch nur um dich!"

Und er schreit: „Schrei mich nicht an! Und wenn wir schon dabei sind, hier irgendwelche Vorwürfe zu machen, dann kann ich doch das Gleiche von dir behaupten! Du kriegst ja noch nicht mal mit, dass ich schon seit zwei Tagen keine Kippe mehr angerührt habe! Wegen dir, jawohl, wegen dir, aber du merkst es noch nicht mal!"

Jetzt bin ich aber echt am Ende. Was ist das denn? Er hat angeblich zu rauchen aufgehört, und jetzt beschwert er sich bei mir, dass ich ihn nicht lobe? Er spinnt!

Und was wird das jetzt? Jetzt holt er seinen Tabak raus ...

„Ja", sagt er, „das hast du jetzt davon!"

„Das hast du jetzt davon", sage ich. Und dreh mich um und gehe.

„Viel Spaß!", ruft er mir hinterher.

„Danke gleichfalls", rufe ich über die Schulter zurück.

Als ich auf dem Weg zu Jan bin, habe ich noch keinen blassen Schimmer, was ich da eigentlich will. Oder was ich sagen soll.

Jan sitzt vor seinem Zelt. Ich weiß nicht, ob er was von unserer Schreierei mitgekriegt hat. Aber ich könnte wetten, dass der Zettel, den er schnell in seine Jeanstasche schiebt, der mit meiner Adresse war. Und plötzlich ist völlig klar, was ich machen muss …

„Fährst du mich nach Gustavsfors?", frage ich. „Ich muss telefonieren."

Jan steht wortlos auf und hält mir den Helm hin, der auf dem Mopedsitz lag.

„Und du?", frage ich.

Er zuckt die Achseln und schwingt sich auf sein Moped. Offensichtlich will er den großen Schweigsamen markieren. Mir soll es recht sein. Ich klettere hinter ihn und versuche, ihm nicht allzu sehr auf die Pelle zu rücken. Beuge mich so weit wie möglich nach hinten und klammere mich am Gepäckträger fest.

„Mann, jetzt leg schon die Arme um mich und fertig", sagt Jan.

Also doch nicht der große Schweigsame! Umso besser. Wir knattern den Weg hoch. Ich komme mir ein bisschen albern vor mit dem Helm auf dem Kopf. Aber als wir auf der Landstraße sind und Jan Gas gibt, bin ich doch froh, dass ich mir das Ding aufgesetzt habe.

Jan hält vor der einzigen Telefonzelle. Vor dem einzigen Laden von Gustavsfors. Und ich stelle fest, dass ich keinen einzigen Pfennig Geld dabeihabe, um mir eine Telefonkarte zu kaufen.

„Du kannst meine nehmen", sagt Jan und fummelt eine Karte aus seiner Jackentasche.

Und dann muss ich noch mal zurück und ihn nach der Vorwahl für Deutschland fragen.

„0049, glaube ich", sagt er. „Aber vielleicht solltest du besser den Helm abnehmen, wenn du jetzt telefonierst …"

Mist. Ich habe echt noch den Helm auf! Bescheuert. Ich

drücke Jan seinen Helm in die Hand und strecke ihm die Zunge raus. Er grinst.

Ich wähle. Sabine nimmt ab.

„Ich bin's", sage ich. „Hör mal, sei mir nicht böse, dass ich mich noch nicht gemeldet habe, aber ich schreib dir auch noch eine Karte, ganz bestimmt, ist versprochen, ehrlich, nur jetzt ..."

„Geht es dir gut?", unterbricht mich Sabine.

„Geht so", sage ich. „Kannst du mir die Handynummer von Mutti geben?"

Ich mache ein Zeichen zu Jan und er kommt mit einem Bleistiftstummel. Ich schreibe auf den Deckel des Telefonbuchs, das in der Zelle hängt.

„Ich muss jetzt Schluss machen", sage ich, als ich merke, dass Sabine noch jede Menge wissen will. Aber ich weiß ja selber nichts.

„Danke für die Nummer", sage ich. „Bis bald."

Ein bisschen fies komme ich mir schon vor.

Aber ich kann mich jetzt nicht auch noch um Sabine kümmern. Vielleicht rufe ich sie nachher noch mal an und erkläre ihr alles. Oder ich schreibe ihr keine Karte, sondern einen Brief.

„Wenn ich eine Handynummer anrufen will, aber nicht weiß, wo der Besitzer gerade ist – was muss ich dann machen?"

„Ist der Besitzer deutsch?", fragt Jan.

„Ja."

„Dann musst du erst Deutschland anbellen, weil das Handy ja auch nicht weiß, wo es gerade ist."

Jan grinst. Ich beuge mich vor und gebe ihm einen Kuss. Ich wähle 0049 für Deutschland und dann die Handynummer von meiner Mutter ...

„Jacobo."

Eine Männerstimme!

„Äh ... wer?"

„Jacobo."

„Also, ich wollte eigentlich ... ich bin die Tochter von Susanne Arnold."

„Oh, Moment!"

Was soll das denn?, denke ich. Hoffentlich fängt sie jetzt nicht an wie Sabine, so rein männermäßig, meine ich ...

„Marei?"

„Mutti?"

„Na, das ist ja eine Überraschung! Wie geht es euch?"

„Wo bist du? Bist du in Stockholm?"

„Wieso Stockholm? Wie kommst du darauf, dass ich in Stockholm wäre?"

Was?

„Aber du hast doch gesagt ... also, wir sind gerade auf dem Weg nach Stockholm und ..." Ich merke, wie meine Knie anfangen zu zittern.

„Schön", sagt meine Mutter. „Das freut mich. Aber ich bin nicht in Stockholm. Und ich habe auch nie gesagt, dass ich da wäre."

„Aber ich denke, du machst da dieses Stück ...?"

„Den Peer Gynt, meinst du. Nein, Marei, auch das habe ich nie behauptet. Den Peer Gynt hat ein Freund inszeniert."

Ich muss mich an die Glasscheibe lehnen, so schwach fühle ich mich plötzlich.

„Aber warum sollten wir dann unbedingt da hin?", frage ich leise.

„Weil ich wollte, dass ihr den Peer Gynt seht", sagt meine Mutter.

„Du spinnst …", sage ich, „das ist nicht wahr!" Ich kann
es nicht glauben. Ich will es einfach nicht glauben!
„He, hör mal, Marei …"
„Du meinst, du hast uns nur mal eben nach Stockholm
geschickt, für irgendein Scheißstück, so wie du uns auch
nach Bologna geschickt hast oder was?"
Ich zittere, aber inzwischen vor Wut.
„Wenn du das so siehst", sagt meine Mutter, „dann ist das
wohl so."
„Ja, so sehe ich das! Genau so!!", schreie ich los. „Du ver-
arschst uns, das ist es!"
„Langsam, Marei, jetzt lass mich aber auch mal was dazu
sagen! Du und dein Vater, ihr habt euch jetzt zehn Jahre
nicht gesehen, und ich dachte, ihr braucht einfach Zeit, um
euch kennen zu lernen. Und außerdem brauche ich auch
Zeit für mich, weil …"
„Du bist eine blöde Ziege und sonst gar nichts!", schreie
ich und knalle den Hörer auf die Gabel.
Jan zieht die Augenbrauen hoch und blickt mich fragend
an.
„Nicht jetzt", sage ich.
„Wann dann?", fragt er.
„Lass mich zehn Minuten alleine, ja?"
Ich latsche den Weg hinter dem Laden runter. Bis zu der
Schleuse, die ich gestern von oben gesehen habe. Ich hocke
mich vor die Eisbude auf eine Bank und starre aufs Wasser.
Mein Kopf ist total leer. Und ich kann noch nicht mal heu-
len, nichts. Ich sitze nur da und … begreife gar nichts.
Jan kommt mit dem Moped angeknattert. Er kauft zwei
Eis und setzt sich neben mich.
„Ich will kein Eis", sage ich. „Danke."
„Schmeckt aber gut", sagt er, „macht den Kopf kalt."

Ich gebe keine Antwort.

Er lutscht abwechselnd an seinem Eis und an dem, das er für mich gekauft hat. Ich glaube, ich bin ihm langsam so was wie eine Erklärung schuldig.

Aber ich weiß nicht, wo ich anfangen soll ...

„Fahr mich zurück zum Campingplatz, ja?", sage ich. „Ich muss erst mit meinem Vater reden."

Jan tippt sich an die Stirn, aber er sagt nichts. Hält mir nur den Helm hin und lässt das Moped an.

Kurz bevor wir wieder am Campingplatz sind, kommt uns mein Vater entgegen.

Jan hält. Ich nehme den Helm ab.

„Hallo, Jan", sagt mein Vater und streckt ihm die Hand hin.

„Sei bloß vorsichtig, wenn du sie hinten drauf hast, hörst du? Ich hab nun mal nur die eine Tochter."

„Papa ...", setze ich an.

„Schon gut, Marei", sagt er. „Ich hab euch noch mal einen Topf Pilze hingestellt, schon gewaschen und alles. Wenn ihr wollt, macht euch einfach ein paar Nudeln dazu, irgendwo müssen noch welche sein. Ach ja, und tut mir den Gefallen und unternehmt noch was mit Poodle, ja?"

„Und du?", kriege ich gerade noch raus.

„Ich muss sehen, dass ich mein Zeug fertig kriege. Wenn was ist, ich bin in dem Schuppen da drüben. Aber wartet nicht auf mich, es kann dauern. Also, Leute, haut rein!"

Er boxt mich gegen den Arm. „Und morgen geht's nach Stockholm, ganz klar."

Und damit zieht er ab. Singend! „Let me take you down, 'cos I'm going to Strawberry Fields, where nothing is real ..."

Er hat nichts begriffen, nichts, aber auch gar nichts! Er

denkt doch tatsächlich, wir hätten uns nur ein bisschen gestritten und jetzt wäre alles wieder vergessen. Er brauchte uns nur einen Topf Pilze hinzustellen und nett zu tun, und alles wäre wieder in Ordnung. Und morgen fahren wir nach Stockholm, haha …

Jan lässt das Moped das letzte Stück bis zu unserem Bus einfach rollen. Und ich habe gerade die Tür auf und mein Gesicht in Poodles Fell gedrückt, da kommen die Tränen. Ich heule und heule, und Jan steht draußen und tritt von einem Fuß auf den anderen und weiß nicht, was er machen soll.

„Okay", sage ich irgendwann und gehe zum See runter und halte mein Gesicht ins Wasser. So lange, bis es nicht mehr ganz so brennt.

„Okay", sage ich noch mal, „willst du es hören?"

Jan nickt.

Ich fange an zu erzählen. Und je mehr ich erzähle, umso leichter fällt es mir. Wahrscheinlich klingt es für Jan wie der letzte Schwachsinn, aber er unterbricht mich kein einziges Mal. Er hört einfach nur zu. Poodle liegt zwischen uns, und während ich rede, streichle ich über sein Fell, und Jan streichelt von der anderen Seite, und manchmal berühren sich unsere Finger.

Als ich endlich fertig bin, ist es fast dunkel. Ich mache eine Kerze an und stelle sie auf den Herd.

„Scheiße", sagt Jan.

Und ich lasse mich von ihm in den Arm nehmen und festhalten. Er wiegt mich hin und her, als wäre ich ein kleines Kind.

„Was soll ich jetzt machen?", frage ich leise.

„Vergiss es", sagt Jan.

Ich gucke ihn an.

Ganz hart sehen seine Gesichtszüge aus, und er hat die Lippen fest aufeinander gepresst und wieder die steile Falte zwischen den Augenbrauen.

Und dann legt er plötzlich los. Dass das ja wohl alles nicht wahr sein könnte und dass ich komplett verrückt sein müsste, das mit mir machen zu lassen. Und dass er findet, dass es höchste Zeit wäre, in den Sack zu hauen …

„Die tun ja gerade so, als gäbe es dich überhaupt nicht, merkst du das nicht? Die machen doch einfach, was sie wollen, und kümmern sich einen feuchten Dreck um dich. Und was machst du? Gar nichts! Du rennst hinter ihnen her wie so ein bescheuerter Pudel. Du musst dich mal langsam fragen, was du eigentlich willst! Mann, du verzichtest auf alles, nur wegen denen, du verzichtest ja sogar auf mich, das ist doch völlig beknackt!"

Erst muss ich fast lachen, als er das Letzte sagt, und ich finde auch, dass er ein bisschen übertreibt, aber dann denke ich, irgendwie hat er ja auch Recht! Es stimmt ja wirklich. Mich fragt überhaupt keiner, was ich will! Mich hat auch die ganzen Jahre keiner gefragt, jedenfalls nicht meine Eltern!

Ich bin so sauer, dass ich am liebsten den Topf mit den Pilzen nehmen würde und irgendwo gegen knallen. Oder rausrennen und schreien. Aber ich bleibe sitzen und denke, dass das Hauptproblem vielleicht ist, dass ich selber nicht weiß, was ich will. Ich will eigentlich nur eine ganz normale Familie, aber wie soll das gehen mit zwei Verrückten als Eltern? Mit zwei Verrückten, die selber nicht wissen, was sie wollen! Verdammt, ich drehe mich im Kreis. Ich kann nicht immer nur darauf warten, dass meine Eltern irgendwas für mich entscheiden. Ich muss selber was machen.

„Also was ist", meldet sich Jan wieder zu Wort, „fahren wir jetzt zusammen zum Nordkap oder nicht?"
Ich lache und schüttle den Kopf.
„Ich meine es ernst", sagt Jan. „Mein Zelt ist in fünf Minuten eingepackt!"
Ich fahre ihm einmal kurz über seine Strubbelhaare und klettere aus dem Bus. Reibe mir frierend die Arme und gucke in die Dunkelheit. Auf der Insel drüben brennt wieder ein Feuer.
Ganz langsam kriege ich so was wie eine Idee. Nein, ich werde nicht mit Jan ans Nordkap fahren, aber … ich brauche auch keine Familie! Ich komme auch irgendwie alleine klar. Bin ich ja bisher auch. Und ich nehme lieber wieder Sabine mit ihren ewig wechselnden Männern in Kauf, als … das hier! Außerdem war Sabine immer für mich da, wenn ich jemand gebraucht habe, denke ich.
Gut. Ich habe mich entschieden. Der Trip mit meinem Vater war ganz nett, aber, wie Jan schon gesagt hat: Vergiss es. Und meine Mutter genauso. Soll sie doch glücklich werden mit ihrem Scheißtheater! Mich braucht sie dazu jedenfalls nicht.
„Wie spät ist es?", frage ich Jan.
„Nach Mitternacht schon", sagt er. „Was macht dein Alter da eigentlich in dem Schuppen?"
„Keine Ahnung", sage ich. „Aber ist mir auch egal."
„Mann!", schreit Jan plötzlich los. „Nach Mitternacht! Weißt du, was das heißt? Du hast Geburtstag, Marei!"
Er springt aus dem Bus und wirbelt mich über die Wiese.
Stimmt, das hatte ich doch glatt vergessen! Verdammt, ich habe sogar meinen eigenen Geburtstag vergessen, das kann ja wohl nicht wahr sein!
Aber das wird mir nie wieder passieren, das schwöre ich.

Nie wieder! Demnächst denke ich nämlich zuallererst mal an mich.

„Nie wieder!", schreie ich, „nie wieder!"

„Hä?", macht Jan und lässt mich verblüfft los.

„Ich will feiern!", erkläre ich. „Ich will tanzen und singen und ... ich will Champagner!" Um gleich mal damit anzufangen, mich mehr um mich zu kümmern.

Jan holt eine Dose Bier aus seinem Zelt.

„Statt Champagner", sagt er. „Heineken, ist gut!"

„Und was trinkst du?", frage ich und nehme ihm die Dose ab.

Aber holländisches Bier nachts um halb eins scheint nicht so ganz das Richtige für mich zu sein. Ich habe jedenfalls kaum den letzten Schluck getrunken, da fallen mir auch schon die Augen zu. Ich lasse mich ein Stück zur Seite rutschen und lege meinen Kopf auf Jans Brust.

„Weck mich, wenn die Sonne aufgeht", sage ich, „ich habe noch viel zu tun."

Er weckt mich tatsächlich. Mit einem Kuss. Ich kriege zwar kaum die Augen auf, aber ich erinnere mich noch genau an meinen Plan. Und ich drücke mir selber die Daumen, dass Jan auch wirklich so reagiert, wie ich hoffe. Macht er.

Ich habe kaum gesagt, dass ich nach Deutschland zurück will, da brüllt er auch schon los: „Ich bring dich hin, kein Problem. Hatte sowieso keine Lust auf dieses Scheißnordkap!"

Ich nicke. Und er scheint total glücklich zu sein. Er rennt los, um sein Zelt abzubauen. Ich packe mir ein paar Sachen zusammen und ziehe meinen dicken Pullover über. Das muss reichen.

„Tut mir Leid, Poodle", sage ich. „Aber du musst hier

bleiben. Vielleicht sehen wir uns ja irgendwann mal wieder ..."

Poodle guckt mich an, als würde er jedes Wort verstehen. Und stupst mit der Schnauze nach mir. Jetzt bloß nicht heulen, denke ich. Ich mache die Tür zu und verstecke die Schlüssel hinter dem Vorderrad. Diesmal wird er ja wohl schlau genug sein, um sie zu finden ...

Ich zögere einen Moment. Und dann nehme ich doch noch mal die Schlüssel, schließe wieder auf und schreibe ihm eine kurze Nachricht.

Es hat keinen Zweck mit uns, schreibe ich. *Mach dir keine Sorgen, ich gehe zurück zu Sabine.*

Klingt ein bisschen wie in einem schlechten Hollywood-Film, denke ich. Wenn der Liebhaber zurück zu seiner Frau geht. Also male ich auch noch ein PS drunter:

Ich hoffe, du hast die Schlüssel diesmal gefunden.

Jetzt klingt es schon nicht mehr so sehr nach Hollywood. Sondern eher nach Marei Arnold. Und ich finde, dass ist gut so.

Jan hat das Zelt und seinen Schlafsack schon auf den Gepäckträger geschnallt.

„Mehr hast du nicht?", fragt er und zeigt auf meine Tasche.

„Ich dachte, du gibst mir vielleicht ein bisschen von deinem Schlafsack ab, wenn's kalt wird?", sage ich.

„Äh ... klar!", stottert Jan. Und das ist das erste Mal, dass ich erlebe, wie er verlegen wird.

Wir sind gerade erst vom Campingplatz runter, da sehe ich meinen Vater. Er kommt über die Wiese, die zwischen dem Weg und dem Schuppen liegt. Und er schleppt irgendeinen riesigen Karton ...

Jetzt hat er uns auch gesehen! Er ruft irgendwas.

„Fahr weiter!", brülle ich Jan ins Ohr.

Als wir den Hügel hoch sind, drehe ich mich noch mal um. Mein Vater steht mitten auf der Wiese und starrt hinter uns her. Mit ganz hängenden Schultern, ein bisschen wie ein alter Mann. Ich bin froh, dass ich ihm doch noch die Nachricht geschrieben habe. Sonst wäre es vielleicht doch zu gemein gewesen.

Drittes Buch

Life is what happens to you
When you're busy making other plans
(John Lennon)

Leben ist, was passiert,
wenn du dabei bist,
dein Leben zu planen

Unterwegs 7

Wir stehen am Fährhafen in Göteborg. Und ich habe das deutliche Gefühl, dass wir ganz schön auffallen. Was ja auch nicht gerade ein Wunder ist. Ich fürchte, wir haben in der letzten halben Stunde für mehr Aufregung gesorgt, als die meisten Autofahrer in der Warteschlange am Ticketschalter im letzten halben Jahr erlebt haben. Wir sind jedenfalls so was wie die Attraktion des Tages hier. Obwohl wir inzwischen gar nichts mehr machen. Also, ich meine, wir schreien nicht mehr rum und wir prügeln uns auch nicht mehr und nichts. Sondern ich versuche, meinem Vater ganz ruhig zu erklären, wieso ich eigentlich abgehauen bin. Und warum ich zu Sabine zurückwollte. Und warum dann plötzlich doch nicht mehr.

„Eigentlich ist Poodle schuld", sage ich. „Ich glaube, wenn ich Poodle nicht gesehen hätte, wäre ich wirklich abgehauen."

Was nicht ganz stimmt. Aber das muss mein Vater nicht unbedingt wissen. In Wirklichkeit war es nämlich so, dass Jan und ich Hunger hatten. Klar, wir waren ja auch ohne Frühstück und alles losgefahren ...

Jan hatte erklärt, dass wir so schnell wie möglich aus Schweden raus müssten, falls „der alte Hippie" die Bullen hinter uns herschicken würde. Und der nächste Fährhafen war Göteborg. Also sind wir nach Göteborg gefahren. Aber die nächste Fähre ging erst zwei Stunden später. Jan und ich sind durch die Stadt gegurkt, um ein Café oder so was zu finden. Aber der einzige Laden, der schon aufhatte, war eine Pizza-Bude auf dem Hügel gleich gegenüber vom Hafen. Nicht gerade die schönste Ecke. Jede Menge Mietskasernen und ein Fernsehgeschäft, bei dem die Scheibe eingeschlagen war, und gleich daneben ein ausgebranntes Auto. Und alles total menschenleer!

Aber die Pizza-Bude hatte offen. Und die Pizza war nicht schlecht. Mit Salami und Schinken. Die Artischocken habe ich Jan gegeben. Und dafür seine Peperoni gekriegt. Wir haben auf der Mauer einer Schule gesessen und Pizza in uns reingestopft. Und dann musste Jan pinkeln und ist hinter dem Fahrradschuppen verschwunden. Und ich habe alleine auf der Mauer gesessen und runter auf die Straße geguckt, die zum Hafen geht. Viel Betrieb war noch nicht. Nur ein paar Lieferwagen und einmal ein Mann auf einem Fahrrad. Als der Bus um die Ecke bog, habe ich es erst überhaupt nicht kapiert. Im Ernst! Im ersten Moment habe ich tatsächlich gedacht, he, ist ja witzig, der sieht ja aus wie unserer. Aber es war unserer!

Mein Vater hatte das Seitenfenster aufgeschoben und ist ganz langsam gefahren. Ich konnte deutlich sehen, dass er kaum auf die Straße geguckt hat, sondern immer wieder links und rechts, als würde er irgendwas suchen. Klar, er hat uns gesucht! Und hinter ihm hat Poodle seinen Kopf aus dem Fenster gestreckt, und es sah wirklich so aus, als würde er mitsuchen.

Ich weiß nicht, aber plötzlich hatte ich ein ganz merkwürdiges Gefühl im Bauch. Es war fast, als könnte ich meinen Vater hören, wie er sagt: Es gibt immer zwei Möglichkeiten. Du kannst kneifen und rumheulen oder du kannst was verändern. Und zu Sabine zurückzugehen wäre ir-

gendwie wie kneifen und rumheulen, das war mir plötzlich absolut klar.
Ich habe den Rest Pizza fallen lassen und bin losgerannt.
Jan kam gerade wieder hinter dem Fahrradschuppen vor, aber ich bin einfach an ihm vorbei.
„He!", hat er noch geschrien, und: „Was ist los? Wo willst du hin?", aber ich bin die Treppen runtergerannt und über die Straße und hinter dem Bus her.
Wie blöd bin ich eigentlich?, habe ich die ganze Zeit gedacht, jetzt habe ich endlich einen Vater und will ihn nicht mehr? Das ist doch nur noch bescheuert, habe ich gedacht, und bin gerannt und gerannt und hatte die ganze Zeit Angst, dass der VW-Bus plötzlich verschwunden sein könnte und ich meinen Vater nie wieder sehen würde. An Jan habe ich überhaupt nicht gedacht dabei. Nur an meinen Vater und dass ich ihn nicht verlieren wollte. Und dann habe ich die Bremslichter aufleuchten sehen, und im nächsten Moment flog die Fahrertür auf, und mein Vater kam mir entgegengerannt. Poodle war allerdings deutlich schneller als er ...
„Soso, Poodle hatte also Schuld", sagt mein Vater. Aber er grinst dabei und sieht verdammt froh aus. Ist er auch. Hat er vorhin erst gesagt. Als wir noch mitten auf der Straße standen und ich mich an ihm festgeklammert habe, als wäre er ein Rettungsschwimmer und ich kurz vorm Ertrinken.
„Ich bin verdammt froh", hat er gesagt. „Ich habe ganz schön Schiss gehabt. Ein Glück, dass ihr an der Tankstelle nach dem Weg nach Göteborg gefragt habt, sonst ..."
Weiter ist er nicht gekommen. Dann war nämlich auch schon Jan mit seinem Moped da. Und ist auf meinen Vater los und hat ihn immer wieder vor die Brust und gegen den

Arm geboxt. „Du Arsch!", hat er dabei gebrüllt, „du Nazischwein, du alte, deutsche Sau, du ..."
Es ging alles viel zu schnell. Ich habe überhaupt nicht mehr durchgeblickt, aber wenigstens war ich so schlau, Poodle am Halsband zu packen und festzuhalten.
Und dann hat mein Vater plötzlich ausgeholt und Jan eine gescheuert! Ich dachte, jetzt geht es los, jetzt schlagen sie sich gleich richtig, doch Jan hat nur völlig verblüfft geguckt und sich die Backe gehalten.
Mein Vater hat seinen Tabak rausgeholt und eine Zigarette gedreht.
„Hier", hat er gesagt und Jan die Zigarette hingestreckt.
Aber Jan hat sie ihm aus der Hand geschlagen und ist ohne ein Wort auf sein Moped geklettert.
Diesmal war ich es, die hinter ihm hergerufen hat.
„He, warte! Jan ...!"
Aber im nächsten Moment hatte er sich schon zwischen den wartenden Autos durchgeschlängelt und raste wie bekloppt auf die Straße zurück. Und mein Vater hat sich gebückt und die Zigarette aufgehoben.

Ich bin irgendwie immer noch völlig fertig. Ich weiß noch nicht, ob es mir Leid tut wegen Jan. Ich meine, er kann ja nichts dafür, dass bei uns alles das totale Chaos ist. Aber ich habe immer noch das Bild vor Augen, wie er auf meinen Vater losgegangen ist. Als wäre er total durchgedreht. Ist er ja auch irgendwie. Klar, er war sauer. Und wahrscheinlich total enttäuscht. Aber ich hätte nie gedacht, dass er ...
„Was sollte das eigentlich?", frage ich meinen Vater leise, „ich meine, warum hat er dich auch noch als Nazischwein beschimpft und so?"

Mein Vater zuckt die Achseln.

„Die Schweden haben was gegen die Norweger", sagt er.

„Und die Dänen gegen die Schweden. Und die Franzosen finden die Belgier zum Kotzen, die Holländer die Deutschen und immer so weiter. Im Übrigen darfst du nicht vergessen, dass Deutschland gegen so gut wie jedes Land in Europa Krieg geführt hat, und ich fürchte, dass wird uns noch lange anhängen ..."

„Aber das ist doch Ewigkeiten her! Das hat doch nichts mit dir oder mit mir zu tun!"

„Wäre schön, wenn es so einfach wäre", sagt mein Vater.

„Lass uns ein andermal darüber diskutieren, ja? Jetzt erzähl erst noch mal von dem Telefonat mit Susanne, aber ganz langsam, der Reihe nach, du weißt ja, ich bin nicht so schnell!"

Aber ich habe gerade erst angefangen, da unterbricht er mich auch schon wieder: „Nein, nein, vorhin hast du es anders erzählt! Du hast gesagt, zuerst wäre jemand anders dran gewesen ..."

„Stimmt", sage ich. „So ein Typ. Ich weiß nicht mehr, irgendein komischer Name, Jacobi oder so."

„Jacobo?"

„Kann sein."

„Älter oder jünger?"

„Eher älter ..."

„Alles klar, Gorgio und Jacobo. Ich hätte eigentlich gleich drauf kommen müssen!"

Ich gucke ihn nur an.

„Gorgio und Jacobo", wiederholt er. „Zwei ziemlich verrückte Typen, leben in Paris, kommen aber beide aus Argentinien, glaube ich zumindest, und haben ziemlich viel in Deutschland gearbeitet, sie arbeiten immer zusammen.

Gorgio komponiert irgendwelche Opern, und Jacobo inszeniert sie oder umgekehrt, und deine Mutter trifft sich ziemlich oft mit ihnen, das weiß ich, war früher schon so …"
„Du meinst … sie ist in Paris?", frage ich.
„Das werden wir gleich wissen", erklärt er und fischt sein Adressenheft aus der Jackentasche.
Ich habe mich schon ein paar Mal gefragt, wie er in diesem Heft überhaupt noch irgendwas findet. Es ist bis zur letzten Seite voll gekritzelt mit Adressen. Viele durchgestrichen, und andere völlig unleserlich, weil er irgendwann seinen Kaffée drübergekippt hat oder was weiß ich. Er blättert und blättert.
„Warum rufen wir sie nicht einfach noch mal auf ihrem Handy an?", frage ich.
„Weil sie uns ja doch keine vernünftige Antwort geben würde … da! Hier sind sie: Gorgio und Jacobo, unter Paris, sage ich doch. Also los, suchen wir uns ein Telefon!"
Wir machen uns auf den Weg zum Fährterminal.
„Und was willst du sie fragen?"
„Erst mal sehen, ob sie überhaupt da sind …"
Sie sind da. Einer von ihnen zumindest. Gorgio!
„Gorgio!", brüllt mein Vater in den Hörer, „ja, hier ist Burkhard … Was? Nein, nein, in Göteborg, ja … ja, es geht ganz gut … Was? Wie meinst du das: Es sollte mir nicht gut gehen …? Ach so, ja, da hast du Recht, gib sie mir doch überhaupt mal! Das geht nicht? Wieso, ist sie denn nicht bei euch oder was? Wieso ist das egal, das ist überhaupt nicht egal! Nein, finde ich nicht, ich muss dringend mit ihr reden! Wie? Ihr wollt mit mir reden? Mit uns? Wieso das denn jetzt wieder? Warte mal, was soll das heißen, ihr … ach so, ja, nein, nein natürlich nicht, aber …"
Er wird immer einsilbiger. Und er ist ziemlich bleich.

„Ja, so ... so schnell wir können", stottert er dann und legt auf.

„He, was ist los? Ist irgendwas passiert mit Mutti?" Ich zupfe ihn am Ärmel seiner Lederjacke. „Nun sag schon!"

„Nein, nein, es ist alles okay ..."

„Aber ist sie denn nun da oder nicht?"

„Ich weiß es nicht."

„Aber was hat dieser Gorgio denn gesagt? He! Krieg ich vielleicht mal eine halbwegs klare Antwort?"

Langsam komme ich mir vor, als würde ich mit jemand reden, der gerade erst von seinem letzten Marsflug zurück ist oder so. Und noch nicht ganz gelandet!

„Ich weiß nicht, ob Susanne da ist. Aber ..."

„Aber?"

„Sie wollen mit uns reden."

„Wer?"

„Na ja, diese beiden, Gorgio und Jacobo, sie wollen mit uns über Susanne reden."

„Was?"

„Verdammt noch mal, ich versteh es ja auch nicht." Er dreht sich zu mir um. „Aber mir reicht es jetzt. Wir fahren da jetzt hin, die wissen irgendwas, die beiden. Wahrscheinlich mehr als wir! Wahrscheinlich hat sie ihnen alles gesagt ..."

„Was? Was soll sie ihnen alles gesagt haben?" Ich fürchte langsam, dass ich diejenige bin, die gerade erst von ihrem Marsflug zurück ist!

„Alles, was sie uns nicht gesagt hat", erklärt mein Vater. „Aber das wird sich jetzt ändern. Ich habe nämlich die Nase gestrichen voll. Wir fahren jetzt nach Paris und hören uns an, was sie zu sagen haben. Los, komm."

„Aber ich kenn die doch gar nicht, die Typen", sage ich, „und ..."

„Was und?" Mein Vater bleibt stehen. „Du hast doch auch Nele nicht gekannt. Und Rina und die Leute vom Odin Theater auch nicht, oder?"

Wir sind auf der Fähre. Von Göteborg zurück nach Frederikshavn. Und mein Vater hat gerade ausgerechnet, dass wir in zwei Tagen in Paris sein können.

Ich gucke zum Fenster raus. Ladekräne und Fabrikanlagen. Ein Hafen mit Segelbooten. Und dann nur noch flache Felsen und ab und zu ein Haus. Rot gestrichen, mit weißen Tür- und Fensterrahmen.

Verrückt, denke ich, vor zwei Tagen sind wir erst angekommen, und vor ein paar Stunden noch wollte ich meine Mutter am liebsten nie wiedersehen. Und meinen Vater schon gar nicht. Aber jetzt bin ich auf dem Weg nach Paris, mit meinem Vater! Um meine Mutter zu suchen. Es hat sich also eigentlich gar nichts geändert.

Doch. Es hat sich was geändert. Ich habe Jan getroffen und was begriffen. Nämlich dass ich erst dann vor meinen Eltern wegrennen kann, wenn ich überhaupt erst mal versucht habe, bei ihnen zu bleiben. Und es hilft alles nichts, aber dazu müssen wir meine Mutter finden!

„Es ist so was wie eine Frage der Ehre", sagt mein Vater gerade und schiebt mir einen Becher heißen Tee hin, den er vom Tresen geholt hat. „Verstehst du, ich habe irgendwie das Gefühl, als hätte sie mich herausgefordert! Deine Mutter, meine ich. Wie in so einem bescheuerten Western, den ich mal gesehen habe. Wo der eine Cowboy zu dem anderen sagt: Das schaffst du nie, du Memme. Ich treibe meine Rinder quer durch den El Paso und sitze schon in Tombstone und saufe Whiskey, während du noch deinen Sattelgurt festzurrst. Oder so ähnlich jedenfalls. – Im Übrigen ist sie die tollste Frau, die ich kenne", setzt er hinzu. Um gleich darauf zu fragen: „Und du? Weshalb bist du überhaupt dabei, Cowboy?"

„Sie ist die einzige Mutter, die ich habe", sage ich und grinse ihn an. „Und außerdem hast du mal behauptet, dass es immer zwei Möglichkeiten geben würde. Entweder man kneift und heult rum oder man verändert was."

„Stimmt, das habe ich gesagt." Er nickt. „Und?"

„Ich werde euch verändern, dich und Mutti, kapiert?"

„Au Backe", sagt mein Vater. „Nicht schlecht, aber ... dass du vielleicht auch an dir was ändern könntest, auf die Idee bist du noch nicht gekommen, was?"

„Klar", sage ich. „Ich hab ja schon damit angefangen: Ich lasse nicht mehr alles mit mir machen! Ich entscheide selber, was ich will und was nicht."

Mein Vater starrt mich mit offenem Mund an.

„Mann", sage ich, „ist doch ganz einfach, ich bin fast fünfzehn inzwischen, ich meine, ich bin fünfzehn, und ..."

„Du bist ja fünfzehn ...! Verdammter Mist!" Mein Vater haut sich mit der flachen Hand vor die Stirn. „Das habe ich ja völlig vergessen vor lauter Aufregung, du hast ja Geburtstag heute! Marei!"

„Weiß ich", sage ich. „Ich weiß, dass du es vergessen hast. Das war ja auch einer der Gründe, weshalb ich so sauer war heute Nacht. Weil du einfach abgehauen bist und noch nicht mal daran gedacht hast!"

„Hehe, Moment, das stimmt ja nicht! Genau deshalb war ich ja weg, das war doch der Grund, ich habe es nur eben vergessen!"

„Was?"

„Hast du dich eigentlich überhaupt nicht gefragt, was ich die ganze Zeit in dem blöden Schuppen da gemacht habe?"

251

Er guckt mich an, als wollte er es nicht glauben.

„Nein", sage ich, „doch, aber …"

„Also nicht", stellt er fest. „Na, herzlichen Glückwunsch! – Hör mal, wir sind doch wohl völlig bescheuert, beide!", sagt er gleich darauf. „Wir regen uns immer nur auf über den anderen, ohne uns auch nur ein einziges Mal zu fragen, ob es vielleicht auch was mit uns selber zu tun hat. Ich habe irgendwie das Gefühl, wir eiern ständig nur von einem Missverständnis zum nächsten."

„Dann wäre das auch was, das wir ändern sollten", sage ich.

„Genau!"

Er springt auf.

„Bleib hier sitzen. Ich bin gleich zurück."

Er schiebt sich zwischen den Tischen durch zur Tür.

„Rühr dich nicht von der Stelle!", ruft er noch mal, dann ist er verschwunden.

Ich rühre in meinem Tee. Gucke zu, wie die Milch Schlieren zieht, bevor der Tee trübe wird und seine neue Farbe kriegt. Immer heller, je mehr Milch ich nachkippe. Stimmt, denke ich, wieso habe ich eigentlich gar nicht wissen wollen, was er da in dem Schuppen gemacht hat? Wieso habe ich mich noch nicht mal gewundert, als er die halbe Nacht verschwunden war? Und als wir im Morgengrauen an ihm vorbei sind, als er da mit dem Karton im Arm über die Wiese kam, nicht mal da habe ich gefragt …

„Räum mal den Tisch ab!"

Mein Vater ist zurück. Er setzt einen Karton neben mich auf den freien Stuhl. Den Karton!

Ich stelle das Teeglas auf den Nachbartisch.

„Sie wollten mich erst gar nicht nach unten zum Bus lassen", erzählt mein Vater. „Aber ich habe behauptet,

252

es ginge um Leben und Tod. Das haben sie mir zwar nicht geglaubt, aber ich habe so lange rumgenervt, bis sie mich dann doch durchgelassen haben. Schönen Gruß von Poodle übrigens, er hat gesagt, er wäre froh, dass der Karton jetzt endlich verschwunden ist und er wieder genug Platz zum Pennen hätte ..."

Mein Vater redet und macht und kommt mir vor wie so ein Zauberkünstler im Varieté, der die Spannung noch ein bisschen steigern will, bevor er endlich die zersägte Jungfrau aus der Kiste holt.

Er klappt den Deckel auf. Ich versuche, ihm über die Schulter zu schielen. Aber er schiebt mich zur Seite.

„Vorsichtig", sagt er, „ganz vorsichtig ..."

Er hebt etwas aus dem Karton und stellt es auf den Tisch – ein Bühnenbildmodell!

„Voilà", sagt mein Vater mit großer Geste, „dein Geburtstagsgeschenk!"

Er hat mir ein Modell gebaut! Wow! Ein Schiff, nein, eigentlich nur die Silhouette eines Schiffs, quer über die ganze Bühnenbreite, mit vier hohen Schornsteinen und einer Reihe von Bullaugen, und davor ein tiefer Spalt, und dann eine schräg gestellte Platte mit den Zuschauerplätzen. Aber der Abstand von der ersten Reihe bis zu dem Spalt ist ziemlich groß, und die Bodenplatte ist auch irgendwie bemalt ... Das sollen Felsen sein, klar, Felsen, die bis ans Wasser gehen, die Zuschauer sitzen also auf einer Felsplatte am Meer und gucken zu dem Schiff rüber!

„Was für ein Stück ist das?", frage ich.

„Erinnerst du dich noch, dass wir eigentlich nach Stockholm gewollt hatten?", fragt er zurück.

„Natürlich. Mann!", rufe ich gleich darauf, „du meinst, das ist das Modell für dieses Stück, das ..."

„Peer Gynt, genau", sagt mein Vater und nickt stolz.

„Und was hat das mit der Titanic zu tun?"

Ich zeige auf das Schiff.

„Nein, nein", sagt er. „Das Schiff ist ein Frachter, das sind nur die vier Schornsteine, aber wenn die dich an die Titanic erinnern, umso besser! Die unteren Decks der Titanic waren voll gestopft mit Leuten, die nach Amerika wollten in der Hoffnung auf ein besseres Leben, das passt."

„Aber dann sind sie abgegluckert."

„Die meisten jedenfalls, ja. Aber lass mich von Peer Gynt erzählen ..."

Inzwischen sind ein paar Leute an den Nachbartischen auf uns aufmerksam geworden. Klar, das Bühnenbildmodell nimmt den ganzen Tisch ein, und mein Vater hat ja auch eine ziemliche Show abgezogen, als er es ausgepackt hat. Ein Ehepaar steht sogar auf und kommt zu uns rüber um zu gucken. Deutsche offensichtlich. Ich höre, wie der Mann seiner Frau zuflüstert: „Das ist ein Bühnenbildmodell. Danach wird dann das Bühnenbild gebaut!" Aber mein Vater kümmert sich gar nicht um sie. Er nickt ihnen nur kurz zu und redet einfach weiter.

„Peer Gynt", sagt er, „ein Spinner! Ein Taugenichts, der nichts als haarsträubende Lügengeschichten erzählt. Stell dir so was wie einen Hippie vor, der nichts auf die Reihe kriegt. Das Einzige, was er kann, ist irgendwelches Zeug zu labern und Geschichten zu erfinden. Wahrscheinlich voll geknallt mit Dope landet er irgendwann bei den Trollen. Eigentlich geil da, denkt er, hier könnte ich gut bleiben, aber der Trollkönig verlangt von ihm, dass er sich die Augen zerschneiden lässt, um nicht mehr länger wie ein Mensch zu sehen. Aber da kriegt der Hippie dann doch Schiss, irgendwelche Konsequenzen, das geht ihm zu weit,

das will er nicht. Na ja, und viel Hin und Her, und irgendwann beschließt er, einfach abzuhauen, weit weg, übers
Meer, irgendwo andershin ..."
„Moment", unterbricht ihn der Mann, der mit seiner Frau
immer noch an unserem Tisch steht, „wenn ich Sie richtig
verstanden habe, geht es um Ibsen. Peer Gynt. Und ich
möchte stark bezweifeln, dass man einfach behaupten
kann, Peer Gynt wäre ein Hippie gewesen!"
„Doch, doch, kann man", sagt mein Vater.
Aber so schnell gibt der Typ nicht auf.
„Das ist doch aber wesentlich vielschichtiger, das Stück",
beharrt er, „Sie haben auch nicht im Ansatz erwähnt, dass
Peer Gynt verliebt ist und ..."
„Oh je, ja", sagt mein Vater, aber er redet mit mir, als gebe
es den besserwisserischen Typen überhaupt nicht. „Stimmt,
verliebt ist er auch noch, aber das habe ich nie ganz begriffen! Erst will er die Tochter des Großbauern vögeln, und
dann aber doch nicht, und zwischendurch irgendeine Sol-
veig, aber die will nicht mit ihm vögeln, und dann vögelt er
ein paar Sennerinnen und natürlich die Tochter vom Trollkönig, das heißt, da denkt er nur ans Vögeln, aber sie kriegt
trotzdem ein Kind von ihm! Nein, das war mir schon immer zu kompliziert, das vergessen wir einfach!"
Ich muss kichern.
„Zu viel Vögelei", sage ich laut. Und der Besserwisser
nimmt empört seine Frau am Arm und zieht kopfschüttelnd ab.
„Eben, das kann man doch nicht zeigen, oder war es etwa
das, was Sie sehen wollten?", ruft mein Vater hinter dem
Ehepaar her. Aber die sind schlau genug, so zu tun, als
hätten sie nichts gehört.
„Auch egal", meint mein Vater, „also weiter ..."

„Der Hippie haut ab!"

„Genau. Nach Afrika. Und macht eine Reederei auf und wird schwerreich. Vorbei mit dem Hippie, aus. Dealt mit Negersklaven statt mit Dope und will immer noch reicher und noch mächtiger werden, als er schon ist. Wird aber böse reingelegt und verliert alles. Zieht in die Wüste und freundet sich mit einer Eidechse an ..."

„Was?"

„Mit einer Eidechse. Und auch noch mit einer Kröte, glaube ich."

„Mit anderen Worten, er hat schon wieder gekifft!", sage ich.

„Kann sein." Mein Vater grinst. „Er träumt jedenfalls davon, einen Kanal vom Meer aus zu ziehen und die Wüste mit Wasser zu füllen. Doch, du hast Recht, das klingt verdammt so ..."

„Als wäre er voll gekifft bis obenhin!"

„Allerdings. Er hätte echt gut nach Christiania gepasst, komisch, das mir das vorher nie aufgefallen ist! Aber egal. Irgendwie wird er wieder reich und legt sich einen Harem zu, und natürlich verliebt er sich wieder in eine der Frauen, und natürlich nimmt die ihn aus ..."

„Und er ist wieder arm ..."

„Und er ist wieder arm, und dann dreht er völlig ab und redet mit der Sphinx und landet irgendwann in der Irrenanstalt von Kairo, und jetzt kommt's!"

Mein Vater beugt sich vor und zeigt auf sein Modell. Nein, auf mein Modell!

„Fünfter Akt", sagt mein Vater, „Peer Gynt will nach Hause. Erinnerst du dich daran, was Yngve gesagt hat? Er war überall in der Welt, aber das Einzige, was er eigentlich will, ist – wieder nach Hause!"

„Wer jetzt? Yngve oder Peer Gynt?"

„Yngve, Peer Gynt, Grieg, everybody! Der alte Mann Peer Gynt steht also hier auf dem Schiff und klammert sich an der Reling fest, sie sind schon kurz vor Norwegen, aber es ist Winter und sie haben Sturm, und das Schiff schwankt wie verrückt ... Hier, pass auf!"

Ich habe vorhin schon gesehen, dass das Modell so was wie einen doppelten Boden hat. Mein Vater fummelt irgendwas im unteren Teil und plötzlich bewegt sich das Schiff, geht erst vorne hoch und dann hinten, und wieder vorne, als würde es über gewaltige Wellenberge klettern ...

„Warte, das ist noch nicht alles!", sagt mein Vater und fummelt wieder, diesmal unter der Platte mit den Sitzreihen, und gleich darauf beginnt die ganze Platte sich zu bewegen, hoch und runter und wieder hoch, nicht ganz so stark wie das Schiff, aber ich glaube, es reicht, um die Zuschauer vor Schreck vom Stuhl kippen zu lassen!

„Mann", flüstere ich. „Irre!"

„Die Zuschauer sollen das Gefühl haben, als säßen sie selber auf dem Schiff und wären kurz davor unterzugehen!"

„Irre", sage ich noch mal.

„Eigentlich nichts als ein paar technische Tricks", sagt mein Vater. „Geisterbahneffekte wie auf jedem besseren Rummelplatz! Aber stell dir vor, die Leute würden sich auf den Text konzentrieren, das wäre doch ..."

„Fürchterlich", sage ich.

„Eben. Und jetzt ..."

Er lässt beide Hände im unteren Teil des Modells verschwinden. Die Dänen vom Nachbartisch gucken wieder interessiert rüber. Das Schiff mit den Titanic-Schornsteinen schaukelt stärker, plötzlich sackt der vordere Teil weg, das Heck ragt jetzt steil aufgerichtet nach oben, auch die

Plattform mit den Zuschauerreihen steht schräger als je zuvor, im gleichen Moment rutscht das Modell auf meinen Vater zu, die Dänen kreischen, irgendwo knallen ein paar Flaschen auf den Boden – unser eigenes Schiff schaukelt wie verrückt, die Fähre! Zwei- oder dreimal nur, dann ist wieder alles in Ordnung.

Mein Vater und ich starren uns an.

„Nicht schlecht", sage ich. „Wie hast du das gemacht?"

„Den Kapitän bestochen." Mein Vater grinst ein bisschen zittrig und holt tief Luft. „Puh, für einen Moment dacht ich echt …"

„Gutes Timing", sage ich.

„Verdammt gutes Timing, möchte ich mal behaupten!"

Mein Vater löst irgendeinen Mechanismus aus, ganz langsam verschwindet das Heck, wie in Zeitlupe …

„Nej!", schreit einer der Dänen entsetzt. Mein Vater antwortet irgendwas. „Verdammt", knurrt er gleich darauf, „es hängt wieder fest … da, jetzt!"

Aus dem Spalt ploppt ein winziges Rettungsboot nach oben, die Dänen klatschen Beifall und brüllen begeistert „bravo!".

„Geschafft", erklärt mein Vater und schiebt das Boot an die Felsplatte. „Peer Gynt klettert an Land, er ist zu Hause, in Norwegen!"

„Ohne einen Pfennig Geld", sage ich. „Genauso wie zu Anfang, als er losgefahren ist."

Mein Vater nickt. „Ohne eine einzige Öre. Aber endlich angekommen."

Er kurbelt die Plattform mit den Sitzreihen wieder in eine halbwegs normale Position.

„Peer Gynt ist also wieder zu Hause. Und was macht er jetzt? Er bückt sich und hebt eine Zwiebel vom Boden auf! Eine norwegische Zwiebel natürlich. Und während er Schale um Schale löst, sieht er sein Leben an sich vorüberziehen ..."

„Und muss weinen", schlage ich vor.

„Gut", sagt mein Vater, „davon steht zwar bei Ibsen nichts, glaube ich jedenfalls nicht, aber meinetwegen: Er weint. Aber du weißt, was passiert, wenn man eine Zwiebel immer weiterschält?"

„Irgendwann hat man gar nichts mehr ...?"

„Richtig. Es bleibt nichts übrig. Des Pudels Kern ist ... nichts!"

„Und das war's?", frage ich.

„Und Black und Vorhang und das war's."

„Den Schluss finde ich doof", sage ich. „Das stimmt doch einfach nicht: Er hat doch jede Menge Sachen erlebt und davon muss ja irgendwas übrig geblieben sein!"

„Beschwer dich bei Ibsen, der hat das Stück geschrieben, nicht ich!", erklärt mein Vater. Aber dann beugt er sich über das Modell zu mir rüber und flüstert: „Okay, okay, ich gebe es ja zu, bei Ibsen kommt noch irgendwas am Schluss, aber das hab ich vergessen, ist auch lange her, dass ich das Stück gelesen habe ..."

Er blickt sich um, als könnte jeden Moment wieder der deutsche Besserwisser hinter uns stehen.

„Und noch was", flüstert er: „Ich glaube, als Peer Gynt an Land klettert und die Zwiebel sieht, ist er schon wieder bekifft!"

Ich muss laut loslachen.

Mein Vater hält sich den Zeigefinger vor die Lippen.

„Aber nicht weitersagen, hörst du!"

„Könnte man so was wirklich bauen?", frage ich und zeige auf das Modell.

„Man kann alles bauen", sagt er. „Genau deshalb ist ein guter Theaterschlosser ja auch Theaterschlosser geworden, genauso wie der Theatertischler eben nicht Ikea-Regale zusammenbaut und der Theatermaler nicht bei irgendeiner Anstreicherfirma gelandet ist. Das Problem ist nur, dass ich die Leute auch dafür begeistern muss, das Unmögliche möglich zu machen! Und das hat wieder was mit dem Bühnenbildner zu tun, mit dem Regisseur, mit der technischen Leitung eines Theaters. Wenn der technische Leiter sagt, das geht nicht, weil er einfach keine Lust hat, wenn der Bühnenbildner phantasielos ist, wenn der Regisseur nicht begreift, dass Theater nur dann funktionieren kann, wenn alle zusammen an einer Sache arbeiten, dann kannst du es vergessen. Aber im Übrigen steht und fällt sowieso alles mit der Frage, warum ich ein Stück überhaupt machen will. Und wenn ich das nicht beantworten kann, dann hilft auch das aufwändigste Bühnenbild nichts, dann sind es eben bestenfalls Geisterbahneffekte, mehr nicht. – Willst du noch was wissen?"

„Ja", sage ich. „Kiffst du eigentlich noch?"

Für einen Moment ist er still. Und ich denke schon, gleich sagt er „nächste Frage", oder so was, aber dann antwortet er doch.

„Schon lange nicht mehr", sagt er. „Aber ich kann dir nicht genau erklären weshalb. Irgendwie gibt es eine Zeit, da kiffst du vielleicht, während ein anderer Rotwein trinkt oder in der Gegend rumvögelt ..."

„Oder alles zusammen", sage ich.

„Auch das, ja. Aber auch hier ist die Frage warum? Und ich glaube, ich hatte einfach keine Lust mehr zu kiffen, nur weil das alle anderen gemacht haben. Also hab ich's bleiben lassen."

„Und wenn ich kiffen würde?"

„Dann würde ich nur hoffen, dass du nicht irgendwann glaubst, du wärst nur noch mit Kiff gut drauf. Und mich schon morgens beim Frühstück dümmlich angrinst und sagst: He, Alter, ich blicke irgendwie gerade nicht durch, was läuft denn eigentlich so?"

Ich kichere.

„Genau so", sagt mein Vater.

Unterwegs 8

Ich hatte gedacht, wir übernachten vielleicht wieder bei
Ulrik und Rina. Aber kaum sind wir von der Fähre runter, erklärt mein Vater: „Wir fahren durch. Pennen können
wir auch auf irgendeinem Feldweg."
In Frederikshavn gießt es wie aus Kübeln. Und je weiter
wir fahren, desto schlimmer wird es. Ich weiß bald nicht
mehr, wo wir überhaupt sind. Auf irgendeiner Landstraße,
irgendwo in Dänemark, klar. Aber genauso gut könnten
wir auch auf irgendeiner Landstraße irgendwo in Finnland
sein. Nur so, als Beispiel. Oder längst schon wieder in
Deutschland. Oder sogar schon in Holland. Auf irgendeiner Landstraße in irgendeinem Land, irgendwo, egal wo.
Nur nicht in Österreich. Berge gibt es hier nämlich keine.
Glaube ich jedenfalls nicht. Man kann ja keine zehn Meter
weit gucken!
Die Scheibenwischer mühen sich vergeblich mit den Was-
sermassen ab. Wir hören alte Beatles-Songs und reden.
Über die Beatles. Und darüber, dass John Lennon wirklich cool war.
„Ich habe mal eine Filmaufnahme gesehen", erzählt mein
Vater, „da hat er ‚All you need is love' gesungen und Kaugummi gekaut dabei, da war er wirklich cool! Aber das, was
dir heute als cool verkauft wird, das ist irgendwie alles nur
noch Müll. Manchmal habe ich einfach keine Lust mehr, da
kotzt mich die ganze Soße nur noch an. Du kannst doch

inzwischen so doof sein, wie du nur willst, du kommst trotzdem ins Fernsehen, oder darfst Bücher schreiben oder Schallplatten aufnehmen oder was weiß ich. Und wenn es nicht klappt, dann macht das auch nichts, dann kannst du ja immer noch Politiker werden, kein Problem, je döfer desto besser, und für den Rest dieser Halbirren ist das dann hinterher die Rechtfertigung dafür, dass es völlig okay ist, so blöd wie Scheiße zu sein. Man müsste das Ganze umdrehen, verstehst du, wer doof ist und trotzdem sein Maul aufreißt, kriegt absolutes Redeverbot, aber für immer! Und wenn er sich nicht daran hält, dann ... ach, verdammt, ich weiß auch nicht!"

Mein Vater haut mit der Hand aufs Armaturenbrett, dass der Plattenspieler ein Stück in die Höhe hüpft und die Beatles noch mal von vorne anfangen müssen: „You say, you want a revolution, well, you know, we all want to change the world ...“

„Und was hat das Ganze mit John Lennon zu tun?", frage ich.

„Was? Wieso soll das was mit John Lennon zu tun haben?", fragt mein Vater zurück.

„Na, weil du doch damit angefangen hast ...“

„Vergiss es, mit John Lennon hat das überhaupt nichts zu tun – kann ich mal einen von deinen Kaugummis haben?"

Ich wickle ihm ein Kaugummi aus und halte es ihm hin.

„Soll ich vielleicht auch noch ‚All you need is love‘ raussuchen?", frage ich.

Er grinst.

„Ich rede zu viel, was?"

„Nein, nicht wirklich."

Wir reden auch noch über Jan. Später, als es langsam dunkel wird und der Regen im Scheinwerferlicht aussieht wie eine Wand aus Wasser, die sich immer erst im letzten Moment teilt, um uns durchzulassen.

Ich erzähle meinem Vater, dass ich die ganze Zeit immer nur seinen viel zu großen Mund gesehen habe, und die Haare, die nach allen Seiten abstanden, aber dass ich nie auf seine Augen geachtet habe. Erst ganz zum Schluss, im Fährhafen, als er auf meinen Vater los ist, und da waren seine Augen ganz klein und schmal und die Pupillen wie Stecknadelköpfe ...

„Aber ich weiß trotzdem nicht, welche Farbe sie eigentlich hatten", sage ich.

„Grau", sagt mein Vater, „mit ein bisschen Grün."

Ich gucke ihn an.

„Doch, wirklich", sagt er. „Susanne hat fast die gleichen Augen, deshalb ist es mir aufgefallen."

„Mutti?"

„Ja, und weißt du was? Wenn sie lacht und glücklich ist, dann sieht es aus, als hätte sie goldene Punkte in ihren Augen!"

Goldene Punkte? Ich fürchte, er hat zu lange in den Regen geguckt. Jan hatte jedenfalls keine goldenen Punkte, das hätte ich bemerkt ...

„Denk nicht mehr darüber nach", sagt mein Vater. „Es ist immer so. Erst glaubst du, es wäre für ein ganzes Leben, und dann lernst du jemand anderen kennen, und es ist wieder genau dasselbe und immer so weiter."

„Hahaha", mache ich und strecke ihm die Zunge raus. Aber wenn ich ganz ehrlich bin, muss ich zugeben, dass ich wirklich schon dabei bin, Jan wieder zu vergessen. Nein, es ist anders. Ich kann an ihn denken, ohne dass es wehtut! Worüber ich verdammt froh bin.

Es war schön mit Jan. Echt schön. Aber irgendwie ist es

auch ohne ihn schon kompliziert genug. Eins ist allerdings sicher: Wenn ich Jan nicht getroffen hätte, hätte ich ein paar Sachen wahrscheinlich bis heute noch nicht begriffen! Was mich und meine Eltern angeht, zum Beispiel. Und was ich eigentlich will ...

„Sag mal, hat sie eigentlich manchmal von mir erzählt?", meldet sich mein Vater plötzlich wieder zu Wort. „Ich meine, hat sie mal irgendwas gesagt oder so?"

Ich zucke nur mit den Schultern, weil ich in meinen Gedanken immer noch bei Jan bin.

„Na ja", meint mein Vater nach einem Moment, „ich bin jedenfalls gespannt, wie sie aussieht inzwischen. Ob sie sich sehr verändert hat oder so."

„Sie hat eine Brille", sage ich. „Zum Lesen."

„Eine Brille, ah ja ... Passt das zu ihr?"

„Ich finde schon", sage ich. „Und es ist ja auch nur eine Lesebrille. Meistens vergisst sie sie sowieso, und dann muss sie alles, was sie lesen will, möglichst weit von sich weg halten."

Ich mache vor, wie meine Mutter morgens Zeitung liest. Mit weit ausgestreckten Armen und die Augen ein bisschen zusammengekniffen.

„Ah ja", sagt mein Vater noch mal.

Und dann wechselt er abrupt das Thema und erzählt mir die Geschichte von irgendeinem Typen, der bei jedem, den er kennen gelernt hat, erst mal den Kopf abgetastet hat. Und behauptet hat, aus den Beulen und Buckeln könnte er erkennen, um was für einen Menschen es sich handelt! Ich habe keine Ahnung, was das jetzt soll. Aber ich stelle mir vor, dass ich bei dem nächsten Typen, den ich treffe, erst mal die Beulen an seinem Hinterkopf zähle. Absolut bescheuert!

Als wir über die Grenze nach Deutschland kommen, ist es stockfinster. Und es gießt immer noch in Strömen.

„Get back to where you once belong", singen die Beatles ...

„Weißt du, was komisch ist?", überlege ich laut vor mich hin, „ich finde, wenn man die ganze Zeit fährt, dann kriegt man irgendwann gar nicht mehr mit, was um einen rum überhaupt passiert. Es ist so, als gäbe es nur noch das Auto und dich und als wäre alles andere egal."

„Ich weiß, was du meinst", sagt er. „Als würde es reichen, einfach nur zu fahren. Egal wohin. Solange du fährst, brauchst du über nichts nachzudenken, nur das Fahren zählt. Und die Frage, wo du das nächste Mal was zu essen herkriegst! Das hast du nämlich vergessen. Was zu essen zu kriegen bekommt plötzlich eine unheimliche Bedeutung, ist dir das noch nicht aufgefallen? Als würdest du überhaupt nur fahren, um möglichst bald wieder essen zu können, aber genau so ist es, du fährst, du isst, du schläfst. Alles andere ist unwichtig."

„Okay, okay", sage ich, „ich hab's schon verstanden ..."

Ich gebe ihm die Hälfte meiner Banane ab.

„Schade, dass bei dem Wetter keine Cabrios unterwegs sind", sagt mein Vater mit einem Blick auf die Bananenschale in meiner Hand grinsend, „ein Cabrio ist besser als jeder Abfalleimer!"

Wir fahren und fahren. Irgendwann suchen wir uns einen Parkplatz. Mein Vater verschwindet mit Poodle in der nassen Dunkelheit. Ich liege in meinem Schlafsack und lausche auf den Regen, der aufs Dach trommelt, unaufhörlich, ohne Ende. Im Halbschlaf höre ich, wie mein Vater und Poodle zurückkommen. Ich rieche Poodles nasses Fell. Und dann träume ich. Lauter wirres Zeug und alles wild durcheinander. Ich sitze selber hinterm Lenkrad, und die Scheinwerfer, die mir entgegenkommen, sind nichts als verschwommene Kleckse in den Schlieren, die die Wischerblätter über die Scheibe ziehen. Und plötzlich ist da Jans Gesicht. Aber ich glaube, mein Vater hat sich geirrt. Jans Augen sind mehr grün als grau.

Als ich wach werde, sind wir schon wieder unterwegs.

„Wie spät ist es?", frage ich und klettere neben meinen Vater auf den Beifahrersitz.

„Kurz vor der holländischen Grenze", sagt mein Vater.

Mir ist kalt. Und ich muss andauernd gähnen. Aber ich habe keine Lust, wieder nach hinten und in meinen Schlafsack zu kriechen.

Mein Vater steigt auf die Bremse. Stau. Die nächste halbe Stunde geht es nur im Schritttempo voran. Wenn überhaupt. Als wir an der Unfallstelle vorbeikommen, gucke ich schnell woanders hin. Aber aus den Augenwinkeln habe ich noch gesehen, wie zwei Rettungssanitäter gerade einen Verletzten aus einem der Autos ziehen.

„Wahnsinn", sagt mein Vater kopfschüttelnd. „Ich habe irgendwo gelesen, dass siebzig Prozent aller Deutschen Michael Schumacher als Vorbild haben, und genau das ist dann das Ergebnis davon! Sie spielen Schumacher und sitzen in ihren dicken Wagen und glauben, ihnen könnte gar nichts passieren. Man müsste tatsächlich den ganzen Sicherheitsquatsch wieder ausbauen, kein ABS, keine Airbags, noch nicht mal Kopfstützen oder Gurte dürfte es geben. Die Leute müssen jede Sekunde Angst haben, dass es ihnen ans Leben gehen könnte, dann würde sich vielleicht was ändern."

Am späten Nachmittag sind wir in Amsterdam.

„Ich kenne eine Kneipe, da machen sie überbackenen Ziegenkäse mit Honig", sagt mein Vater.

Ich nicke.

„Okay, fahren wir hin."

Aber dann verfahren wir uns. Und außerdem ist gerade Feierabendverkehr, und jede Straße, in die wir abbiegen wollen, ist entweder hoffnungslos verstopft oder eine Einbahnstraße in der falschen Richtung.

Irgendwann stecken wir in einer schmalen Gasse fest. Rechts neben uns ist die Gracht, und links steht ein Mülllaster, aber sogar als mein Vater den Außenspiegel anklappt, reicht der Platz nicht, um durchzukommen. Und von den Typen, die ja zu dem Mülllaster gehören müssen, ist keiner zu sehen. Aber zurück können wir auch nicht mehr, hinter uns ist mittlerweile eine lange Schlange an Autos, und ein Taxifahrer, der halb durchdreht und die Hand überhaupt nicht mehr von der Hupe nimmt, bis mein Vater wütend den Rückwärtsgang einlegt und die Kupplung kommen lässt …

„Spinnst du?", stottere ich.

Er latscht auf die Bremse.

„Hast du eine bessere Idee?", fragt er.

Ich zeige mit dem Kopf nach vorne. Die Müllmänner sind zurück. Der Fahrer tippt sich kurz an die Mütze und klettert in seinen Laster.

„Du tickst doch nicht mehr ganz richtig", murmelt mein Vater.

Wir folgen dem Mülllaster. Ein paar Meter weiter ist die Kneipe, die wir die ganze Zeit gesucht haben. Mein Vater parkt den Bus gefährlich dicht an der Kante zur Gracht. Das Taxi zischt hupend vorbei.

Mein Vater streckt den Kopf zum Fenster raus und brüllt irgendwas hinterher, was ich nicht verstehe.

„Wärst du ihm wirklich reingefahren?", frage ich.

Er zuckt die Achseln und steigt aus.

Die Kneipe ist so verräuchert, dass man kaum noch die Hand vor Augen sehen kann. Poodle muss ein paar Mal hintereinander niesen. Die Bedienung bringt einen großen Aschenbecher mit Wasser für ihn. Und Poodle schlappt, als wären wir gerade von einer Wüstendurchquerung zurück und nicht im Dauerregen von Dänemark hierher gegurkt.

Wir bestellen überbackenen Ziegenkäse mit Honig. Ganz kurz überlege ich, ob Jan wohl auch manchmal Ziegenkäse mit Honig isst. Oder ob er Zuckerstreusel dazu bestellen würde …

Mein Vater spricht englisch mit der Bedienung. Als ich ihn frage, warum, sagt er: „Klar weiß ich, dass fast alle Holländer Deutsch können. Aber ich kann kein Holländisch."

„Hä?", mache ich.

„Wir sind zu Gast in einem anderen Land", erklärt er, „und ich kann doch nicht erwarten, dass die Leute sich nach mir richten. Also treffen wir uns irgendwo in der Mitte."

„Leuchtet ein", sage ich.

Der Ziegenkäse ist echt total lecker. Wir bestellen uns jeder noch eine zweite Portion. Was wir vielleicht lieber hätten lassen sollen. Dann wären wir vielleicht auch noch rechtzeitig wieder an unserem Bus gewesen. Bevor er aufgebrochen worden wäre! Aber so stehen wir ziemlich entgeistert vor der eingeschlagenen Seitenscheibe. Alles liegt voll Glassplitter und der Beifahrersitz ist vom Regen so gut wie durchweicht.

„Scheiße", sagt mein Vater.

Und als er das Durcheinander im Innenraum sieht, sagt er gleich noch mal „Scheiße". Jeder Staukasten und jede Schublade sind aufgerissen und durchwühlt, und unsere Klamotten liegen verstreut auf dem Boden, sogar die Matratzen hat irgendjemand hochgenommen …

„Was haben die gesucht?", frage ich.

„Geld", sagt mein Vater. „Wahrscheinlich für den nächsten Schuss."

Wir fegen die Glassplitter zusammen und versuchen rauszukriegen, ob irgendwas fehlt. Was in dem Chaos gar nicht so einfach ist. Zum Glück schleppt mein Vater immer alle Ausweise in seiner Lederjacke mit sich rum, und unser Geheimversteck hinter der Türverkleidung haben sie nicht entdeckt, sonst wäre unser ganzes Geld futsch gewesen. Das Einzige, was weg ist, ist die Reiseschreibmaschine von meinem Vater! Seine über alles geliebte OLYMPIA, mit Metallgehäuse und …

„Scheiße", sagt mein Vater zum dritten Mal. „So eine kriege ich doch nie wieder!"

Er geht in die Kneipe zurück, um nach der nächsten Polizeistation zu fragen. Poodle und ich halten solange Wache. Obwohl ich mir nicht ganz sicher bin, was ich machen würde, wenn jetzt noch mal einer käme, der auf alte Reiseschreibmaschinen steht. Oder wenn die von eben noch mal zurückkämen, weil ihnen eingefallen ist, dass sie nicht hinter der Türverkleidung gesucht haben. Vielleicht wäre es am sichersten, nur freundlich zu nicken und so zu tun, als ob ich gar nichts weiter mit dem Bus zu tun hätte. Also nur zufällig mal reingeguckt hätte oder so. Vielleicht wäre es sogar noch sicherer, einfach gleich in die Gracht zu springen. Auf Poodle jedenfalls sollte ich mich lieber nicht verlassen. Wahrscheinlich würde er noch helfen, den

Bus zu durchwühlen, weil er das Ganze für ein neues Spiel hält!

Bei der Polizei sind sie total nett zu uns. Mein Vater kriegt sogar eine Tasse Kaffee und ich einen Becher Cola aus dem Automaten auf dem Gang. Und die Polizistin, die unsere Anzeige aufnimmt, erzählt, dass ihr eigenes Auto in einer Woche dreimal aufgebrochen worden wäre!

„Welcome to Amsterdam", sagt sie und lächelt.

Sie gibt uns die Adresse von einer Firma, die Autoscheiben repariert. Tag und Nacht! Als wir hinkommen, sind wir nicht die Einzigen, die eine neue Scheibe brauchen. Und wir müssen ziemlich lange in der Gegend rumstehen und warten, bis endlich ein Mechaniker kommt, um sich den Schaden anzusehen.

„Nicht gut", sagt er und schüttelt den Kopf.

„Was heißt das?", fragt mein Vater.

„Euer Bus ist zu alt", erklärt der Mechaniker. „Dafür gibt es nichts. Ich muss improvisieren."

„Aha", sagt mein Vater.

Der Mechaniker zieht einen Zollstock aus der Tasche und schreibt sich mit einem Kugelschreiber die Maße unseres Seitenfensters in die Handfläche. Dann verschwindet er in der Werkstatt. Keine zehn Minuten später bringt er eine Plastikscheibe an, die er in die Beifahrertür einsetzt und an den Kanten mit neonfarbenem Klebeband befestigt.

„Fertig", sagt er.

„Aha", meint mein Vater schon wieder. Aber sonderlich begeistert scheint er nicht zu sein.

„Und das soll halten?", fragt er skeptisch und drückt mit dem Daumen gegen die Plastikscheibe.

„Besser als offen", sagt der Mechaniker.

Mein Vater verdreht die Augen.

„Kostet?", fragt er.

„Umsonst", sagt der Mechaniker. „Welcome to Amsterdam."

„Na ja, warte mal ..."

Mein Vater zieht sein Portemonnaie aus der Tasche.

Aber der Mechaniker hält ihn am Arm fest.

„Ist okay", sagt er. „In Wirklichkeit haben die Holländer gar nichts gegen Deutsche."

„Was?", fragt mein Vater irritiert.

„Ihr seid so groß und wir so klein", sagt der Mechaniker.

„Da haben wir manchmal Angst. Und als Krieg war, haben wir so viel Scheiße gebaut hier. Wir haben so viel Flüchtlinge zurückgeschickt wie kein anderes Land, und wir haben gewusst, dass sie ins Konzentrationslager kommen. Deshalb haben wir immer noch ein schlechtes Gewissen und das macht uns ein bisschen aggressiv!"

„Aber", fängt mein Vater an zu stottern, „wir sind gar nicht ... also, ich meine ..."

„Ist nicht schlimm", winkt der Mechaniker ab. „Aber wir müssen noch viel lernen, wir und ihr auch. Wir haben noch lange nicht genug kapiert!"

Er klopft meinem Vater auf die Schulter und geht. Wir gucken hinter ihm her, bis er in der Werkstatt verschwunden ist.

„Irrer Typ", sagt mein Vater, als wir in den Bus klettern. „Alleine dafür hat sich's schon gelohnt, dass sie uns das Fenster eingeschlagen haben. Aber ich verstehe nicht, wieso er uns gleich für Deutsche gehalten hat ..."

„Weil wir's ja auch sind wahrscheinlich", sage ich und klettere nach hinten, um endlich mal wieder unsere Fahrtstrecke auf der Karte einzumalen. Hamburg. Holstebro. Göteborg. Gustavsfors. Göteborg. Amsterdam ... Paris!

Paris

Ich habe einen Stadtplan auf den Knien und versuche, meinen Vater durch Paris zu lotsen. Ja, wir haben uns tatsächlich einen Stadtplan gekauft! Aber auch erst, nachdem mein Vater drei oder vier Taxifahrer nach dem Weg gefragt hat – und die ihn entweder nicht verstanden haben oder ihn einfach nicht verstehen wollten, und mein Vater endlich entnervt aufgegeben hat und ohne ein Wort in den nächsten Tabakladen marschiert ist. Wo sie offensichtlich nicht nur Gauloises verkauft haben, sondern auch Stadtpläne.

Wir müssen nach Vincennes, irgendwo im Süden von Paris. Als wir von Belgien aus noch mal bei Gorgio und Jacobo angerufen haben, hat Gorgio gesagt, sie würden sich mit uns in Vincennes im Théâtre du Soleil treffen. Abends um sieben ...

Jetzt ist es gerade mal Mittag. Und es ist noch keine Viertelstunde her, da hat mein Vater vorgeschlagen, dass wir uns irgendeinen bescheuerten Friedhof ansehen sollten! Mit dem Grab von Jim Morrison. Dem Sänger von den Doors. Aber da mich Jim Morrison nicht besonders interessiert und sein Grab erst recht nicht, wollte ich lieber zum Eiffelturm.

„Zum Eiffelturm?", hat mein Vater gefragt und mich angeguckt, als wäre ich nicht mehr ganz dicht. „Was soll das denn?"

„Wieso nicht?", habe ich zurückgefragt. „Das ist bestimmt interessanter als das Grab von deinem Jim Dingsda!"

„Morrison", hat mein Vater gesagt, „Jim Morrison. Mann, die Leute kommen von sonst woher, nur um sein Grab zu sehen! Weißt du eigentlich, dass er in der Badewanne ertrunken ist? Ist er nämlich. Hier in Paris!"

„Mann, die Leute kommen auch von sonst woher, um den Eiffelturm zu sehen! Und weißt du, dass schon mal jemand den Eiffelturm verkauft hat? Echt, stimmt! An irgendeinen Millionär in Amerika. Und es hat sogar geklappt! Der Amerikaner hat das Geld bezahlt und alles, und erst als er nach Paris kam und den Turm mitnehmen wollte, hat er gemerkt, dass er reingelegt worden ist."

Aber auch das hat meinen Vater nicht weiter beeindruckt. Im Gegenteil.

Er hat weiter von seinem Friedhof gequatscht, als hätte ich überhaupt nichts gesagt!

„Und nur ein paar Meter weiter ist das Grab von Oscar Wilde", hat er mir vorgeschwärmt, „und gleich um die Ecke liegt Gertrude Stein, und jeder, der mal da war, legt einen kleinen Stein auf ihr Grab …"

„Eiffelturm", habe ich gesagt.

„Überleg es dir noch mal: Jim Morrison. Gertrude Stein und Oscar Wilde! Und …"

„Eiffelturm."

„Du bist wirklich blöd."

„Du auch."

„Mann, so kommen wir nicht weiter …"

„Eben", habe ich gesagt. „Also lassen wir es doch."

„Wie? Was? Was lassen wir?"

„Wir fahren nicht zum Eiffelturm und auch nicht auf deinen blöden Friedhof, sondern gleich nach Vincennes!"

„Waaas? Was soll das denn? Spinnst du, es ist doch noch viel zu früh!", hat sich mein Vater aufgeregt.

Aber ich habe nur ganz cool mit den Schultern gezuckt.

„Das ist immerhin so was wie ein Kompromiss", habe ich gesagt.

„Genial", hat er gemeint, „wirklich! Mit anderen Worten: Wir haben beide nichts davon, dass wir in Paris waren, na klasse!"

„Doch, wir haben was davon."

Er hat mich angeguckt.

„Wir sehen Mutti", habe ich gesagt. „Vielleicht ist sie ja schon eher bei diesem Theater, also ist es doch nur schlau, wenn wir auch eher da sind!"

Für einen Moment war er still. Dann hat er mir den Stadtplan rübergegeben und den Motor angelassen. Und jetzt sind wir schon dreimal über die Seine gegurkt und ich habe irgendwie das ungute Gefühl, dass wir im Kreis fahren. An der Kreuzung hier waren wir jedenfalls schon mal, da bin ich mir ziemlich sicher. Nein, waren wir nicht. Oder ich habe beim letzten Mal das Schild übersehen: VINCENNES.

„Rechts", sage ich.

Mein Vater biegt ab.

„Ich glaube nicht, dass sie da ist", sagt er plötzlich. „Aber das macht nichts. Wir werden Gorgio und Jacobo ausquetschen, bis sie uns alles gesagt haben. Und dann ..."

Er redet nicht weiter. Aber ich quetsche heimlich meinen Mittelfinger über meinen Zeigefinger und denke: Sie ist da. Sie ist ganz bestimmt da.

Auf dem Parkplatz vor dem Theater steht kein einziges Auto. Wir parken im Schatten von ein paar Bäumen und klappen das Dachfenster auf. Es ist ziemlich heiß. Und Poodle hechelt wie verrückt.

„Drehen wir eine Runde", sagt mein Vater.

Das Gelände ist ziemlich irre.

„Eine alte Munitionsfabrik", sagt mein Vater.

Wir latschen zwischen den Hallen herum und gucken uns die Plakate an.

„Ich sollte dir vielleicht was vom Théâtre du Soleil erzählen", meint mein Vater.

„Der Name gefällt mir", sage ich.

Er nickt. „Stimmt, mir auch. Aber auf Deutsch würde es einfach nur bescheuert klingen ..."

„Sonnentheater", probiere ich.

„Theater zur Sonne", sagt er. „Das klingt bald wie die Kneipe von meinem Cousin!"

„Der gerade irgendwo in Australien zum Tauchen ist ..."

„Moment! War er nicht in Südamerika?"

„Irgendwo da", sage ich.

Das Théâtre du Soleil ist ungefähr zur selben Zeit entstanden wie das Odin in Dänemark, erzählt mein Vater. Und auch aus ungefähr den gleichen Gründen. Weil die Leute die Nase voll hatten von irgendwelchen Theaterstücken, die sie nicht verstanden haben. Weil sie absolut nichts mit ihnen selber zu tun hatten!

„Das Théâtre du Soleil wird übrigens von einer Frau geleitet", erzählt mein Vater weiter, „und inzwischen ist die Gruppe von Ariane Mnouchkine so berühmt, dass die Leute tagelang Schlange stehen, nur um Karten für eine Vorstellung zu kriegen ..."

In einem Schaukasten entdecke ich ein altes Foto. Eine leere Fabrikhalle ohne Bühnenbild, und das Publikum sitzt auf dem Fußboden. Direkt vor den Leuten ist ein Schauspieler, und an der Seite steht ein Typ, der einen Handscheinwerfer auf die Szene richtet, das ist alles. Wenn es das Foto als Postkarte gibt, werde ich es für Sabine kaufen!

Poodle hat eine leere Bierdose entdeckt, die er mir schwanzwedelnd vor die Füße legt.

„Es ist zu heiß, Poodle", sage ich. „Lass es."

Ein Auto kommt. Irgendwelche Theaterleute, die in der nächsten Halle verschwinden.

Wir gehen zurück zum Bus. Mein Vater kramt zwischen seinen Singles.

„Mist, ich dachte, ich hätte irgendwo was mit Jim Morrison ..."

„Ist nicht so schlimm", sage ich. „Wir können ja auch Gertrude Stein hören!"

„Hahaha!", meint mein Vater. Und klärt mich darüber auf, dass Gertrude Stein keine Rocksängerin war, sondern geschrieben hat.

„Ziemlich verrücktes Zeug", sagt er, „auch Theaterstücke. Sie hat viel mit Wörtern rumgespielt, a rose is a rose is a rose, a play is a play is a play und so was ..."

„Klingt ja sehr interessant", sage ich. Und er verdreht wieder mal die Augen.

Aber ich bin sowieso nicht ganz bei der Sache. Inzwischen kommen nämlich immer mehr Autos auf den Parkplatz. Und ich warte darauf, dass aus irgendeinem meine Mutter aussteigt. Aber es scheint so, als hätte mein Fingerkreuzen überhaupt nichts genützt.

Mein Vater holt eine Frisbeescheibe aus der Werkzeugkiste unter dem Fahrersitz und geht mit Poodle zu der Wiese vor den Fabrikhallen. Eine Weile gucke ich ihnen zu. Mein Vater wirft das Frisbee, und Poodle rennt hinterher und versucht, es noch im Flug zu erwischen.

Ein alter Citroën hält genau neben uns. Zwei alte Männer in Anzügen steigen aus und nicken mir freundlich zu.

„He!", ruft mein Vater quer über die Wiese. „Da seid ihr ja!"

„Gorgio", sagt der eine Alte und streckt mir die Hand hin.

„Jacobo", sagt der andere Alte. „Seid ihr schon lange da?"

„Und wo ist meine Mutter?", frage ich.

„Wir müssen reden", sagt der, der sich als Gorgio vorgestellt hat.

„Viel reden", sagt der andere. Jacobo. „Sehr viel."

„Nein", sage ich, „ich will nur wissen, wo meine Mutter ist!"

Gorgio und Jacobo blicken sich an. Gorgio zuckt mit den Schultern. „Wir können alles erklären", sagt er.

„Das will ich hoffen", sagt mein Vater, der mittlerweile über die Wiese gekommen ist und neben uns steht.

Er umarmt erst Gorgio und dann Jacobo. Küsschen links, Küsschen rechts. Und ich kriege plötzlich irgendwie Panik … „Ist ihr was passiert oder was?", kreische ich los.

„Verdammt, ich will jetzt endlich wissen, was …"

„Nein, nein", versucht mich Gorgio zu beruhigen, „es ist alles okay."

„Alles okay", kommt prompt das Echo von Jacobo.

Ich kann mir nicht helfen, aber die beiden sind mir nicht gerade sympathisch. Und ich glaube ihnen kein Wort!

„Wo ist sie?", blaffe ich Gorgio an. „Wo ist meine Mutter?"

„Erzählen wir alles später", sagt er, „erst mal gehen wir jetzt ins Theater."

„Nein", sagt mein Vater ganz ruhig, „das machen wir nicht. Erst mal kriegen wir eine Antwort von euch!"

Ich habe langsam das Gefühl, dass ich in irgendeinem

schlechten Film gelandet bin. Mafia-Bosse unter sich oder so. Gorgio und Jacobo scheint es ähnlich zu gehen. Und mein Vater ist offensichtlich derjenige, der die Knarre durch die Jackentasche hindurch auf sie gerichtet hält. Jedenfalls nehmen sie beide wie auf Kommando die Hände hoch. Wenn uns irgendjemand beobachtet hat, geht er spätestens jetzt hinter seinem Auto in Deckung!

„Sie ist gestern nach Dublin abgeflogen", sagt Gorgio.

Jacobo nickt nur.

„Sie ist was?", brüllt mein Vater und packt Gorgio an den Aufschlägen seines Jacketts.

„Dublin", wiederholt Gorgio und befreit sich aus dem Griff meines Vaters.

„Dublin", sagt mein Vater und reibt sich verzweifelt die Hand übers Gesicht.

„Aber sie bleibt nicht in Dublin", sagt Jacobo. Und seine Stimme klingt so, als würde er gleich in Triumphgeheul ausbrechen. Weil er meinem Vater gerade so richtig eine verpasst hat.

Ich starre mit offenem Mund von einem zum anderen.

„Nicht in Dublin", stammelt mein Vater.

„Nicht in Dublin", bestätigt Gorgio. „Aber es wird alles gut."

Er klopft meinem Vater auf die Schulter. „Wir sagen euch, wie ihr sie findet!"

„Wenn wir im Theater waren", ergänzt Jacobo. „Kommt, die Vorstellung fängt an ..."

Die beiden drehen sich um und marschieren einfach los. Als wäre es völlig klar, dass wir hinterherkommen. Mein Vater schickt Poodle mit einer Handbewegung in den Bus. Als er abschließen will, sehe ich, dass seine Hände zittern. Er hat Mühe, den Schlüssel ins Türschloss zu kriegen.

„Die spinnen doch, die beiden", sage ich leise. „Glaubst du ihnen?"

„Ich fürchte, ja", sagt er.

Wir wanken also hinter Gorgio und Jacobo her. Als wir am Eingang sind, winken sie uns einfach an der Schlange vorbei. Eine ältere Frau mit grauen Haaren begrüßt uns. Gorgio sagt irgendwas auf Französisch. Ich höre nur „Susanne". Die Frau antwortet irgendwas und tätschelt meinem Vater den Arm.

Mein Vater murmelt „hallo" und „danke", dann stehen wir in der Fabrikhalle.

An einem Stand wird Suppe ausgeschenkt. Es duftet nach irgendwelchen Gewürzen, die ich nicht kenne. Und von einem offenen Feuer weht blaugrauer Qualm herüber – an einem Spieß wird ein Schwein gebraten!

„Kommt weiter!"

Wir folgen Gorgio und Jacobo durch einen Mauerdurchbruch in die nächste Halle. Links ist die Zuschauertribüne. An der Rückseite führt eine breite Eisentreppe nach oben. Erst als wir schon ein paar Stufen hoch sind, entdecke ich, dass unter der Tribüne die Garderoben für die Schauspieler sind. Nur mit Drahtgittern voneinander abgetrennt, sodass man alles sehen kann. Die Schminktische und die Spiegel und die Ständer mit den Kostümen. Die Schauspieler sind noch dabei, sich für die Vorstellung fertig zu machen. Und sie benehmen sich, als wäre weit und breit niemand, der sie sehen könnte. Und doch sind sie voll konzentriert, so als wenn sie schon in ihrer Rolle wären.

Die Leute stehen dicht an dicht die Treppe hoch und glotzen! Aber irgendwie macht es auch Spaß zu glotzen, das muss ich zugeben …

Wir suchen uns unsere Plätze.

„Molière", sagt Jacobo und reibt sich die Hände.

„Molière", sagt auch Gorgio. Zeigt auf die Bühne und strahlt mich an, als hätte er mir gerade mitgeteilt, dass gleich der Weihnachtsmann kommt.

Auf der Bühne steht nichts als ein Planwagen.

„Sie spielen ein Stück über Molière", sagt mein Vater halblaut zu mir.

„Ich weiß", sage ich. „Stand ja auf den Plakaten."

Immer mehr Leute quetschen sich jetzt in die Reihen, bis es wirklich gerammelt voll ist. Ich versuche ein Stück von Gorgio wegzukommen, aber es klappt nicht. Sein Anzug riecht nach irgendeinem Herrenparfüm.

„Achte auf die Bühne rechts", sagt mein Vater.

Stimmt, da ist noch eine zweite Bühne. Ein bisschen höher als die eigentliche Spielfläche. Und voll gestellt mit Trommeln und Gongs und allen möglichen merkwürdig aussehenden Instrumenten. Mittendrin steht ein Typ mit einem grauen Vollbart und starrt regungslos vor sich hin.

„Das ist Jean Jacques Lemétre, der Musiker", sagt mein Vater, „er macht alles alleine!"

Genau in dem Moment erwacht der Typ mit dem Vollbart plötzlich zum Leben! Er rast zu seinem Gong und von da zu den Trommeln und wieder zurück, und ich habe keine Ahnung, was er da eigentlich macht, aber es klingt absolut irre! Gleichzeitig geht das Bühnenlicht an und innerhalb von Sekunden ist die Bühne voll mit Schauspielern – mit Komödianten in abenteuerlichen Kostümen, sogar Kinder sind dabei! Klar, eine Schauspieltruppe von früher, die mit dem Planwagen über Land zieht. Und ich habe plötzlich das Gefühl, als wäre ich mittendrin, als würde ich selber auf irgendeinem Marktplatz stehen, vor dreihundert Jahren oder so!

Das Problem ist nur, dass der Text natürlich auf Französisch ist, und ich verstehe kaum ein Wort. Ich kriege nur so ungefähr mit, worum es geht. Molière hat eine Schauspieltruppe, sie sind alle ziemlich arm, und sie ziehen von Dorf zu Dorf und spielen, und dafür kriegen sie dann was zu essen und einen Platz zum Schlafen. Aber die Leute auf den Dorfplätzen wollen immer nur lustige Sachen sehen, irgendwelchen billigen Klamauk, und jedes Mal, wenn Molière etwas spielt, was ein bisschen ernster ist, wird er ausgepfiffen!

Die Art, wie sie spielen und sich bewegen, erinnert mich total an Çesar und seine Geschichte von dem Priester. Vielleicht hat es was damit zu tun, dass sie genau wie beim Odin-Theater einfach Bilder zeigen, in die man sich reinträumen kann, bis sie zu eigenen Bildern geworden sind! Vielleicht ist es gar nicht so schlecht, dass ich von dem Text kaum was verstehe.

Zwischendurch muss ich immer wieder zu dem Musiker rübergucken. Wahnsinn! Und er macht wirklich alles alleine.

Dann ist Pause. Ich kaufe eine Postkarte für Sabine. Das Foto aus dem Schaukasten! Und mein Vater holt eine Schüssel Suppe für jeden von uns. Irgendwas mit viel Curry.

„Kürbissuppe", sagt mein Vater.

Schmeckt aber trotzdem.

Ich bin froh, dass Gorgio und Jacobo jede Menge Leute zu kennen scheinen, mit denen sie sich unterhalten müssen. Wobei Gorgio immerzu mit den Händen flattert, so wie ich es mal in einem Video mit Mick Jagger gesehen habe. Und Jacobo steht daneben und kichert. Aber jedenfalls haben sie keine Zeit für uns. Und ich bin mir auch sicher, dass sie sowieso nichts sagen würden, bevor wir nicht das Stück zu Ende geguckt haben.

„Wie findest du es?", fragt mein Vater.

„Ganz gut", sage ich. „Der Musiker ist irre." Er zeigt mit dem Kopf auf Gorgio und Jacobo.

„Was glaubst du, warum sie unbedingt wollten, dass wir das Stück sehen?"

Ich überlege einen Moment.

„Es ist ein bisschen wie die anderen Stücke, die wir gesehen haben. Jemand, der etwas macht, was er unbedingt machen will."

Mein Vater reibt sich mit dem Handrücken einen Rest Kürbissuppe aus dem Bart.

„Es ist sogar noch konkreter", sagt er. „Jemand, der seine eigene Schauspieltruppe hat! Meinst du, es könnte sein, dass es vielleicht gar nicht die beiden waren, die unbedingt wollten, dass wir das hier sehen, sondern ..."

„Susanne?", frage ich. Auf die Idee wäre ich gar nicht gekommen, aber ...

Mein Vater nickt.

„Und das Problem bei Molière ist, dass er das spielen muss, was die Leute sehen wollen, genau, das ist es! Er macht zwar Theater, aber er kann nicht das Theater machen, was er eigentlich machen will!"

„Weißt du, wie das Stück weitergeht?", frage ich.

„Nicht mehr so richtig. Der Bruder vom König sieht ihn, und ich glaube, er wird sogar zur königlichen Theatergruppe befördert, aber er soll immer weiter harmlose Komödien spielen. Hauptsache lustig. Aber dann fängt er irgendwann an, Komödien zu schreiben, die in Wirklichkeit bitterböse sind. Er greift in seinen Stücken die Gesellschaft an, die Verwaltung, die Kirche, die Reichen ..."

„Und dann?"

„Kriegt er jede Menge Ärger, wird sogar angeklagt, und zum Schluss bricht er mitten auf der Bühne zusammen und stirbt. Und sie gönnen ihm noch nicht mal ein ordentliches Begräbnis. Ein schönes Beispiel eigentlich für das Los eines Schauspielers, den sie genau so lange gefeiert haben, wie er nicht die Doppelmoral der Gesellschaft angegriffen hat – und dann?"

Mein Vater schüttelt den Kopf.

Gerade will ich ihn fragen, ob er glaubt, dass das heute noch genauso wäre. Aber ich komme nicht mehr dazu. Auch nicht ihn zu fragen, ob das für meine Mutter bedeutet, dass sie wirklich nur das machen kann, was das Publikum sehen will. Oder diejenigen, die entscheiden, ob es Geld für irgendein Projekt gibt oder nicht ...

Die Pause ist zu Ende. Und dann sitzen wir wieder auf der Tribüne und ich zermartere mir das Gehirn. Je länger ich über alles nachdenke, desto mehr Fragen habe ich. Auf die ich keine Antworten weiß!

Von der Aufführung kriege ich nicht mehr viel mit. Aber es scheint zumindest so ähnlich zu sein, wie mein Vater erzählt hat.

Jedenfalls tritt der König auf, und es wird schon klar, dass Molière eben gegen Ungerechtigkeit und Überheblichkeit kämpft – und absolut keine Chance hat. Aber ist er wirkliche der Einzige? Und muss es so sein, dass er den Kampf verliert?

Ich gucke wieder zu dem Musiker rüber. Komisch, ich habe nie darüber nachgedacht, was man mit Musik alles machen kann! Wie man jede Stimmung auf der Bühne verstärken kann, Freude und Wut oder Hoffnungslosigkeit, Einsamkeit, alles eigentlich. Klar, im Film machen sie es ja genauso, ich verstehe nur nicht, warum beim Theater kaum einer auf die Idee kommt!

Plötzlich spielt der Bärtige so was wie Tanzmusik, und auf der Bühne ... aber war Molière nicht eben noch tot? Egal. Irgendwas habe ich offensichtlich verpasst. Jetzt tanzt er jedenfalls! Genauso wie die anderen Schauspieler und die Zuschauer stehen auf und klatschen! Die Vorstellung ist zu Ende ...

Fast so wie der Schluss in dem Dario Fo-Stück, das meine Mutter inszeniert hat, denke ich. Nur dass die Schauspieler hier niemand von den Zuschauern auffordern mitzutanzen. Aber die Stimmung ist trotzdem so, als hätte Clint Eastwood gerade ganz alleine ein ganzes Dorf vor einer Bande habgieriger Halunken gerettet, Unsinn, die ganze Welt! Nein, als könnten wir die ganze Welt retten. Als hätte Molière uns eben gezeigt, dass überhaupt nichts umsonst ist, dass wir alles hinkriegen können, was wir nur wollen. Was natürlich Quatsch ist, aber versuchen können wir es ja wenigstens!

Gorgio und Jacobo wollen unbedingt noch was trinken. Aber mein Vater sagt: „Nein, jetzt reden wir."

„Okay, okay", sagt Gorgio schnell.

„Okay", kommt das Echo von Jacobo. „Wir trinken zu Hause, okay?"

Also steigen Clint Eastwood und ich in unseren Bus und fahren hinter Gorgio und Jacobo her. Durch halb Paris, bis zu ihrer Wohnung. Ein hässliches Haus. In irgendeinem hässlichen Hinterhof. An der Tür ist ein Schild: ASSOCIATION SCHREKER. MUSÉE.

Gorgio schließt auf.

Wir kommen direkt in einen großen Raum. Das heißt,

so groß ist er gar nicht, er ist nur irre hoch. Mindestens zwei Stockwerke! Die einzigen Möbelstücke sind zwei zerschlissene Sofas, die sich gegenüber stehen, und ein Flügel. An den Wänden hängen Plakate, hinter Glas, und immer drei, vier übereinander, und auf jedem Plakat steht *Schreker*, ein paar Mal auch *Franz Schreker*.

„Wer ist Schreker?", flüstere ich meinem Vater zu.

„Ein Komponist aus Deutschland, hat ziemlich schräge Opern geschrieben", flüstert mein Vater zurück. Er nickt zu Gorgio und Jacobo rüber. „Seine Witwe hat den beiden alle Erinnerungsstücke überlassen, wenn sie ein Museum dafür einrichten, aber frag mich nicht warum ..."

Gorgio breitet seine Arme aus und sagt: „Schreker. Alles Schreker."

Und Jacobo bringt aus einem Nebenraum eine Flasche Wein und Gläser. Wir setzen uns auf das eine Sofa, Gorgio und Jacobo auf das andere.

Gorgio klopft auf seine Sofalehne: „Schreker."

Er strahlt uns an.

Jacobo gießt Wein ein.

„Also", sagt mein Vater. „Wir hören."

„Langsam", sagt Gorgio und nimmt schmatzend einen Schluck aus seinem Glas. Leckt sich über die Lippen und sagt: „Ihr habt Molière gesehen, sag mir mit einem einzigen Satz, worum es in der Aufführung geht!"

„Verdammt", meint mein Vater, „was soll das? Ein Schauspieler, der seine eigene Theatergruppe aufmacht und über Land zieht ..."

„Gut, gut, das reicht. Und wer hat das Stück gespielt, heute Abend?"

Mein Vater zieht ärgerlich die Augenbrauen zusammen.

„Hör mal, ich weiß überhaupt nicht, was das ..."

Gorgio beugt sich vor.

„Ariane Mnouchkine!", sagt er, „Ariane Mnouchkine spielt Molière, Ariane Mnouchkine ist Molière!"

„Mir reicht's", sagt mein Vater und stellt sein Glas auf den Boden.

„Moment!"

Gorgio legt meinem Vater die Hand aufs Knie.

„Ariane Mnouchkine ist eine Frau, richtig?"

„Was weiß ich?", knurrt mein Vater. „Was spielt das für eine Rolle?"

Gorgio schlägt sich die Hände vors Gesicht.

„Er versteht es nicht!", ruft er theatralisch. „Sie verstehen es beide nicht!"

Er dreht sich zu Jacobo: „Erklär du es ihnen!"

Aber der kichert nur vor sich hin.

Also dreht sich Gorgio wieder zu uns und sagt kopfschüttelnd: „Es ist doch ganz einfach: Molière, Ariane, Susanne ...!"

„Was?", fragt mein Vater.

„Ja, ja", sagt Jacobo plötzlich, „sie hat eine eigene Theatergruppe, wie Molière!"

„Wie Ariane!", korrigiert ihn Gorgio.

„Wie Molière", beharrt Jacobo.

Und dann fangen sie beide an loszulachen und wollen sich überhaupt nicht mehr einkriegen, so als hätten sie gerade den größten Witz aller Zeiten gelandet. Haben sie auch, ihrer Meinung nach!

Gorgio tänzelt zwischen den Sofas hin und her und ruft immerzu: „Und? Waren wir gut? War das Theater? Waren wir nicht gut?"

Und mein Vater stammelt: „Also, äh, ich verstehe nicht ..."

Aber mir reicht es langsam mit den beiden Clowns.

„Vergiss es", sage ich, „lass uns abhauen!"

„Aber wohin?", brüllt Gorgio los. „Wohin?" Und krümmt sich schon wieder vor Lachen.

„Nach Dublin", sage ich und stehe auf.

„Warte", sagt mein Vater.

„Okay", nickt Jacobo plötzlich. „Setz dich hin, Gorgio. Die Show ist vorbei!"

„Okay", sagt Gorgio und setzt sich.

Mit einem Schlag sind sie beide total ernst. Und Jacobo fängt an zu erzählen. Von meiner Mutter.

Und dass meine Mutter eigentlich immer nur einen einzigen Traum gehabt hat, nämlich das Theater machen zu können, das sie wirklich will. Ohne auf irgendwelche Theaterleiter Rücksichten nehmen zu müssen, oder auf ein Publikum, das nur billige Komödien sehen will. Und bei jeder neuen Inszenierung hat sie gemerkt, dass sie nicht ganz zufrieden ist, dass es immer noch besser hätte sein können, wenn sie nur die richtigen Leute gehabt hätte …

„Also hat sie ihre eigene Gruppe aufgemacht", sagt Jacobo.

„Anders geht es nicht", sagt Gorgio.

„Das verstehe ich alles", sagt mein Vater. „Aber darüber hätte sie mit uns ja ganz normal reden können, oder?"

„Hätte sie eben nicht", sagt Jacobo.

„Du verstehst gar nichts", sagt Gorgio. „Du warst es doch, der damals abgehauen ist. Du wolltest doch gar nicht."

„He, Moment", sagt mein Vater, „sie hat mich weggeschickt!"

„Dazu gehören immer zwei", sagt Jacobo.

Mein Vater guckt auf den Fußboden. Für einen Moment sagt keiner was. Ich stehe auf und gehe zum Klo, weil ich dringend pinkeln muss.

Als ich zurückkomme, zeigt Gorgio auf mich und sagt:

„Und du? Hast du dich auch nur ein einziges Mal dafür interessiert, was deine Mutter eigentlich macht? Oder wie es ihr dabei geht?"

„Meinen Sie mich?", frage ich. Obwohl ich natürlich ganz genau weiß, dass er mich meint.

Gorgio gibt mir keine Antwort. Er guckt mich nur an.

„Nun mal langsam", mischt sich mein Vater ein. „Susanne hat sich ja wohl auch nicht gerade große Gedanken darüber gemacht, wie es Marei dabei geht!"

Genau, will ich sagen. Aber dann lasse ich es, weil ich mir plötzlich nicht so sicher bin.

„Und außerdem scheint mir doch das Problem zu sein", redet mein Vater weiter, „dass Susanne gar nicht gewusst hat, was sie eigentlich selber will ..."

Jacobo nickt. „Und deshalb hätte sie eure Hilfe ganz gut gebrauchen können, stimmt."

„Aber was will sie denn?", rufe ich. „Ich meine, sie hat jetzt ihre eigene Theatergruppe, aber was will sie von uns?"

„Wenn ihr das noch nicht gemerkt habt, tut ihr mir Leid", sagt Jacobo.

„Heißt das, wir sollen jetzt einen auf heile Familie machen, oder was?", fragt mein Vater.

Gorgio steht auf. „Das müsst ihr selber wissen", sagt er und macht die Tür auf. Draußen fangen gerade die ersten Vögel zu zwitschern an. Und es wird langsam hell.

„Verdammt", meint mein Vater. „Ihr kommt mir wirklich vor wie zwei Oberlehrer! Aber dann erklärt mir doch gefälligst mal, wieso sie uns durch halb Europa hetzt?!"

„Weil sie sicher sein will, dass ihr es ernst meint", sagt Jacobo ganz ruhig.

„Ach was", knurrt mein Vater. Aber es klingt ziemlich lahm ...

Ich merke, dass ich kurz davor bin, einfach umzufallen. Ich kann nicht mehr. Ich lege meinen Kopf an die Rückenlehne und mache die Augen zu. Aber ich höre noch, wie mein Vater fragt: „Wo finden wir sie? Hat sie irgendeine Adresse dagelassen?"

Und auch die Antwort von Gorgio. Oder Jacobo. Egal.

„Keine Adresse. Aber ein paar Hinweise. Ihr werdet sie finden, keine Sorge!"

Ich werde wach, weil irgendjemand mit Geschirr klappert. Ich liege immer noch auf dem Sofa. Aber irgendjemand hat mir eine Wolldecke übergelegt. Und ein Kissen unter den Kopf geschoben.

Auf dem Sofa mir gegenüber liegt mein Vater. Mit der Lederjacke bis zum Kinn hochgezogen. Er schnarcht.

„He!", rufe ich leise.

Sofort steht Poodle schwanzwedelnd vor mir, er muss nur darauf gewartet haben, dass sich einer von uns rührt.

„Na, mein Lieber", sage ich und kraule ihn unterm Kinn. Poodle drängelt sich an meine Hand. Sein Schwanz klopft gegen die Sofalehne.

„Scheiße", meldet sich mein Vater stöhnend zu Wort, „mir tut jeder einzelne Knochen weh ..."

„Frühstück!", ruft eine Stimme von irgendwoher. Gorgio und Jacobo!

„Auf geht's", sagt mein Vater.

Wir steigen die Treppe zu der Wohnung im ersten Stock hoch.

„Hier!", ruft wieder eine Stimme.

Gorgio und Jacobo sitzen an einem gedeckten Tisch und warten schon auf uns. Vor jedem Stuhl steht eine Schale mit dampfendem Milchkaffee. Sonst nichts.

Jacobo hält einen Zettel in der Hand.

„Ich habe alles aufgeschrieben für euch", sagt er. „In London läuft eine Wiederaufnahme von Susannes ‚Macbeth'. Ich denke, die solltet ihr euch ansehen. Und dann fahrt ihr nach Dublin. Da hat sie im Frühjahr Becketts ‚Warten auf Godot' gemacht. Vorstellung ist immer Freitag und Samstag. Hier, ich habe alles aufgeschrieben", wiederholt er und schiebt meinem Vater den Zettel über den Tisch.

„Wenn ihr die beiden Inszenierungen gesehen habt, wisst ihr, wo ihr Susanne findet", setzt Gorgio hinzu.

Mein Vater starrt auf den Zettel.

„Und ihr glaubt nicht, dass es sinnvoller wäre, wenn ihr uns jetzt einfach sagt, wo sie ist?", fragt er nach einer Weile.

„Ich glaube, das würde Susanne nicht wollen", erklärt Jacobo.

„Aha", sagt mein Vater.

Und ich denke, dass wir uns schnellstens ein Telefon suchen sollten. Und Susanne einfach anrufen. Sowie wir aus der Bude hier raus sind. Hätten wir längst machen sollen.

Gorgio zupft an seinem Morgenmantel.

„Paco Rabanne", verkündet er.

„Oh, wirklich?", sagt mein Vater.

„Ja", sagt Gorgio stolz.

Jacobo nimmt ein wurstähnliches Gebilde von der Kommode. Orangerot mit blauen Federn dran. Erst als er es sich auf den Kopf setzt, kapiere ich, dass das Ganze wohl ein Hut sein soll. Nein, eher ein Turban …

„Niki de St. Phalle", erklärt er.

Mein Vater beugt sich zu mir.

„Niki de St. Phalle ist eine Künstlerin aus Paris …"

„Weiß ich", sage ich leise. „Aber wer ist Paco Rawano?"

„Keine Ahnung", flüstert mein Vater.

Gorgio zeigt auf die schweren Silberbestecke, die an jedem Platz liegen. Und die wir nicht brauchen, weil es ja sowieso nur MilchKaffée gibt.

„Schreker", sagen mein Vater und ich gleichzeitig.

Gorgio und Jacobo nicken zufrieden.

Wir schlürfen Milchkaffee. Und ich bin verdammt froh, als mein Vater endlich sagt: „Okay, es wird Zeit …"

Gleich zwei Straßen weiter ist eine Telefonzelle. Aber unter der Nummer meiner Mutter meldet sich nur eine Automatenstimme: „Der Teilnehmer ist zurzeit nicht erreichbar." Und keine Mailbox und nichts.

„Das passt zu ihr", sagt mein Vater. „Wahrscheinlich hat sie das Ding einfach abgemeldet."

„Ich versuche es später noch mal", sage ich.

Und dann sitze ich wieder mit dem Stadtplan auf den Knien neben ihm. Diesmal, um uns aus Paris rauszulotsen. Was gar nicht so schwierig ist. Und ich muss mich nur zwei- oder dreimal vertun und schon kommen wir direkt am Eiffelturm vorbei.

Unterwegs 9

„Wenn du Theater machen würdest", fragt mein Vater, „was würdest du dann machen? Was für Stücke würdest du spielen? Wie würdest du inszenieren? Und was würdest du mit dem, was du machst, erreichen wollen?"
Wir sitzen in der Cafeteria der Fähre von Calais nach Dover. Ich schaufel meinem Vater meine weißen Bohnen in Tomatensoße auf seinen Teller. Und klaue ihm dafür ein paar matschige Pommes.
„Ich weiß nicht genau", sage ich. „Aber ich glaube, so wie ich es beim Odin-Theater gesehen habe. Also mit Schauspielern, die einfach total gut sind. Oder wie im Théâtre du Soleil. Und vor allen Dingen müsste Musik dabei sein! Aber ich würde andere Stücke spielen ..."
„Was heißt das genau?"
Ich überlege. Mir fallen wieder die Fotos ein, die mir Ulrik gezeigt hat. Der Tod auf Stelzen und die Soldaten, die mit ihren Gummiknüppeln auf irgendwelche Leute einschlagen.
„Vielleicht Stücke, die sich ... einmischen oder so", sage ich.
„Ich verstehe", sagt mein Vater. „Aber solche Stücke müsstest du dir selber schreiben."
„Na und? Das geht doch, oder?"
„Dario Fo hat nie irgendwas anderes gemacht."
Ich schiebe einen Klecks Eigelb auf meinem Teller hin und her. Und klaue meinem Vater noch ein paar Pommes.

„Weißt du, was ich an Muttis Inszenierungen am besten finde?", frage ich. „Dass sie immer schon vorher anfangen, also dass schon was passiert, wenn man reinkommt. Und genauso am Schluss. Dass sie nicht einfach zu Ende sind, sondern dass es irgendwie noch weitergeht. Wie bei Galileo mit dem Zettel, den jeder bekommen hat. Oder wenn die Schauspieler am Schluss mit den Zuschauern tanzen ..."

„Stimmt", sagt mein Vater. „Das gefällt mir auch. Allerdings nur solange sie nicht ausgerechnet mich zum Tanzen auffordern!"

Ich muss lachen. Und versuche mir vorzustellen, wie irgendein Schauspieler meinen Vater zum Tanzen auf die Bühne holt!

„Kannst du überhaupt tanzen?"

Er guckt mich beleidigt an.

„Natürlich. Ich habe viel getanzt. Und ich war gut!"

„Was?"

Er zieht sich sein Zopfgummi aus den Haaren. Und beugt sich vor und schüttelt seinen Kopf, dass seine Haare hin- und herfliegen und er fast die Pommesreste vom Tisch fegt dabei.

„Und das war alles?", frage ich lachend.

„Nein, nein, im Stehen natürlich ..."

„Bloß nicht", sage ich schnell und gucke mich um, ob schon irgendjemand an den anderen Tischen was gemerkt hat. Ja, zwei kleine Jungs starren mit offenem Mund zu uns rüber. Ich lache sie freundlich an.

Und sie beugen sich vor und schütteln ihre Köpfe – und kriegen prompt von ihrem Vater eine gescheuert!

Mein Vater hat es auch gesehen.

„Apropos einmischen", sagt er. Er schiebt den Stuhl zurück, wirft sich die Haare in den Nacken und geht auf den Vater der beiden Jungen zu.

Diesmal bin ich es, die mit offenem Mund hinter ihm herstarrt.

Mein Vater sagt irgendetwas.

Der Vater der beiden Jungen steht auf. Er überragt meinen Vater um mindestens einen Kopf! Und seine Schultern sind ungefähr doppelt so breit und ...

Und dann guckt er auf seine Armbanduhr und mein Vater nickt und kommt zurück.

Setzt sich hin und fummelt das Zopfgummi über seine Haare.

„Und?", frage ich.

„Nichts und, du hast den Typen doch gesehen! Armmuskeln so dick wie meine Oberschenkel und alles voll mit Tätowierungen, wahrscheinlich irgend so ein Army-Arsch ..."

„Und was hast du gesagt?"

„Hab ihn nach der Uhrzeit gefragt."

„Sehr schlau!" Ich pruste los.

„Ich bin nicht Clint Eastwood." Er grinst verlegen und zuckt mit den Schultern.

„Schade eigentlich", sage ich. Weil ich es dem Arsch wirklich gegönnt hätte, wenn East Clintwood ihm mal eben links und rechts eine gescheuert hätte. Nur damit er mal merkt, wie das so ist!

Aber als wir dann in den Hafen von Dover einlaufen und die beiden kleinen Jungen gerade hinter ihrem Vater her zum Ausgang marschieren, bleiben sie plötzlich an unserem Tisch stehen, grinsen uns an und schütteln wie auf Kommando die Köpfe.

Mein Vater und ich grinsen zurück und schütteln auch die

Köpfe. Und der eine der beiden dreht sich um und zeigt dem Rücken seines Vaters einen Stinkfinger!

Wir sind in England. Im Schritttempo fahren wir zwischen den Hafenbaracken durch. Ich habe unsere Pässe in der Hand. Und halte sie so, dass jeder Zollbeamte, der nicht ganz blind ist, sie sofort sehen kann. Aber zum Glück werden wir ohne Kontrolle weitergewunken.

„Okay, Poodle, wir haben es geschafft!", ruft mein Vater nach hinten, als wir aus dem Hafengelände raus sind. Poodle kommt mit einem Satz zwischen uns gesprungen.

„Was glaubst du, was hätten sie gemacht?", frage ich.

„Wenn sie Poodle gefunden hätten?"

„Ja, was glaubst du?"

Mein Vater fädelt sich vorsichtig in den Kreisverkehr ein. Ich finde, es ist irgendwie komisch auf der falschen Straßenseite zu fahren, und ich gucke auch prompt in die falsche Richtung, als wir abbiegen.

Wir überholen noch einen Laster. Rechts natürlich.

Erst dann gibt mir mein Vater eine Antwort: „Hätte Ärger gegeben, fürchte ich. Und nicht zu knapp. Ich nehme an, sie hätten uns zurück nach Frankreich geschickt!"

Hunde dürfen nämlich nicht einfach so mit nach England. Sondern nur mit tausend Papieren und Stempeln, die wir natürlich nicht hatten. Also haben wir in Calais ein getrocknetes Schweineohr für Poodle gekauft und ihn mitsamt dem Schweineohr hinter die Sitzbank verfrachtet. Wo er auch die ganze Fährfahrt über schön brav geblieben ist.

„Wenn wir erst mal in England durch den Zoll sind, gibt es kein Problem mehr", hat mein Vater behauptet. „Border Collies haben sie da selber genug. Da fallen wir überhaupt nicht auf."

Hoffen wir mal, dass er Recht gehabt hat ...
Wir quälen uns eine lange Steigung hoch. Der Laster von eben zieht locker an uns vorbei. Aber dann klemmt er sich vor uns und wird immer langsamer. Bis er fast steht und wir ihn wieder überholen.

„Scheißspiel", knurrt mein Vater.
Ich gucke in den Rückspiegel. Der Laster hängt uns fast an der Stoßstange. Und blinkt zu allem Überfluss auch noch mit der Lichthupe.

„Dann fahr doch vorbei!", brüllt mein Vater und blinkt links.

Der Laster fährt noch dichter auf.
Mein Vater geht auf den Seitenstreifen rüber.
Der Laster schiebt sich mit dröhnendem Motor neben uns.
Als ich nach oben gucke, sehe ich hinter der Seitenscheibe zwei kleine Gesichter, die mir sehr bekannt vorkommen.
Und einen ausgestreckten Mittelfinger. Nein, zwei ausgestreckte Mittelfinger!

Der Laster hupt noch einmal, dann lässt er uns hustend in einer schwarzgrauen Dieselwolke zurück.

„Asshole!", flucht mein Vater hinter ihm her. Und um ein bisschen was für meine Bildung zu tun, erklärt er mir auch gleich noch, dass es auf Englisch eigentlich „arsehole" heißen müsste.

„Asshole ist amerikanisch", sagt er, „aber keine Sorge, die Engländer verstehen es trotzdem."

Ich fische blind eine Single aus unserer Sammlung. Natürlich wieder die Beatles. „I feel fine". Ich versuche lauter mitzusingen als mein Vater.

„... I'm so glad, I'm telling all the world, I'm in love with her and I feel fine!"

Stimmt. I feel fine. Ich habe keine Ahnung wieso, aber irgendwie scheint mir alles ganz einfach zu sein. Als wäre alles klar oder so. Als hätten wir meine Mutter längst gefunden und würden nur mal eben so einen kleinen Ausflug machen. Mein Vater und ich.

„Sag mal", fragt er plötzlich. „Könntest du dir eigentlich vorstellen, dass es irgendeine Möglichkeit gibt, zum Beispiel eine eigene Theatergruppe zu haben und trotzdem gleichzeitig so was wie … eine Familie oder so?"

Ich drehe die Musik lauter. Lasse mich nach unten rutschen, bis mein Kopf auf der Rückenlehne liegt, und mache die Augen zu.

London

Ich hatte immer geglaubt, dass die Telefonzellen in England rot wären. Aber die, in der ich gerade stehe, sieht genauso aus wie die bei uns zu Hause auch. Grau und doof. Der einzige Unterschied ist, dass hier irgendjemand das Kabel durchgeschnitten hat.

„Es hätte sowieso nichts gebracht", sagt mein Vater, „glaub mir, sie hat ihr Handy abgemeldet, jede Wette!"

Wir sind in irgendeinem Vorort von London. Die Gegend scheint nicht gerade die allerbeste zu sein. Eine lange Reihe von runtergekommenen Häusern, und eins sieht aus wie das andere, nur die Graffiti sorgen für ein bisschen Abwechslung. Wir haben keine Ahnung, wie wir dahin kommen, wo wir hinmüssen. *Rotherhithe* steht auf dem Zettel, den uns Jacobo gegeben hat. *Redriff Road.*

Ein schwarzer Mercedes kommt ganz langsam die Straße runtergerollt.

„Ich frage", erklärt mein Vater und macht ein Zeichen, dass der Mercedes anhalten soll.

Die rechte Scheibe ist offen. Vorne im Wagen sitzen zwei Männer in dunklen Anzügen, und beide tragen einen Turban! Und auf der Rückbank kann ich undeutlich zwei oder drei Frauen erkennen, alle mit Kopftüchern und einem dunklen Punkt auf der Stirn – Inder!

„Sorry", setzt mein Vater an und zeigt auf seinen Zettel, „to Rotherhithe ..."

Wie in Zeitlupe streckt der Mann auf dem Beifahrersitz seine Hand vor und – drückt auf die Automatik für das Fenster. Mit einem leisen Sirren geht die Scheibe hoch. Der Fahrer gibt Gas.

Und wir stehen am Straßenrand und starren verblüfft hinter dem Mercedes her. Bis er um die nächste Ecke verschwunden ist.

„Scheint nicht gerade die beste Gegend hier zu sein", stellt mein Vater kopfschüttelnd fest. „Machen wir, dass wir wegkommen!"

„Es muss was mit dir zu tun haben", sage ich und erinnere ihn daran, wie der Autofahrer in Weimar bei Rot über die Kreuzung gerast ist. Obwohl mein Vater nichts weiter wollte, als ihm sagen, dass seine Bremslichter nicht funktionieren.

„Mit mir?"

Mein Vater guckt an sich runter, als hätte er immer noch nicht kapiert, dass seine kaputten Jeans und die abgestoßenen Clogs auf manche Leute alles andere als Vertrauen erweckend wirken. Von dem Rest mal ganz zu schweigen.

Ungefähr so, wie die Typen auf mich wirken, die gerade aus dem Haus vor uns kommen! Vier Gestalten, die glatt in jedem Monstermovie mitwirken könnten. Rocky Horror Picture Show oder so.

„Gotta fuckin lighter?", fragt der eine und baut sich vor meinem Vater auf, während die anderen sich sehr für unseren Bus zu interessieren scheinen.

Aber mein Vater wirkt ganz cool. Und wenn ich ihn nicht besser kennen würde, würde ich glatt glauben, dass er auch ganz cool ist!

„What you want?", fragt er.

„Gotta fuckin lighter?", wiederholt der Typ noch mal und schiebt sich eine unangezündete Zigarette zwischen die Lippen.

„Gave up smoking", sagt mein Vater. „Sorry."

„Wonna buy someding?", fragt der Typ und fummelt ein Feuerzeug aus seiner Jacke. Zündet sich seine Kippe selber an und bläst meinem Vater den Rauch ins Gesicht. „So what?"

Einer von den anderen mischt sich jetzt ins Gespräch.

„She's your girlie?", fragt er meinen Vater und versucht dabei, mir den Arm um die Schulter zu legen.

Seine Kumpels wiehern vor Begeisterung.

„Lass das!", sage ich und mache mich los.

„Need your help", sagt mein Vater und hält dem Typen mit der Zigarette unseren Zettel hin. „Any idea how to get there?"

Sie reichen den Zettel von einem zum anderen weiter. Zucken mit den Schultern und grinsen blöd.

Und ich mache das, was ich schon längst hätte machen sollen. Ich mache die Seitentüren vom Bus auf. Aber Poodle hat sich hinter der Rückbank verkrochen und kaut zufrieden auf einem Rest Schweineohr.

„Oh, gotta a fucking doggie wid you ..."

Die Rocky-Horror-Typen drängeln sich in unsere Tür.

Und endlich guckt Poodle hoch. Und fängt ganz tief unten in der Kehle an zu knurren.

Die Typen gucken sich ratlos an und treten ein Stück zurück. Poodle knurrt weiter.

„Poodle!", sagt mein Vater scharf. Ungefähr so, als wäre Poodle ein Kampfhund, den man nur mit Mühe unter Kontrolle halten kann.

„Right, gonna help you ...", sagt der Anführer.

Er zeigt die Straße runter. In die Richtung, aus der wir gekommen sind.

„Gaustreittedeneikstfuckinträfikleut endentedeleft, enleftegeinenstreit, endupindefuckindocksden, its fuckin iesei!"

„Great", sagt mein Vater, „thankyou." Er nimmt dem Typen unseren Zettel aus der Hand und klappt die Seitentüren zu. Wie von der Rakete geschossen springt Poodle innen an der Tür hoch und kläfft. Die Rocky-Horror-Bande geht sicherheitshalber noch ein Stück weiter zurück. Wir steigen ein. Mein Vater dreht den Schlüssel. Der Motor leiert ein bisschen, aber springt nicht an.

„Nun komm schon!"

Mein Vater versucht es noch mal.

Nichts.

„Verdammt, er ist abgesoffen ..."

„We give you a fuckin push!", brüllt plötzlich der Anführer der Bande von draußen. Schmeißt seine Kippe in den Rinnstein und fängt an zu schieben. Grölend helfen ihm die anderen mit. Und Poodle hängt im Heckfenster und kläfft sich halb um den Verstand.

Bis wir schnell genug sind und mein Vater die Kupplung kommen lässt. Mit einer gewaltigen Qualmwolke springt der Bus an.

Ein Stück weiter ist eine Toreinfahrt. Wir wenden.

Als wir wieder an den Rocky-Horror-Typen vorbeikommen, reckt der Anführer seinen Daumen in die Höhe.

Mein Vater hupt.

Poodle kläfft.

Die Bande winkt grölend hinter uns her.

„Scheint so, als hätten wir ein paar echt gute Freunde gefunden", sage ich.

„Hätte auch drauf verzichten können", meint mein Vater.

„Hast du verstanden, wo wir langfahren sollen?", frage ich.

„Zweimal links und geradeaus, glaube ich wenigstens. End up in the fucking docks then, it's fucking easy!"

„Wenn ich so in der Schule reden würde …"

„… würden sie dich rausschmeißen!"

Mein Vater grinst.

„Aber hast du dir schon mal überlegt, wie es einem Engländer geht, der mit viel Mühe Deutsch gelernt hat und dann nach Bayern kommt?"

„Keine Chance", sage ich.

„Eben", sagt mein Vater. „Deshalb versuchen die Engländer auch gar nicht erst, Deutsch zu lernen!"

Ich muss lachen.

„Aber Englisch können sie nicht schlecht", sage ich.

„Stimmt, sogar die kleinen Kinder schon!"

„It's easy", sage ich.

„Iesei!", korrigiert er mich. „Fuckiniesei!"

Ich drücke mein Gesicht an Poodles Hals.

„Was glaubst du, was sie von uns gewollt haben? Zu Anfang, meine ich?"

„Ein bisschen Spaß haben", überlegt mein Vater. „Ein paar Fremde aufmischen, so was. Früher war ich überzeugt davon", sagt er dann, „dass man keinen Ärger kriegt, solange man sich an zwei Grundregeln hält: Zeig den Typen nie, dass du sie irgendwie komisch findest, und mach möglichst den ersten Schritt, also frag sie nach dem Weg oder sonst irgendwas. Aber ich bin mir nicht mehr sicher, ob das wirklich noch funktioniert. Ich weiß nur eins – wenn dir ein Haufen kahl geschorener Arschlöcher in Fliegerstiefeln entgegenkommt, dann mach dich vom Acker, aber möglichst schnell!"

Vor uns ist eine Kreuzung. Mein Vater zögert nur kurz, dann fährt er geradeaus weiter.

„New Cross Road", versuche ich im Vorbeifahren die Straßenschilder zu lesen. „Woodpecker Road. Bush Road. Evelyn Road. Lower Road. Redriff Road ... He! Das war sie!"

Mein Vater latscht auf die Bremse und setzt ein Stück zurück.

„Redriff Road", liest er noch mal. „Stimmt. We are fucking right!", sagt er und grinst.

Wir biegen ab. Links und rechts sind hohe Lagerhäuser. Die meisten stehen leer. Die Fenster und Türen sind mit Brettern vernagelt.

„In ein paar Jahren ist hier alles zu Eigentumswohnungen umgebaut, wetten?", sagt mein Vater. „Dann halten die Yuppies hier Einzug, und das Einzige, was noch an früher erinnert, sind die Ratten!"

Wir fahren über einen Kanal oder so was. Brackiges Wasser schwappt gegen eine hölzerne Kaimauer.

„Da vorne ist es!" Mein Vater zeigt auf ein riesiges Plakat, das fast eine ganze Hauswand einnimmt:

ROYAL SHAKESPEARE COMPANY
MACBETH

Weiter nichts.

„Hier?", frage ich.

„Sieht so aus", sagt er. „Kaum zu glauben, dass die ehrenwerte Royal Shakespeare sich mit einer Inszenierung aus ihren üblichen Plüschtheatern raustraut. Das muss Susanne einiges an Überredungskunst gekostet haben ..."

Er zeigt auf einen Dreckplatz, der mit einem großen „P" an einer Art Kassenhäuschen gekennzeichnet ist. Aber es ist weit und breit niemand zu sehen, der Geld von uns haben will. Wir quetschen uns neben einen Reisebus aus Holland. Mein Vater blickt auf die Uhr.

„Halbe Stunde noch. Nicht schlecht. Dann lass uns mal gucken …"

Aber ich will erst noch was anderes anziehen.

„Weißt du, wo meine Hose ist?", frage ich.

„Welche?"

„Die schwarze Samthose, die mit dem Schlag."

„Keine Ahnung. Bleib doch einfach so wie du bist!"

„Haha", mache ich nur und nehme mir den ersten Staukasten vor. Poodle hilft mir.

Mein Vater geht vor dem Bus auf und ab.

„Nun mach schon …"

Ich ziehe meine Samthose an und das Top mit den durchsichtigen Ärmeln, das mir Sabine zum letzten Geburtstag geschenkt hat. Male mir schnell noch ein bisschen Mascara auf die Wimpern und entscheide mich in letzter Minute für die Schuhe mit den hohen Absätzen. Die eigentlich meiner Mutter gehören, aber total gut zu der schwarzen Hose passen.

„Wow!", sagt mein Vater, als ich aus dem Bus klettere. Klar, dass er blöd guckt. Er hat mich ja bisher nur mit meinen Jeans und T-Shirts gesehen. Oder mit seinen T-Shirts. Jetzt geht er einmal im Kreis um mich herum und fängt an zu singen: „I was only seventeen when I met my Gypsy Queen …"

Und ich finde ihn mal wieder ziemlich doof!

Ich stakse hinter ihm her zum Eingang. Mein Vater fragt tatsächlich, ob wir auf der Gästeliste stehen würden. Peinlich. Doof und peinlich.

Aber wir stehen auf der Gästeliste.

„Free admittance. With compliments", sagt er und hält mir stolz die beiden Freikarten hin.

„Woher hast du das gewusst?", frage ich.

„Ich hab's nicht gewusst", sagt er.

Mein Vater muss noch mal pinkeln. Ich auch. Die Klos sehen aus, als hätte sie niemand mehr sauber gemacht, seit die Lagerhalle geschlossen worden ist. Und im Waschbecken schwimmt eine Kippe mit roten Lippenstiftspuren.

Von irgendwoher ertönt ein Gong. Wir werden durch einen Vorhang in einen dunklen Raum gelassen. Nur von ganz oben von der Decke kommt ein bisschen Licht.

Aber es geht irgendwie nicht weiter. Wir stehen dicht zusammengedrängt mit den anderen Theaterbesuchern, und von hinten kommen ständig neue Leute nach, aber es geht keinen Meter weiter. Als sich meine Augen an das Dämmerlicht gewöhnt haben, sehe ich, dass vor uns noch ein Vorhang ist.

Nichts passiert.

„Was ich nicht verstehe", sagt mein Vater plötzlich, „ist, wieso sie überhaupt den Macbeth gemacht hat. Macbeth passt gar nicht zu den anderen Stücken! Bisher war doch immer so was wie eine Linie da, an irgendwas glauben, für irgendwas kämpfen, aber der Macbeth passt einfach nicht … Der Sturm hätte vielleicht gepasst, aber nicht der Macbeth!"

Mir ist es im Moment völlig egal, ob der Macbeth passt oder nicht. Ich will nur, dass es endlich anfängt. Damit ich mich hinsetzen kann. Die Schuhe von meiner Mutter sind nämlich auf die Dauer verdammt unbequem. Aber als es dann anfängt, kann ich mich trotzdem nicht hinsetzen …

Erst bahnt sich von ganz hinten eine Frau ihren Weg zwischen den Besuchern hindurch. Sie trägt eine Kerze, die sie mit der Hand abschirmt. Alle versuchen so gut es geht Platz zu machen. Aber es dauert trotzdem ewig, bis sie an dem Vorhang ist. Sie bläst die Kerze aus und zieht den Vorhang auf. Nur einen Spalt weit, aber wir dürfen durch. Und ich kann mich gerade noch an meinem Vater festhalten, sonst wäre ich lang hingeschlagen. Der ganze Boden ist knöchelhoch mit Sand bedeckt! Aber nicht nur mit Sand, nein, alles mögliche Zeug liegt in der Gegend rum, alte Schuhe und ... Fischkisten und irgendwelcher Plastikmüll – Strandgut!

Die Halle, in der wir stehen, ist riesig. An den Seiten sind Öltonnen aufgestellt, aus denen hohe Flammen lodern. Wir schieben uns mit den anderen ein Stück weiter. Unsere Schatten zucken über die Wände und den Sand vor uns. Ich kann nirgends so was wie eine Zuschauertribüne entdecken. Oder wenigstens ein paar Stühle oder so. Nichts.

„Hörst du das?", flüstert mein Vater.

Ich höre auch nichts. Doch, ganz leise, da ist irgendwas. Wie Wellen, die sich überschlagen und ... das Rauschen der Brandung! Jetzt wird es lauter. Wellen, die sich überschlagen und auf den Strand klatschen. Irgendwo am anderen Ende der Halle.

Und entweder bilde ich mir das nur ein oder ... das ist irgendein Trick! Das muss irgendein Trick sein ...

„Eine Projektion", flüstert mein Vater. „Aber geil gemacht!"

Am Ende der Halle sieht man plötzlich das Meer! Das Meer bei Nacht. Das heißt, man sieht eigentlich nichts als ein paar Wellenkämme, aber die rollen genau auf uns zu, brechen sich und scheinen im Sand vor uns auszulaufen.

Ich drehe mich um. Stimmt, da oben hängt der Projektor. Aber ich glaube, den anderen geht es genauso wie mir.

Ich habe wirklich das Gefühl, als würde ich auf einem Strand stehen, mitten in der Nacht! Und irgendwie traut sich auch keiner, ganz nach vorne zu gehen. Einfach weil man denkt, dass einem die Wellen sonst gleich über die Füße klatschen ...

Von hoch über mir kommt Möwengeschrei. Ganz kurz nur, dann ist es wieder still. Nur die Brandung rauscht.

Dann knallen zwei Scheinwerfer grelle Lichtkreise auf den Strand. Links und rechts. Zwei Typen. Sie reden miteinander. Mist. Auf die Idee bin ich ja gar nicht gekommen – sie reden natürlich englisch. Und ich verstehe absolut gar nichts!

„Macbeth und sein Feldherr Banquo kommen von einer Schlacht zurück", flüstert mein Vater mir zu. „Und die Hexen prophezeien ihnen, dass Macbeth König werden wird ..."

Welche Hexen? Oh Mann! An den Ölfässern auf beiden Seiten! Drei Hexen, die flüstern und zischen und immer lauter werden, bis ihre Stimmen schrill klingen und böse. Die eine hat eine Eule auf der Schulter, die daneben eine Katze, bei der dritten weiß ich nicht genau, vielleicht eine Kröte oder so was.

Sie keifen jetzt richtig. Und brauen dabei irgendwelches Zeug in ihrem Kessel zusammen, es qualmt und stinkt. Sie kippen den Kessel, das stinkende Gebräu klatscht in das Feuer, noch mehr Qualm, der Qualm sieht gelb und irgendwie giftig aus, aber ich kann nirgends einen gelben Scheinwerfer entdecken ... doch, da drüben!

Als ich mich wieder umdrehe, sind die Hexen gerade dabei, die übrigen Feuer zu löschen. Ich kann kaum noch was erkennen, so verqualmt ist der Raum inzwischen, aber Macbeth und der andere sind plötzlich verschwunden, nur die Scheinwerfer markieren noch die Stellen, an denen sie eben gestanden haben.

Im nächsten Moment sind auch die beiden Lichtkreise hinter Raum und Qualm wie weggewischt, nein, Quatsch, die haben einfach die Scheinwerfer ausgeschaltet! Dafür passiert jetzt irgendwas in unserem Rücken, auf der Seite, auf der wir reingekommen sind. Ich streife mir schnell die Schuhe von den Füßen und ziehe meinen Vater mit, ich dränge mich zwischen den Leuten durch, bis wir ganz vorne stehen – ein hell erleuchteter Stuhl, ein Thron vielleicht, und eine Frau in einem absolut wahnsinnigen Kostüm, die Frau liest einen Brief, ein Diener kommt dazu, jetzt auch noch Macbeth selber …

„Die Frau ist Lady Macbeth", flüstert mir mein Vater ins Ohr. „Sie versucht Macbeth zu überreden, dass er den König ermordet, damit der Thron für ihn frei wird!"

Was dann passiert, kriege ich wieder nicht so genau mit. Macbeth bringt den König tatsächlich um, er erdolcht ihn im Schlaf, und als er zu Lady Macbeth zurückkommt, triefen seine Hände vor Blut, und sie bringt ihm eine Schüssel mit Wasser, aber plötzlich sieht man, dass ihre Hände genauso voller Blut sind wie seine!

Und dann wird Macbeth zum König gekrönt, aber irgendwie bringt er auch noch seinen zweiten Feldherrn vom Anfang um und dann auch noch Frau und Kinder von irgendeinem anderen, und dann ist Pause und alle Theaterzuschauer stehen draußen auf der Straße und trinken Sekt, und mein Vater sagt: „Und es passt doch. Es ist eigentlich ganz einfach: Macbeth weiß nicht, was er will. Er wird von seiner Frau zum Mord getrieben, und das geht immer so weiter, er mordet und mordet, aber er trifft niemals eine Entscheidung für sich selbst, ich glaube, das ist es! Wer nicht in der Lage ist, für sich selbst zu entscheiden, der wird von anderen zu irgendwas getrieben, aus dem er dann nicht mehr rauskommt. Das würde einen Sinn machen, oder?"

„Wenn du meinst", sage ich und nippe ein bisschen an seinem Sekt.

„Willst du den Rest noch sehen?", fragt er.

„Klar", sage ich.

Der Sand ist immer noch da. Aber der Müll ist weggeräumt. Und der Strand ist auch irgendwie geharkt oder so was. Da, wo vorhin die Projektion vom Meer war, ist jetzt ein Wald. Oder eher dichtes Buschwerk, jede Menge Gestrüpp und so. Die Hexen kommen noch mal wieder. Und dann geht es irgendwie wieder im Schloss weiter. Lady Macbeth und ihr Sohn. Und noch eine andere Frau. Und dann Macbeth selber und ein paar andere. Und wieder Lady Macbeth, die sich in ihrem Bett hin- und herwirft und Alpträume hat. Ich glaube, weil sie nicht damit gerechnet hat, dass Macbeth immer widerlicher und tyrannischer wird.

Aber während ich noch versuche, den Text zu kapieren, habe ich auf einmal das Gefühl, dass irgendwas nicht stimmt. Und als ich mich umgucke, ist der Wald, der eben noch ganz hinten am Ende der Halle war, direkt neben mir, oder eher um mich rum, also überall zwischen den Zuschauern sind jetzt irgendwelche Büsche, die sich immer weiter nach vorne bewegen, in Richtung auf das Schloss! Und die Büsche sind feindliche Soldaten, die Macbeth auf seinem Schloss angreifen, so viel ist schon klar ...

„Das Heer von England", flüstert mein Vater. „Der rechtmäßige König kommt!"

Ich blicke nicht mehr durch. Aber das macht irgendwie auch nichts. Ich grabe meine Füße in den Sand und gucke

310

einfach nur zu, wie Macbeth im Zweikampf erschlagen wird. Und wie sein Gegner dann König wird …

Und dann ist auf einmal die ganze Halle in gleißendes Licht getaucht, und die Schauspieler verbeugen sich, und als wir rauskommen, stehen die Hexen am Ausgang und drücken jedem Zuschauer einen kleinen Beutel mit Sand in die Hand!

„Die Hexen sind es", erklärt mein Vater, als wir zum Parkplatz gehen. „Die Anwendung von Zauber und Magie, das Wissen aus irgendwelchen uralten Zeiten, das wir nicht vergessen dürfen, sonst war alles umsonst. Und genau das ist es, was Susanne macht: Sie verlässt sich auf die Magie des Theaters!"

„Also wenn du meinst, dass Mutti das toll inszeniert hat, dann finde ich das auch", sage ich und versuche, in meinen Stöckelschuhen mit ihm Schritt zu halten, „aber von dem Stück habe ich nicht gerade viel kapiert."

„Shakespeare", sagt er nur und zuckt mit den Schultern. „Immer viel Blut und Intrigen und aberwitzige Verwicklungen, aber irgendwie auch immer so, dass man was reininterpretieren kann. Was er vielleicht selber nie gesehen hat. So ähnlich wie bei den Beatles, denke ich, wenn du willst, kannst du sonst was drin finden! Und irgendwie passt es dann auch."

„Hä?", frage ich.

Aber er redet schon weiter.

„Trotzdem", sagt er, „ich weiß beim besten Willen nicht, was nun der Hinweis sein soll!"

„Was für ein Hinweis?"

„Unsere beiden Franzosen haben gesagt, es gäbe einen Hinweis, wo wir Susanne finden würden."

„Wo spielt das Stück?"

„In Schottland."

„Aber sie ist in Irland."

„Eben."

„Die Szene am Strand vielleicht. Gibt es in Irland irgendeinen Strand, wo vielleicht auch noch ein Schloss rumsteht oder so?"

Mein Vater schüttelt den Kopf.

„Natürlich", sagt er. „Tausend Strände mit tausend Schlössern, aber da kannst du nicht Theater spielen. Das sind alles irgendwelche Ruinen, oder wenn noch mehr als die Grundmauern stehen, dann kannst du dir sicher sein, dass längst ein Luxushotel daraus geworden ist!"

Er schließt den VW-Bus auf. Poodle springt begeistert an uns hoch.

„Ich liebe dich auch", sage ich. „Fahren wir nach Dublin? Vielleicht kriegen wir da mehr raus!"

„Sag mir mal lieber, wo wir heute Nacht bleiben", meint mein Vater.

„Ich bin nicht müde", sage ich. „Ich habe nur Hunger."

„There should be a fucking McDonald's somewhere around the corner", sagt er und lässt den Motor an.

Aber das Einzige, was wir finden, ist eine Shell-Tankstelle, an der es einen Automaten mit Sandwiches gibt. Wir ziehen von jeder Sorte zwei. Zweimal Chicken. Zweimal Cheese. Zweimal Ham and Salad. Ham and Salad schmeckt am widerlichsten. Das Chicken und der Cheese sind allerdings auch nicht viel besser. Aber mit so ungefähr zwei Litern Cola kriegen wir das Zeug irgendwie runtergespült.

„Wirklich ein Festessen", sagt mein Vater und rülpst.

„'tschuldigung."

Ich rülpse auch. Es geht irgendwie nicht anders.

Er wedelt sich mit der Hand eine Prise Shell-Benzin vor die Nase.

„Ich frag mal, wie wir aus dem Kaff hier wieder rauskommen", sagt er und stiefelt zu einem Lieferwagen rüber, der gerade an der Dieselsäule hält.

So einfach scheint das Ganze aber gar nicht zu sein. Ich sehe, wie mein Vater gestikuliert. Und wie der Lieferwagenfahrer einen riesigen Sraßenatlas rauskramt. Und dann diskutieren sie noch mal eine kleine Ewigkeit, bis mein Vater endlich kopfschüttelnd zurückkommt.

„Verrückt", sagt er. „Der Typ war seit zehn Jahren nicht mehr aus der Stadt draußen, hat er behauptet. Das musst du dir mal vorstellen! Zehn Jahre lang gurkt der jeden Tag mit seinem Transit durch London und kommt nie über die Stadtgrenze raus, das ist doch völlig irre!"

Er klettert auf den Fahrersitz.

„Aber ich weiß jetzt, wo wir lang müssen! Dieser Road-Atlas, den er hatte, der war echt klasse, da ist wirklich alles eingemalt, du, jedes Haus ist da drauf!"

Keine fünf Minuten später rollen wir über die Tower Bridge.

Über die Tower Bridge! Echt! Mein Vater guckt in den Rückspiegel und fährt links ran.

„Los, Marei, setz dich hinters Lenkrad, schnell!"

Ich habe keine Ahnung, was das soll, aber ich rutsche auf seinen Platz rüber.

Er schnappt sich seinen Fotoapparat und rennt ein paar Meter nach vorne, dreht sich um und fotografiert. Als der Blitz aufflammt, hat Poodle es gerade geschafft, mit seinem Kopf so dicht wie möglich an die Windschutzscheibe zu kommen. Mit anderen Worten: Er ist gerade auf das Armaturenbrett gekrochen!

„Sah gut aus", sagt mein Vater, als wir wieder die Plätze tauschen.

Und ich versuche mir vorzustellen, was man hinterher wohl auf dem Foto sieht. Die hell erleuchtete Tower Bridge mit unserem Bus davor. Und mit mir hinter dem Lenkrad und mit Poodle, wie er sich gerade die Schnauze an der Scheibe platt quetscht. Und wenn wir Glück haben, sieht man vielleicht die Lichter der anderen Autos als rote und weiße Streifen …

„Krieg ich einen Abzug?", frage ich.

„Welche Größe?", fragt mein Vater zurück.

„Ich weiß nicht, wie groß geht denn?"

„Na, mindestens dreißig mal vierzig, würde ich meinen, sonst erkennt niemand Poodles Kopf hinter der Scheibe!"

Wir fahren durch das nächtliche London. Aber auf irgendeiner Straße, die im Bogen um die Innenstadt herumführt. Nur einmal sehen wir noch so was wie eine Sehenswürdigkeit. Wir kommen nämlich direkt an Madame Tussaud's vorbei!

„Hast du gesehen?", frage ich.

„Hat aber zu", sagt er. Und haut plötzlich mit der flachen Hand aufs Lenkrad und sagt: „Das ist doch völlig bescheuert, das gibt's doch gar nicht! Da hat deine Mutter tatsächlich für die Royal Shakespeare Company inszeniert, und du weißt noch nicht mal was davon!"

Für einen Moment überlege ich, ob er überhaupt eine Antwort verdient hat. Aber dann sage ich es doch: „Stimmt. Absolut bescheuert. Ein Glück nur, dass du dich immer so dafür interessiert hast, was deine Frau eigentlich macht …"

Druidstone

Wir stehen auf einem Campingplatz. An einem großen Fluss, der in der Sonne glitzert. Eigentlich ganz schön, wenn nicht die Autobahnbrücke genau über uns wäre! Wie kann man nur auf die Idee kommen, ausgerechnet unter einer Autobahnbrücke einen Campingplatz zu bauen?, überlege ich. Aber vielleicht war der Campingplatz ja auch schon vorher da und sie haben dann erst die Brücke drüberweg gebaut?

Was letzten Endes auf dasselbe rauskäme – nämlich, dass es völlig bescheuert ist.

„Ich gucke mal, ob ich irgendwo einen Liter Milch und frische Brötchen auftreiben kann", sagt mein Vater und pellt sich aus dem Schlafsack. „Ich meine, an der Einfahrt wäre ein Laden gewesen."

Er steigt in seine Jeans, schnappt sich Poodle und zieht ab. Und ich putze mir erst mal die Zähne. Dann mache ich mich auf die Suche nach den Klos. Als wir heute Nacht angekommen sind, war es stockfinster und ich habe mich zum Pinkeln einfach neben den Bus gehockt. Aber das traue ich mich jetzt nicht. Obwohl die Wohnwagen um uns rum alle leer zu stehen scheinen. Vielleicht ist nur am Wochenende jemand hier.

Irgendwie ist es ein komischer Platz. Von oben dröhnt die Autobahn und graubraune Schlickbänke ragen weit in den Fluss hinein. Auf einem Stein balanciert ein Angler. Aber ich kann mir beim besten Willen nicht vorstellen, dass irgendjemand hier wirklich Urlaub macht.

Vor den Klos steht ein Holzschild. NO ACCESS. Eine Frau mit Wassereimer und Schrubber macht gerade sauber. Als sie mir den Rücken zudreht, verschwinde ich in der ersten Kabine. Es stinkt nach Desinfektionsmitteln. Ich beeile mich, um möglichst schnell wieder an die Luft zu kommen. Die Frau dreht mir immer noch den Rücken zu. Ich strecke ihr im Spiegel kurz die Zunge raus. Nur so, aus Blödsinn.

Poodle kommt um die Ecke gefegt. Gefolgt von meinem Vater.

„Gibt keinen Laden hier", erklärt er, „aber guck mal, was ich habe!"

Er streckt mir einen zerfledderten Straßenatlas entgegen.

„All Britain at 4 miles to 1 inch", liest er begeistert vor. „Das ist genau der Road-Atlas, den der Typ heute Nacht an der Tankstelle hatte, echt, ich hab ihn vom Campingplatzbesitzer gekriegt! Nicht schlecht, was? Er hat gesagt, er braucht ihn nicht mehr."

„Klar", sage ich und zeige auf den Umschlag. „Weil das Ding von 1991 ist!"

„Na und?", sagt mein Vater. „So viele neue Straßen werden sie ja wohl inzwischen nicht gebaut haben!"

Er klingt fast ein bisschen beleidigt. Aber im nächsten Moment dreht und wendet er den „Road-Atlas" schon wieder in seinen Händen und sieht so aus, als hätte er gerade das Geschenk seines Lebens bekommen …

„Und was essen wir zum Frühstück?", frage ich.

„Straßen", antwortet er und grinst mich an.

Er spinnt!

Aber ich habe keine Chance.

Mein Vater blättert den Atlas auf und zeigt mir, wo wir gerade sind. Und wohin wir müssen.

„Hier ist Bristol", sagt er. „Und wir müssen hierhin, nach Pembroke. Und von da mit der Fähre nach Irland, hier steht's, car ferry to Rosslare, siehst du?"

„Moment mal", sage ich, „wieso Rosslare?"

Ich habe mir nämlich vorhin gerade erst noch die Karte in unserem Bus angeguckt. Und da ging die Fähre von England direkt nach Dublin! Und überhaupt ...

„Sag mal, spinnst du?", rufe ich. „Das ist doch völlig falsch!" Ich reiße ihm den Atlas aus der Hand und suche eine Übersichtskarte.

„Hier! Wir hätten doch von London einfach nur schräg hochfahren müssen, über Birmingham und hier hoch, Bristol ist total falsch, Mann!"

Aber mein Vater bleibt ganz ruhig.

„Wir fahren über Pembroke", erklärt er.

„Und wieso?", rege ich mich auf, „was soll das?"

„Weil ich in Pembroke einen kenne, der im Fährhafen arbeitet. Und mit ein bisschen Glück kriegt er uns umsonst nach Irland rüber. Wir müssen nämlich langsam mal anfangen, an unser Geld zu denken."

Ich starre ihn an. Aber er meint es scheinbar wirklich ernst.

„Was willst du?", sagt er. „Andere Leute kennen irgendwelche Millionäre, und ich kenne eben jemand, der im Fährhafen arbeitet!"

„Und du hättest das Ganze nicht vielleicht mal wenigstens mit mir besprechen können?"

„Das hätte an der Sache auch nichts geändert. Und im Übrigen darf ich dich darauf hinweisen, dass du die meiste Zeit gepennt hast, also!"

Jetzt scheint er wirklich beleidigt zu sein. Er pfeift nach Poodle und latscht wortlos zum Bus.

Ich weiß überhaupt nicht, was er will.

„Ich weiß überhaupt nicht, was du willst!", schreie ich hinter ihm her. „Ich habe Grund beleidigt zu sein, nicht du!"

Aber er latscht einfach weiter.

Die Frau aus dem Klohäuschen steht plötzlich neben mir. Stellt den Wassereimer ab und rammt den Schrubber vor sich auf den Boden. Ich verstehe kein Wort, aber besonders freundlich klingt es nicht.

„I don't speak English", sage ich und drehe mich um. Gehe bis zur Einfahrt und hocke mich vor die Mauer.

Ich zähle die Ameisen, die an meiner Jeans hochklettern wollen. Lasse sie jedes Mal bis zum Knie kommen und schnipse sie dann weg.

Als ich Nummer 42 in die Luft befördert habe, hält der VW-Bus neben mir. Poodle kläfft. Ich gucke hoch. Mein Vater hält mir die Beifahrertür auf.

„Kann sein, dass du Recht hast", sagt er. „Aber ich habe auch Recht. Also steig schon ein!"

Eine klasse Entschuldigung, wirklich. Muss ich mir merken. Jemand zu verändern ist jedenfalls schwieriger, als ich dachte. Und mein Vater scheint ein besonders harter Brocken zu sein. Aber ich will ja schließlich nicht bis ans Ende meiner Tage auf irgendeinem Campingplatz bei Bristol hocken und Ameisen zählen!

Ich klettere auf den Beifahrersitz.

„Hunger", sage ich.

„Gleich", sagt mein Vater und legt den Gang ein.

Um über die Brücke zu kommen, müssen wir Maut bezahlen. Stöhnend sucht mein Vater unsere letzten Münzen zusammen. Und ich kann mir gerade noch verkneifen ihn zu fragen, wieso er eigentlich keinen kennt, der auf der Brücke die Mautgebühren kassiert! Von oben sehe ich noch mal den Campingplatz. Der Angler steht immer noch auf seinem Stein im Schlick.

Dann sind wir auf der anderen Seite. In Wales! CROESO I CYMRU steht auf einem Schild neben der Autobahn. Und CYFARCHION oder so ähnlich. Und ich frage mich, wie irgendjemand das aussprechen soll. Vor allem mit leerem Magen!

„Hast du nicht irgendwas vergessen?", frage ich meinen Vater.

„Und was?"

„Essen!", brülle ich ihm ins Ohr. „Das Kind hat Hunger!"

„Ich weiß", sagt er. „Aber ich habe gedacht, wir fahren bis Cardiff. Ich habe nämlich keine Lust, schon wieder irgendeinen Raststättenfraß in mich reinzustopfen."

Ich glaube es einfach nicht, echt!

„Du bist nicht alleine", sage ich, „du sollst mich fragen!"

Er guckt mich an wie Poodle, wenn er genau weiß, dass er Mist gebaut hat. Und jetzt gleich Ärger kriegt.

„Kapierst du es eigentlich wirklich nicht?", frage ich.

„Ich war zu lange allein", sagt er. „Das ist es."

„Allerdings", sage ich und verdrehe die Augen.

In Cardiff suchen wir uns als Erstes eine Bank.

„Fünfzig Pfund sollten eigentlich reichen", sagt mein Vater. „Wir müssen noch mal tanken und …"

„Unbedingt was essen", sage ich. „Aber weißt du was? Eigentlich habe ich gar keine Lust mehr auf Frühstück", setze ich schnell hinzu und versuche ihn möglichst unauffällig in die Richtung zu schieben, in der ich gerade das China-Restaurant entdeckt habe!

Mein Vater hat es auch gesehen.

„Keine schlechte Idee", sagt er und nickt. „Wir sollten nur sicherheitshalber Poodle an die Leine nehmen, nicht dass der Chinamann ihn aus Versehen zu Flühlingslolle verarbeitet!"

Ich verzweifle noch mal mit ihm! Aber ich lasse mich besser auf keine Diskussionen darüber ein, ob sein dämlicher Witz nun rassistisch war oder nicht. Ich erinnere mich noch gut genug, wie er mir in Wien das Wort im Mund verdreht hat!

Wir essen scharfe Gemüsesuppe: sehr scharf! Und kleine Frühlingsrollen: sehr lecker! Und irgendwas mit Entenfleisch, was „Sohn des Schwarzdrachens" heißt. Sehr scharf und sehr lecker!

„Bevor man in ein China-Restaurant geht, sollte man eigentlich immer erst gucken, ob auch Chinesen drin sind", sagt mein Vater mit vollem Mund. „Das ist ein ziemlich sicherer Tipp."

Er zeigt mit dem Kopf zu einem Tisch rüber, an dem eine chinesische Familie sitzt und scharfe Gemüsesuppe schlürft.

„Und mach nie den Fehler wie ich mal in Kopenhagen, als ich in ein Restaurant bin, in dem der chinesische Kellner für sich selber eine Pizza vom take-away auf der anderen Straßenseite geholt hat!"

„Aber hast du gesehen, dass der Kellner hier total durchgewetzte Ärmel hat?", frage ich.

„Klar", sagt mein Vater. „Und sein Hemd könnte auch mal wieder gewaschen werden! Aber das Essen ist gut, oder?"

„Sehr gut", sage ich und lehne mich auf meinem Stuhl zurück. „Puh, ich kann nicht mehr!"

„Einen Nachtisch musst du aber irgendwie noch unter-

320

bringen", sagt mein Vater und bestellt zweimal gebackene Bananen mit Honig! Sehr süß ... und verdammt lecker!

Danach bin ich so satt, dass ich andauernd gähnen muss. Und alle Mühe habe mitzukriegen, was mein Vater mir gerade erzählt ...

„Wo willst du hin?", frage ich und muss schon wieder gähnen.

„Cardiff Laboratory Theatre Company", liest mein Vater aus seinem Adressbuch ab, „Market Road. Judy and Richard."

„Aha", sage ich.

„Haben mir die Odin-Leute gegeben", erklärt mein Vater. „Muss so was sein wie ein Theater-Labor, mit Workshops und so. Rina hat gesagt, sie würden interessante Sachen machen."

Ich nicke. „Meinetwegen. Guten Tag sagen können wir ja."

Können wir aber eben nicht. Nachdem wir uns durch halb Cardiff geschleppt haben, stellt sich nämlich raus, dass gar keiner da ist. Nur irgendeine Frau, die dabei ist, ein Regal leer zu räumen.

„They are at the Druidstone", sagt sie und knallt einen Stapel Programmhefte auf den Boden.

„And where is the Druidstone?", fragt mein Vater.

Die Frau guckt uns an, als hätten wir irgendetwas Unanständiges gefragt.

„We are from Denmark", sagt mein Vater entschuldigend.

„From Germany", sage ich.

Sie lässt sich seufzend auf einen Bürostuhl fallen und zieht ein Plakat aus dem Chaos zu ihren Füßen. Nimmt einen Filzstift und malt eine Karte auf die Rückseite.

„You take the motorway to Camarthen. On to St. Clears and via the A40 to Haverfordwest. It is the B4341 then,

321

direction Broad Haven, but you have to look for a sign saying Nolton ..."

Die Karte wird immer komplizierter.

„Is it far away?", fragt mein Vater.

„Not too far", sagt die Frau, „half way between Pembroke and Fishguard."

„Pembroke?", fragt mein Vater.

„On the West Coast, yes ..."

Und dann erfahren wir schließlich auch noch, dass das Druidstone ein Hotel ist. Das angeblich mutterseelenallein in den Klippen liegt. Mit einem eigenen Strand! Und dass irgendeine Jane in der ganzen Gegend berühmt für ihre Küche wäre.

„You have to go there", sagt die Frau und schiebt uns die fertige Karte rüber, „it's probably a must. Just ask for Jane, she's the boss!"

Wir klemmen uns das Plakat unter den Arm und ziehen los.

„Machen wir?", fragt mein Vater, als wir wieder vor unserem Bus stehen.

„Machen wir." Ich nicke.

„Vielleicht kann ich von da versuchen, meinen Freund in Pembroke anzurufen", überlegt er. „Damit wir wissen, wann wir rüber können ..."

Die Autobahn geht fast bis St. Clears. Ich starre immer noch jedes Straßenschild an, an dem wir vorbeikommen. Cwmllyfri. Llwyn-y-brain. Rhydywrach. Aber wenigstens Haverfordwest heißt einfach Haverfordwest! Die Landstraße kommt mir endlos vor.

Einmal kommt uns ein alter VW-Bus entgegen, so einer wie unserer, mit geteilter Windschutzscheibe noch. Mein

Vater blinkt mit der Lichthupe. Der andere Fahrer auch.
Sonst passiert nichts.
In Haverfordwest rolle ich das Plakat aus.
„Wir müssen auf die B4341 und dann nach Nolton ..."
Fast hätten wir das Schild übersehen. Und die Straße, auf
die wir einbiegen, ist nicht viel mehr als ein geteerter Feld-
weg.
„Jetzt geht die Straße scharf rechts, aber wir fahren gera-
deaus weiter", versuche ich die Zeichnung zu interpretie-
ren.
Stimmt. Aber jetzt ist die Straße wirklich nur noch ein
Weg. Und führt plötzlich mitten durch einen Bauernhof!
„Davon steht hier nichts", sage ich. „Aber irgendwann muss
eine T-Kreuzung kommen, da müssen wir rechts."
„Da vorne!", sagt mein Vater. Wir biegen ab.
Und keine fünfzig Meter weiter steht ein Schild. DRUID-
STONE. Mit einem Pfeil nach links.
Mein Vater muss zurücksetzen, weil die Einfahrt so eng
ist, dass wir nicht in einem Zug rumkommen.
Links und rechts sind hohe Hecken. Und die Zweige
schrappen an unseren Außenspiegeln lang.
„Was heißt ... cattle grid oder so was?", mühe ich mich mit
der Schrift auf unserer Zeichnung ab.
„Ein Viehgitter", sagt mein Vater. „Einfach ein Gitter, das
in den Boden eingelassen ist und über das sich die Schafe
nicht rüber trauen."
„Two cattle grids", lese ich vor. Da holpern wir auch schon
über das erste. Rechts ist eine Schafweide.
„Eine schlaue Erfindung", meint mein Vater, „sonst müsstest du jedes Mal erst anhalten und irgendein Tor aufmachen!"
Aber anhalten müssen wir dann trotzdem. Weil mitten auf

dem Weg ein alter Mann steht! Das heißt, so alt ist er vielleicht gar nicht, aber er sieht alt aus. Und seine Haare sind mindestens so lang wie die von meinem Vater, wenn er das Zopfgummi rausmacht.

Er quetscht sich an der Hecke lang, bis er neben unserem Fahrerfenster steht.

Mein Vater nickt und hebt die Hand.

Der Alte sagt etwas.

Wir verstehen kein Wort.

„Druidstone", sagt mein Vater.

„Great place", sagt der Alte. „I'm John."

Das verstehe ich immerhin!

„Burkhard", sagt mein Vater.

Zwei kleine, hässliche Hunde kommen kläffend den Weg runtergerast. Mit einem Satz hockt Poodle knurrend zwischen uns. Und der Alte fängt plötzlich an zu schimpfen. Er droht Poodle sogar mit der Faust!

„Was sagt er?", frage ich.

„Irgendwas über Hunde vom Kontinent, und dass die jetzt die Tollwut nach England bringen würden ..."

Der Alte schimpft immer weiter.

Mein Vater antwortet etwas.

Der Alte schimpft.

Mein Vater erzählt etwas von irgendeinem Tunnel.

Und der Alte ist still. Er zieht die Augenbrauen zusammen und scheint angestrengt zu überlegen.

Dann lacht er und klopft meinem Vater mit der Hand auf den Arm.

„I forgot the fucking tunnel", verstehe ich, „go ahead, mate, it's alright!"

Mein Vater fährt vorsichtig an. Wir holpern über das zweite cattle grid.

„Was hast du ihm gesagt?", frage ich.

„Erstens, dass ich glaube, dass Schafe überhaupt keine Tollwut kriegen können. Und zweitens, dass es seit ein paar Jahren den Eisenbahntunnel unterm Channel durch gibt. Und wenn England keine Tollwut hatte, werden Ratten und irgendwelches andere Viehzeug jetzt schon dafür sorgen …"

„Gibt es hier echt keine Tollwut?", frage ich.

„Nein, es hat irgendwas mit der letzten Eiszeit zu tun. Die Verbindungen zum Kontinent waren schon weggeschmolzen, als sich das Virus da ausbreitete."

„Aber dafür haben sie BSE!"

„Und eine der größten nuklearen Dreckschleudern der Welt", sagt mein Vater. „Sellafield, ein Stück weiter im Norden. Von da leiten sie jeden Tag zehntausende Liter radioaktiver Abwässer in die Irische See! Und es ist ihnen scheißegal, dass die Leukämierate in der Gegend um mehr als das Zehnfache höher ist als anderswo. Von anderen Krebsarten ganz zu schweigen!"

„Aber darüber wolltest du mit John lieber nicht diskutieren …"

„Darüber wollte ich mit John lieber nicht diskutieren, ganz genau."

Ein paar Meter weiter taucht links plötzlich das Meer auf. Ein steiler Weg führt zum Hotel hinunter.

„Schön", sage ich und meine es wirklich. Es ist total schön! Auf einer Wiese direkt über den Klippen steht ein zweistöckiges Haus aus grauen Natursteinen. So als würde es da schon immer stehen. Mit ein paar Nebengebäuden und einer großen Mauer, die einen Blumengarten umschließt.

Wir stellen den Bus so, dass wir aus der Seitentür direkt auf die Bucht gucken können. Irgendwo weit draußen liegt ein Frachtschiff vor Anker. Ansonsten sieht man nur Meer und Himmel und das einzige Geräusch ist das Krächzen der Möwen. Und ein paar Grillen, die sich im Gras um den Verstand zirpen.

Ich breite die Arme aus und drehe mich im Kreis, bis mir schwindlig wird.

Vorsichtig wage ich mich an den Klippenrand heran. Das Wasser unten sieht fast grün aus und der Sand leuchtet gelb in der Sonne. Ein paar Kinder auf Ponys jagen im Galopp durch die Wellen.

„Mach, was du willst!", rufe ich meinem Vater zu. „Ich gehe baden!"

Ich renne mit Poodle den schmalen Klippenpfad entlang. Bis es so steil wird, dass wir nicht mehr rennen können, sondern uns Meter für Meter unseren Weg zwischen den Felsen nach unten suchen müssen. Das heißt, ich muss mir meinen Weg nach unten suchen, Poodle rast schon kläffend über den Strand, als ich gerade mal die Hälfte des Abstiegs geschafft habe!

Die Kinder mit den Ponys sind verschwunden. Nur die Hufspuren laufen wie ein breites Band durch den Sand. Ich ziehe mir die Jeans aus und gehe bis zu den Knien ins Wasser. Die Wellen sind doch höher, als ich dachte. Und als ich nicht aufpasse, erwischt mich natürlich eine. Da mein T-Shirt jetzt ohnehin schon nass ist, tauche ich schnell einmal unter – und kriege fast einen Herzschlag. So kalt ist es! Ich suche mir einen Felsen und lege mich in die Sonne. Gucke zu, wie mein T-Shirt kleine Rinnsale auf den glatten Stein tropft, und denke an gar nichts. Als mein Vater plötzlich neben mir steht, kommt es mir vor, als hätte ich nicht länger als zehn Minuten hier gelegen. Aber es muss viel länger gewesen sein …

„Ich habe Jane kennen gelernt", sagt er. „Aber die Theaterleute aus Cardiff sind schon wieder weg. Zu irgendeiner Wanderung in den Nationalpark weiter im Norden. Ach ja, und ich habe mit Pembroke telefoniert. Unser Schiff geht morgen um zwölf. Wir sollen zwei Stunden vorher da sein, er meint, dann kriegt er uns irgendwie drauf."
„Gut", sage ich.
„Sehr gut", meint mein Vater.

Später sitzen wir auf der Hotelterrasse und trinken süßen Tee mit Milch. Jane bringt ein Tablett mit Rosinenbrötchen und dazu salzige Butter und selbst gemachte Marmelade! Jane ist ungefähr so breit, wie sie groß ist. Aber total nett. Und sie redet offensichtlich gerne. Sie setzt sich einen Moment zu uns und erzählt meinem Vater, wie sie vor ein paar Jahren mit den Theaterleuten aus Cardiff in Polen war. Und für Grotowski gekocht hat!
„Grotowski liked my pancakes", sagt sie.
„Wer ist Grotowski?", frage ich.
„Ein Theatermacher aus Polen", erklärt mein Vater. „Eugenio Barba hat eine Weile mit ihm gearbeitet. Er war so was wie der Begründer des ‚Armen Theaters'. Also das, worauf sie alle aufbauen, auch das Odin und das Théâtre du Soleil."
„Und wer ist …?"
„Eugenio Barba? Der Leiter vom Odin-Theater! Du hast ihn kurz gesehen, bei Çesars Stück, der mit der Brille, der mit Rina zusammen reingekommen ist."
Ich kann mich zwar nicht erinnern, aber ist ja auch egal.
„Grotowski is dead and gone", sagt Jane. „What a pity! A good man, he was. He really liked my pancakes!"
John kommt über die Terrasse gestiefelt.

327

„I forgot the fucking tunnel!", ruft er uns zu, kaum dass er uns entdeckt hat. „How could I?"

Er verschwindet kopfschüttelnd hinter der Tür zur Bar. Und hinter ihm her die beiden hässlichen Köter von vorhin. Ich kann Poodle gerade so eben noch am Halsband festhalten!

„Do you want to taste my pancakes?", fragt Jane und steht auf. Klar wollen wir. Auch wenn ich fürchte, dass ich demnächst unbedingt mal ein paar Fastentage einschieben muss.

Wir folgen Jane in die „Bar"! Die eigentlich im Keller des Hotels ist, aber da das Haus am Abhang steht, führt die eine Tür direkt zur Terrasse hinaus. Oder eben von der Terrasse rein, je nachdem, von wo man kommt.

Wir suchen uns einen kleinen Tisch, von dem aus wir aufs Meer blicken können. Und da bleiben wir dann auch für die nächsten Stunden. Gucken zu, wie die Sonne untergeht, und probieren Janes Pancakes. Die mit Mett gefüllt sind und nach irgendeinem fremdartigen Gewürz schmecken. Mein Vater trinkt Guinness und ich so was wie rote Limonade.

Im Laufe des Abends wird die Bar immer voller. Irgendwann kommt ein Typ mit einer Gitarre. Und irgendjemand bringt ein Akkordeon für John angeschleppt. Den Refrain der Lieder singen jedes Mal alle mit. Bis auf uns natürlich. Aber ich finde es trotzdem schön. Und als mein Vater fragt, ob ich nicht langsam ins Bett will, sage ich nur: „Ich bin doch nicht doof!"

Mein Vater holt sich noch ein Guinness. Ich merke, wie er immer wieder zu dem leeren Stuhl neben John rüberschielt. Wo John seinen Tabak abgelegt hat.

„Denk gar nicht dran", sage ich.

„Das sagst du so", meint er.

Ich beschließe, ihn ein bisschen abzulenken.

„Weißt du, was mir gerade aufgefallen ist?", frage ich. „Die ganzen letzten Jahre fand ich doch Theater einfach nur noch langweilig. Ich bin ja noch nicht mal mehr mitgegangen, wenn Sabine gespielt hat. Aber die Sachen, die wir jetzt gesehen haben, also die haben mir irgendwie so gut gefallen, dass ich plötzlich richtig Lust habe, noch mehr zu sehen! Verrückt, was?"

„Wieso?", sagt mein Vater, „ist doch klar. Es kommt immer darauf an, was man sieht. Und mit schlechtem Theater kannst du jedem die Lust nehmen, so viel ist sicher. Aber genauso ist es eben auch möglich, auf der Bühne etwas zu zeigen, das dir glatt die Schuhe auszieht!"

Ich muss lachen.

„Du meinst, wenn der Fußboden unter mir plötzlich wegkippt und ich Panik kriege, weil ich denke, dass die Sitzreihen gleich in dem Spalt verschwinden, in dem Peer Gynt gerade um sein Leben paddelt?"

„Hör auf", sagt mein Vater. „Die Idee war gar nicht so schlecht, das musst du zugeben. Und dass das Stück so merkwürdig ist, dafür kann ich nichts. Ich bin nur der Bühnenbildner! – Aber du weißt genau, was ich meine", setzt er hinzu, „deine Mutter hat es dir gezeigt: wenn Theater es schafft, eine Magie herzustellen! Wenn du für eine kurze Zeit vergisst, wo du eigentlich bist und wer du bist …"

„Kann man Theaterstücke eigentlich auch einfach nur lesen?", frage ich.

„Klar kann man, aber es macht meistens keinen großen Spaß. Der Text ist immer nur die Hälfte, wenn überhaupt. Ich glaube, ich kenne nur ein einziges Stück, das auch als bloßer Text funktioniert: ‚Unter dem Milchwald' von

Dylan Thomas. Da ist jeder einzelne Satz ein Bild, du siehst die Szene sofort vor dir, einfach irre!"

Er nimmt einen großen Schluck Guinness.

„Hat sich leider totgesoffen. Dylan Thomas, meine ich. Er kam übrigens hier aus Wales, nicht weit von hier, irgendeiner von diesen Orten, die kein Mensch aussprechen kann."

Langsam werde ich doch müde. Ich merke, wie meine Augen von dem Zigarettenqualm anfangen zu brennen. Aber immerhin habe ich es geschafft, dass mein Vater keine einzige Zigarette geraucht hat!

„Ich will noch was wissen", sage ich.

„Frag."

„Was ist eigentlich mit dir und Theater?"

Er überlegt einen Moment.

„Du meinst, ob ich weiter für die Oper in Kopenhagen alberne Bühnenbilder machen will?", fragt er dann.

„Nein", sage ich. „Ich meine, ob du dir vorstellen könntest, bei einer Theatergruppe mitzumachen, die genau die Art von Theater macht, die du auch gut findest?"

„So wie das Odin?"

„Zum Beispiel. Ein bisschen so, ja."

„Wenn mich jemand fragen würde", sagt mein Vater, „warum nicht? Würde wahrscheinlich Spaß machen."

Wir gucken uns an. Und ich glaube, wir denken beide das Gleiche!

Unterwegs 10

Das Problem bei Ansichtskarten ist, dass man nicht genug Platz hat, um einfach irgendwas hinzuschreiben. Weshalb ich bislang auch nur bis „Liebe Sabine" gekommen bin.

Mein Vater sitzt mir gegenüber und liest Zeitung. Eine dänische Tageszeitung, die er einem dänischen Touristen abgeschwatzt hat.

Die Fähre liegt halb schräg im Wasser. Mein Vater meint, entweder wäre einer der Stabilisatoren kaputt, oder sie hätten falsch geladen. Alle Laster auf eine Seite oder so. Aber wenigstens schaukelt der Kahn nicht. Noch nicht. Wir sind ja auch noch nicht auf dem offenen Meer. Wir quälen uns jetzt schon seit mindestens einer Stunde aus der Bucht von Pembroke raus, vorbei an endlosen Verladeanlagen für halb verrostete Öltanker. Und an grau angestrichenen Kriegsschiffen! Sehr schön, wirklich.

Ich bin irgendwie total nervös.

Ich muss die ganze Zeit daran denken, dass wir spätestens in Dublin rauskriegen müssen, wo meine Mutter nun tatsächlich ist.

„Sie wird schon in irgendeiner Stadt sein", hat mein Vater vorhin gesagt. „Alles andere wäre Quatsch."

Er hat die Städte aufgezählt, die seiner Meinung nach infrage kommen: Cork und Galway. Und Dublin selber natürlich.

„Was Sinn machen würde", hat er gesagt. „Dublin boomt

ohne Ende und mit dem Flugzeug erreichst du in kürzester Zeit jede andere Stadt in Europa."

Ich hoffe, dass er Recht hat. Dass sie wirklich in Dublin ist.

„Liebe Sabine, wir sind auf dem Weg nach Dublin", schreibe ich weiter. „Aber die Karte habe ich schon in Paris gekauft. Und da waren wir, bevor wir nach London gefahren sind." Sehr intelligent. Sabine wird sich freuen.

Aber vielleicht bin ich auch einfach nur zu müde, um irgendeinen vernünftigen Satz hinzukriegen. Ich habe keine Ahnung, wie spät es gewesen ist, als wir gestern ins Bett gegangen sind. Ich weiß nur, dass ich heute Morgen kaum die Augen aufgekriegt habe …

Mein Vater war schon baden gewesen. Unten am Strand. Mit Poodle. Und Poodle hatte natürlich nichts besseres zu tun, als sich zur Begrüßung auf mich zu stürzen, klatschnass wie er war! Wahrscheinlich um mir mitzuteilen, dass schon wieder ein wunderbarer Tag in seinem Hundeleben angebrochen war.

Ich muss allerdings zugeben, dass der Tag wirklich ganz gut anfing. Als wir dann nämlich im Frühstückszimmer saßen, mit Blick aufs Meer, und Jane uns Spiegelei und Schinken und Würstchen und gegrillte Tomaten serviert hat! Und hinterher Toast mit Orangenmarmelade, so viel wir wollten. Nur mein Vater musste es wieder mal übertreiben und hat auch noch Janes „Spezialität" bestellt: Hot Kippers, heiße Heringe. Zum Frühstück! Und nachdem er vorher schon mindestens fünf Scheiben Toast mit Marmelade gegessen hatte.

Weshalb er dann auf der Fahrt nach Pembroke auch ziemlich still war. Erst als wir schon auf das Hafengelände einbogen, hat er gesagt: „Wir sollen uns hier irgendwo hinstellen und auf ihn warten, aber möglichst weit weg von den Tickethäuschen. Na ja, hoffen wir mal, dass er auch wirklich kommt!"

„Er" war Eddie. Der Typ, den mein Vater kannte. Natürlich wieder mal aus Christiania, wo er Eddie irgendwann mal einen Gefallen getan hatte. Weshalb Eddie uns jetzt umsonst auf die Fähre holen sollte. Was immer da in Christiania gewesen war, habe ich überlegt, es wird jedenfalls nicht darum gegangen sein, dass mein Vater morgens immer die Milch für Eddie mitgebracht hat oder so, es muss schon irgendwas Größeres gewesen sein.

Aber mein Vater wollte nicht so recht mit der Sprache raus. „Ist lange her", hat er nur gesagt.

Und dann kam auch schon Eddie. Mit einem Gabelstapler! Hat nur mit dem Kopf auf die leere Palette vorne gezeigt, und mein Vater und ich sind aufgestiegen und haben Poodle zwischen uns genommen. Und Eddie ist losgebrettert. Quer über das Hafengelände und um das Zollgebäude rum und an einer langen Reihe Lastwagen vorbei direkt auf die Fähre, die noch total leer war.

Zum Abschied hat Eddie die Hand ausgestreckt und mein Vater hat ihm unsere Autoschlüssel gegeben.

„See you", hat Eddie gesagt.

„Take care", hat mein Vater geantwortet.

Er hat Poodle an die Leine genommen und wir sind hoch an Deck. Haben uns an die Reling gestellt und zugeguckt, wie die Lastwagen einer nach dem anderen auf die Fähre fuhren.

„Wo bleibt unser Bus?", habe ich nervös gefragt.

„Keine Panik", hat mein Vater gesagt, „Eddie ist okay."

Aber ich habe trotzdem so was wie eine Horrorvision gehabt: Eddie, wie er mit unserem Bus abhaut, und mein Vater und ich, wie wir mit der Fähre nach Irland fahren, ohne Klamotten und ohne alles ...

„Da!", hat mein Vater genau in dem Moment gesagt und sich gleich darauf die Hand vor die Augen gehalten und gestöhnt: „Nicht so schnell, Mann, nimm den Fuß vom Gas!"

Unten über die Laderampe kam unser VW-Bus. Mit einem ziemlichen Tempo. Als er über die letzte Eisenschwelle in den Schiffsbauch geknallt ist, konnten wir es bis zu uns hoch hören!

„Hoffentlich hat der Plattenspieler nichts weggekriegt", hat mein Vater noch gestöhnt. „An die Stoßdämpfer will ich lieber gar nicht erst denken ..."

Wir hatten uns kaum einen Platz in der Sonne gesucht, da kam eine Kellnerin mit zwei Bechern Tee auf uns zu.

„Hä?", hat mein Vater gemeint, „hast du irgendwas bestellt?"

„Nee, du?", habe ich gefragt.

Die Kellnerin hat das Tablett auf unseren Tisch gesetzt.

„Welcome on board", hat sie gesagt.

Und zwischen den beiden Bechern mit Tee lag unser Autoschlüssel! Mein Vater hat gegrinst.

„Eddie hatte schon immer ein gutes Gespür für Dramatik", hat er gemeint und die Schlüssel eingesteckt. „Okay, wenn mich nicht alles täuscht, sitzt da drüben jemand mit einer dänischen Zeitung. Ich frage mal, ob er mir einen Teil abgibt ..."

Jetzt fängt das Schiff doch ein bisschen an zu schaukeln. Gerade ist die letzte Felsspitze von Wales im Dunst verschwunden.

Mein Vater legt seine Zeitung beiseite.

„Und? Wie weit bist du mit deiner Karte?"

„Mir fällt irgendwie nichts Richtiges ein …"

„Schreib doch einfach, dass wir unterwegs nach Irland sind!", schlägt er vor.

„Hab ich schon", sage ich.

„Weißt du eigentlich, dass du schon mal in Irland warst?", fragt er plötzlich.

„Was?"

„Doch, wirklich, als du zwei warst oder so. Mit Susanne und mir, wir haben Urlaub in Irland gemacht! Aber weil Susanne damals gerade an der Landesbühne war, mussten wir schon im Mai fahren, weil die Theaterferien so früh lagen. Es war verdammt kalt, das weiß ich noch, und es hat die ganze Zeit geregnet! Sabine war übrigens auch mit. Sie hatte sich gerade mal wieder von irgendeinem ihrer Liebhaber getrennt und hat eigentlich nur geheult … Warte, ich glaube, ich habe sogar noch ein Foto davon!"

Er holt seine Brieftasche raus. Und er hat tatsächlich ein Foto dabei. Allerdings nicht von Sabine, wie sie heult, sondern von mir und meiner Mutter! Auf einem schmalen Teerweg, zwischen zwei hohen Steinmauern, meine Mutter hält mich im Arm und wir lachen beide in die Kamera. Irgendwo hinter uns kann man einen Leuchtturm sehen …

Ich kenne das Bild. Es hängt bei mir zu Hause an der Wand! Es ist eines der wenigen Bilder, die es von mir und meiner Mutter gibt. Aber ich habe nie darüber nachgedacht, wo es fotografiert sein könnte. Oder vielleicht habe ich es früher auch mal gewusst und einfach wieder vergessen.

„Der Leuchtturm heißt Galley Head", sagt mein Vater. „Unten, an der Südküste. Ein irrer Platz, ein bisschen wie am Ende der Welt!"

Er steckt das Foto wieder ein.

„Hast du noch mehr Bilder?", frage ich.

„Willst du sie sehen?"

Ich nicke.

Mein Vater und ich an irgendeinem Strand, wie wir zusammen eine Sandburg bauen. Ich mit einer Zuckertüte im Arm, als ich gerade in die Schule komme. Mein Vater und meine Mutter vor irgendeiner Hauswand. Er hat noch ganz dunkle Haare und sie hat den Kopf an seine Schulter gelehnt. Ich mit meiner Freundin Charlotte, letztes Jahr erst oder so!

„Wo hast du das her?"

„Hat mir Susanne geschickt ..."

Irgendwie glaube ich es ja mal wieder nicht mehr. Sie schickt ihm Fotos! Und er schleppt sie in seiner Brieftasche mit sich rum. Und zeigt sie wahrscheinlich auch noch jedes Mal rum, wenn er mit seinen Kumpels in Kopenhagen in der Kneipe sitzt – so als wären wir eine ganz normale Familie! Wie der Blödmann in der Fernsehwerbung, der jedem die Bilder von seinem Haus zeigt und von seinem Auto und von seinem Boot.

„Hast du auch noch welche, wo dein Auto drauf ist?", frage ich. „Oder der Bus, in dem du in Christiania wohnst, oder Poodle oder irgendeine Freundin von dir oder so was?"

„Nein, wieso?" Er guckt mich irritiert an.

„Vergiss es", sage ich. Und irgendwie finde ich es plötzlich sogar ganz schön. Dass er die Fotos von uns mit sich rumschleppt, so als wären wir tatsächlich eine ganz normale Familie.

„Hör mal", sage ich, „wäre es nicht langsam mal an der Zeit, dass du mir erzählst, wie es wirklich gewesen ist?"

Er weiß sofort, was ich meine.

„Ich habe immer wieder darüber nachgedacht, glaub mir", sagt er.

„Und?"

„Und je länger es her ist, umso idiotischer erscheint es mir."

„Ich will es genau wissen", sage ich.

Er stützt die Arme auf den Tisch und guck auf irgendeinen Punkt weit hinter mir. Holt tief Luft und fängt an zu reden.

„Ich muss ziemlich bekloppt gewesen sein damals. Deine Mutter wollte nie irgendetwas anderes als das absolut perfekte Theater! Bis an die Grenzen des Möglichen. Aber für mich war Professionalität gleichbedeutend mit Phantasielosigkeit, ich habe behauptet, Theater müsste frei sein! Brauchte keine verständliche Handlung oder ein Bühnenbild oder irgendwelche Lichteffekte, jeder sollte einfach nur auf die Bühne gehen können und spielen, das war meine Idee."

„So blöd finde ich das eigentlich gar nicht", sage ich.

„Es ist aber blöd", sagt mein Vater. „Weil es nicht funktioniert! Natürlich kann ich mit den allereinfachsten Mitteln Theater spielen, das geht. Aber nur, wenn die Schauspieler wirklich ihr Handwerk beherrschen und wenn sie jedes Mal aufs Neue versuchen, besser zu sein als am Tag davor!"

„Und darüber habt ihr euch gestritten?", frage ich.

„Gestritten?" Er lacht. „Wir haben uns fast geprügelt deshalb. Wie gesagt, ich war noch nicht so weit, ich wusste nur, dass ich mit meinem Job als Bühnenbildner nicht zufrieden war und am liebsten alles hinschmeißen wollte. Ich habe Susanne also vorgeworfen, dass sie überhaupt nichts kapiert hätte. Und sie hat natürlich behauptet, dass ich nichts kapiert hätte. Und irgendwann haben wir dann auch gar nicht mehr übers Theater gestritten, sondern jeder hat dem anderen nur noch beweisen wollen, dass er Recht hätte! Aber ich glaube, in Wirklichkeit war sich Susanne ihrer Sache damals noch gar nicht so sicher, verstehst du, sie hätte also eigentlich jemand gebraucht, der sie in ihren Ideen unterstützt und sie nicht ständig wieder runterzieht!"

Er schüttelt den Kopf.

Ich warte.

„Das Verrückte ist, dass wir beide immer das Gleiche wollten", redet er nach einer Weile weiter. „Wir wollten beide ein anderes Theater machen, etwas völlig Neues ..."

„Und ich?", frage ich. „Wie passe ich in euer Spiel?"

Mein Vater kratzt mit dem Fingernagel an einem Rostfleck auf der Tischplatte. Dann guckt er hoch.

„Verlang nicht zu viel von mir", sagt er. „Ich könnte dir sonst was erzählen, aber Tatsache ist, dass ich es selber nicht weiß. Ich glaube, für Susanne war es einfach so, dass sie unter allen Umständen beweisen wollte, dass sie ihr Leben auch alleine in den Griff kriegt. Und ihre größte Angst war, dass sie mich brauchen würde, um dich großzuziehen oder so. Aber ich habe keine Ahnung, wie ich mich jemals darauf einlassen konnte zu gehen ..."

So wie jetzt hat er noch nie mit mir gesprochen. Und ihm ist auch nicht so ganz wohl dabei, das merke ich deutlich. Mir allerdings auch nicht, und das macht mich irgendwie ... ziemlich nervös!

Ich beschließe, dass es erst mal genug ist für heute. Und dass ich mir meine Vorwürfe noch ein bisschen aufhebe. Bis ich sie beide vor mir habe, meinen Vater und meine

Mutter. Aber so was wie einen Schlusssatz kann ich mir doch nicht ganz verkneifen.

„Ich hoffe nur, ihr wisst, dass ihr Scheiße gebaut habt", sage ich also und stehe auf und gehe zur Reling rüber. Starre aufs Meer und warte ab, was er macht. Und bin froh, als er gar nichts macht.

Dublin

Als wir in Irland von der Fähre runterkommen, guckt mein Vater auf die Uhr.

„Wenn wir Glück haben, schaffen wir es", sagt er.

Er studiert noch mal den Zettel, den wir von Jacobo haben.

„Hier steht, dass die Vorstellung erst um zehn anfängt. Das sind noch mehr als fünf Stunden, das müsste reichen ..."

„Warst du schon mal in Dublin?", frage ich.

„Einen Tag", sagt er. „Aber wir werden es schon finden, Dublin ist nicht so groß." Er klopft auf das Armaturenbrett. „Also los, Alter, jetzt kommt's drauf an!"

Eddies Vollgas-Nummer scheint den Stoßdämpfern nichts ausgemacht zu haben. Und der Plattenspieler funktioniert auch noch. Mein Vater will unbedingt irgendeinen Song von den Rolling Stones hören.

„This could be the last time", singt er begeistert mit. „Baby, baby, the last time, I don't know, oh no!"

Bis es mir reicht und ich wieder die Beatles reinschiebe. Jetzt können wir wenigstens beide begeistert mitsingen:

„You say goodbye and I say hello, hello, hello, I don't know why you say goodbye I say hello ..."

Eigentlich ist es gar nicht so weit bis nach Dublin. Gerade mal 77 Meilen. Stand jedenfalls auf dem letzten Schild.

„Durch zwei teilen und das Ergebnis dann einfach dazuzählen", erklärt mein Vater. „Das kommt ungefähr hin."

77 durch zwei macht ungefähr 38, rechne ich, und 77 plus 38 sind …

„115 Kilometer nur?"

„Täusch dich nicht", sagt mein Vater. „Wir sind in Irland!"

Was ich spätestens kapiere, als wir plötzlich mitten auf der Landstraße anhalten müssen, weil ein Bauer gerade seine Kühe vom Feld zurück zum Hof treibt, erst quer über die Straße und dann noch ein ganzes Stück geradeaus weiter, und wir dürfen im ersten Gang hinterhertuckern! Aber es scheint sich keiner weiter aufzuregen, ich sehe sogar, wie zwei andere Autofahrer die Gelegenheit zu einem kleinen Schwatz nutzen. Sie steigen einfach aus und quatschen, bis der Bauer seine Kühe endlich wieder von der Straße runter hat.

Irgendwann läuft die Straße fast genau an der Küste lang. Und wir fahren einen kleinen Abstecher zu einem Golfplatz in den Dünen. Lassen Poodle an ein paar Fähnchen pinkeln und hauen schnell wieder ab, als der Golfplatzwächter auftaucht. Oder was immer der Typ mit der Baseballmütze sein soll, der wahrscheinlich noch hinter uns herbrüllt, als wir schon längst wieder unterwegs sind.

Kurz nach acht sind wir dann endlich in Dublin. *Point Depot* steht auf Jacobos Zettel, *Pigeon House Harbour.* Wir fragen uns durch. Und landen wieder zwischen alten Lagerhallen und Eisenbahngleisen. Irgendwo am Hafen. So ganz stimmt die Adresse allerdings nicht. Wir kriegen jedenfalls ziemlich schnell raus, dass das „Point Depot" eine Konzerthalle ist, in der kein Theater gespielt wird. Aber früher muss das Ganze mal so was wie ein Güterbahnhof gewesen sein, und direkt neben dem „Point Depot" ist noch eine zweite Halle, mit hohen Glasfenstern und ganz aus rotem Ziegelstein gebaut …

Rostige Eisenbahnschienen führen auf ein rostiges Tor zu. Das Tor ist geschlossen. WAITING FOR GODOT steht als Graffito über den Rost gesprüht.

„Wieso sucht sich Mutti eigentlich immer irgendwelche runtergekommenen Hallen aus?", frage ich. „Oder das Zirkuszelt in Hamburg, also, ich meine, wieso spielt sie nicht einfach in irgendeinem Theater?"

„Wieso fandest du ihre Inszenierungen interessant, aber zu Sabine ins Stadttheater wolltest du nicht mehr gehen?", fragt mein Vater zurück. „Nein, aber im Ernst", sagt er dann, „es kommt immer darauf an, was du mit dem Stück erzählen willst. Und natürlich ist es verlockend, einen ganzen Raum zu inszenieren, auch um die Zuschauer mit einbeziehen zu können. Bei anderen Stücken dagegen würde das vielleicht gar keinen Sinn machen, erinnere dich zum Beispiel an das Stück von Dario Fo, das wir gesehen haben …"

„Das heißt, es wäre gar nicht so gut, ein eigenes Theater zu haben, weil du dann immer in dem gleichen Raum spielen müsstest?"

„Kommt auf den Raum an", sagt mein Vater, „kann sein, ich weiß es nicht. Aber warum sie ausgerechnet für den Godot so viel Aufwand betreibt, ist mir wirklich nicht klar. Für welches Theater macht sie das hier überhaupt?"

Wir klettern über die Gleise und suchen nach irgendeinem Schild oder einem Zettel, auf dem ein bisschen mehr steht. Aber das Einzige, was wir finden, ist ein Stapel Handzettel, schön ordentlich verschnürt, auf einer der Fensterbänke.

„Riff Raff Theatre Company", entziffert mein Vater. „Nie

gehört, irgendeine freie Gruppe wahrscheinlich. Aber das heißt, dass sie nicht viel Geld dafür gekriegt haben kann, ich staune immer mehr über Susanne!"

„Glaubst du wirklich, dass sie hier in Dublin ist?"

„Spätestens in zwei Stunden wissen wir es! Los, drehen wir eine kleine Runde solange ..."

Wir laufen am Hafen lang. Poodle schnüffelt an jedem Pfosten, an jedem Pfahl und an jedem Poller. Mein Vater will unbedingt zu dem Kai, an dem angeblich die Schiffe der Guinness-Brauerei liegen sollen.

„Stell dir vor, so ein Guinness-Tanker läuft auf eine Sandbank", sage ich.

„Dann würden die Iren wahrscheinlich das ganze Meer aussaufen", sagt mein Vater und grinst.

Wir machen noch ein paar blöde Witze über besoffene Fische und Möwen, die stockbesoffen durch die Luft torkeln. So wie der Typ vor uns, der gerade aus einer ziemlich finster aussehenden Hafenkneipe gestolpert kommt.

Dann haben wir uns endgültig verlaufen. Wir sind in einer schmalen Gasse und die Mauern links und rechts sind von oben bis unten mit Graffiti voll gemalt. Richtig tolle Bilder teilweise, und dazwischen immer wieder Schrift: U2 und BONO FOREVER und so was.

„He!", ruft mein Vater plötzlich, „ich glaube, ich habe mal gelesen, dass U2 hier irgendwo ihre Studios haben ... Mann, das ist ja vielleicht ein Ding!" Er stellt sich auf die Zehenspitzen und versucht über die Mauer zu gucken.

„Egal", sage ich und gehe weiter.

Ich habe allerdings das deutliche Gefühl, dass mein Vater gerne noch eine Weile die Hinterhöfe abgeklappert hätte. Jeden einzelnen. Nur um Bono von U2 mal eben die Hand zu schütteln!

An irgendeinem Imbiss gönnen wir uns jeder eine Tüte Pommes mit Bratfisch. Den Bratfisch geben wir Poodle. Ungefähr zwanzig Minuten später und hundert Lagerhallen weiter stehen wir plötzlich wieder vor unserem Bus. Inzwischen sind auch noch ein paar andere Autos da. Mein Vater hält einen Techniker an, der gerade mit einer Kabelrolle über der Schulter durch das Eisentor verschwinden will.

Ich verstehe nur so viel, dass Susanne nicht da ist.

„She's got her own company", sagt der Typ mit der Kabelrolle.

„Here in Dublin?", fragt mein Vater.

„No", sagt der Typ. Sehr gesprächig scheint er nicht zu sein.

„And where?", fragt mein Vater.

„Don't know. Somewhere."

Er drückt das Tor auf und lässt uns einfach stehen.

„Scheiße", sage ich. „Und jetzt?"

„Jacobo hat behauptet, in der Inszenierung gäbe es irgendeinen Hinweis, warten wir's also ab."

„Haha, so was wie der Strand in Macbeth oder was?"

Aber mein Vater antwortet nicht. Er starrt vor sich auf den Boden und scheint mit seinen Gedanken ganz woanders zu sein.

„Warte mal", sagt er plötzlich leise, „das Thema bei Godot ist nicht Godot, es spielt überhaupt keine Rolle, wer Godot eigentlich ist, es geht darum, dass irgendwelche Leute ihr Leben lang auf irgendetwas warten, und solange sie warten, ist alles in Ordnung ..."

Er guckt mich an.

„Erst wenn sie aufhören würden zu warten, hätten sie kein Ziel mehr, und auch keine Hoffnung und so!"

„Und wir warten auf Susanne oder was meinst du?", frage ich und finde das Ganze einfach nur noch bescheuert. Ich habe keine Lust mehr zu warten, was redet er da eigentlich?

„Das bringt uns nicht weiter", sagt er jetzt und schüttelt den Kopf. „Gehen wir rein!"

Viele Besucher sind noch nicht da. Lustlos schlappe ich hinter meinem Vater her zu einer Tür an der Seite der Halle, die offensichtlich als Eingang dient. Eine Frau in einem schwarzen Overall verteilt die Handzettel, die wir schon kennen.

Verblüffenderweise verzichtet mein Vater darauf, nach der Gästeliste zu fragen. „Freie Gruppen müssen davon leben, dass die Leute bezahlen", sagt er nur und holt sein Geld raus.

Statt einer Eintrittskarte kriegen wir einen Stempel auf die Handfläche gedrückt. Eine Reihe Zahlen mit verschieden dicken Strichen darüber. Wie die Computercodierungen im Supermarkt.

Diesmal müssen wir nicht hinter einem Vorhang warten, sondern können gleich weiter. Direkt in die Halle.

„Was?", fragt mein Vater und blickt sich ratlos um.

Direkt vor uns ist ein Gleis mit einer Reihe von Güterwaggons. Der Weg für die Besucher ist mit rotweißem Absperrband gekennzeichnet. Über uns hängen grelle Neonröhren. Zwei sind kaputt und flackern nur noch.

Am Ende der Halle geht es rechts und dann auf eine Art Bahnsteig zwischen den Gleisen. Auch links stehen wieder Güterwaggons. Und ganz vorne eine Rangierlok.

Die Stimmung ist irgendwie ganz komisch. Irgendwie unwirklich. Als wären wir abgestellt worden und vergessen. Den anderen Leuten muss es ähnlich gehen. Vor allem weil es totenstill ist. Also kein Lärm und keine Geräusche und nichts. Nur das Füßescharren der Leute und ab und zu ein halblautes Wort, wenn einer den anderen fragt, worum es eigentlich geht.

Ich warte die ganze Zeit darauf, dass irgendwas passiert, dass gleich ein Lautsprecher losplärrt oder so was, wie sonst, wenn man auf einem Bahnsteig steht. Aber es passiert überhaupt nichts. Nur dass noch ein paar Leute mehr kommen und dann mit uns zwischen den Waggons rumstehen und genauso wenig irgendetwas kapieren wie wir.

„Wie geht das Stück eigentlich los?", frage ich leise meinen Vater. „Also, ich meine, wenn es nicht von Mutti inszeniert worden wäre?"

„Es spielt direkt nach irgendeiner Katastrophe", antwortet mein Vater. „Es gibt kaum noch Menschen, alles ist eine einzige Sandwüste, an viel mehr kann ich mich nicht erinnern."

„Ah ja", sage ich. „Kommen eigentlich auch noch Schauspieler vor in dem Stück?"

„Im Textbuch schon." Mein Vater grinst. „Wladimir und Estragon. Und ein Typ, der Pozzo heißt und davon überzeugt ist, dass er derjenige ist, auf den die anderen warten. Und Lucky, der auf niemand mehr wartet und im Kopf schon so gut wie tot ist."

„Ah ja", sage ich zum zweiten Mal.

Vor uns schreit eine Frau auf. Ein paar Zuschauer drängen zurück, weg von der Bahnsteigkante. Zwischen zwei Waggons kommt ein Typ von den Gleisen hochgeklettert, in einem schwarzen Overall und mit rußverschmiertem Gesicht – ein Bahnarbeiter! Er brüllt irgendetwas nach vorne zum anderen Hallenende hin. Die Rangierlok wird angelassen, es stinkt nach Diesel, die Waggons rucken zwei

oder drei Meter vor, der Bahnarbeiter brüllt wieder irgendetwas, Bremsen zischen und überall ist Qualm und
Gestank, gleichzeitig kommt irgendwoher ein ohrenbetäubender Lärm, als würden noch hundert andere Züge
rangiert, plötzlich bewegen sich die Waggons wieder rückwärts – und kommen genau da zum Stehen, wo sie auch
vorher standen. Mit einem Schlag ist es still. Als hätte es
nie irgendein Geräusch gegeben. Nein. Ich höre etwas ...
ein Klavier! Aus dem Güterwagen hinter uns ...
Alle drehen sich um. Der Bahnarbeiter drängt sich zwischen uns durch und horcht an der Schiebetür des Waggons. Und es wird schon klar, dass er natürlich kein Bahnarbeiter ist, sondern ein Schauspieler! Das Klavier spielt
jetzt so was wie ... Stummfilmmusik, das ist es! Und genau so bewegt sich auch der Schauspieler. Total übertrieben und so.
Er horcht wieder an der Tür, endlich zieht er eine Zange
aus seiner Overalltasche und kneift die Plombe durch. Er
schiebt die Tür auf: Ein Mann sitzt am Klavier. Ein Mann
in einem Anzug wie Charlie Chaplin. Und mit genau so
einem Hut auf dem Kopf. Zwei andere Charlie Chaplins
schieben sich aus dem Schatten des Waggons in die Türöffnung. Beide haben einen Koffer in der Hand. Und jede
Bewegung, die sie machen, ist genau gleich. Gleichzeitig
setzen sie ihre Koffer auf den Bahnsteig, gleichzeitig lehnen sie sich links und rechts von der Tür gegen den Waggon und fangen an, sich die Fingernägel sauber zu machen. Und die ganze Zeit spielt dazu das Klavier. Aber die
Schauspieler reden kein Wort!
Trotzdem ist es spannend, ihnen zuzugucken. Auch wenn
sie eigentlich gar nichts machen, außer sich die Fingernägel zu polieren! Ich überlege, ob der Bahnarbeiter viel-

leicht dieser Pozzo ist. Der glaubt, dass die anderen nur auf ihn gewartet haben. Und die beiden neben der Tür könnten dann Wladimir und Estragon sein.

Da, jetzt reden sie doch! Aber das ist nicht Englisch, das ist Französisch. Nein, der eine redet Englisch und der andere Französisch.

Ich erinnere mich, dass mir mein Vater irgendwann heute Nachmittag versucht hat zu erklären, was „absurdes Theater" ist. Und dass es dabei um die Bilder gehen würde, um die Stimmung, die ein Stück ausdrückt. Und nie um einzelne Sätze. Aber ich würde trotzdem gerne wissen, was die drei da vorne reden.

Ich glaube, jetzt geht es gerade ums Meer. The sea. Der eine will wissen, wie das Meer aussieht. Mist. Der andere ist der, der Französisch redet ...

Aber wieso überhaupt das Meer? Wie kommen sie jetzt aufs Meer? Und was ist das eben für ein Licht gewesen? Da, schon wieder! Ein Lichtstrahl, der nur ganz kurz aufblitzt und wieder verschwunden ist. Ein Scheinwerfer, der irgendwo draußen sein muss. Vor den Fenstern über dem Eisentor am Ende der Halle, wie von einem Leuchtturm!

Mein Vater packt mich am Arm. Wieder kommt der Lichtstrahl, ganz kurz nur, und gleich noch mal, und noch mal, immer dreimal hintereinander, dann ist wieder Pause!

„Komm!", sagt mein Vater und schiebt mich durchs Publikum.

„He, was ist los?"

Ein paar Leute fangen an zu murren. Er drängelt sich einfach weiter und hält meinen Arm fest umklammert.

„Nun komm schon, ich erkläre es dir gleich ... Ich weiß, wo wir hinmüssen!"

Unterwegs 11

Ich habe eigentlich langsam die Nase voll davon, immer nachts durch irgendwelche Städte zu brettern. Irgendwo anders hin. In die nächste Stadt. Als wären wir vor irgendwem auf der Flucht. Wie Bonnie und Clyde oder so.

„Wer bei Tag nicht aufrecht gehen kann, kommt bei Nacht geschlichen", sagt mein Vater grinsend. „Shakespeare. Welches Stück habe ich vergessen ..."

Überhaupt hat er die ganze Zeit schon blendende Laune. Seit er meint, dass er genau weiß, wo wir meine Mutter finden.

„Es passt alles", hat er erklärt, kaum dass wir aus der Vorstellung draußen waren. „Der Leuchtturm von Galley Head, erinnerst du dich, das Foto, auf dem du mit Susanne drauf bist? Sie fand den Platz damals schon absolut irre! Und ich habe gerade erst gelesen, dass sie in Irland alle Leuchttürme auf automatische Bedienung umgestellt haben, das heißt, es gibt keine Leuchtturmwärter mehr, und die Gebäude stehen leer und werden zum Verkauf angeboten. Außerdem erinnere ich mich genau, dass Galley Head ein ziemlich großes Wohnhaus hat, mindestens für zwei oder drei Familien, und ich bin mir ziemlich sicher, dass man da mit relativ wenig Aufwand einen Probenraum anbauen kann, der Platz ist einfach perfekt! Du bist weg von allem und kannst in Ruhe arbeiten ...", hat er immer weitergeschwärmt, bis er gemerkt hat, dass ich alles andere als überzeugt war. Weil ich immer nur gedacht habe, was soll das? Warum sollte meine Mutter ausgerechnet auf einen Leuchtturm ziehen, um da Theater zu spielen?

„Nicht um zu spielen", hat mein Vater gesagt, „um zu arbeiten! So wie die Odin-Leute in Holstebro! Wo du nachher deine Gastspiele machst, spielt überhaupt keine Rolle, vom Flughafen in Cork kommst du in alle Welt, und die Organisation läuft sowieso über Fax und Telefon!"

„Aber ich verstehe immer noch nicht ...", habe ich angefangen.

„Glaub mir", hat er gesagt, „ich weiß es."

Und dann hat er an seinen Fingern aufgezählt: „Erstens, der Strand in Macbeth, also irgendwas am Meer, das hatten wir ja schon rausgefunden. Zweitens, sie hat den Text im Godot verändert, da sind ein paar Zeilen aus einem anderen Stück drin, aus ‚Endspiel'! Der eine will wissen, wie das Meer aussehen würde – also schon wieder das Meer! Und drittens dann – das Licht des Leuchtturms! Und der einzige Leuchtturm in Irland, den sowohl Susanne als auch ich kennen, ist Galley Head! Also?"

„Wir kennen ihn alle drei ..."

„Stimmt, du hast Recht, wir kennen ihn sogar alle drei!"

Mein Vater hat den Motor angelassen und wir sind losgefahren. Aus Dublin raus und Richtung Süden. Wo irgendwo an der Küste irgendein Leuchtturm steht und wo vielleicht endlich mal Schluss ist mit unserer ewigen Fahrerei! Mein Vater ist jedenfalls absolut überzeugt davon.

Und ich finde immer noch, dass das Ganze ungefähr so logisch ist wie ein Stück von Beckett. Aber mir fällt beim besten Willen auch nichts Besseres ein. Je länger ich im Übrigen darüber nachdenke, umso mehr kann ich es mir eigentlich sogar vorstellen. Obwohl ich bezweifeln möchte, dass es irgendwo auf der Welt jemand gibt, der uns nicht für völlig übergeschnappt halten würde!

Morgens um sechs sind wir in Cork.

Wir halten an einer Tankstelle. Mein Vater quatscht mit dem Tankwart.

„Nicht weit von hier gibt es eine Markthalle", erklärt er, nachdem er bezahlt hat, „die müsste schon geöffnet haben."

Wir lassen den Bus an der Tankstelle stehen. Die Markhalle hat schon geöffnet. Wir kaufen Weißbrot und orangefarbenen Cheddar und Putenfleisch. Um den Fischstand macht mein Vater einen großen Bogen. Dafür packt er jede Menge scharfe Soßen in Gläsern ein.

„Pataks Indish Curry Paste", liest er begeistert von den Etiketten ab, „Mango Chutney Extra Hot. Brinjal Pickle with Aubergine. Und Chilli Pickle!"

„Aber das ist doch viel zu viel", sage ich, „wer soll das alles essen?"

„Na, einen Kühlschrank werden sie ja wohl haben auf ihrem Leuchtturm!", meint mein Vater nur und packt weiter die Tasche voll.

Als wir alles zum Bus zurückgeschleppt haben, mache ich mir Rührei und dazu Sandwich mit Cheddar und Putenfleisch. Es wurde aber auch langsam Zeit. Mein Magen hing mir schon bis zu den Kniekehlen! Mein Vater schneidet sich eine Scheibe Weißbrot ab und probiert seine verschiedenen Soßen durch. Bis er Tränen in den Augen hat, weil das Zeug so scharf ist.

„Aber total lecker!", erklärt er und trinkt einen halben Liter Milch direkt aus der Tüte!

Poodle beobachtet jeden Bissen, den ich mir in den Mund schiebe. Ich gebe ihm was von meinem Putenfleisch ab.

„Ich mache heute noch einen langen Strandspaziergang mit dir", sagt mein Vater und streicht Poodle über den Kopf. „Versprochen! Lass uns nur erst mal da sein …"

„Sag mal, brauchst du nicht mal eine Pause oder so, um ein bisschen zu schlafen?", frage ich mit vollem Mund.

„Bist du verrückt?", ruft mein Vater, „ich werde doch jetzt nicht schlafen, so kurz vor dem Ziel!"

Er schraubt die Soßengläser zu und verstaut alles in dem Schrank unter dem Herd.

„Die Pfanne waschen wir später ab", sagt er. Und ich schaffe es gerade noch, den letzten Rest Rührei zwischen zwei Weißbrotscheiben zu klatschen. Er hat es plötzlich sehr eilig.

„Kennt Susanne eigentlich Poodle?", frage ich, als wir aus Cork rausfahren.

„Noch nicht", sagt mein Vater.

„Und?", frage ich, weil ich keine Ahnung habe, ob Susanne Hunde mag oder nicht.

„Poodle ist kein Hund, sondern ein Border Collie. Denk da dran …"

Wir kommen durch einen Ort, der Clonakilty heißt. Überall vor den Läden hängen Blumenkästen. Und die Häuser sind bunt gestrichen.

„Schön hier", sage ich.

„Eine von den Kneipen gehört Noel Redding", erklärt mein Vater.

„Wem?"

„Dem Bassmann von Jimi Hendrix", sagt er. Und setzt gleich darauf hinzu: „Aber dafür haben wir jetzt keine Zeit!"

Als ob ich derjenige wäre, der auf halb oder ganz tote

352

Rockmusiker steht. Und als ob ich in Paris unbedingt das Grab von Jim Morrison hätte sehen wollen, oder gestern in Dublin Bono die Hand schütteln ...

OWNAHINCHA BEACH steht auf einem Schild, das nach links zeigt. Mein Vater biegt ab.

„Ist nicht mehr weit", sagt er.

Als wir um die Kurve kommen, liegt mit einem Mal das Meer vor uns. Und schon bevor mein Vater darauf zeigt, habe ich weit draußen auf einer Felsspitze den Leuchtturm entdeckt. Er sieht nicht so hoch aus, wie ich ihn mir vorgestellt hatte. Von hier aus jedenfalls nicht. Einfach ein weißer Turm und eine weiße Mauer, mehr kann ich nicht erkennen.

„Da!", sagt mein Vater, „das ist er!"

Ich nicke. Plötzlich habe ich so was wie einen Kloß im Hals. Weil ich daran denken muss, dass unsere Fahrt vielleicht wirklich gleich zu Ende ist. Für einen Moment denke ich sogar, dass es eigentlich schade ist.

Aber vielleicht ist das ja auch alles Quatsch mit dem Leuchtturm und meine Mutter ist gar nicht da. Es gibt weit und breit keine Theatergruppe und sie inszeniert schon längst wieder ganz woanders. Ehrlich gesagt, weiß ich gerade nicht, was mir lieber wäre.

Wir fahren an einem Appartement-Hotel vorbei, dann an einem Kinderkarussell, an einer Pommes-Bude, an einem Klohäuschen. Rechts ist der Strand, direkt neben der Straße. Und links ein Campingplatz, mit langen Reihen von hellgrün gestrichenen Wohnwagen, die alle gleich aussehen.

„Hat sich ganz schön verändert hier", murmelt mein Vater und steigt im nächsten Moment voll auf die Bremse. Weil ein Typ mit seinem Surfbrett einfach so über die Straße

353

latscht. Ein Typ mit gelb gefärbten Haaren, die nach allen Seiten abstehen!

Für einen Moment denke ich wirklich, es wäre Jan. Aber er ist es nicht. Der hier ist deutlich fetter, und außerdem hat er O-Beine! Überhaupt sieht er völlig anders aus als Jan.

„Hast du vielleicht Lust auf eine Runde Karussell?", fragt mein Vater und zeigt mit dem Daumen zurück in Richtung Apartment-Hotel.

„Hä?", mache ich.

„Ich dachte ja nur", sagt er und fährt achselzuckend weiter.

Die Straße führt über einen Hügel, dann liegt die nächste Bucht vor uns. Nur Dünen und Strand. Als hätte es Ownahincha Beach nie gegeben.

Mein Vater fährt so langsam, dass man glatt die Grashalme am Fahrbahnrand zählen könnte. Ich glaube, ich bin nicht die Einzige, die Angst vor dem Ende unserer Reise hat.

Oder vor dem, was dann kommt.

Weiter links steht eine Burgruine. Ein halb eingestürzter Turm und zwei Reihen leerer Fensterlöcher und alles ist von Efeu überwuchert. Auf der Wiese davor wächst dichtes Gestrüpp. Als wäre schon seit Jahren keiner mehr zu der Ruine hochgelaufen!

„Burkhard ...", sage ich.

Mein Vater hält sofort an.

„Ja?"

„Siehst du das nicht?"

Ich zeige erst zu der Ruine, dann zum Meer.

„Die Burgruine und der Strand. Und dazwischen das Gestrüpp! Kommt dir das nicht bekannt vor?"

„Macbeth." Mein Vater nickt. „Die Soldaten, die als Busch-
werk getarnt das Schloss angreifen, du hast Recht!"
Ich gucke zum Leuchtturm rüber. Jetzt glaube ich es auch.
Unsinn, eigentlich habe ich es die ganze Zeit geglaubt. Wir
sind da!
„Hast du nicht vielleicht Lust auf einen kleinen Spazier-
gang?", fragt mein Vater und sieht mich hoffnungsvoll an.
„Wir könnten ein bisschen am Strand langlaufen oder uns
die Ruine angucken … na, was ist?"
Mann, ich glaube, er hat echt Schiss plötzlich!
„Nichts ist", sage ich, „dein Mango-Chutney schreit nach
einem Kühlschrank, also los!"
Seufzend legt er den Gang ein. Zwei Buchten weiter ist die
Abzweigung auf die Felsspitze raus.
GALLEY HEAD LIGHTHOUSE steht auf einem ural-
ten Schild, das an einen schwarzweiß gestreiften Pfahl ge-
schraubt ist. Schnurgerade führt der Weg zwischen Kuh-
weiden entlang und dann in einer scharfen Kurve steil
bergab.
Vor uns ist eine Felsspalte, tief unten schäumt das Wasser.
Eine schmale Brücke geht zur anderen Seite rüber. Der
Leuchtturm ist nicht zu sehen von hier aus. Mein Vater
parkt auf dem Grasstreifen neben einer halb verfallenen
Mauer.
„Wir laufen", erklärt er. „Man muss nicht überall mit dem
Auto rumgurken."
„Aber …"
„Als wir damals mit dir hier waren, sind wir auch gelau-
fen."
So wie er es sagt, ist absolut klar, dass jede Diskussion völ-
lig zwecklos wäre. Er will laufen.
Wir steigen also aus.

Ein Bauer kommt mit einem Traktor den Weg runter. Der Lärm ist ohrenbetäubend, als würde der Traktor jeden Moment auseinander fallen.

„Klingt nicht gut", meint mein Vater.

Aber als der Traktor an uns vorbei über die Brücke rattert, sehen wir, dass der Krach von einer Plastikkiste kommt, die hinten angebunden ist. Mit Fischabfällen drin!

Poodle ist nicht mehr zu halten. Mit der Nase dicht am Boden jagt er hinter der Fischkiste her. Bis mein Vater einen schrillen Pfiff ausstößt. Widerstrebend dreht Poodle ab und kommt zurück. Mit schief gelegtem Kopf und den Schwanz steil aufgerichtet, als wollte er sagen: Seid ihr blöd? Habt ihr nicht mitgekriegt, dass da eben eine ganze Kiste bestes Essen an euch vorbeigekommen ist?

Ich muss lachen.

„Das hast du toll gemacht, Poodle", sage ich und klopfe ihm den Hals. Poodle wedelt mit dem Schwanz. Und drückt wieder die Nase auf den Weg. Und ich hole die Leine aus dem Bus ...

Ein Stück weiter treffen wir den Bauern wieder. Er zerrt gerade die Fischkiste ein paar Stufen hinunter zu einem Anleger zwischen den Felsen. Ein Kutter, der dringend mal wieder einen Anstrich gebrauchen könnte, scheuert sich an alten Autoreifen. Als der Bauer uns sieht, ruft er: „It smells!", und zeigt auf seine Nase. Wir nicken zu ihm runter und quetschen uns an dem blubbernden Traktor vorbei.

Ein verwittertes Schild zeigt zum Anleger: STONE-HAVEN. Steiniger Hafen. Gleich daneben hängt ein zweites Schild, ganz neu noch, die Farbe glänzt noch richtig: STONEHEAVEN THEATRE COMPANY und ein Pfeil in die andere Richtung.

„Schönes Wortspiel", sagt mein Vater.

Aber er muss mir erst das „E" in „HEAVEN" zeigen, bevor ich kapiere: Steiniger Himmel.

Ein Viehgatter hängt windschief zwischen zwei Mauerpfosten. Den Weg dahinter erkenne ich sofort. Mit den Steinmauern links und rechts und dem Leuchtturm am Ende …

„Ich habe echt Sehnsucht nach Susanne", sagt mein Vater unvermittelt und bleibt stehen. „Hatte ich eigentlich die ganzen Jahre, weißt du? Aber wenn wir sie jetzt gleich sehen, also … na ja, wir müssen unbedingt daran denken, dass sie es überhaupt nicht leiden kann, wenn man sie bedrängt oder so. Sie braucht einfach viel Raum für sich und den müssen wir ihr auch lassen!"

So, müssen wir das?, denke ich und ziehe ihn einfach weiter.

Galley Head

Wir klettern über das Gatter. Fünf Minuten später stehen wir am Leuchtturm. Der Blick ist absolut irre. Tief unten glitzert das Meer und schroffe Felsklippen ragen wie Messerspitzen ins Wasser. „Stoneheaven" eben.

Eine weißgetünchte Mauer zieht sich um den Leuchtturm und das Wohnhaus. Eine ziemlich hohe Mauer. Wie bei einem Kloster oder so.

„Wie ich es mir vorgestellt habe", sagt mein Vater und macht und redet plötzlich, als gäbe es nichts Wichtigeres, als mir das Gebäude vor uns in allen Einzelheiten zu erklären. „Guck da", zeigt er begeistert, „sie haben einfach den Innenhof zugemacht! Nicht schlecht. Ich schätze mal, das ergibt einen Probenraum von mindestens zwanzig mal dreißig Metern. Nur die Höhe ist ein bisschen knapp ..." Er zeigt auf das neue Dach zwischen Mauer und Haus. „Aber wenn du höher rausgehst, reißt dir der erstbeste Sturm hier wahrscheinlich alles weg!"

Eine große Holztür in der Mauer steht einen Spalt weit auf. Ich höre Stimmen. Ein Mann kommt aus der Tür und blinzelt in die Sonne.

Mein Vater macht zögernd einen Schritt auf ihn zu.

Der Mann zieht die Augenbrauen zusammen und mustert uns. Dann lächelt er.

„How are you?", sagt er und schüttelt uns die Hand. „I'm Michael. We've expected you one of these days."

Wer ist der Typ? Und was heißt das, sie hätten uns „jetzt irgendwann erwartet"? Wer? Hat meine Mutter irgendwas von uns erzählt? Oder verwechselt er uns einfach mit irgendjemand und ...

Er geht in die Hocke und streichelt Poodle.

„A good dog you are! You will like it here."

Hä?

„I'm Burkhard", setzt mein Vater an, „and ..."

„I know", sagt der Typ und richtet sich wieder auf. Klopft sich den Schmutz von den Hosenbeinen und winkt uns, ihm zu folgen.

Er schiebt uns durch die Tür und tippt sich mit dem Zeigefinger auf die Lippen. Wir stehen im Dunkeln. Als ich die Hand ausstrecke, spüre ich rauen Vorhangstoff. Ich höre wieder Stimmen und Gelächter. Der Typ schiebt uns weiter durch den Vorhang und zeigt auf eine Kiste an der Wand.

Wir sollen uns setzen.

Wir setzen uns.

Der Bühnenraum ist wirklich ziemlich groß. Ein Scheinwerfer leuchtet schwach auf eine Gruppe von – Mönchen! Die mitten auf dem Holzboden sitzen und Karten spielen. Und eine Flasche kreisen lassen.

Ein Stück entfernt liegt ein Mönch auf einem eisernen Bettgestell. Er betet: „Jesus before me Jesus behind me Jesus above me Jesus to my right Jesus to my left St. Patrick pray for me ..."

Poodle fängt ganz tief unten in der Kehle an zu knurren. Ich halte ihm schnell die Hand über die Schnauze.

Rechts von uns steht ein Tisch mit einer Leselampe. Und auf dem Stuhl davor sitzt – meine Mutter! Sie macht sich irgendwelche Notizen.

Michael, der Typ, der uns reingelassen hat, geht zu ihr rüber und flüstert etwas. Sie nickt ohne aufzublicken.

Ich stoße meinen Vater an. Er schüttelt den Kopf. Und hält sich den Zeigefinger vor die Lippen …

Die Mönche knallen abwechselnd ihre Karten auf den Boden. Einer flucht die ganze Zeit. Obwohl er eindeutig gewinnt und schon einen Haufen Geld vor sich auf dem Boden liegen hat. Der neben ihm stößt nur irgendwelche Laute aus. Krrrkrrrh. Und fuchtelt seinem Nachbarn mit der Faust vor dem Gesicht rum: krrrh.

Jetzt steht einer schwankend auf. Schlägt gleich darauf der Länge nach hin und bleibt liegen wie tot. Aber die anderen kümmern sich gar nicht um ihn. Trotz der Kutten kommen sie mir vor wie ein paar kleine Ganoven. Fehlt nur noch, dass plötzlich die Bullen reingestürmt kommen und eine Razzia machen.

Ich gucke wieder zu meiner Mutter rüber. Sie hat die Schreibtischlampe ausgeschaltet und die Brille abgelegt. Ich kann ihr Gesicht kaum erkennen. Sie ist völlig auf die Schauspieler konzentriert. Und ich finde, dass sie total schön aussieht.

Sie hebt den Arm und schnipst mit den Fingern.

Ein zweiter Scheinwerfer flammt auf. Der Mönch auf dem Bettgestell wirft sich unruhig hin und her. Plötzlich fängt er an zu schreien.

Wieder schnipst meine Mutter mit den Fingern.

Der Mönch richtet sich halb auf, angstvoll starrt er zur Decke hoch, ich verstehe nicht genau, was er sagt, ich glaube, er redet spanisch, aber es klingt so, als würde er telefonieren! Das ist es. Er telefoniert mit … mit Gott! Und man kriegt natürlich nur die Hälfte mit, weil man ja nicht weiß, was der andere sagt.

Mir fällt wieder ein, wie mein Vater aus Schweden bei Jacobo angerufen hat: Was? – Was hast du gesagt? – Du meinst ... – Nein! – Nein, das mache ich nicht!
Ich lache laut los.
Poodle wedelt mit dem Schwanz.
Mein Vater verpasst mir einen Rippenstoß.
Im nächsten Moment weiß ich, woran mich die Szene wirklich erinnert. An das Stück von Çesar im Odin-Theater! Der Schauspieler, der plötzlich ein Priester geworden war ... Mann, das ist Çesar da vorne!
Ich drehe mich zu meinem Vater.
„Çe-sar?", frage ich, indem ich nur die Lippen bewege.
Er nickt.
Vorne rutscht Çesar wimmernd von seiner Matratze.
„Stopp!", ruft meine Mutter und steht auf.
Die beiden Scheinwerfer gehen aus. Ein Fluter erleuchtet jetzt den Bühnenraum.
Die Schauspieler hören auf zu spielen. Meine Mutter geht um den Tisch herum und mit langen Schritten auf und ab. Sie redet englisch. Aber ich kann sie ganz gut verstehen. Und auch die anderen, als sie ihr dann antworten.
„Ihr seid nicht wirklich ein Haufen gefährlicher Irrer", sagt meine Mutter zu den Mönchen auf dem Boden. „Ihr spielt nicht wirklich Poker. Sondern ihr spielt, dass ihr Poker spielt. Das reicht mir nicht. Und Çesar ..."
Çesar guckt sie an.
„Ich kenne dein Stück mit dem Priester", sagt meine Mutter. „Aber jetzt bist du Brendan, der heilige Brendan, der eine Vision hat, der sich mit einem Boot aufs Meer wagen soll, um das Paradies zu finden! Mach irgendeinen Deal mit Gott, lass dich nicht auf alles ein, versuch, auch für dich noch was rauszuschinden dabei. Du hast die Verant-

wortung für die ganze verlauste Bande hier, denk daran. Ohne dich sind sie verloren …"

„I have to be a little more cool", nickt Çesar. „Yes, I will." Er fängt plötzlich an, im Takt mit den Fingern zu schnipsen. Und sich in irgendeinem Rhythmus zu bewegen, wie ein schwarzer Rapsänger oder so.

Meine Mutter lacht.

Ein anderer Schauspieler schüttelt den Kopf und sagt: „Das Problem ist was anderes, Susanne. So wie wir es jetzt machen, hat es nichts mit uns zu tun!"

„Was heißt das: mit uns?"

„Es muss noch viel mehr unsere Geschichte werden! Wer sind wir, was wollen wir, wo ist unser Paradies …? Wenn wir das nicht geklärt kriegen, hat auch der Zuschauer keine Chance einzusteigen."

Der Mönch, der vorhin nur gekrächzt hat, mischt sich ein. Als er anfängt zu reden, merke ich, dass er in Wirklichkeit eine Frau ist.

„Manfred hat Recht", sagt sie. „Was interessiert uns im Moment? Was macht uns Angst, worüber regen wir uns auf, wovon träumen wir? Träumen wir überhaupt noch? Was würden wir am liebsten sein, wenn wir nicht wären, was wir sind?"

„Könnte das unsere Geschichte sein?", fragt Manfred und blickt meine Mutter an.

Sie nickt. „Es könnte uns helfen", sagt sie. „Wir alle haben Angst davor, älter zu werden, zum Beispiel. Wir haben Angst, dass uns nicht mehr genug Zeit bleibt, um das Paradies zu finden."

„Also saufen wir und huren …"

„And we don't give a shit on the problems of the world!" Die Diskussion geht jetzt hin und her.

362

Ein paar Mal habe ich große Mühe ihnen zu folgen.

„Why not start with the end?!", fragt Çesar plötzlich. „The monks are coming back …"

„Und kaum setzt der erste seinen Fuß auf den Strand, zerfällt er zu Staub!"

„Sie waren nicht sieben Jahre unterwegs, sondern … hundert! Sie können nicht mehr zurück …"

„Das funktioniert nicht! Wir haben die Geschichte: Eine Hand voll Mönche auf dem Weg nach Amerika. Sie müssen verschwinden. Sie haben Dreck am Stecken. Jeder Einzelne von ihnen."

„Haben wir Dreck am Stecken? Wir, die Schauspieler? Susanne? Michael?"

„Oh yes, a lot", ruft Çesar. „I once was after the girls, all the time!"

„You still are, you bastard!", ruft Michael.

Alle lachen.

Der Typ, den sie Manfred genannt haben, sagt mit einer hohen Fistelstimme: „We can soon change that, darling!" und tänzelt zu Çesar rüber und tut so, als wollte er ihn küssen!

„Be serious, guys!", ruft der Mönch, der eigentlich eine Frau ist.

Sie diskutieren weiter.

Und ich finde es total spannend. Manchmal reden alle durcheinander, auch Michael und der Bühnentechniker, der am Lichtpult sitzt. Aber ich glaube, was mir so gut gefällt, ist, dass sie sich alle so behandeln, als würden sie sich gegenseitig respektieren! Klar, sie lachen auch übereinander, aber … nein, sie lachen miteinander, das ist es.

„Let's have a break here", schlägt Michael dann irgendwann vor.

Die Schauspieler verschwinden durch eine Seitentür. Der Bühnentechniker kommt mit einer Leiter und will irgendwas an einem der Scheinwerfer machen. Aber dann blickt er zufällig zu uns rüber. Und verdrückt sich ebenfalls.

Meine Mutter steht an dem kleinen Tisch mit der Leselampe. Sie knipst das Licht an und aus. Und wieder an und wieder aus.

„So kriegst du auf die Dauer jede Birne kaputt", sagt mein Vater.

Sie dreht sich zu ihm um. „Arschloch!", sagt sie.

Aber sie lacht dabei. Und gleichzeitig hat sie Tränen in den Augen! Im nächsten Moment fällt sie meinem Vater um den Hals. Ich halte Poodle fest und streichle ihn. Poodle winselt.

Meine Mutter macht sich los und breitet die Arme für mich aus. Ich drücke mein Gesicht an ihren Hals und fange an zu heulen.

„Es wird alles gut, Kleine", flüstert meine Mutter dicht an meinem Ohr. „Ich verspreche es dir." Und als mir von oben eine Träne auf die Nase tropft, weiß ich, dass sie auch heult …

Wir treffen die anderen beim Mittagessen wieder. Nachdem wir erst mal genug geheult haben und meine Mutter uns das Haus gezeigt hat. Es ist alles noch wie ein Traum, irgendwie so, als wäre es gar nicht wahr. Ich habe ein eigenes Zimmer ganz oben unter dem Dach. Bisher liegt nur eine Matratze drin, aber spätestens heute Abend wird das Bühnenbildmodell von Peer Gynt daneben stehen und meine Klamotten werden überall verstreut sein – und dann ist es wirklich mein Zimmer! Vom Fenster aus gucke ich genau aufs Meer. Aber ich glaube, es gibt im ganzen Haus kein Zimmer, von dem aus man nicht irgendwo das Meer sehen kann! Mein Vater hat gemeint, dass wir vielleicht besser noch ein Rollo oder so was für mein Fenster besorgen sollten, für nachts, wegen dem Licht des Leuchtturms. Aber ich weiß noch nicht, ob ich ein Rollo will.

Früher waren in dem Haus mal zwei Wohnungen. Und die Küchen lagen zwischen den beiden Eingangstüren. Aber Michael hat die Wand rausgebrochen und jetzt gibt es nur noch eine Küche. Mit zwei Eingängen. Und einem Tisch, der fast so lang ist wie der ganze Raum.

Michael kommt aus Irland. Er ist so was wie das „Mädchen für alles". Hat er selber gesagt: „I'm the dogsbody." Ich habe extra in dem Wörterbuch nachgesehen, das auf der Fensterbank liegt. Und in dem alle paar Minuten irgendjemand irgendetwas nachsieht.

Michael kümmert sich nicht nur darum, dass der blaue Lieferwagen auf dem Hof funktioniert, sondern besorgt auch die Lebensmittel und alles, was sie zum Renovieren brauchen. Und er arbeitet mit Bernd zusammen auf der Bühne.

Bernd ist der Beleuchter, mit dem meine Mutter schon das Brecht-Stück in Hamburg gemacht hat. Und der eigentlich aus Hannover kommt und am Staatstheater gewesen war.

„Wo sie mal eben achtzig funkelnagelneue Scheinwerfer angeschafft haben, die keiner brauchte", erzählt er. „Nur weil sie nicht wussten, was sie sonst mit dem Geld hätten machen sollen!"

Und wo die Beleuchter gar nicht mehr sagen konnten, was auf der Bühne überhaupt gespielt wird. Weil sie nicht wirklich etwas mit der Produktion zu tun hatten und weil es sie irgendwann auch gar nicht mehr interessiert hat.

Während wir frisches Brot mit Butter und Unmengen von grünem Salat mit Tomaten und Schafskäse essen, gucke ich mir jeden Einzelnen genau an. Ich meine, immerhin sind das ja die Leute, mit denen meine Mutter jetzt arbeiten will!

„Das Wichtigste muss immer die jeweilige Produktion sein, die wir spielen", hat sie gerade vorhin noch mal erzählt. „Alles andere kommt erst an zweiter Stelle. Und nur wenn sich darüber alle einig sind, kann es funktionieren. Ich weiß nicht, ob es klappen wird", hat sie hinzugesetzt, „aber versuchen müssen wir es wenigstens."

Und ich bin mir ziemlich sicher, dass jeder von denen, die hier am Tisch sitzen, genau weiß, weshalb er hier ist …

Der Mönch, der eigentlich eine Frau ist, heißt Margarethe und kommt aus Lyon, ist aber in Dänemark groß geworden, in Kopenhagen! Was meinen Vater natürlich sehr freut. Und Manfred kommt aus Frankfurt und hat viele Jahre lang ein eigenes freies Theater gehabt. Bis sie kein Geld mehr von der Stadt bekommen haben und aufhören mussten.

Außerdem gibt es noch Jean, den alle nur „Sub" nennen. Er ist viel älter als die anderen, mindestens sechzig, glaub ich, und er kommt aus Paris und sein Englisch ist wirklich sauschlecht. Er ist der, der vorhin auf der Bühne tot umgefallen war. Und Petra kommt aus Hamburg und Lisa aus London. Ich kann mich erinnern, dass sich Lisa in der Diskussion vorhin ein paar Mal total aufgeregt hat, aber ich weiß nicht mehr, worum es ging. Ich bin mir allerdings nicht sicher, ob ich Lisa mag. Ich glaube, eher nicht. An Petra kann ich mich überhaupt nicht erinnern. Doch, klar, jetzt, wo ich ihre Stimme höre, weiß ich es wieder: Sie war also auch einer von den Mönchen, und zwar der, der immerzu geflucht hat! Ihre Stimme ist wirklich total irre, so als würde sie ununterbrochen rauchen … Macht sie auch. Sogar jetzt hat sie eine brennende Kippe in der Hand, während sie mit der anderen Salat in sich reinschaufelt!

Frank war lange in Italien, ist aber eigentlich auch Deutscher. Franks Gesicht erinnert ein bisschen an einen Totenschädel, die Augen liegen ganz tief und seine Wangenknochen springen weit vor, außerdem ist er völlig kahl. Irgendwie sieht er auch ohne Kutte schon aus wie ein Mönch, der Dreck am Stecken hat, denke ich. Aber er ist nett. Er macht die ganze Zeit irgendwelchen Quatsch und scheint nichts so richtig ernst zu nehmen. Vor allem sich selber nicht! Ein bisschen wie Çesar! Obwohl ich Çesar noch lieber mag. Vielleicht auch einfach nur, weil er besser aussieht. Ich kann mir ganz gut vorstellen, dass er wirklich ein Frauenheld ist, wie Michael gesagt hat. Ich glaube, es sind vor allem seine Augen. Ich habe noch nie so schwarze Augen gesehen!

Aber immerhin ist ja jetzt auch klar, warum Çesar so komische Andeutungen gemacht hat, als wir ihn im Odin-Theater getroffen haben. Weil für ihn längst klar war, dass er weggehen würde, um mit der Theatergruppe von meiner Mutter zu arbeiten. Ich muss ihn irgendwann mal fragen, warum eigentlich.

Ich meine, ich weiß nicht, ob ich vom Odin-Theater weggegangen wäre, um etwas anzufangen, wovon keiner sagen kann, ob es gut gehen wird!

Plötzlich beugt sich Çesar vor und legt mir die Hand auf den Arm. Guckt mir ganz tief in die Augen und flüstert: „If everything goes wrong here, you come with me to Bolivia and marry me, okay?" Und dann lässt er sich auch noch neben meinem Stuhl auf die Knie fallen und verdreht die Augen, als würde er gleich in Ohnmacht fallen, wenn ich nicht „ja" sage.

Die anderen lachen alle. Aber mir ist das Ganze eher peinlich. Ich komme mir ein bisschen so vor wie mein Vater an dem Fischstand in Hamburg, als ihn die beiden Clowns zum Mitspielen gezwungen haben.

Ich glaube, Petra hat gemerkt, was mit mir los ist.

„Stop it, Çesar", sagt sie und boxt ihn in den Rücken, dass er fast das Gleichgewicht verliert. Nein, er spielt natürlich nur, dass er fast das Gleichgewicht verliert! Aber die Situation ist irgendwie gerettet, und als die anderen wieder in Gelächter ausbrechen, kann ich auch lachen. Und als Çesar wieder auf seinem Stuhl sitzt, beuge ich mich zu ihm rüber: „I don't think that I want to marry you. Maybe I marry ..." Ich gucke mich schnell um. „Manfred!", sage ich dann. Manfred springt auf und verbeugt sich und alle klatschen Applaus – und Çesar fällt in Ohnmacht!

Und als ich zufällig zu meinen Eltern rüberblicke, sehe ich, wie sie sich gerade küssen, ganz kurz nur, aber ich finde, es sieht irgendwie ... gut aus. So, als müsste es so sein.

Später versucht meine Mutter, meinem Vater und mir zu erklären, worum es bei den Mönchen eigentlich geht. Dass es eine Geschichte gibt, nach der irische Mönche schon lange vor den Wikingern in Amerika gewesen waren. Und lange vor Kolumbus sowieso. Eine Hand voll irischer Mönche, die in einem offenen Lederboot über den Atlantik gefahren sind, um das Paradies zu finden. Und dabei zufällig Amerika entdeckt haben ...

„Es gibt ein Buch darüber", erzählt meine Mutter, „,St. Brendans wundersame Seefahrt', irgendwann im Mittelalter geschrieben. Und das Spannende daran ist, wie diese

Mönche ihre Reise erleben. Wenn sie von Bergen aus Kristall erzählen, weil sie noch nie vorher Eisberge gesehen haben. Oder von Feuerbergen, als sie wahrscheinlich auf Island zum ersten Mal vor einem Vulkan stehen. Oder wie sie auf einer kahlen Insel landen und plötzlich feststellen müssen, dass sie auf dem Rücken eines Wals angelegt haben! Und alles, was sie sehen, kommt ihnen irgendwie unheimlich vor. Dinge, die für uns heute ganz alltäglich sind, versetzen sie in Angst und Schrecken. Sie sind ja auch noch fest davon überzeugt, dass die Erde eine Scheibe ist und dass sie irgendwann hinten runterfallen, wenn sie zu weit fahren! Sie verstoßen ganz bewusst gegen die göttliche Ordnung, gegen alles, was sie gelernt haben, und sie rechnen jeden Augenblick damit, dass der Teufel sie holen wird. Aber davon mal ganz abgesehen, riskieren sie tatsächlich ihr Leben – für eine Idee, für …" Sie zögert einen Moment. „Für eine Hoffnung", setzt sie dann leise hinzu. „Und genau das wollen wir versuchen, auf die Bühne zu bringen. Aber dazu müssen es unsere Bilder werden, unsere Träume und Hoffnungen! Deshalb auch die Idee, dass die Mönche vielleicht gar nicht so besonders heilig sind, sondern eher Freaks, gescheiterte Existenzen, denen kaum noch etwas anderes übrig bleibt, als sich zusammenzutun und gemeinsam nach einer neuen Welt zu suchen …"
Manfred schiebt sich eine Gabel Salat in den Mund.
„Was im Übrigen auch tatsächlich für diese irischen Mönche damals zugetroffen haben wird", erklärt er kauend, „ich stelle mir vor, dass sie ein ziemliches Wissen in ihren Klöstern angesammelt hatten, alles, was bis dahin geschrieben worden war, aber sie haben nicht aufgehört zu denken, sie haben … mehr wissen wollen, und damit waren sie für die anderen suspekt!"

„Maybe", sagt Çesar. „Maybe they only wanted to get drunk!"

„Aber ihr habt es ja gesehen", sagt Manfred grinsend, „wir hängen noch an den ersten Bildern fest, wir wissen noch nicht, wie wir die Geschichte erzählen wollen."

„We have only just started", erklärt Margarethe. „And now I want to wash my hair."

Sie steht auf.

Die anderen verabreden, wer das Treppenhaus zu Ende streicht, das noch nicht fertig renoviert ist. Lisa fragt, ob ihr irgendjemand helfen könnte, ein neues Regal aufzubauen.

Für heute soll jedenfalls keine Probe mehr stattfinden. Manfred und Frank wollen trotzdem weiter an der Eröffnungsszene arbeiten.

„Draußen, in der Sonne", schlägt Manfred vor.

„Und was ist mit euch?", fragt Frank meine Eltern.

„Ich weiß nicht", sagt meine Mutter und blickt meinen Vater an. „Es gibt noch so viel, was wir besprechen müssen ..."

„Maybe you should go to bed first!", ruft Çesar.

Und meine Mutter wird tatsächlich rot!

Ich pfeife nach Poodle. Wir gehen zu der rot gestrichenen Gittertür, die vom Leuchtturm direkt zur Klippenkante führt. Weit draußen ist ein Fischkutter. Vielleicht der Bauer von vorhin, denke ich. Ich möchte nur wissen, was er mit den Fischabfällen wollte! Nein, eigentlich will ich es gar nicht wissen. Es ist mir egal.

„Irgendwo da drüben ist Amerika", sage ich zu Poodle. „Da sind die Mönche damals hingefahren, als sie das Paradies gesucht haben. Verrückt, oder?"

Poodle stupst mich mit der Schnauze an. Und ich bin mir nicht mal sicher, ob er mich nicht genau verstanden hat! Irgendwie ist es komisch. Ich hatte immer gedacht, wenn wir erst mal hier sind, würden wir sofort über alles reden. Und eigentlich hatte ich mir sogar fest vorgenommen, meinen Eltern eine richtige Szene zu machen. Mit Rumschreien und allem, was dazugehört. Nur damit sie auch wirklich begreifen, wie es mir die ganze Zeit gegangen ist …

Aber plötzlich ist das alles gar nicht mehr wichtig. Ich habe gar keine Lust mehr, ihnen noch große Vorwürfe zu machen oder so. Ich weiß nicht, wieso. Vielleicht habe ich ja was begriffen. Dass Eltern auch nicht immer wissen, was sie tun. Also dass sie manchmal auch einfach nur … rumprobieren und dass deshalb dann das, was dabei rauskommt, auch nicht unbedingt besonders sinnvoll ist. Vielleicht ist es überhaupt viel wichtiger, dass sie wenigstens irgendwann merken, dass sie nichts auf die Reihe gekriegt haben. Und sich dann wirklich bemühen und noch mal von vorne anfangen. Und ich glaube, genau das passiert gerade!

Ich stehe auf.

„Komm", sage ich zu Poodle, „wir gucken uns ein bisschen um."

Wahrscheinlich sind meine Eltern auch ein besonders schwieriger Fall, denke ich noch, während ich mit Poodle an der Mauer entlang zum Probenraum rüberlaufe. Weil sie nämlich beide nicht wollen, dass irgendjemand denken könnte, sie wären nicht in der Lage, ihren Kram alleine zu regeln. Wahrscheinlich bin ich selber auch ein ziemlich schwieriger Fall. Mir geht es nämlich manchmal ganz genauso. Aber ich habe den Verdacht, dass es langsam an der Zeit ist, damit aufzuhören. Ein schwieriger Fall zu sein, meine ich …

Die Tür zum Probenraum ist offen. Ich brauche einen Moment, bis sich meine Augen an das Dämmerlicht gewöhnt haben. Mitten im Raum stehen Michael und Bernd und reden irgendwas. Ein Teil des Holzbodens vor ihnen ist mit Kieselsteinen bedeckt. Genau solchen, wie man sie am Strand findet.

Als Michael mich entdeckt, winkt er mich zu ihnen rüber. Bernd nimmt eine umgedrehte Harke und schiebt die Kiesel damit hin und her. Poodle hält den Kopf schief und stellt die Ohren auf.

„Close your eyes", sagt Michael zu mir. „And now: What do you see?"

Ich brauche einen kleinen Moment. Dann habe ich es.

„Das Meer!", sage ich und mache die Augen wieder auf.

„The sea. Die Wellen, die auf den Strand klatschen und dabei die Steine ins Rollen bringen ..."

„Brilliant!", ruft Michael. „That's it!"

Bernd stellt die Harke weg.

„Wir hatten die Idee, dass wir vielleicht einen Streifen mit Kies quer durch den Raum ziehen könnten. Und jedes Mal zwischen den Szenen wird der Kies neu geharkt ..."

„It's great", sage ich. Und meine es auch.

Wir reden noch eine Weile über alles Mögliche. Und ich merke, dass es mir immer mehr Spaß macht, englisch zu reden.

Ganz anders als in der Schule. Vielleicht, weil es die einzige Möglichkeit ist, sich überhaupt zu verständigen. Und wahrscheinlich auch, weil einen nicht dauernd jemand korrigiert. Und es trotzdem klappt.

Irgendwann will Michael wissen, was ich eigentlich später mal werden will.

„Tierärztin", sage ich, „a vet. Vielleicht."

„Brilliant!", ruft Michael wieder. „I've allways wanted to become a vet! But I still have time …"

Ich weiß eigentlich gar nicht, warum ich das mit der Tierärztin erzählt habe. Klar, es stimmt schon, ich wollte immer Tierärztin werden. Aber es ist irgendwie so, als wäre das schon Ewigkeiten her. In irgendeinem anderen Leben oder so. Und jetzt?

Ich setze mich für einen Moment an den Tisch, an dem vorhin meine Mutter gesessen hat.

Bernd steht oben auf der Leiter und montiert einen der Schweinwerfer ab. Er ruft nach Michael, weil ihm irgendein Werkzeug fehlt.

Ich knipse die Lampe an. Und blättere ein bisschen in den Zetteln vor mir.

Die Schrift von meiner Mutter ist wirklich eine Katastrophe! *Kontinuität* kann ich mit Mühe entziffern. *Mit den gleichen Leuten über einen langen Zeitraum an etwas arbeiten, das für alle eine Bedeutung hat.* Und „alle" ist zweimal unterstrichen.

Dann kommt jede Menge auf Englisch.

Subversive theatre, lese ich. *To intrigue the public. To challenge the individual intellect, to move their brain. Not filling a gap in the market, but creating a gap.*

Viel zu viele Wörter, die ich nicht kenne. Aber ich will wissen, was es heißt. Und dazu brauche ich das Wörterbuch aus der Küche!

Bernd und Michael fummeln immer noch an dem Schweinwerfer. Ich nehme den Zettel und gehe ins Haus rüber. Poodle springt auf und kommt mit.

Das Wörterbuch hilft mir auch nicht viel weiter. Nicht wirklich jedenfalls. Unter „subversive" finde ich nur „subversiv". Na wunderbar!

Außerdem sitzen Lisa und Margarethe am Tisch und quatschen. Dazu läuft das Radio auf vollen Touren. Und Sub bereitet irgendwas fürs Abendessen vor. Irgendwas Subversives wahrscheinlich. Ich habe echt Mühe mich zu konzentrieren …

Das Publikum neugierig machen, kriege ich noch raus. Und: *Die Zuschauer herausfordern, ihren Verstand zu benutzen.* Oder so ähnlich jedenfalls. Ich gebe genervt auf und beschließe, später einfach meine Mutter zu fragen. Nehme Poodle und mache noch einen Spaziergang mit ihm. Den Weg zwischen den Mauern lang und bis zu den Stufen, die zum Anleger führen.

Der Fischkutter ist noch nicht zurück. Wir finden ein zerrissenes Netz mit ein paar Muscheln drin. Und einen Gummistiefel mit einem Loch in der Sohle. Poodle bringt eine alte Farbdose angeschleppt. Auf dem Boden kann ich noch einen eingetrockneten Rest Orangerot erkennen. Fast die gleiche Farbe wie der Himmel über dem Meer gerade, denke ich.

Wir machen uns auf den Rückweg. Der Scheinwerfer des Leuchtturms flammt plötzlich auf. Dreimal hintereinander. Pause. Wieder dreimal …

Mein Vater lehnt an der kleinen Gittertür zur Klippenkante.

„He!", sage ich.

Er zeigt zum Horizont. Der Himmel ist jetzt knallrot.

„Strawberry Skies", sagt mein Vater und grinst.

Nachspiel

Können Sie mir eine Antwort auf diese Frage geben?
(nach Timm Ulrichs)

Stoneheaven

Sie hatte immer alles anders machen wollen. Und vor allem besser als andere. Nichts durfte bei ihr halbherzig sein oder mittelmäßig. Entweder alles oder nichts. Und sie hatte von jeher einen absoluten Horror davor gehabt, dass irgendjemand sich in ihr Leben einmischen könnte. Ihr sagen könnte, was sie zu tun und zu lassen hätte. Ihr ihre Eigenständigkeit nehmen.

Nun gut, das hatte sie immerhin geschafft. Sie hatte sich tatsächlich über all die Jahre hinweg niemals von irgendjemand irgendetwas sagen lassen. Und sie hatte ihre Entscheidungen grundsätzlich für sich alleine getroffen. Dass sie dabei gleichzeitig und fast zwangsläufig auch jede Nähe abgelehnt hatte, stand auf einem ganz anderen Blatt. Das hatte sie erst gemerkt, als sie dringend Freunde gebraucht hätte und vor einem Scherbenhaufen stand ...

Sie muss sich zwingen, weiter ihre Liegestütze zu machen. Ihre Arme fühlen sich bereits an wie aus Gummi. Jeden Tag zehn Liegestütze mehr, das hat sie sich fest vorgenommen. Und bisher auch durchgehalten.

Vierundachtzig, fünfundachtzig, sechsundachtzig ...

Egal, denkt sie und lässt sich fallen. Es ist nicht mehr wichtig. Nicht heute.

Keuchend bleibt sie liegen, das Gesicht für einen Moment ins feuchte Gras gepresst. Die anderen machen ihre Übungen meistens zusammen. Unten, an dem steinigen Strand zwischen den Klippen. Aber sie braucht ganz einfach diese eine Stunde am Tag, nur für sich.

Sie rollt sich auf die Seite. Beobachtet zwei Schnecken, die über den Stein vor ihr kriechen. Erinnert sich plötzlich daran, wie Burkhard mit der damals noch winzigen Marei ein Schneckenrennen auf der Mauer vorm Leuchtturm veranstaltet hatte. Sie hatten sogar Wetten abgeschlossen, wessen Schnecke wohl als Erste über die Ziellinie kriechen würde. Und Burkhard hatte so getan, als würde er gar nicht merken, dass Marei ständig versuchte zu schummeln und ihre Schnecke immer wieder ein Stück nach vorne setzte.

Sie lacht leise vor sich hin.

Der Wind fühlt sich kalt an auf ihrem durchgeschwitzten T-Shirt. Aber der Himmel ist wolkenlos. Und es wird wieder warm werden. Dabei hatte der Bauer, bei dem sie morgens ihre Milch und abends manchmal frischen Fisch holen, erst gestern wieder behauptet: „Strawberry skies in the evening, lashing rain in the morning, that's the way it always was." Roter Himmel am Abend, strömender Regen am Morgen.

Aber offensichtlich hat er sich geirrt. Oder die alten Regeln gelten nicht mehr, etwas hat sich verändert ... Ganz sicher hat sich etwas verändert. Alles hat sich verändert!

Dabei hatte es eigentlich eher zufällig angefangen. Als sie bei einer Produktion in irgendeiner Theaterkantine neben Petra gesessen hatte und sie sich gegenseitig ihr Herz ausschütteten. Und Petra plötzlich sagte: „Warum machst du nicht deine eigene Gruppe auf?"

Klar, hatte sie selber schon daran gedacht. Aber ehrlich gesagt, hatte ihr immer der Mut dazu gefehlt. Oder vielleicht auch einfach nur der Anstoß. Und es hat dann ja auch fast noch mal ein Jahr gedauert, bis sie wirklich so weit gewesen war!

Petra war aus allen Wolken gefallen, als sie sie angerufen hatte und gesagt: „Okay, ich mache es. Bist du dabei?"

Mit den anderen war es ähnlich gewesen. Leute, die sie zufällig bei irgendeiner Produktion kennen gelernt hatte und die genau wie sie schon lange kein Interesse mehr daran hatten, sich mit Bedingungen abzufinden, die nicht ihre eigenen waren. Nur über Çesars Motive ist sie sich bis heute nicht im Klaren. Aber er will nicht darüber reden. Und sie ist froh, dass er dabei ist.

Irgendwann hatte sie also die Leute zusammen gehabt, mit denen sie arbeiten wollte. Und auch eine ungefähre Vorstellung davon, wie sie ihre unterschiedlichen Fähigkeiten und Ideen vielleicht zusammenbringen konnten. Aber sie hatte immer noch nicht die leiseste Ahnung über den Ort gehabt, an dem das alles stattfinden sollte. Nur weg von den großen Städten wollten sie, so viel war von Anfang an klar gewesen, um nicht wieder mit anderen Theatern um die wenigen verfügbaren Mittel konkurrieren zu müssen. Gleichzeitig sollte es ein Ort sein, von dem aus sie reisen konnten, ähnlich wie das Odin-Theater sein Zuhause in Holstebro gefunden hatte ...

Und dann war sie eines Tages über Michael gestolpert. Michael, der absolut davon überzeugt war, dass man das Unmögliche möglich machen könnte. Wenn man nur fest genug daran glauben würde. Michael, der ihr von einem Leuchtturm erzählt hatte, der zum Verkauf stand. An der Südküste von Irland! Ausgerechnet. Mit anderen Worten: so ziemlich am Ende der Welt!

Im ersten Moment hatte sie die Idee völlig absurd gefunden. Aber Michael hatte nicht locker gelassen. Und irgendwann waren sie tatsächlich in Michaels rostigem Lieferwagen hingefahren, mitten zwischen zwei Produktionen, die ihr ohnehin schon die letzte Kraft raubten. Aber erst als sie den Weg zwischen den Mauern hochgekommen war, hatte sie begriffen, dass sie den Leuchtturm längst kannte! Und dass es vielleicht wirklich der richtige Platz wäre. Nicht das Ende der Welt, sondern der Anfang von etwas Neuem.

Und sie hatten es geschafft. Eigentlich kann sie es immer noch nicht so recht glauben. Ausnahmsweise war sie mal zum richtigen Zeitpunkt am richtigen Ort gewesen. Hatte mit Behörden und Ministerien zu tun gehabt, die ihren Ideen nicht ablehnend gegenüberstanden, sondern im Gegenteil sogar versuchten, ein Projekt dieser Größenordnung tatsächlich möglich zu machen. Natürlich hatte ihr Name dabei eine nicht unerhebliche Rolle gespielt, die Kontakte, die sie hatte, die Empfehlungen, die sie vorweisen konnte. Aber nicht zuletzt war es wahrscheinlich die Tatsache gewesen, dass der Südwesten von Irland nicht länger als kulturelles Niemandsland gelten und die mittlerweile seit Jahren boomende Metropole Dublin einfach nur überbieten wollte.

Ihnen sollte das egal sein. Nahezu ohne Probleme hatten sie somit über Stiftungen und staatliche Förderungen die notwendigen Gelder zusammenbekommen. Und waren endlich am Arbeiten!

Sie hatte ihre eigene Theatergruppe. Und sie war auf dem besten Weg, sich ein Zuhause aufzubauen. Zum ersten Mal seit einer Ewigkeit. So kam es ihr zumindest vor.

Und vor ein paar Jahren noch wäre das auch unvorstellbar für sie gewesen. Sie hätte jeden ausgelacht, der behauptet hätte, sie, für die es nie etwas anderes hatte geben dürfen als das Theater, würde irgendwann mal davon träumen, sesshaft zu werden oder ganz und gar mit Mann und Kind zusammen zu leben. Sie hätte sich selber ausgelacht! Sie konnte nicht mehr sagen, wann genau sich ihre Haltung eigentlich verändert hatte. Aber irgendwann war ihr plötzlich klar geworden, dass sich etwas ändern musste, wenn sie ihre Tochter nicht ganz verlieren wollte. Dass sie etwas ändern musste ...

Sie richtet sich auf und reibt sich den Rücken. Biegt die Schultern weit zurück und streckt die Arme.

Sie hätte nie gedacht, dass Burkhard kommt. Sie hatte es gehofft, aber nicht wirklich daran geglaubt, dass er plötzlich mit Marei in der Tür stehen würde. Vielleicht hatte sie es ihnen auch deshalb so schwer gemacht. Um sich ganz sicher sein zu können, dass sie sie auch wirklich finden wollten. Unsinn. Sie hatte sich einfach davor gefürchtet, dass sie ihnen irgendwann Rede und Antwort stehen müsste. Und dass die beiden sich vielleicht ganz anders entscheiden würden. Sie für verrückt erklären. Ihren Traum wie eine Seifenblase zerplatzen lassen könnten ... Und jetzt?

Vieles scheint sich inzwischen von ganz alleine geklärt zu haben. Vielleicht hatten sowohl Burkhard als auch sie einfach tatsächlich nur genug Zeit gehabt, um nachzudenken. Im Moment gehen sie jedenfalls miteinander um, als wären sie ... zerbrechlich! Als könnte ein falsches Wort alles wieder kaputtmachen. Aber irgendwie gefällt ihr diese Situation auch. Und sie fühlt sich gut dabei. Alles ist plötzlich wieder aufregend und neu.

Probleme gibt es noch genug, das ist ihr klar. In nicht mal zwei Wochen würden Mareis Sommerferien zu Ende sein. Und dann? Soll Marei hier in Irland auf die Schule gehen?

Und kann sie Marei wirklich aus allem rausreißen, was sie in Hildesheim für sich gefunden hat? Oder soll Marei zurück zu Sabine und dann immer hin und her, von einem Ort zum anderen? Und angenommen, Marei will hier bleiben – was wird, wenn sie irgendwann auf Tournee gehen? Ist Marei wirklich in der Lage, eine solche Entscheidung für sich zu treffen? Aber hatte sie nicht schon ganz andere Sachen von ihr verlangt …?

Sie muss unbedingt mit Sabine sprechen. Und vielleicht auch noch mal mit Nele.

Nele sieht manchmal Möglichkeiten, auf die kein anderer kommen würde. Überhaupt wäre Nele noch jemand, den sie gut gebrauchen könnte hier. Gerade wenn es demnächst darum gehen wird, ihre Gastspielreisen zu organisieren. Allein wird sie das kaum schaffen. Sie muss in jedem Fall mit Nele reden …

Sie hat keine Lust mehr, noch weiter nachzudenken. Nicht jetzt. Sie zieht ihre Turnschuhe aus, um barfuß über die warmen Felsplatten am Klippenrand entlang zurück zum Haus laufen zu können. Klettert über eine der vielen Bruchsteinmauern und beugt sich vor, weil sie etwas gesehen hat. Ein paar Kreidestriche auf einem Stein. Nein, da steht etwas, ein Wort … STONED HEAVEN, zugedröhnter Himmel, entziffert sie die halb verwischten Buchstaben.

Sie grinst. Frank wahrscheinlich. Sie hat ihn schon öfter hier oben beobachtet. Und sie hatte auch schon länger den Verdacht, dass er immer mal einen durchzieht!

Burkhard kommt über die Wiese auf sie zu. Er wedelt mit seinem Notizbuch in der Gegend rum.

„Ich hab was für dich!", ruft er. Er setzt sich neben sie auf die Mauer und gibt ihr einen flüchtigen Kuss. Aber sie zieht ihn an sich und hält ihn fest. Bis sich eine kalte Hundeschnauze zwischen sie drängelt und irgendjemand sagt: „Die anderen sitzen schon beim Frühstück. Aber ich kann ja sagen, dass ihr gerade keine Zeit habt ..."

Marei!

Susanne lacht und nimmt sie in die Arme. „Guten Morgen, Kleine", flüstert sie dicht an ihrem Ohr. „Hast du gut geschlafen?"

„Ich glaube, ich will doch ein Rollo", meint Marei. „Ob ich es benutze, kann ich ja dann immer noch entscheiden."

„Wir haben noch einen Rest Samtvorhang von der Bühne, wie wäre es damit?"

„Aber nur, wenn er rot ist ... Ist er rot?"

„He, jetzt guckt doch endlich mal her, ihr beiden", unterbricht Burkhard sie ungeduldig und blättert sein Notizbuch auf. „Also, die Mönche wollen das Paradies finden, richtig?"

Susanne nickt. Aber sie lässt Marei nicht los dabei.

„Und ich denke mir, das sollten die Zuschauer von Anfang an wissen", redet Burkhard weiter. Er zeigt auf eine Skizze in seinem Buch. „Die Zuschauer kommen also über eine Brücke in den Zuschauerraum, hier, seht ihr? Eine Seilbrücke vielleicht sogar, sie müssen sich mit beiden Händen festhalten, um nicht das Gleichgewicht zu verlieren. Und wenn sie nach unten gucken, ist da das Paradies, ein wild blühender Garten, und Wasser, das zwischen Felssteinen langläuft, oder meinetwegen auch ein See, mit Seerosen und Schlingpflanzen oder so. Es muss so aussehen, als wäre das Ganze sehr weit unten, dir muss richtig schwindlig werden, wenn du runterguckst! Aber das ist kein Problem, das kriege ich mit Spiegeln hin, das ist es nämlich überhaupt, da unten ist gar nichts, da sind nur Spiegel, das Paradies hängt in Wirklichkeit falsch rum oben unter der Decke ..."

„Das heißt, wenn die Leute sich über das Geländer beugen", sagt Susanne, „dann sehen sie sich selber!"

„Du hast es", Burkhard nickt, „sie sehen sich selber im Paradies – und im nächsten Moment stehen sie deinen versoffenen Mönchen gegenüber! Nicht schlecht, oder?"

„Toll", sagt Susanne. „Ehrlich. Ich habe nur ein Problem dabei ..."

„Welches?"

„Ich weiß ja noch nicht mal, wie ich an das Stück rankomme! Ich habe im Moment noch keine Ahnung, was ich eigentlich machen soll, und ich bin mir gar nicht mehr sicher, ob das mit den Mönchen wirklich funktioniert."

„Warum machst du es nicht genauso wie gestern?", fragt Marei plötzlich. „Also du versuchst gar nicht erst, so zu tun, als wäre das Stück fertig, sondern genau umgekehrt, ihr hört zum Beispiel mitten in der Szene auf und diskutiert darüber. Wirklich so, wie ihr es gestern auch gemacht habt. Was das eigentlich mit euch zu tun hat und so. Und dann fangt ihr noch mal an und versucht irgendetwas Neues! Ich fände das jedenfalls total spannend."

„Du meinst, wir spielen ein Stück, das eigentlich zeigt, wie ein Stück überhaupt erst entsteht?", fragt Susanne irritiert.

„The making of", sagt Burkhard. „Das ist es! Ihr nehmt die Diskussionen mit rein, es gibt drei oder vier verschiedene Anfänge und gerade, wenn ich als Zuschauer glaube, jetzt ist alles festgelegt, genauso werden sie es machen, kommt ihr zu einer Stelle, an der ihr euch tatsächlich alle einig seid, aber plötzlich wird klar, wenn ihr das so macht, dann müsst ihr vorne doch wieder was verändern!"

„Oder mittendrin weiß einer plötzlich, wie der Schluss aussehen könnte", wirft Marei ein, „und dann spielt ihr erst mal den Schluss!"

„Einen der Schlüsse, es gibt immer verschiedene Möglichkeiten", meint Burkhard und springt auf. „Aber so kann es funktionieren! Und dann kommt auch noch der Bühnenbildner und hat irgendeine Idee, die wieder alles durcheinander bringt!"

„Langsam, langsam", sagt Susanne. „Das heißt doch aber, dass wir das genau so auch erst mal schreiben müssen, also es geht nicht darum, irgendwie wild zu improvisieren, sondern jeder Satz muss stehen ..."

„Natürlich." Burkhard nickt wieder. „Sonst wäre es kein Stück."

„Natürlich", sagt Marei.

„Natürlich", sagt Susanne. „Völlig klar eigentlich." Und fängt an zu lachen.

„Also, was ist jetzt?", fragt Burkhard.

„Erzählen wir es den anderen", sagt Susanne immer noch lachend. „Aber ich glaube, wir drei sind kein schlechtes Team."

Susanne legt Burkhard den Arm um die Hüfte. Und streckt Marei ihre Hand hin.

Sie laufen zurück zum Haus. Poodle springt kläffend an ihnen hoch.

Neben dem blauen Lieferwagen steht der VW-Bus. Im Vorbeigehen streichelt Burkhard über das von Fliegenleichen verklebte Blech.

„Was mir übrigens noch eingefallen ist", sagt er plötzlich und bleibt stehen. „Es wäre vielleicht sinnvoll, noch ein paar Sachen zu besorgen, die wir in jedem Fall gebrauchen können. Ich kenne da zum Beispiel noch einen Typen, der arbeitet in der Landesbühne in Wilhelmshaven. Herbert. Ein feiner Kerl. Und ich weiß, dass die da eine Windmaschine haben, die nur in der Ecke rumsteht und langsam aber sicher verrostet."

„Wir brauchen keine Windmaschine", sagt Susanne lachend.

„Doch, natürlich", erklärt Burkhard. „Für die Mönche! Ich stelle mir gerade eine Szene bei Sturm vor ..."

„Burkhard!", sagt Susanne.

„Ich weiß", nickt Burkhard schnell. „Schon klar. Es muss ja auch nicht heute oder morgen sein. Irgendwann mal, wenn mal wieder Zeit ist. Ihr wisst ja, dass es mir nichts ausmacht, ein bisschen in der Gegend rumzufahren!"

Susanne verdreht lachend die Augen und zieht Marei einfach weiter.

Als sie in die Küche kommen, blicken die anderen hoch.

„Marei will euch was erzählen", sagt Susanne ...

Anmerkung der Autoren

Alle Personen in unserem Roman sind frei erfunden. Bis auf die, die wir gar nicht zu erfinden brauchten, weil es sie längst gab. Was allerdings noch lange nicht heißt, dass sie auch in Wirklichkeit so sind, wie bei uns beschrieben.

Um das an einem Beispiel deutlich zu machen: Wir haben keine Ahnung, ob Dario Fo jemals im Ristorante Montanara war. Und wenn, ob er dann da Grappa getrunken hat. Wir wissen noch nicht mal, ob er überhaupt Grappa trinkt. Aber für unsere Geschichte musste er es einfach tun! Genauso wie er auch den „Tiger" spielen musste.

Mit anderen Worten, manche Personen haben sich beim Schreiben selbständig gemacht und sich damit eventuell weit von ihren lebenden Vorbildern entfernt, sind also tatsächlich zu Romanfiguren geworden.

Wir möchten uns dafür nicht entschuldigen (warum auch? Wir können ja nichts dazu!), sondern nur versichern, dass in keinem Fall irgendeine böse Absicht dahinter stand! Es braucht also auch keiner beleidigt zu sein oder sich sonst irgendwie auf den Schlips getreten zu fühlen.

Und ein letzter Hinweis vielleicht noch für die, die immer alles ganz genau nehmen und besser wissen – alle Orte und Plätze, die wir beschreiben, gibt es wirklich. Allerdings haben wir uns hier häufig die Tatsachen so zurechtgebogen, wie wir es gerade gebrauchen konnten. Wer also hinfährt und keine Spielstätte der Royal Shakespeare Company in den Docks von London findet, hat selber Schuld. Und es kann auch durchaus sein, dass die Kneipe in Gammelsdorf gar nicht „Gasthaus zur Eiche" heißt. Bleibt also eigentlich nur noch die Frage, ob es Gammelsdorf überhaupt gibt?

Ulrike Gerold und Wolfram Hänel
Hannover und Kilnarovanagh

Unser Dank gilt unter anderem der Fährfirma Irish Ferries für die freundliche Unterstützung

Quellennachweise

Bertolt Brecht: Die Liebenden. Brecht-Lesebuch,
Berlin und Weimar: Aufbau, 1964
(Ausgabe mit Genehmigung des Suhrkamp Verlags)

Bertolt Brecht: Leben des Galilei. Frankfurt/M:
Suhrkamp, 1962

Dario Fo: Bezahlt wird nicht. Aus dem Italienischen
übersetzt von Peter O. Chotjewitz. Hamburg:
Europäische Verlagsanstalt/Rotbuchverlag, 1997

Ulrik Skeel: Når vindene hvirvler perler. Holstebro: 2001

Wolfram Hänel
Die wilden Ponys von Dublin
Roman
Gebunden, 224 Seiten *ab 11*
Beltz & Gelberg / Programm Anrich

Es gibt sie wirklich, mitten in der Großstadt: die wilden Ponys
von Dublin. Mädchen und Jungen aus einem der ärmsten Viertel
von Dublin fangen die Tiere in den Wicklow-Bergen und halten
sie zwischen Fabriken und Reihenhäusern. Auch Moira macht es
so mit ihrem Johnny-Gut-Drauf (der eigentlich eine Stute ist).
Moira hat weder einen richtigen Stall für ihr Pony noch einen
Weideplatz, aber das hat niemand dort, wo sie wohnt. Wenn es
nach Moira und den anderen Jugendlichen ginge, wäre das auch
kein Problem. Doch neuerdings haben die Herren von der
Stadtverwaltung etwas gegen die Ponys in den Vororten. Bald ist
klar: Moira und ihre Freunde müssen sich etwas einfallen lassen ...

Beltz & Gelberg
Beltz Verlag, Postfach 10 01 54, 69441 Weinheim

Wolfram Hänel
Lola und Glatze
Gulliver Taschenbuch (78866), 192 Seiten *ab 14*

Glatze – sein Haarausfall verhalf ihm zu seinem Spitznamen –
schlägt seine Zeit mit Mutproben, Randale und Action tot. Aber
weil er auch zu Gefühlen neigt, handelt er nicht selten wider den
stumpfen Ehrenkodex der Gruppe. Da begegnet er Lola, die
neugierig ist aufs Leben, widerborstig und voller Power.
Aus einer ruppigen Begegnung entwickelt sich schließlich blinde
Verliebtheit. Doch als Lola sich aus der Beziehung zu befreien
versucht, droht für Glatze die Welt unterzugehen …
»Selten findet man im deutschen Jugendbuch so viel
Moralinfreiheit und unkonventionelle Dichte. Klischees werden
nur benutzt, um gleich darauf den verblüfften Leser damit zu
irritieren.« *Süddeutsche Zeitung*

www.beltz.de
Beltz & Gelberg
Beltz Verlag, Postfach 10 01 54, 69441 Weinheim

DR
N
W
O
S
GROSS-
BRITANNIEN
NORDS
IRLAND
Dublin
Wexford
Cork
Rosslare
Clonakilty
Galley Head
Druidstone
Pembroke
WALES
Cardiff
Bristol
LONDON
Dover
Calais
Ams
d
B
DER KANAL
PAR
FRANKREI
GOLF VON BISCAYA
500 km